Schon bei ihrer Ankunft in Mombasa, als Brian und Mary Hood den weißen Sand am türkisblauen Meer sahen und die Palmen im Wind hörten, wussten sie, dass es für sie kein Zurück nach England geben konnte. Kenias Farben und die Unendlichkeit der Landschaft, die Dornakazien im gelb versengten Gras, der Anblick der Giraffen, Zebras und Gazellen berauschten sie. Im Hochland Kenias erwerben sie eine Farm, die nach einem Jahr den Namen Karibu erhält. Karibu heißt willkommen. Brian Hood und seine Frau sind es. Ihre Tochter Stella wächst mit dem Kikuyumädchen Lilly auf. Für die Menschen von Karibu sind die beiden wie Dik-Diks im hohen Gras, die immer so eng beieinander stehen, dass man aus der Ferne glaubt, sie hätten nur einen Körper.
Als Kenias Streben nach Unabhängigkeit immer mehr Opfer fordert und der Mau-Mau-Aufstand auch die Farm Karibu erreicht, wird das Leben von Menschen zerstört, für die nie die Hautfarbe, sondern allein Menschlichkeit das Zusammenleben bestimmte.
Stella muss zu ihrem Großvater nach England und versucht, ihre Heimat zu vergessen. Dies gelingt ihr bis zu dem schicksalhaften Tag, als sie in einer Galerie ein Bild sieht, das alle Erinnerungen und Sehnsüchte wieder lebendig werden lässt …

Stefanie Zweig wurde 1932 in Oberschlesien geboren und wanderte im Zuge der nationalsozialistischen Verfolgung 1938 mit ihren Eltern nach Kenia aus. Dort verlebte sie ihre Kindheit auf einer Farm. 1947 kehrte die Familie nach Deutschland zurück. Die Autorin hat dreißig Jahre lang das Feuilleton einer Frankfurter Tageszeitung geleitet. Für ihre Jugendbücher erhielt sie zahlreiche Auszeichnungen, und ihre Romane ›Nirgendwo in Afrika‹, ›… doch die Träume blieben in Afrika‹ und ›Irgendwo in Deutschland‹ standen wochenlang auf den Bestsellerlisten. Im Fischer Taschenbuch Verlag sind die Titel ›Der Traum vom Paradies‹ (Bd. 14873), ›Die Spur des Löwen‹ (Bd. 15231) und ›Vivian und Ein Mund voll Erde‹ (Bd. 15640) lieferbar. Weitere Titel in Planung: ›Wiedersehen mit Afrika‹ (Bd. 15908/Juli 2004).

Unsere Adresse im Internet: www.fischerverlage.de

Stefanie Zweig

Karibu heißt willkommen

Roman aus Afrika

Fischer Taschenbuch Verlag

Limitierte Sonderaugabe
Veröffentlicht im Fischer Taschenbuch Verlag,
einem Unternehmen der S. Fischer Verlag GmbH,
Frankfurt am Main, April 2004

Lizenzausgabe mit freundlicher Genehmigung der
Langen Müller in der F. A. Herbig Verlagsbuchhandlung GmbH, München

Druck und Bindung: Clausen & Bosse, Leck
Printed in Germany
ISBN 3-596-50698-0

Meinem geliebten Neffen Walter

Auf Karibu war nur das freundliche Wort der Bitte und nie das anmaßende des Befehls erlaubt. Keiner durfte den anderen kränken und ihm die Würde nehmen.

1

Auf der Karibu Farm in Thomson's Falls am Fuße des Mount Kenya konnten die Worte von Freunden und Nachbarn und die wirklich wichtigen Neuigkeiten, also die Shauris, so schnell hetzen wie ein hungriger Gepard. Der kalten Welt mit dem Donner vom Krieg der weißen Männer, dem nie ein Blitz vorausging, lieh das Radio seine Stimme. Es brachte jeden Dienstag Nachrichten in Suaheli. Das Gerät wurde für die Arbeiter auf der Farm, ihre Frauen und Kinder und auch für ihre Hunde und die Ziegen von Kamau auf den Rasen getragen und zur immer währenden Freude der klatschenden Anwesenden in das Beet mit den gelben Rosen gestellt.

Kamau, der den Männern die Arbeit, das Salz und Jagdbeute zuteilte und auch die Gehälter auszahlte, trug nicht nur den kleinen braunen Radioapparat aus dem Haus. Er durfte, wann immer er wollte, an dessen runden schwarzen Knöpfen drehen und aus den Worten wunderbare Musik machen, aus Geschrei das große Schweigen, denn Kamau war kein Kikuyu wie jeder andere. Er war der Klügste auf der Farm und der Freund des blonden, immer geduldigen Bwanas, dem Karibu gehörte.

Die Kolonialbehörde in Nairobi hatte vor drei Jahren die britischen Farmer sehr eindringlich auf ihre patriotische

Pflicht hingewiesen, ihr Personal möglichst umfassend über den Kriegsverlauf zu unterrichten. Der vierzigjährige Brian Hood wurde Bwana Mbuzi genannt, weil er so schöne Bilder von Ziegen malte und sie selbst den Frauen und Kindern zeigte. Er kam zwar jede Woche der amtlichen Empfehlung aus Nairobi nach, allerdings ohne den Elan seiner Landsleute. In Erinnerung an die Kränkungen seiner Jugend widerstrebte es ihm sehr, Menschen eine Wissenslast aufzuzwingen, die sie davon abhielt, sich mit den Prioritäten des eigenen Lebens zu beschäftigen. Als Brian sich im Juni 1942 dabei ertappte, dass ihn ein im Wetterbericht erwähntes Buschfeuer im benachbarten Gilgil stärker beschäftigte als der in der gleichen Sendung publik gemachte Fall von Tobruk im Norden des Kontinents, klopfte er Kamau zustimmend auf die Schulter. Der Vertraute hatte mit einem einzigen Schütteln seines Kopfes Brians Empfindungen ausgedrückt.

»In Karibu«, sagte Kamau, »erzählt das Radio immer die falschen Shauris. Richtige Shauris kann man sehen und hören.«

»Und Fragen stellen und Antworten finden«, begriff Brian. Als eine richtige Shauri galt auf Karibu Mary Hoods Bauch. Weshalb hatte die Frau vom Bwana Mbuzi ihren Leib in einem Alter füllen lassen, in dem die Kikuyufrauen schon ihre vorderen Zähne vor dem zähen Fleisch der Gnus schützen mussten und sich bereit machten, den Kindern ihrer Kinder ins Leben zu helfen? Die noch weniger begreifliche Shauri wurde an einem Dienstag bekannt, als das Radio im Rosenbeet meldete, es seien mehr Bomben denn je zuvor von alliierten Flugzeugen auf eine deutsche Stadt abgeworfen worden. Am Montagabend waren Brian und

Mary von einer kurzen Reise aus Nakuru zurückgekehrt. Schon bei Sonnenaufgang des nächsten Tages wussten es alle – dieses späte Kind einer zu alten Mutter sollte nicht auf der Farm zur Welt kommen, wie es auf Karibu Brauch war, sondern im Hospital in Nakuru.
Selbst Kinder, die noch nicht klüger waren als junge Esel, fürchteten das Krankenhaus in Nakuru. Im Verlauf einer einzigen Regenzeit waren dort drei junge und bis kurz vor ihrem Abtransport in einem Polizeiauto immer gesunde Viehhirten aus Thomson's Falls gestorben. Wenn die Ärzte in Nakuru noch nicht einmal genug wussten, um das Fieber von kräftigen jungen Männern zu besiegen, wie sollten sie für eine Frau mit verwelkendem Fleisch die richtige Schere auswählen, um bei der Geburt ihres ersten Kindes die Nabelschnur zu durchtrennen?
»Die Memsahib Chai wird nicht mehr zurückkommen«, erzählten sich die erfahrensten Frauen, »sie geht mit zu vollem Bauch auf Safari.« Die Männer ließen die Worte der Frauen ins Ohr, ohne dass ein Einziger von ihnen widersprach.
Brians sanftmütige, zierliche Frau Mary wurde »Memsahib Chai« genannt, denn sie verlangte selbst in der Nacht noch nach Tee. Sie war, weil sie nur ihre Messer schärfte und nie ihre Zunge und Suaheli mit dem singenden Ton der Afrikaner sprach, sehr beliebt auf Karibu. In den Nächten, da die Sterne so hell glänzten, dass die Menschen schon die bunten Bilder sahen, ehe sie ihre Augen schlossen, erzählten sie den Kindern, die Memsahib Chai bade ihre Zunge in Honig und ließe Wind in ihre Ohren, damit sie sich für die Worte von Fremden öffneten. Mary wusste über jede Shauri auf der Farm Bescheid, nahm immer An-

teil an Freude und Sorgen und schenkte nur denen ihren Rat, die danach fragten. Sie teilte mit den Männern die lauten Worte und lachte über deren Scherze; sie besuchte die Frauen in den Hütten, bewunderte ihre mit Asche blank gescheuerten Töpfe, die in der Sonne wie Gold leuchteten, und die fröhlichen Lieder, die die Frauen bei der Arbeit sangen.

Mary ging an keinem kleinen Kind vorbei, ohne seinen Kopf zu streicheln. Weil sie ihre Medizin den Kranken einflößte und deren Wunden behandelte, war im Laufe der Jahre der Spott verstummt, dass ihre Stimme so schwach sei wie ihre Arme, ihre Hüften schmäler und das Becken enger als bei den dreizehnjährigen Kikuyumädchen, um deren Brautpreis gehandelt werden konnte. Nun, da die Memsahib auf ihr Kind wartete, machte der Spott jedoch wieder Ernte. Marys Brüste waren zu klein. Bestimmt wollte sie nur deshalb ihr Kind in Nakuru gebären, damit sie ihm nicht auf der Farm ein Loch würde graben müssen, wenn es nicht leben wollte.

Mary, unmittelbar vor dem Einsetzen des großen Regens im achten Monat ihrer Schwangerschaft, hatten indes zunächst nur skurrile Gründe bewogen, sich für Nakuru zu entscheiden. Sie und Brian waren abergläubisch und wollten die Wiederholung einer beide belastenden Familientradition vermeiden. Mary war nämlich in der Garderobe vom Drury Lane Theatre in London zur Welt gekommen, ihre Mutter noch im Kostüm der Ophelia. Auch Brian hatte bei seiner Geburt unziemliche Umstände gemacht. Er wurde eine Stunde und dreiundzwanzig Minuten vor Konstantinopel im Orientexpress geboren; seine Mutter war auf verspäteter Hochzeitsreise gewesen und hatte ihre

Schwangerschaft falsch berechnet. Beide Mütter pflegten sehr erbittert und in unpassenden Momenten ihren erschrockenen Kindern einen früh entwickelten Hang zur Taktlosigkeit vorzuwerfen.

Seit zwei Wochen stand Marys gepackter Koffer hinter der Tür des Wohnzimmers. Die kurze Trennung von Brian und der Farm ängstigte sie nicht – sie sehnte sich nach einem Ortswechsel und freute sich auf die Zeit in dem luxuriösen Stag's Head Hotel in Nakuru. Dort würde sie entspannt und ohne die täglichen häuslichen Pflichten auf das Einsetzen der Wehen in der beruhigenden Nähe von Doktor Thorndike warten können.

Dies hatte der Arzt bei der ersten Konsultation vorgeschlagen. Bei der zweiten Untersuchung hatte er dann mit leicht erhobenen Augenbrauen geraten, die Wartezeit in Nakuru großzügig zu bemessen. Trotzdem verzögerte sich die Abfahrt von Karibu. Mary, deren gute Hand mit Hunden in der ganzen Kolonie gerühmt wurde, sorgte sich um ihre Lieblingshündin Beauty. Die war hochträchtig und hatte schon zweimal ihre Welpen nicht angenommen. Weil es galt, für die bei den Farmern im gesamten Rift Valley sehr beliebten und bereits vorbestellten kleinen Cockerspaniels im Bedarfsfall eine geeignete Ziehmutter zu finden, verdrängte Mary sowohl Doktor Thorndikes erhobenen Augenbrauen als auch die Umstände ihrer eigenen Geburt.

»Beauty und ich haben einen Pakt geschlossen«, beruhigte ihn Mary, wenn Brian zum Aufbruch mahnte, »erst sie, dann ich. Hauptsache, du drängst uns nicht. Ich weiß genau, dass wir mit der verflixten Familientradition brechen werden.«

Gerade dies war ihrem Kind nicht vergönnt. Allerdings lieferte ausgerechnet der Umstand, dass es im Bett seiner Mutter geboren werden sollte, den ironischen Hinweis auf die Unberechenbarkeit des Schicksals. Das starke Gewitter nach einem besonders schwülen Tag im ersten Akt des Dramas war noch nicht einmal ungewöhnlich zum Ende der Trockenzeit, doch schon ein einziger Blitz reichte aus, um der Nacht ihre Ruhe zu rauben. Er fuhr mit einer so entfesselten Wut in den Affenbrotbaum auf dem Hügel an der Wasserstelle für das Vieh, dass er den kräftigsten Ast spaltete. Unmittelbar nach dieser einen taghellen Sekunde des Schreckens setzte der lang anhaltende Donner ein – er brüllte wie Felsen, die ein rasender Riese von einem hohen Berg in eine Steinschlucht wirft. Bis zu dem todbringenden Brand, der Jahre später alle Tage und Bilder, die je auf Karibu gewesen waren, mit Asche überziehen sollte, wurde danach jede Donnerstimme an der Macht der einen gemessen, die in jener Nacht des Bösen Mensch und Tier die Kraft zum Atmen genommen hatte. An den Regen, der diesem Donner Antwort gab, erinnerten sich die Menschen noch, als Karibu nichts mehr war als ein Wort aus gestorbenen Tagen.

Erst der blaue Morgenhimmel deckte auf, was der Farm widerfahren war. Das solide Wellblechdach vom Küchengebäude war abgerissen worden, der Raum verschlammt. Das Brot auf dem Tisch war weich wie das Moos im Wald, das nie von der Sonne berührt wird, der Sack mit Mehl war aufgeplatzt, die ausgelaufene Milch aus dem umgestürzten Eimer so schwarz wie zu scharf gebrannter Kaffee.

Der Brunnen zwischen Küche und Wohnhaus war übergelaufen, der neue Wassertank hatte ein Leck, der Schornstein des Kamins und alle Regenrinnen waren von Zweigen und aufgeweichtem Blattwerk verstopft. Das Schild mit dem sorgsam aufgemalten Zebramuster und der Aufschrift »Karibu« in rot strahlenden Lettern lag zerbrochen im schwarz gefärbten Gras. Im Garten waren die kräftigen gelben Rosen von der schwarzen Pest ermordet worden. Der leuchtende Flamboyant, in dessen Schatten die Memsahib Chai zu sitzen pflegte, um im Angesicht von augentröstenden Farben das neue Leben in ihrem Bauch wachsen zu fühlen, hatte seine scharlachroten Blumen mit den gelb gestreiften Blüten von sich geworfen. Männer, Frauen und Kinder starrten mit Augen, groß wie die der Kühe, in die Welt der Vernichtung. Chepoi, der alte, stotternde Melker aus dem Stamm der Lumbwa, berichtete mit noch größerer Langsamkeit der Zunge als an den gesunden Tagen, dass Mais, Weizen und Flachs auf den Feldern überflutet seien.

»Die Hühner sind ertrunken. Und die Enten schwimmen auf den Shambas«, stammelte er.

»Jetzt könnt ihr alle mitkommen und sehen«, seufzte Brian, »dass meine Bilder nur Hühner sind. Sie können nicht schwimmen.«

Der hellste Raum des Hauses mit der himmelblauen Decke, den weißen Wänden, vielen bunten Farbtöpfen und der Leinwand, auf der der Bwana Mbuzi mit den feinen Pinseln zaubern konnte, die alle auf der Farm bewunderten, hatte kaum Schaden genommen. Brians Atelier wurde von einer mächtigen Zeder bewacht, die es vor dem Regen geschützt hatte. Nur das Fenster war aufgesprungen und hatte den Sturm hereingelassen. Die blaue Vase mit den gelben Nelken war von dem breiten Sims gestürzt, der Aschenbecher zerbrochen, die beiden Pfeifen aber unversehrt. Rote Farbe tropfte auf den Fußboden aus hellem Holz und leuchtete wie das Blut eines frisch geschlachteten Tieres. Das noch nicht fertig gemalte Bild von dem Kikuyujungen Manjala mit einer jungen Ziege im spärlichen Schatten einer Dornakazie war von der Staffelei unter den großen Holztisch geweht worden. Auf dem Kopf der Ziege lag schwanzwedelnd die Cockerhündin Beauty und säugte fünf kräftige Welpen. Deren Fell war schon trocken. Mary umarmte lachend Kamau und fing an zu weinen, als sie Brian küsste.

»Gott sei Dank, sie hat es geschafft«, sagte sie und bückte sich, um den ermatteten Hund zu streicheln. Beauty drückte ihr winselnd die trockene Schnauze in die Hand. »Mein Sohn bekommt dein allerschönstes Kind. Weißt du noch, dass du mir das versprochen hast?«

»Unsere Tochter«, widersprach Brian. »Die hast du mir versprochen. Söhne müssen immer Dinge tun, die sie nicht wollen, und machen aus Vätern widerwärtige Tyrannen.«

»Du kannst ja gar kein Tyrann werden. Du weißt nicht, wie das geht. Du hast dich ja immer geweigert, etwas von deinem Vater zu lernen.«

Beim Aufstehen stolperte Mary über den zerbrochenen Aschenbecher. Sie griff erschrocken nach Brians Arm. Einen Moment stand sie reglos da, als fürchte sie den nächsten Schritt. Dann ging sie schwerfällig ans offene Fenster, zog einen Stuhl zu sich heran, wollte sich setzen, klammerte sich jedoch nur an die Lehne, ließ sie stöhnend wieder los, presste die Hände an den Leib und schrie: »Nein.«

»Reg dich nicht auf«, beruhigte Brian. »Die ersten Wehen haben noch nichts zu bedeuten. Wir haben genug Zeit, um nach Nakuru zu kommen. Ausnahmsweise fahren wir nicht über Konstantinopel.«

»Ich ziehe mich nur um«, flüsterte Mary. Sie war sehr bleich und atmete hastig.

»Das ist klug, Ophelia. Du gehst nicht ins Kloster.«

»Bitte sag jetzt nicht Sein oder Nichtsein.«

»Keine Sorge, ich bin viel schlauer als Hamlet und längst nicht so feige. Du kannst dich in aller Ruhe hinlegen, bis ich die Pferde gesattelt habe.«

Erst auf dem Weg zum Auto, das hinter dem Schuppen für den Flachs stand, entdeckte Brian, dass der im Jahr zuvor angelegte schmale Weg, der auf die breite Straße nach Nakuru führte, im schwarzen Lehm versunken war. Selbst mit Ketten würde die kurze Strecke nicht mehr befahrbar sein. Noch konnte Brian seine Erregung zügeln. Die Jahre in Afrika hatten ihn gelehrt, die Hürden nicht schon vor dem Sprung zu fürchten. Er bat Kamau, der ihn schon auf dem Weg ins Atelier mehrmals gedrängt hatte, endlich die Schäden auf den Feldern und in den Ställen zu inspizieren, die zwölf kräftigsten Ochsen einzuspannen.

»Sie warten schon auf dich«, erwiderte Kamau, »aber sie haben keine Zähne mehr.«

»Was soll das heißen?«

»Die Zähne sind ihnen beim Lachen aus dem Mund gefallen, als ich ihnen das Joch zeigte.«

»Es ist gut, wenn einer bei der Arbeit lacht, Kamau.«

Brian vertraute auf eine Praxis, die in vielen Regenzeiten gut funktioniert hatte. Energisch schlang er die am Joch befestigte Kette um die Stoßstange des Fords, setzte sich aufatmend ans Steuer, kurbelte das Fenster herunter und löste die Handbremse. Den Tieren reichte der Schlamm bis zum ersten Gelenkknochen ihrer Beine. Sie schoben willig den Körper nach vorn, als Brian den Motor anließ, konnten den Wagen jedoch keinen Meter nach vorn ziehen. An der Spitze des Zugs klopfte Kamau den ersten zwei Ochsen sanft auf den Rücken und kam, die Hände in den Taschen, zum Wagen zurück. »Hat dein Kopf jetzt seine Arbeit getan?«, fragte er.

»Tut mir Leid, Kamau. Ich habe am Tag den Mond gerufen«, sagte Brian. Er begriff, wie unrealistisch die Hoffnung gewesen war, die Ochsen würden die kleine Steigung vom Schuppen zur Straße nach Nakuru schaffen. Trotzdem erwog er einen Moment, die Männer von den Shambas zu holen und sie den Wagen anschieben zu lassen. Dann stieg er entmutigt aus.

»Geh und hol Chebeti«, bat er, »mein Kind wird auf Karibu geboren werden.« Seine Stimme war nicht mehr fest. Er musste seine Hände warm reiben.

»Das ist gut, Bwana«, nickte Kamau, »der Regen hat dir gesagt, was Karibu heißt. Du hast das Wort zu tief in die Erde gesteckt, als du mit der Memsahib zum Arzt nach Nakuru gefahren bist.«

»Ich habe das Wort nicht vergessen, mein Freund. Ich sehe noch den Tag, an dem du meiner Farm ihren Namen gegeben hast.«

»Ich sehe diesen Tag auch.«

Sie schickten ihre Augen zu den regenschweren Bäumen. Als sich ihre Blicke begegneten, lächelten sie. Obwohl sie beide wussten, dass die Zeit dabei war, mit scharfer Axt gegen sie in den Krieg zu ziehen, sträubten sie sich nur kurz, die verwehten Spuren vom Unkraut der Jahre zu befreien, und ließen die Flut der Bilder zu.

Kamau erinnerte sich der Tage vor Brians Ankunft, als nur Gras auf der roten Erde von Karibu gewachsen war und die Männer, die nun alle satt wurden und ihre Kinder nicht mehr an einer Hand zu zählen brauchten, ohne Arbeit und Kleidung gewesen waren. Er dachte, als sich ihm die Gesichter seiner Kinder aufdrängten, an die Brust seiner Frau, die nie vor der Zeit versiegte. Kamau war stolz auf Chebeti. Sie hatte ihm nur Töchter geboren. Er würde ein reicher Mann sein, wenn die ins heiratsfähige Alter kamen. Die Brautpreise waren hoch für die Mädchen aus Karibu. Die Nächte des Vollmonds fielen ihm ein, an denen er in den Himmel schaute und den Freunden von dem Stück Land erzählte, das ihm einmal gehören würde. Der Bwana hatte es ihm versprochen.

»Mungu wird auch dir eine Tochter schicken«, sagte er, »du bist nicht wie die anderen weißen Männer. Du hast immer gewusst, dass Menschen mit schwarzer Haut nicht dumm sind.«

»Deine Zunge war immer der Freund meiner Ohren.«

»Ich hole jetzt Chebeti.«

Obwohl Brians Stimme Kamaus Füße nicht belästigt hatte, fing er an zu rennen, als er den Wassertank am Haus erreichte.

Bei Brian war die Reise in die Vergangenheit beschwerlicher und dauerte sehr viel länger. Er war der Älteste von vier Brüdern und der von allen ungeliebte Außenseiter einer sehr wohlhabenden Adelsfamilie, die Intellektualismus verachtete, Pferde und Hunde liebte, für derbe Späße schwärmte, in der Öffentlichkeit gezeigte Emotionen für morbide hielt und die allzeit die britische Tugend ehrte, den gesunden Sinn für Proportionen zu wahren. Brian

hatte die Hoods von Anfang an enttäuscht. Er war ein schwächliches Baby gewesen, hatte als Junge Angst vor Hunden und nie ordentlich reiten gelernt. Wenn ihn seine jüngeren Brüder neckten, hielt er sich die Ohren zu und lief aus dem Zimmer; er fürchtete sich vor Fremden und noch mehr vor seinem Vater, war im Internat unbeliebt und unglücklich, immer der Letzte in seiner Klasse und auf dem Cricketfeld ein Versager. Brian der Träumer, wie ihn die Mutter seufzend nannte, ließ sich von Gleichaltrigen verprügeln, ohne sich zu wehren, und war, was bereits der Lehrer missbilligend im Zeugnis der ersten Klasse bemerkte, sich stets selbst genug. Als Zwölfjähriger lief er von zu Hause fort und wurde in der National Gallery aufgespürt. »Ausgerechnet«, wie ihm der tobende Vater vorwarf. »Du tust alles, um die Familie lächerlich zu machen.«
Brian las in den Ferien dickleibige Bücher, die ihm seine Brüder aus der Hand rissen und in der Brombeerhecke versteckten, er malte Bilder, die den Vater erzürnten, weil er die Phantasie seines grüblerischen Sohns als Beweis für dessen kränkliche Disposition wertete. Selbst bei Berücksichtigung der aus Prinzip großzügig bemessenen familiären Toleranzgrenze für mangelnde intellektuelle Fähigkeiten beendete Brian die Schule peinlich spät und hatte noch nicht einmal den Anstand, sich unbemerkt aus London zurückzuziehen. Er lehnte die in solchen Fällen seit jeher bewährte Tradition der Hoods ab, auf eine der väterlichen Besitzungen zu verschwinden. Sir William Robert Hood, der im Ersten Weltkrieg in der kürzestmöglichen Zeit zum Major ernannt und 1917 mit dem Victoria Cross ausgezeichnet worden war, schlug seinem Sohn vor, es bei der Marine oder wenigstens beim Militär zu versuchen.

Brian starrte auf das Bildnis seines Großvaters in königlicher Uniform und sprach zum Erstaunen seines Vaters erstmals in seinem Leben laut und deutlich. Er teilte ihm mit, er würde entweder Maler werden oder mit der großväterlichen Pistole (eine Erinnerung an den Burenkrieg) russisches Roulette spielen. Dann verließ er, ohne zu erröten, wie der Hausherr im intimen Kreis nie zu erwähnen vergaß, dessen Arbeitszimmer.

Zwei Jahre später verliebte sich Brian in ein vaterloses, vermögenloses Mädchen, das Sir William noch nicht einmal auf seinem kleinsten Landsitz in Kent, geschweige denn in seinem Haus im noblen Londoner Stadtteil Mayfair empfangen hätte; an seinem letzten Morgen unter dem väterlichen Dach verkündete Brian seine Absicht, Mary Campbell zu heiraten. Sir William köpfte schweigend sein Frühstücksei und drückte im September darauf dem Sohn zu dessen dreiundzwanzigstem Geburtstag eine Schiffskarte nach Mombasa und eine ansehnliche Geldsumme in die Hand. Ohne laut zu werden, sagte er: »Kauf dir ein verdammtes Stück Land und schlag dir endlich deine Flausen aus dem Kopf. Vielleicht machen die Kolonien aus dir einen Mann. Das passiert neuerdings oft, habe ich mir sagen lassen.« Zu diesem Besuch hatte sich der ehemalige Major bewährt couragiert in den in seinen Kreisen missgeschätzten Stadtteil Golders Green begeben. Dort logierte sein Sohn – typischerweise, wie er befand – bei einer Frau, von der er zu Recht vermutete, sie sei keine Engländerin.

Vater und Sohn sahen sich nie wieder.

Nur weil Brian endlich Mary heiraten wollte und die erst zustimmte, als er ihr glaubhaft versichern konnte, sie würde diesen Tag nicht mit seiner Familie teilen müssen, und weil zudem der Gedanke einer Hochzeit auf einem Schiff ihrem ausgeprägten Sinn für Romantik entsprach, verkaufte er nicht umgehend die Schiffskarte. Nach zwei Wochen bestellte er ein zweites Ticket. Das junge Paar plante, nach der ungewöhnlichen Hochzeitsreise mit dem nächsten Dampfer nach England zurückzufahren und in ländlicher Zurückgezogenheit zu leben. Die scheue Mary, die im Glauben erzogen worden war, dass Wünsche und eine eigene Meinung nur der Elite zukämen, verwandelte sich schon beim Kauf des ersten Koffers vom bescheiden blühenden Veilchen zur strahlenden Rose. Sie träumte von einem kleinen Haus in Cornwall, wo sie als Fünfzehnjährige im Krankenhaus von einer Tuberkulose genesen war, von sechs immer vergnügten Kindern, zwei Hunden und einer rot getigerten Katze. Brian war ungewohnt realistisch. Er wollte in Marys Liebesnest die überraschende väterliche Zuwendung durch Gemüse- und Blumenanbau vermehren, später ein paar Schafe halten, im Frühling unter einem blühenden Apfelbaum Bücher lesen, die nicht in Brombeerhecken verschwanden, und erst nach getaner Pflicht malen – er hatte sowohl seine Verantwortung für Mary als auch seine künstlerischen Grenzen erkannt.

»Mary, wir leben«, jubelte Brian am Abend seiner Hochzeit beim Einlaufen in Port Sudan, »wir sind unsere Ketten los.«

Ab dem Schicksalsmoment aber, da er in Mombasa vom Schiff ging, den weißen Sand am türkisblauen Meer sah und die Palmen im Wind hörte, begab er sich in neue Knechtschaft. Diesmal freiwillig und im vollen Bewusstsein der Konsequenzen. Kenias Farben auf der Bahnfahrt von Mombasa nach Nairobi und die Unendlichkeit der Landschaft berauschten ihn. Er sah von seinem Abteil aus den narkotisierenden Sonnenaufgang, die Dornakazien im gelb versengten Gras, die Giraffen, Zebras und Gazellen. Mit einem einzigen Pupillenschlag malte er die Bilder, die ihm der Vater verboten hatte. Die Menschen in Nairobi, deren vokalreiche Sprache für ihn Musik war, verzauberten ihn. Ihre liebenswerte Natürlichkeit und ihre Augen, wenn sie lachten, befreiten ihn auf einen Schlag von den Gespenstern seiner Kindheit.

Er fragte den Englisch sprechenden Kellner im Norfolk Hotel nach dem Suaheliwort für Bruder.

»Dugu«, lachte der Mann im langen weißen Hemd mit violetter Schärpe um den Bauch. »Hast du einen Bruder?«

»Drei alte und viele neue«, ahnte Brian.

»Das ist noch gar nichts. Gehen Sie auf Safari ins Hochland«, sagte ihm ein weißhaariger Farmer aus Naivasha an der Bar, »dann kann Ihnen das verdammte alte England nichts mehr anhaben. Ich wurde von meiner Firma drei Monate hierher geschickt und habe sogar vergessen, ihr zu kündigen. Afrika ist Opium.«

Brian und Mary brauchten keine drei Monate, um sich dem Land auszuliefern. Sie kauften eine Landkarte, ein Wörterbuch für Suaheli, mieteten ein Auto und fuhren los. Schon bei der Tour durch das grün lockende, Glück verheißende Rift Valley, am Ufer des silbern gleißenden Nakuru-Sees, umgeben von Flamingos und Sekretärvögeln, die Brian alle an den väterlichen Butler erinnerten, beschlossen er und seine Frau, nie mehr nach England zurückzukehren. Sie fuhren zukunftsbesessen zurück nach Nairobi und erfuhren vom Hotelmanager im Norfolk von der angebotenen

Farm in Thomson's Falls im Zentrum der White Highlands. Sie lag in einem der schönsten Flecken des Landes im weißen Schleier eines donnernden Wasserfalls, wurde von Baumgiganten bewacht und war mit einem Meer aus türkisfarbenen Blüten und einem Heer von feurigen Aloen gesegnet. Der Boden dieser ungezähmten Wilden war seit Jahren nicht mehr kultiviert worden, die hölzernen Wände des Farmhauses verrottet, die Pfade vom hohen Gras überwuchert. Trotzdem kauften Brian und Mary die Farm am Tag der Besichtigung, trunken von den Ausblicken in das steil abfallende Tal, betäubt von der Bergluft, dem Duft der Blumen und der Leichtigkeit ihrer Sinne. Das Land war billig und sie sich einig, dass sie durch die größte Gnade, die das Schicksal den Liebenden gewährt, die Harmonie der Wünsche, das Schloss ihrer Träume errichten würden. Auf der Farm in Thomson's Falls war nur das freundliche Wort der Bitte und nie das anmaßende des Befehls erlaubt. Keiner durfte den anderen kränken und ihm die Würde nehmen.

Ein nie ermüdender, einfallsreicher indischer Handwerker aus Gilgil, der Schreiner, Schlosser und Klempner in einem war und in der letzten hellen Stunde des Tages unter einem Eukalyptusbaum meditierte, baute mit einer Mannschaft fröhlicher Arbeiter aus dem Stamm der lernbesessenen Kikuyu ein solides Haus aus grauem Stein. Es hatte einen Kamin im größten Wohnraum, ein lichtvolles Atelier für Brian und für jedes der sechs Kinder, auf die Mary hoffte, eine eigene kleine Stube. Hinzu kamen das Küchengebäude, das Mary entwarf, und am Ende des Gartens die Toilette, zu der sich der schweigsame indische Meister allerdings nur schwer überreden ließ; er vermochte sich nicht vorzustellen, dass so sympathische und reinliche Menschen wie die Hoods vorhatten, ihren Körper immer an derselben Stelle zu entleeren.

Dass Brian als Farmer Erfolg hatte, verwunderte ihn selbst am meisten. Er entwickelte nie vermutete Fähigkeiten und Talente, und weil das Wohl der Menschen auf der Farm von ihm abhing, reifte er rasch an seinem Gefühl für Verantwortung. Umstände und Klima waren ihm gewogen. Es gab in den ersten fünf Jahren keine Missernte. Brian konnte den Viehbestand vergrößern. Die Bullen, Ochsen und Kälber aus Karibu, der Flachs und der Mais erzielten Höchstpreise. Marys Hunde wurden im gesamten Hochland berühmt. Ein Foto ihres Gartens erschien in der »Sunday Post«. Sie war nicht mehr schüchtern und melancholisch und wurde jedes Jahr jünger.

Brian dankte bei jedem Sonnenaufgang für das Wunder, das ihm zuteil geworden war; er vergaß indes nie, dass er es einem einzigen Mann verdankte. Kamau, der auf der Farm geboren worden war, sagte seinem Schüler, wann es Zeit war zu säen und wann zu ernten, was er anpflanzen und welche Arbeiter er anstellen sollte. Er kannte sich aus mit dem Vieh und den Hühnern. Und mit der Psyche eines Mannes, der aus der Einsamkeit zur Zufriedenheit gefunden hatte. Als Brian und Mary ein Jahr auf der Farm lebten, schlug Kamau vor, sie Karibu zu nennen. Karibu heißt willkommen. Der Bwana Mbuzi, der die Kraft seiner Kehle schonte, und die Memsahib Chai, die sein Bett und mit allen Menschen ihre Güte teilte, waren es.

An diesem Tag erfuhr Brian, dass Chebeti Kamaus Frau war. »Warum sagst du mir das erst heute?«

»Ein Mann redet nur mit einem Freund über seine Frau«,

erklärte Kamau. »Als du nach Karibu gekommen bist, warst du ein Fremder.«
»Und jetzt?«
»Du redest zu viel.«
Chebeti hatte bis zur Geburt ihres jüngsten Kindes die Mädchen, die das erste Mal auf die Shambas durften, bei der Ernte angeleitet. Sie war nur deshalb noch nicht auf die Felder zurückgekehrt, weil sie um die Zeit, als der Weizen hoch stand und die Flachsblüten blau wurden, ihren Fuß gebrochen hatte. Brian bewunderte Chebeti. Er schätzte ihre manuelle Geschicklichkeit, noch mehr ihre Klugheit, ihre Zungenfertigkeit und ihren ausgeprägten Sinn für Gerechtigkeit. Wann immer Frauen stritten oder Männer sich bedrohten, verließ Brian sich auf Chebetis Rat. Sie war eine von jedermann akzeptierte Schlichterin, denn sie verband einen männlich derben Humor mit listiger Weiblichkeit und lachte auch dann, wenn sie einmal selbst in die Falle der Schadenfreudigen stolperte. Brian nannte sie »Hukumu«. Mit dem ehrenvollen Wort streichelte er Chebetis Ohren. Ein Hukumu war ein Richter.
Mary, der Chebeti häufig und immer vergnügt im Haushalt half, fühlte sich dieser starken, großäugigen, zehn Jahre jüngeren Frau tief verbunden. Chebetis geduldiges und genügsames Naturell entsprach ihrem eigenen und Mary imponierten Chebetis Courage, Witz und Intelligenz. Chebeti konnte mit den Augen der anderen sehen. Anfangs hatten die der Kikuyu Spott getrunken, wenn Mary Mund und Nase im Fell eines ihrer Hunde vergrub, doch Chebeti hatte noch nicht einmal die Zeit zwischen zwei Regenzeiten gebraucht, um Marys Verlangen nach jungem Leben und Zärtlichkeit zu erahnen. Schon lange berührte sie nun

auch die Hunde und dies mit weichen Händen. Sie sprach zu ihnen mit sanfter Stimme, scheuerte deren Blechnäpfe so sorgsam und lange, als wären es die eigenen kostbaren Töpfe in der Hütte, und schickte ihr Gelächter mit dem der Memsahib auf Safari zum Wasserfall, wenn die Welpen kräftig genug waren, um mit dicken Pfoten das erste Loch im Garten zu graben. Chebeti hatte Beautys schönstem Kind – Toto – seinen Namen gegeben. Toto hieß Kind.
Es war eine ungewöhnliche Beziehung in einem Land, in dem sonst die Hautfarbe über Besitz, Ansehen, Emotionen und Zuwendung entschied. Das wussten beide Frauen. Sie nahmen mit Freude und Achtung entgegen, was die andere zu geben hatte. Chebeti erzählte wundersame Geschichten, die von der Phantasie der Kikuyu zeugten. Sie war auf eine liebenswert erheiternde Art neugierig und suchte mit einem Eifer, der Mary immer wieder bewegte, die Tür zu einem Leben, das ihr ohne Mary verschlossen geblieben wäre. Chebeti liebte es, nach getaner Arbeit einige Minuten auf einem niedrigen Hocker vor Brians Bildern zu sitzen. Beim Aufstehen streichelte sie die Pinsel und verglich mit kreisenden Bewegungen ihres Kopfes die Farbe in den Töpfen mit denen auf der Leinwand. An guten Tagen, wenn sie gerade ein Kind geboren hatte und noch kein neues trug, bat sie Mary, ihr vorzulesen. Sie konnte kein Englisch, doch jedes Mal, wenn Mary ein Buch aus dem Regal holte, sagte sie: »Deine Worte singen. Die Ohren einer Mutter freuen sich, wenn sie nicht immer die eigene Zunge hören.« Ihr jeweils jüngstes Kind brachte sie auf dem Rücken zur Arbeit mit und nährte es, wenn es weinte, in Marys Küche. Um Chebetis Stolz zu nähren, hatte Mary einige Kikuyu-Ausdrücke gelernt und begrüßte die Ver-

traute, sobald sie ihr Kommen durch ein leises Klopfen auf das Wellblech des Wassertanks anzeigte, in deren Sprache. An dem Morgen nach dem Gewitter, das ein neues Auto so lahm gemacht hatte wie den Esel Kubua, der vor Monaten von einer Schlange gebissen worden war und noch immer hinkte, gab es keine Worte ohne Dornen. Die beiden Frauen redeten nur in den kurzen Momenten miteinander, in denen der Schmerz dem Körper der einen die kurze Ruhe gab und die andere ihren Augen die Lüge befehlen musste. Chebeti hatte zu schnell an die Tage gedacht, die nicht mehr waren. Sie kannte auch den Grund. Von ihren sieben Kindern bewegten nur fünf ihre Arme und Beine. Die zwei, die ihren Leib nicht hatten verlassen wollen, waren am Tag ihrer Geburt gestorben. Nun drückte Chebeti einen Seufzer zurück in die Kehle, als sie die Knoten des Tuchs auf ihren Schultern löste. Sie legte ihr jüngstes Kind, ein elf Monate altes Mädchen, dessen Haar schon so dicht war wie die Wolle eines zweijährigen Schafs, auf den Lehnstuhl mit dem gelb geblümten Stoff und deckte es mit einem Kissen zu, auf dem ein Löwe sein Maul aufriss. Die Kleine wachte auf, gurgelte Behagen und schlief sofort weiter.

Mary lag zitternd und gekrümmt auf ihrem Bett. Chebeti erschien sie noch kleiner als am Tag zuvor. Ihr fiel auf, dass sie nicht, wie sonst immer, wenn sie sich bei Tag ausruhte, die schwarze Seidendecke mit den roten Rosen auf den Stuhl gelegt hatte. Sie war sehr bleich und hielt sich ein Taschentuch an den Mund, das seine rosa Farbe verloren und Flecken hatte. Ihr feines blondes Haar war so nass wie der vom Sturm gemordete Weizen. Die Knöchel von Marys schlanken Händen leuchteten weiß unter der Haut und die

Trockenheit hatte vor der Zeit ihre Lippen zerrissen. Sie waren nicht mehr rot, die Nase zu groß geworden. Chebeti füllte abgekochtes Wasser aus der Flasche auf dem kleinen Tisch in ein Glas und löschte das Feuer. Ihr fiel Wanjari ein. Die wohnte in der Nachbarhütte und hatte auch einen zu spät gefüllten Leib und nicht mehr die Kraft einer jungen, gesunden Gebärenden gehabt. Trotzdem lächelte Chebeti mit allen Zähnen Hoffnung. Sie zog die beiden Decken von Brians Bett und faltete sie so oft zusammen, dass sie hart wie ein Brett wurden. Mary schenkte ihr das Lächeln zurück, als sie ihr das Polster unter den Rücken legte.

»Dein Kind wird dich nicht lange warten lassen«, sagte Chebeti und verschluckte den Betrug, als hätte sie den Biss der eigenen Zunge nicht gespürt, »ich höre es schon in deinem Bauch schreien. Jetzt musst du ihm deine Stimme schicken.«

»Kommst du zu meinem Kind als Aja ins Haus?«, fragte Mary, »seine Mutter wird sehr müde sein, wenn es da ist.«

»Du sprichst von den Tagen, die noch nicht gekommen sind. Das darf eine Frau nicht, die auf ihr Kind wartet. Ich gehe in die Küche und hole Wasser.«

»Kamau kann es dir doch bringen. Ich will nicht, dass du von mir fortgehst.«

»Kamau sitzt mit dem Bwana in dem Zimmer mit den Bildern. Männer können nur Kinder pflanzen. Sie haben die falschen Hände, um sie aus dem Loch zu ziehen, in das sie den Samen vergraben haben.«

»Ich lach so gern mit dir, Chebeti. Ich konnte gar nicht lachen, bis ich nach Karibu gekommen bin.«

»Als du nach Karibu gekommen bist, haben wir gesagt,

deine Mutter hat bei deiner Geburt ein falsches Kleid angehabt.«
»Du weißt immer alles.«
Im Dornengestrüpp jenseits des Gartens und auf den Ameisenhügeln am Waldrand verschluckte die Mittagssonne ihren Schatten. Auf den Feldern verstummte der Gesang. Die Hunde krochen in den Schatten des Hauses und fraßen nur noch die Zeit. Obwohl die Vorhänge zugezogen waren, war die Luft im Zimmer so schwer wie die in dem Ofen aus Ziegeln, in dem Brot gebacken wurde. Mary schlief stöhnend ein. Chebeti hüllte die Erschöpfte, die selbst im Schlaf noch zitterte, in ein Wolltuch und knöpfte die eigene Bluse auf, um ihr Kind zu stillen.
Das Mädchen hatte so schnell ins Leben gedrängt, dass seine Mutter nicht mehr das Essen von der Feuerstelle hatte nehmen können. Gutes Gemüse war damals verbrannt, der Mais für das Ugali schwarz geworden und das Fell der bettelnden Hunde hatte nach Rauch gestunken. Während diese ungeduldige Tochter nun ihren ersten Zahn fest in die Brust der Mutter grub, überlegte Chebeti, ob sie nicht doch schon Brian holen und ihm sagen müsste, dass sein Kind sterben wollte. Selbst für Menschen, die nicht wussten, dass sie dem Tod die Beute unter den Bäumen und nicht im eigenen Haus bereitzustellen hatten, würde es nicht gut sein, wenn ein Kind im Bett seiner Eltern starb.
Mary wachte auf. Sie stöhnte nur noch mit den Augen. Der kurze Schlaf hatte ihrer Haut die letzte Farbe gestohlen, ihrem Kind seine Kraft. Chebeti sah die Tage auf sich zuspringen, an denen der Bwana allen erzählte, sie hätte auf ihren Augen geschlafen, während sein Kind starb. Seufzend legte sie ihre Tochter zurück in den Sessel. Die Kleine

war noch hungrig und brüllte so ungewohnt zornig, dass Chebeti sich nach ihr umdrehte und so den Moment verpasste, als Marys Kind den Tod von sich stieß.
»Wo bist du?«, schrie Mary, »mein Körper zerreißt.«
»Das ist gut, Mary. Das ist der Schmerz des Lebens.« Erst viel später, als die Worte das Salz in ihre Kehle trieben, erinnerte sich Chebeti, dass sie einmal in ihrem Leben Mary mit ihrem Namen angesprochen hatte.
Es war eine Nacht ohne Mond, doch mit einem Stern, der hell wie die Sonne leuchtete, als Marys Tochter geboren wurde. Sie hatte eine Stimme, die da bereits auf Safari ging, große Hände und Füße, denen kein Gras zu hoch sein würde, neue Pfade zu stampfen. Ihre Augen waren blau wie die Blüten vom Flachs am Tag vor der Ernte, die Haut hell wie die Perlen um den Hals ihrer Mutter. Ihr Haarflaum war noch schwarz – wie bei allen Kindern auf Karibu.
Freude versengte den Schweiß auf Chebetis Stirn. Sie trennte die Nabelschnur mit einer silbernen Schere, zählte die Finger und Zehen des Mädchens und badete es in einer weißen Schüssel mit goldenem Rand. Es sei, sagte sie dem Bwana und Kamau, das klügste Kind, das je in Karibu geboren worden war, denn es hätte schon vor der Geburt die Klugheit gehabt, alle Menschen zu täuschen.
Die Mutter dieses listigen Kindes war zu schwach, um mitzulachen, aber sie sah das helle Licht am Himmel. »Wir werden sie Stella Chebeti nennen«, flüsterte sie. »Stella heißt Stern. Chebeti verdankt sie ihr Leben.«
Chebeti legte ihr die Hand auf den Mund; es erzürnte den Gott Mungu, wenn Neugeborene einen Namen erhielten. Viele brauchten keinen, denn sie starben vor der dritten Regenzeit ihres Lebens. Wäre Chebeti nicht so erschöpft

gewesen, hätten ihre Augen die richtige Spur aufgenommen. Mungu war nicht gekränkt, dass Stella einen Namen hatte, ehe ihre Zunge die Süße der Milch schmeckte. Es war ihre Mutter, die in der Nacht starb.

2

Wenn es Nacht auf Karibu wurde, erinnerten sich die Menschen an die Bedeutung des Wortes. Sie hießen den Nachbarn am Feuer vor der eigenen Hütte willkommen und teilten mit ihm das selbst gebrannte Tembo, das Essen und das Wort. Die Satten und Fröhlichen redeten nicht nur, wie es bis zu Marys Tod geschehen war, von der großen Trockenheit, den Regenfluten und Buschfeuerbränden, von ihrer Habe, von den vielen Autos und Bussen in Nairobi und dem Boden, der einst den Kikuyu allein gehört hatte. Unter dem Sternenhimmel und in der kühlen Luft des Hochlands wurden auf Karibu die Köpfe auch von den Gesprächen über Chebetis Tochter heiß. Über die wussten die zahnlosen Mzee mit gebeugtem Rücken ebenso Bescheid wie die Männer, die auf den Shambas, in den Ställen und in dem steinernen Haus mit dem hohen Kaminschornstein arbeiteten. Auch jene Frauen, die ihre Füße nur bis zum Rand des eigenen Gemüsebeets, zum Brunnen und zu der Wasserstelle am kleinen Fluss bewegten, und selbst die Kinder, die noch so jung waren, dass sie die Saat vom Mais mit der vom Weizen verwechselten und einen Bullen mit einem Ochsen, wussten klug über Chebetis besondere Tochter zu reden.

Obwohl die auch in einer Hütte aus Lehm, Dung und Gras

wohnte und dort eine Decke mit zwei Schwestern teilen musste, war sie reicher als alle anderen Kinder auf der Farm. Auch war sie größer, kräftiger, mit den Händen geschickter und mit dem Kopf klüger als Gleichaltrige. Ihre Sonderstellung hatte Chebetis Tochter auch schön gemacht. Sie hatte so lange und schnelle Beine wie eine Gazelle und eine auffallend helle Haut, die in der Sonne wie das Fell der Impala leuchtete, wenn sie aus dem Gebüsch ins Licht gleiten; ihr Haar glänzte nicht nur in der Regenzeit. Wenn sie rannte oder eine schwere Last auf ihrem Kopf trug, wurden aus den winzigen Schweißtropfen auf ihrer Stirn bunte Glasperlen. Keiner ihrer Zähne war schwarz. Man erzählte sich, sie reinigte die nicht mit einer Wurzel, sondern mit einer kleinen Bürste und weißen Paste. Als Siebenjährige sprach das Mädchen das allen vertraute Kikuyu und bereits das fremde Suaheli, das jeder Erwachsene lernen musste, wollte er mit den Farmern und mit den Leuten von einem anderen Stamm reden. Auch vermochte die Kleine zwei Zahlen miteinander zu verheiraten, um aus der Ehe der beiden eine neue zu machen. Nicht nur dies. Seit der dritten Regenzeit ihres Lebens hatte Chebetis Tochter zwei Namen. Den ersten hatte sie von ihren Eltern erhalten, den anderen, wie sie mit Stolz erzählte, wenn sie nach ihm gefragt wurde, selbst gefunden – im Haus vom Bwana Mbuzi.

Kam die Rede auf das Mädchen mit den zwei Namen von sehr unterschiedlichem Klang, wurde sie sofort zu einer Geschichte von Tod und Leben. Keiner wurde sie je leid, denn sie war wahr und allzeit allein durch ein gutes Gedächtnis beweisbar.

»Chebetis Tochter hat«, berichteten die Leute, die immer

auf Karibu gewohnt hatten, den Fremden, die dort nach Arbeit fragten, »nicht nur zwei Namen. Sie hat auch zwei Köpfe, zwei Zungen und vier Ohren. Sie hat ein Kleid, das eine eigene Schüssel braucht, wenn es schmutzig ist.«
Saß diese zweiköpfige Kluge nachts mit ihrer Mutter und den Geschwistern am Feuer und steckte mit ihnen die rechte Hand in den großen Topf mit frisch gekochtem Maisbrei, hieß sie, wie viele Kikuyumädchen ihres Jahrgangs, Wangari. Lief sie jedoch in der Stunde, in der sich morgens der Himmel rosa färbte, den kleinen Pfad am Rande des Pyrethrumfeldes entlang, um mit Stella, dem einzigen Kind vom Bwana Mbuzi, das weiche weiße Brot zu essen und Milch aus einem Glas zu trinken, das höher war als ein aufrecht gestelltes Messer, warf Wangari ihren Namen in den Dornenbusch vor dem Brunnen. Bis dann die Sonne bei Anbruch der Nacht hinter den Berg am Wasserfall stürzte, war ihr Name Lilly.
Am Tag trug Lilly das rote Kleid, das ihre Mutter jeden Abend und nie in derselben Schüssel wie die Wäsche ihrer anderen Kinder wusch. Da wärmte der Neid der Geschwister Lillys Hals und ihre Stirn. Der Bwana Mbuzi, der mit Farben und Pinsel zaubernde Vater ihrer einzigen Freundin, hatte Lilly das herrliche Kleid, das selbst in der Dämmerung noch die gleiche Farbe wie ein gut genährtes Feuer hatte, in Nakuru gekauft. Seiner Tochter hatte er ein blaues mitgebracht und erzählt, der indische Schneider mit der Nähmaschine unter dem Baum am Markt hätte den Stoff für Lillys Kleid aus der Sonne des Abends und den für Stella aus einem Stück Mittagshimmel geschnitten.
»Darf ich das in deiner Hütte tragen?«, fragte Lilly.
»Nein«, befahl Chebeti. »Es ist auch deine Hütte.«

Mit ihren vier älteren Schwestern und den zwei nach ihr geborenen Brüdern redete Lilly Kikuyu, die Sprache mit den hohen, schnell reisenden Lauten, mit Stella und deren Vater sprach sie das vokalgetränkte Suaheli. Seit einiger Zeit war sie dabei, was nur ihre Mutter wusste, Englisch zu lernen. Der Bwana hatte Lilly und Stella vorgeschlagen, sich nach jeder Mahlzeit zehn Minuten in seiner Sprache zu unterhalten, obwohl ein Kind für sie die Zunge einer Schlange brauchte. Brian hatte den Mädchen versprochen, er würde jeder von ihnen an dem Tag ein Bild malen, da Lilly gut genug reden könnte, um ihn in Englisch darum zu bitten. Sie hatte gemerkt, wie ihre Augen zu groß für die Höhlen wurden, als sie sich das neue Zicklein ihres Vaters auf der Staffelei im Atelier vorgestellt hatte, und sofort die Töpfe mit schwarzer und weißer Farbe geholt. Stella hatte sich ein Bild von den elf kleinen Welpen gewünscht, die die Wolfshündin Asaki soeben geworfen hatte. Ihr Name bedeutete Honig, ihr Fell war weich und langhaarig. Kichernd hatte Stella die goldgelbe Farbe und die hellblaue für die Augen der Welpen auf den Tisch gestellt.
»Für jeden jungen Hund«, hatte sie gehandelt, »ein Bild. Und eins für Asaki. Ich werde zwölf Bilder bekommen.«
»Wenn du deinen Kopf mit zu vielen Zahlen fütterst, wird dein Herz krank. Ihr müsst euch beeilen mit dem Lernen«, hatte Brian gesagt und die Farbtöpfe wieder im Regal eingeordnet und dabei sein rechtes Auge geschlossen und sofort wieder aufgemacht. »Sonst wird aus der jungen Ziege eine alte Mutter und Asakis Welpen gehen auf die Jagd.«
Lilly hatte das Licht der Freude aus ihrem linken Auge geholt, ihre Arme über der Brust verschränkt und geantwortet: »Wir haben eine schnelle Zunge.«

»Schnelle Zungen wissen oft nicht, was sie reden«, hatte der Bwana gelacht.
Es stellte sich bald heraus, dass sein Gelächter gut Bescheid gewusst hatte über die mangelnde Ausdauer kleiner Mädchen, die sich auf einen zu komplizierten Vertrag eingelassen hatten. Ihnen erschien die Zeit, in der sie der versprochenen Bilder wegen Englisch reden mussten, wie der frische Lehm, in dem die Füße versanken. Obwohl sie beide schon die Botschaften der Zeiger von der Uhr über dem Kamin empfangen konnten, zählten sie die zehn Minuten, die Lillys Kehle austrockneten und Stellas Geduld verbrannten, an ihren Fingern ab.
»Schlechte Zeit stirbt schneller, wenn man sie in der Hand zerdrückt«, wusste Lilly.
Stella versuchte, die zehn Minuten nach der Mittagsmahlzeit mit einem scharfen Messer zu zerschneiden. In der heißesten Stunde des Tages verlangte es ihr am meisten, in den Schatten des Affenbrotbaums zu kriechen und jeden Laut, der ihr lästig war, in den Wald zu schleudern. Sehr oft sprachen die Freundinnen von dem Tag, als Lilly ihren Namen gefunden hatte. Beide liebten dieses Gespräch mehr als jedes andere. Es kam ihrem Sinn für Wiederholungen entgegen, Frage und Antwort waren genau festgelegt und auch die Pausen. Nur wenn die Worte, der Spott und das Lachen verstummten, streichelte der Wind die Ohren und fütterte die Nase mit dem Duft von Blumen und dem Rauch, der mittags von den Hütten aufstieg. Da zerschmolzen die Farben auf Karibu zu einem dünnen Streifen silbernen Lichts. Aus ihm flogen winzige Punkte aus Gold zu den weißen Wolken.
Wenn die Augen vom Licht mit den wirbelnden Punkten

geblendet wurden, konnten sie noch nicht einmal mehr ausmachen, dass Stellas Haut weiß war und die ihrer Freundin die Farbe vom Fell der Impala hatte. Als Lilly dies bemerkte, hatte sie keine Antworten gefordert, obwohl sie damals schon Kikuyu und Suaheli sprach. Stella hatte sich im Moment ihrer ersten Wahrnehmung jedoch vor den Spiegel gestellt und dann mit einer einzigen Frage Tränen auf das Gesicht ihres Vaters gezaubert; als er wieder stark genug geworden war, um seine Tochter hochzuheben, hatte er sie auf den Schultern in sein Atelier getragen, sie dort jedes Töpfchen öffnen lassen und ihr die Namen der Farben gesagt. Trotzdem hatte sie lange nicht begreifen wollen, dass sie keine Schwester hatte. Manchmal, wenn sie mit einem plötzlichen, scharfen Stich das Salz der Einsamkeit schmeckte, das in Afrika weder die klugen Mzee noch die unerfahrenen Jungen verschont, gebrauchte sie trotzdem noch das Wort für Schwester. Da nannte sie Lilly flüsternd »nduge muke« und die schaute auf die weißen Innenflächen ihrer Hände und gab ihr das Wort scheu zurück.
An dem Tag, der wie jeder gute begann und dann vor der Zeit einen vergifteten Schatten ausspie, kitzelten die vertrauten Scherze die Kehle und belebten Kopf und Körper wie die erste Nacht des Regens nach der Trockenzeit. Stella und Lilly hetzten einander über die kurzen, harten Grasbüschel wie jene sehr jungen Paviane, die noch kreischend nach dem Schwanz ihrer Geschwister greifen, ehe sie auf den Rücken ihrer Mutter springen. Sie tauschten kichernd ihre Kleider, die Ketten aus Sicherheitsnadeln um den Hals und ihre Namen. Lilly zog auch Stellas Schuhe an, humpelte, weil sie den Druck von Leder nicht gewohnt war, wie eine alte Frau und musste schon nach nur wenigen Schrit-

ten den dicken Stamm des Affenbrotbaumes umschlingen, um nicht zu stürzen. Stella rannte schnell wie ein Gepard zu einem kleinen Wasserloch und schmierte dort so viel Lehm auf ihre nackten Füße und Beine, bis die nicht mehr von Lillys zu unterscheiden waren.

Unter einem Pfefferbaum mit roten Beeren, deren Schale so süß schmeckte wie der Saft vom Zuckerrohr, beschimpften sie sich mit den derben Flüchen der Männer und verschluckten, prustend wie Flusspferde, ihre Scham. Sie gruben mit einem Messer, dessen Schneide selbst im Schatten silbern funkelte, die harte Erde zwischen den versengten Grashalmen aus, benetzten sie mit dem Wasser aus dem Loch und pressten sie zu einer festen kleinen Kugel. Die warfen sie mit der rechten Hand hoch, fingen sie mit der linken und schrien mit nur einem Mund, sie hätten die Sonne gefangen.

»Ich war noch ein Toto mit nur einem Zahn im Mund«, erinnerte sich Lilly, als der Atem in ihre Brust zurückkehrte und die Freude die schnellen Schläge ihres Herzens laut machte, »und ich hatte noch keinen Namen.« Als die Ältere hatte sie sich für alle Zeiten das Recht gesichert, die beste aller guten Geschichten mit diesem Satz zu beginnen.

Stella bohrte ihre Hände in die Taschen von Lillys rotem Kleid. Sie leckte ihre Lippen und machte den Mund auf und dann wieder zu, um anzuzeigen, dass sie die Antwort vergessen hatte und dabei war, die geflüchteten Bilder aufzuspüren. »Du hast noch keinen Namen gehabt«, wiederholte sie schließlich und jagte vorsichtig und lautlos die Zahlen von eins bis fünfzig in die Wolken. »Aber«, wusste sie, »ich habe schon aus der Brust deiner Mutter getrunken.«

Lilly machte erst die Augen auf, als Stella zu triumphierend »Lakini« sagte und damit das Wort für »aber« vorschnell mit der Schärfe des Widerspruchs würzte. Geduldig wartete sie auf den Moment, da das Schweigen schwer genug geworden war, um den Genuss der Rede nicht nur zwischen den Zähnen zu spüren. Mit ihrem Zeigefinger schnitt sie einen Kreis in die Luft. Aus ihren Augen wurden zwei funkelnde Spiegel. Ehe sie fragte: »Warum hast du nicht deine Mutter gerufen, wenn dein Bauch leer war?«, machte sie ihre Lippen voll mit dem Spott der Wissenden.

Nur zögernd ließ sich Stella aus der Geborgenheit des Schweigens locken. Sehr viel sanfter als bei einem Gespräch ohne genau festgelegte Regeln setzte sie die dickleibige rote Ameise, die soeben zu einer Safari von ihrem Ellbogen zur Schulter gestartet war, zurück ins Gras. Dann zerteilte sie den großen Ballen Erde in zwei kleine von gleicher Größe; dreimal spuckte sie auf beide. Die Sonne färbte die Tropfen erst grün, dann blau. »Ich habe keine Mutter«, erzählte sie, wobei sie den Satz gut zerkaute, um ihn länger zu machen, als er war.

»Ist sie zu dem klugen Doktor nach Nakuru gefahren?«

»Nein. Meine Mutter fährt nicht nach Nakuru.«

»Aber ich habe sie heute nicht in Karibu gesehen.«

»Meine Mutter wollte sterben. In der Nacht, als ich geboren wurde, wollte sie sterben.«

»Dann«, entschied Lilly, »hast du aus der Brust von deinem Vater getrunken.«

Das hatte Lilly noch nie gesagt. Stella spürte die Gewalt des Zorns, als sie die glühende Asche auf ihren Wangen nicht mit einem Scherz löschen konnte. Die Knöchel ihrer zur Faust geballten Hände wurden weiß wie der Schädel einer

Gazelle, der monatelang in der Sonne gelegen hat. »Das hast du noch nie gesagt, du hast deine Zunge mit einer Lüge zerschnitten«, schrie sie und trommelte mit ihren Fäusten auf das Gras. »Du bist eine Hyäne. Du hast ohne Hunger Beute gemacht. Du hast meine Worte gestohlen. Ich war Chebetis Kind. Das weißt du. Chebeti hat mir ihre rechte Brust gegeben.«

»Die linke«, brüllte Lilly, »jetzt lügst du. Deine Zunge wird aus deinem Mund fallen. Nein. Sie brennt schon im Dornbusch. Wie der Mann aus dem Fluss, von dem du mir erzählt hast.«

»Moses«, hisste Stella und spie wie die Schlange, die Kimani in der vorigen Regenzeit vor dem Küchengebäude erschlagen hatte. »Du hast den Namen von Moses vergessen, als du meine Worte gestohlen hast. Du hast ein großes Loch im Kopf. Moses hat nicht gebrannt. Der Busch hat gebrannt.«

Eine Weile stritten sie noch mit den hohen, rasch zuschlagenden Stimmen keifender Frauen, sehr bald jedoch wieder ohne das Gift der Eifersucht und immer mehr auf jene träge, wohltuende Art, die noch nicht einmal die Mundhöhle heiß macht. Das Gezänk stolperte häufig über Scherze und einmal verirrte es sich in einem dünnen Nebel, weil die Streitenden zu nahe aneinander rückten und sich ihre Arme berührten. Im bedächtigen Tempo der Männer, die nachts vor dem Feuer ihrer Hütten saßen und vom Land der Kikuyu sprachen, unterhielten sie sich über gesunde Mütter mit gefüllter Brust und über alte kranke Frauen mit geblähtem Bauch und Elefantenbeinen, die von den Fliegen mit Baumstämmen verwechselt wurden.

Sie redeten von Lillys klugem Vater – Kamau war bei Sonnenaufgang mit viel Geld in einem ledernen Beutel unter dem Hemd und einem Brief vom Bwana Mbuzi in der Tasche zu einer großen Farm in Ol' Kalau gelaufen und wollte noch vor der Dunkelheit mit einem neuen Bullen zurückkehren. Der würde mehr Kälber auf Karibu machen als der alte, müde Mafuta, der nur noch für die Füllung seines dicken Bauchs und zu selten für die Kühe sorgte. Sehr lange sprachen sie von Stellas Vater und dass er Kinder noch mehr liebte als die Ziegen, die er malte. »Er verliert seine weißen Hände im Haar der schwarzen Totos«, sagte Lilly.

Obwohl dieser Satz neu und keine stabile Brücke zum nächsten war, gefiel er beiden so gut, dass sie ihn sich gegenseitig zuwarfen wie zuvor den Ballen aus Erde. Sie fingen die Worte immer mit beiden Händen auf, legten sie in den Schoß, lachten dabei alle vier Augen feucht und mussten sie zum Trocknen auf Safari schicken. Ein feines Gitter aus schwarzweißem Licht und später eine rote Staubwolke zeigten am Horizont eine Herde galoppierender Zebras an. Als die Blätter eines lilafarbenen Jacarandabaums beim Tanzen im heißen Wind zu flüstern begannen, sprach Stella von den falschen und Lilly von den richtigen Töchtern. Und doch belauerten sie einander die ganze Zeit mit der Aufmerksamkeit von Schakalen, die lange kein Jagdglück mehr gehabt hatten. Endlich gab Stella nach. Sie setzte an, die schöne Shauri, um derentwillen sie unter dem Baum saßen und sich gestritten hatten, aus ihrem Schlaf zu schütteln.

»Ich habe immer Lilly gesagt, wenn Chebeti mich ins Bett gelegt hat. Weißt du das noch. Lilly, Lilly, Lilly«, ahmte sie

die weinerliche Beharrlichkeit eines hungrigen Kindes nach.
»Hast du denn nicht gewusst, dass lala schlafen heißt? Lala, lala, lala«, trompetete Lilly. »Du warst dumm. Du hast nicht gewusst, dass lala schlafen heißt.«
»Ich war noch ein Kind und wusste nur, wo die Brust deiner Mutter war. Heute ist das nicht mehr so. Heute weiß ich, warum du Lilly heißt. Deine Ohren haben meine Stimme gestohlen.«
Sie konnten nun mit Augen, die der Spott nicht zu Schlitzen verengte, und Händen, denen nicht mehr die Krallen von futterneidischen Servalkatzen wuchsen, über die Beute von Wortjägern reden und über Kinder an der Brust der Mutter, die einander bestahlen und doch keine Diebe waren. Einmal verstummten sie ganz, denn sie glaubten, die festen Tritte von Füßen in Schuhen aus Gummireifen auszumachen, wie sie Kamau trug, wenn er einen langen Weg vor sich hatte. Sie warfen sich zu Boden, legten sich auf die rechte Seite und pressten ihr Ohr fest an die Erde, aber es war ein kräftiger Windstoß, der sie auf die falsche Spur gelockt hatte, und sie mussten Enttäuschung kauen – nur die kleine, die nicht länger währte als der Stich eines zu weit aus dem Gestrüpp herausragenden Dorns. Beim Aufstehen stießen ihre Köpfe zusammen, doch damit das Lachen sie nicht wieder zu Kindern machte, die wie die noch blinden jungen Hunde übereinander herfallen, hielt Lilly beiden die Nase so lange zu, bis sie kaum noch atmen konnten. Dann sagte sie sehr energisch: »Ich werde immer älter sein als du.«
»Du wirst immer älter sein als ich«, schniefte Stella. »Meine Tage haben kürzere Beine als deine.« Sie schluckte mehr

Luft als vorgeschrieben bei diesem letzten Seufzer, schloss die Augen und legte zwei Finger auf ihre Lippen. Dies war das in einer Vollmondnacht verabredete Zeichen, dass sie für alle Zeiten Lillys Gebot achten würde, als die Jüngere das Gespräch zu beenden. Weil beide oft erlebt hatten, dass Traurigkeit die Kehle von Menschen so verengt wie den Schlund eines zornigen Truthahns, nahmen sie schweigend Abschied von dem guten kurzen Kampf, der schönen langen Versöhnung und von den umdunkelten Bildern aus der Zeit von Mary Hoods frühem Tod. Noch witterten sie nicht, dass Stellas weitsichtiger Vater sie für zwei Kinder hell gemacht hatte, damit seine mutterlose Tochter sich mit der gleichen Genügsamkeit am Rhythmus des afrikanischen Lebens nährte wie seine weisen Menschen. Auch er hatte von ihnen gelernt, das Gleichmaß als den einzigen Balsam zu empfinden, der dem Schmerz seinen Stachel nimmt.

Es war, wie die früh Gereiften feststellten, dennoch sehr viel Gelächter im Körper geblieben. Sie schleuderten abwechselnd die hellen Silben »Lilly« und die melodischen Laute »lala« zur Spitze des Bergs aus grauem Stein am Wasserfall. Mal für Mal streichelte ein klangschweres Echo ihre Ohren. Kichernd tauschten sie ihre Kleider zurück und streckten – ein wenig zaudernd, denn dies war stets ein Moment der Reue – die Arme nach dem eigenen Namen aus. Zwanzig Finger berührten einander mit sanftem Druck. Erleichtert zerrte Lilly die zu kleinen Schuhe von ihren anschwellenden Füßen und hielt sie Stella hin, doch die schüttelte den Kopf so lange, bis die Haare wie eine im starken Wind flatternde Decke um sie wirbelten, verknotete die Schnürsenkel und hängte die Schuhe um ihren Hals.

Um zum Wohnhaus zurückzukehren, wollte Lilly den Weg mit den winzigen weißen Steinen nehmen, von denen jeder Einzelne in der Sonne wie die bunten Perlen in den Ketten, Armreifen und dem Kopfputz der Massai funkelte. Dieser nach der letzten Regenzeit angelegte Weg führte am Stall, an der Salzlecke für das Vieh und an den schwarzgesichtigen weißen Hühnern mit den feinen Federn vorbei, die der Bwana Mbuzi von einer Farm in Eldoret hatte kommen lassen und die ihre Eier nur in hohes Gras legten. Er hatte Lilly einen Cent für jedes Ei versprochen, das sie ihm von den eigenwilligen Hühnern brachte. Stella schlug den Pfad zu Chebetis Hütte vor. Nachts kreuzten ihn die Pongos, die scheuen Schirrantilopen mit den weißen Streifen und Stummelschwänzen, und sie hatte mit ihrem Vater gewettet, sie würde noch vor dem nächsten Neumond drei Pongos bei Tag sehen und sie malen. Da die Schatten der Nachmittagssonne jedoch schon zu lang und sehr schwarz geworden waren und die Zeit nicht mehr reichen würde, um einen neuen Streit zu einem so guten Ende wie den vorigen zu führen, einigten sie sich auf den Umweg über das Pyrethrumfeld mit den größten Blumen. Es waren nur Blicke und Gesten erlaubt, damit keiner von beiden das den anderen kränkende Wort der Entscheidung sprechen musste.

Trotz der noch nicht erloschenen Tagesglut und der dampfend schweren Luft waren die Stiele der Pflanzen voller Saft und grün wie das wuchernde Moos im Wald. Jeder Blumenkopf war kleiner als ein Daumennagel und hatte ein leuchtend gelbes, von weißen Blütenblättern umrandetes Gesicht. Diese freundlichen Gesichter würden auch nach der Ernte noch fest und schön sein, wenn die Blumen in den großen Kikapus der Pflückerinnen lagen, um auf ihren Tod zu warten. Obwohl Stella entschlossen war, Farmerin zu werden, tat es ihr manchmal noch Leid, dass aus so hoffnungsvoll lächelnden Blumen nur ein scharf riechendes, todbringendes Insektenpulver hergestellt wurde. Kräftige Jungen mit nacktem Oberkörper und Fliegen auf dem kahlen Schädel standen im bewundernden Verlangen um den zehnjährigen Kania herum. Dessen Augen waren groß vom Stolz des Auserwählten. Obwohl er nur sieben Finger hatte und sein rechtes Bein kürzer war als das linke, hatte der Bwana Mbuzi bestimmt, dass ausgerechnet er dem Wasser am Shamba befehlen durfte. Kania hatte den roten Schlauch, der dicker als eine Schlange war, die sich viel Zeit genommen hat, die Beute zu verdauen, um seinen mageren Körper gewickelt. Noch tränkten die letzten Perlen des Wassers die Luft. Der kranke Jakarandabaum, der sich im Alter mit zu wenig Stärke gegen die gefräßigen Tischgenossen gewehrt hatte, die Bäumen ihren Lebenswillen rauben, war gefällt worden. Es roch süß nach Harz und stechend nach dem Holz, das bald in den kalten Nächten die Flammen im Kamin nähren würde. Aufgeschreckte Käfer mit fettem Leib und grünen Flügeln krochen aus dem bereits welkenden Laub. Die Webervögel hatten gefüllte Schnäbel. Sie waren schon dabei, sich neue Nester zu bauen.

Da Stella den tröstlich vertrauten Geruch von feuchtem Hundefell vor jeder anderen guten Botschaft ausmachen konnte, nach der ihre Nase gierte, erschnüffelte sie bereits an dem Haufen aus Kartoffelschalen, gärenden Mangokernen und faulenden Maiskolben, dass Asaki durch den Wasserstrahl für das Pyrethrum gelaufen war. Sie klatschte leise, schlug im Laufen ihre Schuhe aneinander, brüllte »Jambo« und lockte den Hund mit zärtlich schnalzenden Lauten zu sich. Asaki hielt ihren massigen Kopf schief, bewegte das linke Ohr und schob langsam ihre Schnauze in die Sonne. Erst in diesem Moment sah Stella ihren Vater.

Brian stand inmitten von kreischenden Kindern. Er war mit sechsunddreißig noch so schlank wie zu der Zeit, als er im väterlichen Arbeitszimmer erstmals den Aufstand gegen Tradition und Disziplin geprobt hatte. Nun hatte er jedoch die hager energischen Züge, mit denen das Leben in Afrika die Farmer noch mehr zeichnet als Sonne und Wind. Auf seiner Stirn zeigten sich die ersten Falten, an den Schläfen graue Strähnen. Bei seinen Bekannten pflegte er beide mit den Anforderungen zu erklären, die das Temperament seiner dominanten Tochter an ihn stellte, wobei er nie den ironischen Hinweis auf ihr großväterliches Erbe vergaß. Wie seine Nachbarn sprach Brian nur in Ausnahmefällen von den beunruhigenden Berichten und ihn noch mehr alarmierenden Gerüchten, die den Überfällen im Hochland galten. Die Kikuyu rebellierten gegen die britischen Kolonialbehörden – in den letzten beiden Monaten waren ein Farmer in Kitale ermordet, ein Farmhaus in Subukia niedergebrannt und die besten zehn Ochsen von Brians gutem Freund Scriver morgens ertrunken im Naivasha-See aufgefunden worden.

Trotzdem hatten seine Augen weder ihre erwärmende Gutmütigkeit noch ihre Lebenslust hergeben müssen. Seine ursprünglich auffallend blasse Haut, die ihm sein Vater als besonders typisch für einen Jungen vorgeworfen hatte, der weder Cricket spielen noch reiten mochte, war stark gebräunt und ledern geworden. In fröhlichen Nächten mit

viel Bier aus Zuckerrohr und Zungen, die zu den Sternen fliegen konnten, weil sie sich nicht nur mit Essen und Trinken labten, verbürgten sich die Menschen auf Karibu dafür, dass der Bwana Mbuzi nach dem Tod seiner Frau diese neue Haut einem indischen Händler abgekauft hätte und dafür den Donner seines Lachens hätte hergeben müssen. An diesem Tag, da er durchaus bereit war, der romantischen Geschichte zu glauben, musste sich Brian, als er Stella und Lilly so unbeschwert und ahnungslos auf sich zukommen sah, sogar um ein Lächeln bemühen.
Brian schalt sich als schwach und kindisch abergläubisch, weil er das Gespräch fürchtete, das jedem Vater auf einer einsam gelegenen Farm bestimmt war. Selbst bei der Auswahl seiner Kleidung an diesem Tag hatte er sich seinen Emotionen und Erinnerungen ausgeliefert und seiner Sentimentalität nachgegeben. Er hatte sich nur deshalb für die mehrfach geflickte, ausgebleichte Khakihose entschieden, die er einst in der Londoner Regent Street in einem noblen Ausstattungsgeschäft für Indienreisende gekauft hatte, weil er sie meistens in Krisensituationen getragen hatte und weil jeder Flicken für ihn den Aufbruch in die Freiheit Afrikas symbolisierte, der ihm nach all den Jahren immer als Zenit seines Lebens erschien. Auch der Gürtel aus weichem, zweifarbigen Leder hatte seine Biografie. Mary hatte ihn unmittelbar nach der Ankunft in Karibu geflochten und errötend erzählt, sie hätte in jede Schlaufe einen berühmten Maler als Brians Schutzengel gebeten. Obwohl er damals schon lange begriffen hatte, dass keiner der prominenten Schutzengel sich für seine künstlerische Inspiration zuständig erklären mochte, wirkte der Zauber noch immer. Sobald Brian die Gürtelschnalle schloss, hörte er

Marys beruhigende Stimme. In guten Stunden sah er auch ihr scheues, ernstes Gesicht und er konnte herzhaft lachen, was er sich damals versagt hatte, weil seine eifernde Mary Gainsborough mit Galsworthy verwechselt und ihn in den Kreis der Maler aufgenommen hatte.

In einer besonders starken Regenzeit, als Brian an einem einzigen Tag vier Hemden gestohlen worden waren und er der verschlammten Straße wegen nicht zum Einkaufen nach Nakuru hatte fahren können, hatte Chebeti unter dem Flamboyantbaum auf Marys alter Maschine das hellblaue Hemd genäht. Es war kragenlos, weil Chebeti vorab mit dem Stoff eine Tischdecke und ein Kissen geflickt hatte, und blähte sich nun im Nachmittagswind wie ein Ballon. Als Brian den beiden Mädchen zuwinkte, kaute er an der gelbstieligen Pfeife mit dem weißen Porzellankopf. Er entzündete sie sonst nur am Kamin und zum Zeichen, dass die Stunden nach dem Abendessen ausschließlich ihm und Stella gehörten.

»Diese Pfeife«, pflegte Brian seiner Tochter zu erzählen, die es nie leid wurde, ihn danach zu fragen und ihn an die nötigen Wiederholungen zu erinnern, »ist meine Königin der Nacht. Sie mag es nicht, wenn ich arbeite. Sie will nur die allerbesten Stunden mit uns beiden teilen.« Als Stella bemerkte, dass ihr Vater seine Pfeifenkönigin missbraucht und ihr noch nicht einmal Feuer gegeben hatte, blieb sie stehen und verdeckte ihre Augen mit beiden Händen. Sie wollte sich Zeit vor dem zweiten Blick und ihrer Frage nehmen, doch ihre Beine juckten von der Ungeduld der Überraschten und hetzten sie zu früh aus der Sicherheit heraus. Stella machte aus ihren Armen Flügel und rannte auf ihren Vater zu, der nun auch seine Schultern breit gemacht hatte

und wie ein Adler vor dem Flug aussah; er pfiff den alten Kindervers vom Ei »Humpty Dumpty«, das sich bei einem Sturz von einer Mauer sein Genick bricht. Stella hatte die Melodie an ihrem vierten Geburtstag komponiert, als Brian für sie ein Straußenei bemalt hatte. Sie antwortete beglückt, holte das Ei aus einem blauen Wolkenthron aus ihrem Kopf und hüpfte bei jedem fünften Schritt über einen Grasbüschel. Als sie Brian erreichte, hob er sie hoch, was er nur noch tat, wenn sie beide den gestorbenen Tagen Atem einhauchten, warf sie in die Luft, fing sie auf und drückte mit einer zärtlichen Bewegung, die sie nicht erwartet hatte, ihr Gesicht an seine Schulter. Dort spürte Stella einen Seufzer auf, der in der Brust ihres Vaters erstickte. Sie hörte sein Herz und zählte die Schläge.
Um Mungu wissen zu lassen, dass sie sich nicht vor Schmerzen fürchtete, presste sie ihre Stirn fest gegen einen Metallknopf von Brians Hemd. Es bekümmerte Stella, dass ihr Vater zu wenig nach Tabak und auch nicht nach dem gebratenen Speck vom Mittagessen roch. Seine Haut irritierte ihre Nase mit dem Duft eines verängstigten jungen Hundes, der noch nicht gelernt hat, seine Mutter wieder zu finden, wenn er sich zu weit von ihrer Zitze entfernt hat. Stellas Nacken und Stirn begannen zu brennen, doch sie zerknirschte ihren Argwohn mit ihren beiden neuen Vorderzähnen und schluckte ihn hinunter.
»Chebeti hat die falsche Pfeife in deine Tasche gesteckt«, flüsterte sie in Brians Ohr und lieh sich die Stimme eines Kindes, das noch nicht die Sonne vom Mond unterscheiden kann.
»Nein, ich habe die Königin gebeten, mich heute zu begleiten.«

»Warum? Gehört heute nur uns?«
»Ja. Ich will mit dir reden, aber ich weiß nicht, wie. Die Königin ist klüger als ich. Sie wird meinen Mund richtig füttern. Es ist wichtig, dass du mich verstehst.«
Stella war gerade dabei, sich das schöne, noch nie erschaute Bild vorzustellen, das ihr Vater nur mit Worten und doch in einem sonnenkräftigen Gelb und dem Wolkenweiß der Morgendämmerung gemalt hatte, als sie merkte, dass Mungu ihr geholfen hatte, ohne dass er von ihr um Beistand gebeten worden war. Der schwarze Gott ließ Stella wissen, dass ihr Vater bestimmt nur hatte prüfen wollen, ob seine Tochter schon alt und erfahren genug war, um die Falle eines schlechten Jägers zu erkennen, der nichts von der Klugheit der Tiere weiß.
»Du hast doch gar nicht gewusst«, jubelte sie und sprang, so hoch sie konnte, um ihn ins Ohr zu zwicken, wie er es manchmal tat, wenn er sie bei einer Schwindelei ertappte, »dass ich zum Pyrethrumshamba komme. Lilly wollte zu den verrückten Hühnern aus Eldoret und ich wollte den Weg zu Chebetis Hütte nehmen.«
Stella war so sicher, ihr Vater würde nun endlich die neueste Shauri von seiner Pfeifenkönigin erzählen, dass sie ihn ermahnte, für Lilly Suaheli zu sprechen, doch er schüttelte den Kopf und holte die Freude, die zuvor da gewesen war, aus seinen Augen. Obwohl sein Hemd lange Ärmel hatte, machten seine Finger die Bewegung, die nötig war, um eine Fliege vom Arm zu verjagen. Dann legte er seine Hände auf Stellas Schultern, ohne seine Kehle mit einem Scherz einzuölen. »Heute«, sagte er, »will ich nur mit dir sprechen. Du musst mir dabei helfen. Es gibt Väter, die Angst vor ihren Kindern haben. Du hast so einen.«

»Der Bwana Mbuzi lügt«, gurgelte Stella Erleichterung, »er lügt schon wieder.«
»Chebeti wartet auf dich, Lilly«, sagte Brian und nun war seine Stimme wie ein fest gespannter Draht, »sie hat gesagt, du sollst die Hütte fegen und dann Wasser holen. Komm, Stella, wir setzen uns unter den Baum. Die Pfeifenkönigin hat gesagt, unter einer Dornakazie wird die Zunge glatt und kann gut sprechen.«
»Glatte Zungen lügen. Hat Chebetis Mutter gesagt.«
»Nicht immer, Stella. Nicht immer.«
Das erste Wort steckte lange in der Kehle. Erst verfolgten ihre Augen Lilly auf dem Weg zur Hütte. Dann lauschten sie dem Gesang der Männer auf den Shambas. Später hörten sie Kamau gegen den Wellblechtank schlagen. Sein Stock hatte der Arbeit des Tages den Schlaf befohlen. Sie kauten mit schwerem Kiefer die Luft, schauten einander nicht an und riefen im gleichen Moment den Hund. Asaki, die sanftmütige Trösterin, die dem Honig ihren Namen verdankte, trieb mit einem gespitzten Ohr und einem Schwanz, der Wind machte, die Süße zurück in die Worte, denn sie legte ihren Kopf auf Stellas Schoß und stellte die rechte Vorderpfote auf Brians Stiefel.
»Du musst in die Schule, Stella.«
»Heute?«
»Nein, aber bald. Doch in den Ferien wartet Karibu auf dich. Immer. Das darfst du nie vergessen.«
»Warum sprichst du von den Tagen, die noch nicht hier sind?«
»Wenn du heute schon den Schmerz zähmst wie ein wildes Pferd, kann er dir morgen nicht mehr wehtun.«
Es war, wie sich Stella in späteren Jahren erinnern sollte,

das erste Mal, dass die Zunge ihres Vaters wie eine Katze hinkte, die auf einen Dorn getreten war. Noch konnte sie keines der neuen Worte deuten und doch spürte sie die Bedrohung.

»Lilly auch?«, fragte sie trotzdem. »Geht Lilly auch in die Schule mit dem wilden Pferd?«

»Nein, Stella. Lilly bleibt hier. Wir leben in einem Land, das nichts von Vätern weiß, die ihre Kinder brauchen, und nichts von Freundinnen, die einander lieben«, seufzte Brian. »Du darfst mir nicht böse sein, dass ich dir wehtue.«

»Ich hab dir doch noch nicht erzählt«, wunderte sich Stella, »dass mein Zahn wackelt. Aber er tut nicht weh.«

»Bravo, du bist die Enkeltochter deines Großvaters. Du hörst nur, was du verstehst.«

»Sprichst du schon wieder von den Tagen, die noch nicht da sind?«

»Nein, von denen, die waren.«

Es waren die Erinnerungen an seine Kindheit in Angst und Verzweiflung, die Brian in den Nächten ohne Schlaf melancholisch und mutlos gemacht hatten. Dass er sich von Stella und sie sich der Schule wegen von ihm, Lilly, Chebeti und Karibu trennen musste, erschien ihm als grausame Wiederholung seiner Jugend. Nun war er der Flammenengel, der seine Tochter aus ihrem Paradies von Liebe und Geborgenheit vertreiben musste. Wenn Brian bei Tag erlebte, wie Stella die Gleichmut und Gelassenheit des afrikanischen Lebens geprägt und sie Geduld und Zufriedenheit gelehrt hatten, schämte er sich seines Zauderns. Da erkannte er, dass ihm seine Empfindsamkeit und Weichherzigkeit die Kühle der Überlegung und die Einsicht in die Notwendigkeit raubten.

Trotzdem wurde er wieder der Rebell gegen Tradition und Konvention, der er in der Jugend gewesen war, ein Don Quichotte in einer geflickten Khakihose, der dem Gaul seiner alten Illusionen vom Recht aller Menschen, ihr Leben selbst zu bestimmen, die Sporen gab. Ihm ging es nicht um Sieg, nur um den Kampf. Den wusste er schon verloren, ehe er nach Nairobi fuhr, um die Erlaubnis zu erbitten, seine Tochter selbst zu unterrichten. Der zuständige Beamte hieß Withers und erinnerte Brian unangenehm an seinen Vater; er hatte die gleiche Art, die Augenbrauen hochzuziehen und jedes Wort misszuverstehen. Selbstverständlich, hatte Withers gesagt, müsse Brian sich nicht für eines der Internate in der Kolonie entscheiden. Auch die Privatschulen seien ja alle ein wenig vulgär. Deswegen hätte er seine drei Söhne am Tag ihrer Geburt in Eton angemeldet.

»Verstehen Sie denn nicht«, brummte Brian, »was ich Ihnen soeben gesagt habe? Ich liebe meine Tochter. Sie ist alles, was mir geblieben ist.«

»Sie sehen das viel zu sentimental. Den kleinen Biestern tut es gut«, wusste Whithers, »wenn sie beizeiten lernen, auf eigenen Füßen zu stehen. Sind Sie denn nicht im Internat gewesen?«

»Nein, in der Hölle.«

Brian fügte sich, aber er konnte den Gedanken nicht ertragen, die Schule würde für Stella und Lilly auf immer die Welt in Europas Wissen und Afrikas Weisheit spalten. Ebenso ahnungslos wie besessen begann Brian dann nach einer Schule zu suchen, die schwarze und weiße Kinder aufnahm. Weil Karibu ihm zu lange Schutz vor der Wirklichkeit des Landes gewährt hatte, lieferte er sich seinem

Traum aus, reiste von Mombasa bis Kisumu und stritt mit entsetzten Schuldirektoren, die ihm klarmachten, dass es für die Afrikaner keine Schulpflicht gab, kaum Schulen und strikte Rassentrennung.

»Wollen Sie denn«, herrschte ihn der Schuldirektor in Nakuru an, »dass Ihre Tochter mit Kindern in die Schule geht, deren Väter uns den Schädel einschlagen? Haben Sie noch nie etwas von Mau-Mau gehört?«

»Doch«, sagte Brian, »nur was hat das mit Kindern zu tun?«

Als die Sonne im Feuerball verglühte und er auf die Tränen seines Kindes wartete, weil er sich an die eigenen erinnerte, erklärte er Stella, sie müsse nur dreimal den Vollmond abwarten, ehe sie nach Karibu zurückdürfe. Beschwörend hielt er drei Finger hoch. »Ich hab ein Taschentuch«, flüsterte er, »jetzt machen wir erst mal dein Gesicht trocken.«

»Deine Augen«, lachte Stella, »sind nass. Nicht meine. Du hast vergessen, das wilde Pferd zu zähmen.«

3

Sie hatten in dieser Nacht mit dem trügerisch süßen Geruch des langsamen Sterbens die Ohren lange mit dem einverständlichen Schweigen von Männern verwöhnt, die ungeduldig gestellten Fragen ebenso misstrauen wie den zu rasch gegebenen Antworten. In den Stunden des Wartens hatten sie so nahe beieinander gesessen, dass sich jeder an der Luft aus der Lunge des anderen wärmen konnte, und beide hatten sie die düsteren Farben, die schwarzen Schatten und den grauen Rauch des erlöschenden Feuers gesehen. Die Gnade der kurzen Blindheit hatte ihre Augen geschützt, Afrikas Weisheit von der Schmerzlosigkeit der letzten Safari ihr Herz. Als die Nase ihnen endlich wieder den tauleichten Duft des Lebens gestattete, erblickte jeder von ihnen das gleiche Bild. Der gemeinsam begangene Weg, der schon längst nicht mehr bestimmten Regenzeiten zugeordnet wurde, ließ sie wissen, dass sich die Bilder in ihren Köpfen wie zwei Eier ähnelten. Das Gleichmaß ihrer Schritte bestätigte es ihnen. Kamaus nackte Füße waren lautlos, jeder von Brians festen Tritten auf dem harten Boden klang, auch ohne dass nur ein einziger sein Echo fand, wie ein Ruf von den Bergen. Erst als der ausgetretene Pfad am Waldrand erreicht war, setzte der Barfüßige an, die Stille zu zerschneiden. Er

stellte die Laterne auf die Erde, schüttelte seine Schultern aus und befreite seine Kehle von dem Druck zu lange zurückgehaltener Worte.
»Du hast gedacht«, fragte Kamau, »ein Kikuyu hat den Bwana Bibitatu erschossen?« Er lachte erst und dann jedoch ungewöhnlich laut beim letzten Wort, das er auch sehr viel deutlicher als die übrigen betont hatte. Als er sich seufzend auf den Stamm einer am Vortag gefällten Zeder setzte, ohne dass er sich zuvor über den steil ansteigenden Weg beklagt hatte, der Beine vor der Zeit unwillig macht, schlug er dreimal sehr fest mit seinem Stock gegen einen großen Stein und deutete auch mit der Stimme eine Folge von schnell hintereinander abgefeuerten Schüssen an. »Hast du das wirklich gedacht?«
»Ja. Warum fragst du? Und warum fragst du das erst heute? Mein Freund in Naivasha hat es mir erzählt«, erinnerte sich Brian und setzte sich schwer atmend neben Kamau. »Der Mann hat tot in seinem Bett gelegen. Mit einem Loch im Kopf.«
»Du hast die zwei Löcher in der Brust vergessen.«
»Warum reden wir in dieser Nacht von den Löchern in der Brust eines Mannes, den wir beide nie gesehen haben?«
»Weil diese Löcher deinen Kopf krank machen«, erwiderte Kamau. Er sprach nun so leise wie sonst nur mit seiner jüngsten Ziege. Wie alle Menschen auf Karibu wussten, verwöhnte er die meckernde Weißbärtige mit der Stimme der Vögel und den frischesten Blättern von seinem Gemüsebeet.
»Bin ich in dieser Nacht deine Ziege?«
»Chebeti hat es mir gesagt«, beharrte Kamau. »Die Lampe neben deinem Bett braucht jeden Tag neues Petroleum.

Als dein Kopf noch gesund war, hat die Lampe nur am Montag getrunken. Und du nur am Sonntag.«
»Und nicht Petroleum. Du brauchst es nicht zu sagen. Ich weiß es. Chebeti redet zu viel.«
»Alle Frauen reden zu viel. Doch Chebeti hört, was die Augen eines Freundes sprechen.«
»Das hast du wunderbar gesagt«, murmelte Brian.
»Du musst in meiner Sprache mit mir reden, wenn du willst, dass ich dich höre, Bwana Mbuzi. Wann ist dein Freund aus Naivasha nach Kitale gefahren und hat den toten Mann besucht?«
»Er hat von seinem Tod in der Zeitung gelesen. Warum lachst du schon wieder?«
»Weil dir die Angst deine Klugheit gestohlen hat. Hast du vergessen, dass nur weiße Männer Gewehre haben? Die Kikuyu töten mit Messern und Pangas. Hast du auch nicht mehr gewusst, als du mit deinem klugen Freund in Naivasha geredet hast, der seine Augen in die Zeitung stößt, was Bibitatu heißt?«
»Drei Frauen. Ist das ein neues Spiel für Kinder? Stella ist in der Schule. Und Lilly spielt nicht mehr.«
»Der Bwana Bibitatu hat seinen Namen bekommen, weil er drei Frauen in sein Bett holte. Weiße Männer haben aber nicht gelernt, mit drei Frauen zu leben, ohne Krieg zu machen. Weißt du das nicht? Muss dir dein kluger Kamau das sagen?«
»Ich kann den klugen Kamau nicht verstehen. Er füttert meine Ohren immer nur mit Fragen.«
»In Chepois Hütte waren deine Ohren noch sehr gut. Der Mann von einer der zwei Frauen, die den Bwana Bibitatu besuchte, als seine richtige Frau in Nairobi war, hat sein

Gewehr geholt. Er hatte drei Patronen. Sie haben ihm seine Frau zurückgeholt.«
»Danke, Kamau. Du weißt immer, wann ich deine Medizin brauche. Ich frage mich oft, was aus Karibu wird. Man hört sehr viele böse Shauris. Aber morgen wirst du mir dann auch erzählen, weshalb die zehn Ochsen von meinem Freund im Naivasha-See ertrunken sind.«
»Kessu«, bestätigte Kamau vergnügt und schlug mit dem Stock leicht auf den Boden. »Vergiss nicht, mich kessu nach dem Haus in Subukia zu fragen. Ich kann es dir heute schon sagen. Das ist niedergebrannt, weil der Bure, dem die Farm gehört, gar keine Frau hat. Er ging nie ohne Tembo im Bauch und nie ohne eine Zigarette in der Hand ins Bett.«
Es war eine jener kalten Hochlandnächte mit einem Neumond, der wie eine Sichel aus Gold glänzte, und mit besonders hellen Sternen an einem Himmel ohne Wolken. Die Pfützen in einem niedrigen Graben waren gefroren, die Blätter der Bäume erstarrt, die Ratten in ihren Löchern geblieben. Obwohl das Blut einer in der Dämmerung von einem Geparden gerissenen Antilope noch nicht geronnen war und ihr Kopf und die Vorderbeine noch im mannshohen Gras lagen, hockten die Geier bewegungslos in den Bäumen. Ihre Silhouetten wurden nur dann deutlich, wenn Kamau die flackernde Petroleumlaterne nach oben hielt. Er hatte Brian in den ersten Stunden der Nacht gerufen, weil Chepoi sich endlich zum Sterben niedergelegt hatte. Alle Männer auf der Farm hatten sich geweigert, den stöhnenden Kranken zu berühren und ihn, wie es Brauch war, vor seine Hütte zu tragen, während sein Herz noch schlug und sich seine Brust bewegte.

»Du hast gewusst«, erkannte Brian und konnte seine Hand nicht zurückhalten, die Kamaus Knie berühren wollte, »dass ich mitkomme.«
»Ich habe es gewusst. Immer wenn du den Mzee gesehen hast, hast du die Stimme deiner Frau gehört.«
»Und ihre Augen gesehen, Kamau. Es waren gute Augen.«
»Es waren Augen, die nicht dunkel wurden, wenn sie schwarze Haut sahen.«
Der greise Viehhirte Chepoi war ein kleinwüchsiger, dürrer Mann aus dem Stamm der großen, schlanken und schönen Lumbwa. Wie die Massai liebten die stolzen Lumbwa ihre Ungebundenheit wie ihre Viehherden. Sie arbeiteten nicht auf den Feldern und selten auf den Farmen der Weißen, doch selbst die ältesten Mzee auf Karibu konnten sich nicht erinnern, wann Chepoi gekommen war. Er hatte dort weder Verwandte noch Freunde und nie genug Geld gehabt, um sich eine Frau zu kaufen. Also hatte er auch keine Töchter, die er verkaufen konnte, damit er als alter Mann nicht mehr arbeiten und sein Ugali selbst kochen musste.
Schon die Kinder hatten sich gewundert, weshalb Chepoi zeit seines Lebens im ewigen Schatten der allgemeinen Ächtung eine Regenzeit nach der anderen als einziger Lumbwa auf Karibu geblieben und nicht zu seinem eigenen Stamm und dem guten Wort von Brüdern zurückgekehrt war. Nur der Frau, der er das späte Wunder seiner Zunge verdankte, hatte Chepoi anvertraut, dass es die Kühe, Kälber und Ochsen, die Schafe und die jungen Ziegen von Karibu waren, die ihm den Aufbruch zu den Seinen verwehrten. Die Kikuyumänner auf der Farm, die sich sträubten, dem unbeliebten Außenseiter mit den astdünnen Armen und knochigen Knien den letzten Dienst des

Lebens zu tun, hatten ihn nicht nur stets gemieden; sie hatten ihn wegen seines Stotterns und seiner Schwerhörigkeit verspottet, sein kindlich freundliches Lächeln mit ihrem Hohn vergiftet. Seit dem Einsetzen von Chepois Fieber und dem Husten, der bereits in der Kehle erstickte, hatten die Kikuyu gefürchtet, der Bwana Mbuzi, der ja den Körper seiner toten Frau nicht den Tieren überlassen und ihn in ein tiefes Loch eingegraben hatte, oder Kamau, der dies zugelassen hatte, würden sie dazu bewegen, Chepoi in seiner Todesstunde zu berühren. Kein Kikuyu zweifelte, dass der Sterbende sich an seinen Feinden rächen und sie mit seiner stolpernden Zunge und der Schwäche seiner Ohren bedenken würde.

Chepoi hatte ebenso viel Zeit zum Sterben gebraucht wie im Leben zum Reden. Seit mehreren Wochen waren die Narben an seinen Beinen aufgesprungen und vereitert und die Haut trocken geworden wie verdorrte Maisblätter; er hatte im Stall vor sich hingedämmert und erst am letzten Tag seines Lebens eingewilligt, dass der kräftige Gartenarbeiter Manjala, dem die Gabe des Widerspruchs nicht gegeben war, ihn auf Drängen vom Bwana Mbuzi in einer Schubkarre in die eigene Hütte schaffte. Der schmerzhaft lange Abschied von einem Mann, der für Brian so zu Karibu gehörte wie die Felder und der Wald, hätte ihn auch dann aufgewühlt, wenn ihn die immer wieder auflebenden Gerüchte über die rebellierenden Kikuyu im Hochland nicht so unmittelbar mit der Grausamkeit des afrikanischen Tods konfrontiert hätten. Er hatte sich, als Chepoi unter einer einsam stehenden Dornakazie lag und bereits ohne Bewusstsein war, trotz Kamaus Unwillen geweigert, den Sterbenden vor seinem letzten Atemzug zu verlassen.

»Du lässt zu schnell das Salz in deine Kehle«, hatte ihm Kamau vorgeworfen.
Für Brian symbolisierte der aus der Gemeinschaft der Menschen ausgestoßene Lumbwa, der so behutsam mit den Kühen umging und so zärtlich mit den Kälbern und Lämmern, jenen Teil des Lebens mit Mary, der ihm in der verfälschenden Melancholie seiner Erinnerungen als eine Folge von nur heiteren Tagen erschien. Solange es Chepoi gegeben hatte und seine sanften, weit aufgerissenen Augen, die seine Hässlichkeit und Gebrechen vergessen machten, war für Brian auch seine Frau nicht tot, denn in Chepoi war die Saat von Marys Liebe und ihrer engelsgleichen Geduld immer wieder aufs Neue gekeimt.
Nur die sensible Mary hatte erkannt, dass es die Verlassenheit und die Erfahrungen seines erbärmlichen Seins gewesen waren, die Chepoi in die Sprachlosigkeit getrieben hatten. Bei ihrer Ankunft in Karibu war er schon ein vergreister, von häufig wiederkehrenden Fieberschüben zerfressener Mann gewesen, aber weder teilnahmslos noch senil, nur ängstlich und demütig. Schweigend und mit schief gehaltenem Kopf war er durch die Ställe gehinkt. Stumm und bewegungslos hatte er auf den Grasbüscheln an den Berghängen gesessen, während das Rind graste und die Fliegen, die er nicht verjagte, seinen kahlen Schädel bedeckten. Wortlos hatte er jeden Freitag seine vernarbte Rechte für den Lohn hingehalten und einmal im Monat ein weißes Säckchen für seine Salzzuteilung, die er sich nicht, wie die übrigen Arbeiter, bei Kamau am Wellblechtank, sondern im Küchengebäude abzuholen pflegte.
An einem Nachmittag im gewitterschweren Juli hatte sich

alles verändert und dies nur, weil die Milch sauer geworden war. Um neue zu holen, war Mary selbst in den Stall gegangen, was sie sonst nur morgens tat. Dort hatte sie den als verrückten Taubstummen gebrandmarkten Chepoi beruhigend auf eine kalbende Kuh im letzten Wehenschmerz einreden hören; ein paar Minuten später hatte die Staunende erlebt wie er mit laut gurgelndem Jubel und einer Flut von gestammelten Worten Sabatias Kalb willkommen hieß.
»Du wirst«, stotterte er und das nicht in seiner Sprache, sondern in Suaheli, »der beste Bulle von Karibu sein. Der Bulle aus Ol' Kalau ist ein dreckiger Kikuyu. Wie Kamau, der ihn zu uns geholt hat.«
»Du kannst sprechen, Chepoi«, hatte Mary gesagt. »Warum hast du deine Zunge so lange schlafen lassen?«
Er hatte, ohne den Mund zuzumachen, eine Fliege vom Kopf geschüttelt und die Augen wie ein Dieb geschlossen, der glaubt, er könne nicht aufgespürt werden, wenn es ihm nur gelingt, nicht das Gesicht seiner Häscher zu sehen. Mary hatte den uralten Kinderglauben an den Schutz des abgewandten Blicks nicht verlacht und auch nichts mehr gesagt. Sie hatte erst den Kopf des feuchten Kälbchens gestreichelt und danach Chepois Arm sanft berührt. Am nächsten Morgen hatte sie sich nicht entmutigen lassen, weil Chepoi weder auf ihr leises »Jambo« noch in den darauf folgenden Tagen auf irgendeine Frage Antwort gab. Zu entschlossen war sie gewesen, ihn mit ihrer Beharrlichkeit und Kraft aus der Grube seiner Sprachlosigkeit hervorzulocken, um sich auch nur den Gedanken zu gestatten, ihre Liebe würde kein Echo finden.
Als Erstes setzte sich Mary zu Brians Belustigung und auf eine gutmütige Art von Kamau verspottet dafür ein, dass

Sabatias wohl geratener Sohn Moschi nicht kastriert werden sollte. War Chepoi in der Nähe und wusste sie seine Ohren offen, lobte sie die außergewöhnliche Männlichkeit des Kälbchens, obwohl die sich noch nicht einmal zu runden begonnen hatte. Vor allem holte die einfühlsame Jägerin des Wortes ab dem Tag von Moschis Geburt ihre Milch selbst. Stets ging die Listige um die gleiche Uhrzeit in den Stall – wenn die Schatten lang und schwarz wurden und das durstende Gras sich nach dem Tau der Nacht streckte. Die kluge Fallenstellerin verspätete sich nie auch nur um einen Herzschlag. Sie sagte jeder Kuh »Jambo« und erzählte den Kälbern von den jungen Hunden, die auf die Milch von Chepois Kühen warteten. Mit Moschi redete Mary über dessen guten Hirten, der es ihm an nichts mangeln ließ; der gepriesene Hüter schob sein Ohr zu den Worten hin und saugte jedes einzelne so gierig in seinen Körper wie ein Verdurstender, der den rettenden Fluss gesehen, gehört und gerochen und nicht mehr die Kraft hat, ihn mit den Füßen zu erreichen.

Bald zweifelte auch Brian nicht mehr, dass Chepoi auf Mary lauerte. Obwohl ihre Schritte im Gras leicht waren wie der Flügelschlag eines Schmetterlings und auch gesunde Ohren sie nicht vor der Zeit ausmachen konnten, stand er bei ihrem Eintreffen immer hinter der Tür. Ab dem Tag, da Moschi erfuhr, dass ihm die Demütigung des Messers erspart bleiben würde, war es Chepoi, der das Ritual der Begegnung bestimmte. Er nahm der Memsahib Chai die Kanne aus der Hand, setzte sich mit einem Seufzer, der von keinem einzigen Laut des Stöhnens beschwert war, auf den dreibeinigen Schemel und fing an, seine Lieblingskuh zu melken.

Sie hieß Maziwa mingi, was »viel Milch« bedeutet, und sie war die einzige schwarze Kuh inmitten einer braunen Herde, ein auffallend sanftes Tier mit besonders großen Augen und der Neigung, fernab von der Herde zu grasen. Noch während die letzten Tropfen des kräftigen weißen Strahls in den Eimer rannen, trocknete Chepoi sein Gesicht mit dem Schwanz der schönen Großäugigen ab, rieb die Metallkanne mit dem Zipfel der um seine Schultern hängenden, zerlöcherten grauen Decke so blank, dass er sein Gesicht sehen konnte, und überreichte Mary die warme Milch.

»Er melkt doch alle anderen Kühe bei Sonnenaufgang«, sagte Mary, als sie die Zeit für die Beute gekommen wusste, und sie klopfte beim Sprechen der Kuh so zart auf den Rücken, dass sie nicht den Schlaf einer einzigen Fliege störte. »Warum muss Maziwa mingi so lange warten, bis ihre Milch geholt wird?«

»Maziwa mingi kann nicht sprechen«, keuchte Chepoi und verschluckte sich an der Luft in seiner Brust, »sie ist eine Kuh.«

»Du sprichst auch nicht. Also bist du eine Kuh.«

Nur Chepoi wusste, dass er zwei Zähne hatte. Die waren nämlich miteinander so verfeindet wie die Lumbwa mit den Kikuyu und vermieden es, sich zu gleicher Zeit zu zeigen. Der gelbe Schneidezahn steckte im Oberkiefer, der schwarze Stummel vom letzten Backenzahn im Unterkiefer. An diesem Tag aber öffnete der Mann, den die Memsahib Chai für eine Kuh gehalten hatte, den Mund so weit, dass sie beide Zähne sah. Chepoi war der Klang des eigenen Gelächters nicht vertraut; einen Moment hielt er sich erschrocken die Ohren zu. Nur weil er Mary lachen sah und dies auch hören wollte, befahl er seine Hände jedoch zurück. Mary, deren Lachen Chepoi an den Jubel der Vögel am ersten Morgen nach dem Einsetzen des großen Regens erinnert hatte, trank die Milch von der schönen Maziwa mingi aus der Kanne. Dann drückte sie die Kanne an seinen Mund – obwohl er ein Lumbwa war und ihm vor Milch ekelte, schluckte er sie hinunter. Er vergaß ihren Geschmack nie und hielt ihn für süß und wärmend und verzaubernd. Hatte er auch nie von einem Liebestrank reden hören, so wusste er fortan um seine Wirkung.

Chepoi mochte auch in späteren Jahren nicht auf den Schutz einer stolpernden Zunge verzichten, denn die langsame Rede und die taumelnde Antwort machten es ihm möglich, Menschen von sich fern zu halten, die zu schnell lachten. War er mit Mary allein, stotterte er nur bei Worten mit zu vielen kehlenreibenden Stacheln. Er hatte den Sinn von Afrikas klugen Menschen für Komik, den später auch Brian erleben durfte, und Ohren, die nach der vertrauten Melodie bekannter Scherze verlangten. Nach dem Gewitter des Gelächters, das ihn von seiner Qual erlöst hatte, durfte die Memsahib Chai noch oft seine beiden Zähne sehen, denn dem beglückten guten Hirten mangelte es fortan an nichts. Seine Beschützerin sorgte für eine graue Decke ohne Löcher, einen guten Topf mit einem festen Boden, eine monatliche Zuteilung von trockenem Holz und für die Einführung der Regel, dass nur er den neugeborenen Kälbern ihre Namen geben durfte. Wenn die Memsahib mit dem Gebieter der Herde die Heiterkeit teilte, waren ihre Augen frei vom Hohn der Jugend, die einen alten Mann an die Schwäche der Lenden und an das Nachlassen der Sinne erinnert. Zudem lachte Mary immer

als Erste, Chepoi übernahm es, für das Echo zu sorgen. Die Geduldige in Kleidern, die nach der Sonne von freundlichen Worten dufteten, war so klug, den Tag abzuwarten, an dem Maziwa mingi ihr erstes Kalb gebar, ehe sie Chepoi fragte: »Warum hast du so lange nicht mit den Menschen gesprochen?«
»Warum sollte ich sprechen? Alle auf Karibu haben gewusst, dass ein alter Lumbwa keine Kuh ist. Nur du hast es nicht gewusst.«
Diese beiden Sätzen, so oft am Kamin wiederholt, wenn die brennenden Zedernscheite die Flamme des Lebens immer wieder aufs Neue entzündeten, wurden im Laufe der Jahre zu einem der Fixsterne am strahlenden Firmament von Karibu. Chepois Schweigen und Reden hatte Marys letztem Lachen gegolten. Am Abend vor der Geburt ihrer Tochter hatte sie, in ein Wolltuch von der Farbe der Flamboyantblüten gehüllt, sehr lange schweigend ins Feuer gestarrt. Sie hatte erst die hochträchtige Hündin Beauty und dann den Leib gestreichelt, aus dessen Wärme Stella drängte, plötzlich mit einer für sie atypischen energischen Bewegung den Kopf gehoben und ihre Augen auf Safari in der Richtung von Chepois Hütte geschickt. Ihre Schultern hatten gebebt und ihre Brust das Lachen nicht mehr halten können. »Warum«, hatte sie gekichert, »sollte ich sprechen? Alle Menschen auf Karibu wissen, dass ich keine Kuh bin.«
Brian saß mit Kamau auf dem Baumstamm und hieß jede Facette der Erinnerungen willkommen. Es war Marys letztes Geschenk, ihm so scheu, schon im Aufbruch des Abschieds überreicht, dass seine Wehmut weder Bitterkeit noch Aufbegehren kannte. Er merkte, weil er seinen Atem

nicht mehr sah, dass sich die Kälte der Nacht zu lösen begann. Der Tank der Petroleumlaterne war leer, die Flamme erloschen. Kamau drehte den Docht herunter und wärmte seine Hände mit einem Seufzer. Sie hörten eine Hyäne heulen und die Geier ihre Flügel spreizen. Weil es nicht mehr die Stunde für die Tiere und Vögel war, die auf das Jagdglück der Geparden und Leoparden warten mussten, ehe sie den eigenen Hunger stillen konnten, dachten beide Männer im selben Augenblick an den Schnitt vom Leben. Der eine begriff mit der Unruhe des Schauderns, der andere mit der Gleichmut, die den Sturm nicht fürchten gelernt hat, dass Chepois Körper nicht mehr lange unter dem Baum des Todes liegen würde.

»Hast du gewusst, dass der alte Lumbwa, wenn er vom Stall zu seiner Hütte ging, immer auf dem Weg lief, der zum Loch geht? Das Loch, in das du deine Frau gelegt hast.«

»Ja«, sagte Brian, »das habe ich gewusst. Ich laufe auch immer diesen Weg, wenn ich zu meiner Hütte gehe.«

Während er für den letzten Teil der Strecke zum Haus auf die ersten Streifen des grauen Tageslichts wartete und mit gleichmäßigen Atemzügen Kamau weiszumachen versuchte, er würde schlafen, sah Brian Marys Gesicht. Es war in der langen Nacht von Chepois Tod ohne die Brauntöne, die die Zeit den Bildern aufzwingt. In den sieben Jahren seit Stellas Geburt hatten Marys Wangen nicht ihre Glut verloren, ihre Augen nicht den sanften Schein, die hellen Sommersprossen auf der Stirn nicht ihre animierende Fröhlichkeit. Die Liebe, die Mary gab, hatte ihr Gesicht auf immer für diejenigen porträtiert, denen diese Liebe galt. Brian hörte ihre Stimme. Es war noch die der jungen Frau, die von sechs vergnügten Kindern, zwei Hunden und

einer rot getigerten Katze in einem kleinen Haus in Cornwall geträumt hatte.
»Wenn meine Tochter wieder da ist«, sagte Brian, »holen wir eine zahme Katze ins Haus.«
»Es gibt keine zahmen Katzen«, antwortete Kamau.
»Die roten sind zahm.«
»Ich kenne keine roten Katzen.«
»Die Memsahib Chai hat eine gekannt.«
»Du hast zu lange am Loch gestanden. Weißt du immer noch nicht, weshalb wir unsere Toten vor die Hütte tragen?«
Als es nicht mehr Marys Haut war, die glühte, sondern die Sonne, die durch die flockigen, silbern getünchten Wolken stieß, begehrte endlich die Gegenwart Einlass in das Geflecht der Phantasie. Brian dachte an Stella. Er malte mit den vergessenen Pastellfarben seiner Kindheit und stellte sich seine starke afrikanische Tochter in einem englischen Garten mit einem sehr kurz geschorenen Rasen vor, mit zartblauem Vergissmeinnicht und hellgelben Narzissen. Deren Köpfe wippten im kalten englischen Aprilwind. Dem Wanderer durch Raum und Zeit fielen die ersten zwei Zeilen eines Gedichts von Wordsworth ein; eine Zeit lang suchte er vergeblich nach dessen Vornamen. Stella saß in einem schwarzweiß geblümten Schürzenkleid, ein aufgeschlagenes Buch im Schoß, strickend auf einer grünen Bank, neben ihr eine Puppe mit blonden Zöpfen und starrenden blauen Augen. Das Bild dieser skurrilen Idylle verblasste in der Tropenglut. Stella und Lilly rannten barfüßig durch die Felsen, sprangen über moosbewachsene Steine. Weil Stella so laut »Jambo« brüllte, dass das Wort als Fels von den Bergen stürzte, breitete ihr Vater schüt-

zend seine Arme aus. Er schüttelte seufzend den Kopf und befreite verlegen die Kehle, als er begriff, was ihm widerfahren war.

»Du hast schon wieder auf deinen Augen geschlafen«, grämte sich Kamau, »eine Safari zu den Tagen, die tot sind, ist nicht gut in so einer Nacht. Ich habe dir gesagt, dass der alte Lumbwa deinem Kopf die Ruhe stehlen wird, wenn du ihm beim Sterben zuschaust. Du bist wie ein Kind, das zu dumm ist, jeden Tag klüger zu werden. Wer wird dein Freund sein, Bwana Mbuzi, wenn ich auf meine Safari gehe?«

»Kamau, du bist noch nicht alt. Warum sprichst du von den Tagen, die noch so weit weg sind.«

»Ich habe nicht von mir gesprochen und auch nicht von den Tagen, die weit weg sind«, brummte Kamau.

Der Wind vom Wasserfall war stark und kalt, die Stimme einer Hyäne zu nah für die, die an den Tod dachten. Sie tranken beide einen großen Schluck aus der flachen silbernen Flasche mit der Aufschrift »Orient Express«, doch es war nicht der Brandy, der sie wärmte, sondern die Verbundenheit der Jahre. Eine Zeit lang grübelte Brians Tröster über den Umstand, dass immer der Mensch den Geschmack der Lüge bestimmte, der angelogen wurde. Kamaus Lüge aus Barmherzigkeit hatte nur Süße auf seine Zunge getrieben, denn sie hatte Brians Angst vor dem niedergebrannten Haus in Subukia zu einem kleinen Haufen Asche gemacht. Es stimmte nicht, dass der Bure betrunken und mit einer Zigarette ins Bett gegangen war. Das war jeden Tag so gewesen, nur nicht in der Nacht der Rache. Der verhasste Bure schlief in Nairobi, als seine Leute das Feuer auf der Farm legten. Seit Jahren hatte er die Männer schlecht bezahlt und die Frauen wie Kühe behandelt, die keine Milch geben.

»Stella kommt bald zurück«, sagte Brian und holte die Pfeife aus seiner Tasche.

Es war an diesem Morgen der zu schnell schlagenden Herzen und der Fragen ohne Antwort genau zwei Monate her, dass er seine Tochter in die Privatschule auf einem Hügel oberhalb der Teeplantagen von Limuru gebracht hatte. Sein Gedächtnis weigerte sich, auch nur einen Pinselstrich des bizarren Bilds freizugeben. Stella hatte unter einem Pfefferbaum mit tief herabhängenden Zweigen und ungewöhnlich großen roten Beeren gestanden. Sie hatte zum ersten Mal die in Nairobi bestellte, von der Schuldirektion minutiös vorgeschriebene Uniform getragen. Seine Tochter war Brian viel kleiner als auf Karibu erschienen und so, als wäre sie dressiert worden, nur auf Befehl zu lachen. Der zu lange Rock aus dickem grauen Flanell hatte ihn spontan an seine eigene Schulzeit erinnert. Die weiße Bluse und die grauweiß gestreifte Krawatte, die er Stella nur mit viel Mühe hatte binden können, die für ein Tropenklima lächerlich warmen Kniestrümpfe, der altmodisch breitrandige graue Hut mit dem Band der Schule und die für siebenjährige Füße viel zu derben schwarzen Schuhe hatten Brian zu einem Familienalbum mit einem grünen Lederrücken zurück getrieben. Das hatte zwischen zwei Pistolen auf dem Kaminsims der väterlichen Bibliothek gelegen und war zum Andenken an den großväterlichen Einsatz für das Empire von seinen beeindruckten Nachkommen mit dessen Orden und Tropenhelm dekoriert worden. In Stellas Alter hatte sich Brian ausgemalt, die britischen Soldaten aus dem Burenkrieg, die auf den vergilbten Fotos Siegerstolz grinsten, könnten nachts lebendig werden und ihn bestrafen, weil er ihre Zähne geschwärzt und ihnen Kreuze auf die Stirn gezeichnet hatte. Trotzdem war seine Tochter ihm in der anachronistischen Uniform nicht fremd gewesen. Zu vertraut war ihm die Sprache ihres Körpers. Sie schob das Kinn vor, um ihre Angst zu verbergen, verdrängte das Verlangen nach Tränen, indem sie sich mit kleinen, hastigen Gesten die Augen rieb, und presste die Füße dicht aneinander. Ihre Hände hatten nicht gezittert, ihre Stimme war fest gewesen. Es hatte Brian sehr bewegt, dass die als Schülerin verkleidete kindliche Kriegerin ihn im Moment des Abschieds hatte trösten wollen. Stella hatte ihm erklärt, er müsse sich nicht um sie sorgen, sie würde sein wildes Pferd, das am Schmerz von Menschen so leicht trug wie ein Esel an einem leeren Korb, nie von der Longe lassen. Der Vergleich mit dem Esel hatte Brian am meisten gerührt. Mit erhobener rechter Hand und dann auch noch viel zu feierlich, wie er geniert an Stellas erstauntem Blick und aufgerissenem Mund bemerkte, hatte er versprochen, ihre Pflichten zu übernehmen und täglich nach dem Mittagessen mit Lilly Englisch zu lernen. »Damit ich ihr endlich das Bild von der Ziege malen kann«, hatte er geschworen.

»Das musst du, Bwana Mbuzi. Lilly hat gesagt, sie wirft jedes englische Wort aus ihrem Kopf, weil ich in die Schule muss.«

Brian hielt sein Versprechen nicht. Seit Stella nicht mehr auf Karibu war, hatte er Lilly zwar jeden Tag gesehen, allerdings immer nur einige Minuten, doch es war nicht Lilly, die den Graben ausgehoben hatte. Sie hatte eine frühe Ahnung von Vergänglichkeit und umklammerte ihre Erinnerungen wie die Halskette aus Sicherheitsnadeln, die sie seit der Trennung von Stella nicht mehr um den Hals trug, sondern in der Tasche ihres Kleids. Sie hatte herausgefunden, dass sie die Kette nur fest zu drücken brauchte, um Stellas Stimme zu hören.

Lilly ging jeden Tag zur gewohnten Zeit zum Bwana Mbuzi – bei Sonnenaufgang und ehe der erste Webervogel die Gräser und Zweige für sein Kugelnest am Baum hinter dem Wassertank holte. Sie trug auch noch ihr rotes Kleid, das zu eng und zu kurz zu werden begann, und wartete, weil sie es immer so getan hatte, geduldig in der Küche, bis das Feuer kräftig genug war, um sich ohne Sägespäne und ohne den Tropfen aus der Petroleumflasche zu ernähren. Erst dann übergab die um ihr Leben jenseits der eigenen Hütte Beraubte ihrer Mutter zwei braune Eier von den verrückten Hühnern. Seitdem die Hühner aus Eldoret nach Karibu gekommen waren, hatte Lilly immer auf dem Weg zu Stella die Eier noch vor den graugrünen Meerkatzen, die am Affenbrotbaum lebten, im Gebüsch gefunden. Chebeti legte die Eier in das im blank gescheuerten Topf kochende Wasser und ließ ihre Tochter mit einem Besen, der so feines Haar hatte wie eine Frau mit heller Haut, die Küche ausfegen und das Brennholz schichten. Fünf Minuten später begleitete Lilly ihre Mutter, das Tablett mit dem Bild eines kaffeebraunen Pferdes, die in der Morgensonne funkelnde silberne Teekanne, drei Scheiben Brot und die zwei gekochten Eier in einem Korb mit einem weißen Tuch vom Küchengebäude zum Haus, wobei die Fröhliche die Hälfte des Wegs auf dem rechten und den Rest auf dem linken Bein hüpfte.

Der Bwana Mbuzi saß, wenn die keuchende Einbeinige im

Esszimmer eintraf, an dem Tisch, an dem Lilly und Stella in den guten Tagen gesessen hatten, um von den Gestorbenen zu reden. Lilly sagte, genau wie früher, mit singender Stimme: »Jambo.« Sie teilte die erste von der zweiten Silbe mit einem leisen Klatschen der Hände und hielt ihren Kopf ein wenig schief. Stellas Vater wiederholte zwar den Gruß so schnell wie ein Papagei das Krächzen seiner Artgenossen, doch er zerquetschte das schöne Wort so zwischen den Zähnen, dass es seine Heiterkeit verlor; er lächelte Lilly an, aber nicht mit seinen Augen. Die waren auf großer Safari und sahen Lilly nur als einen Schatten. Weil ihre Lippen in diesem Moment nicht dem Kopf gehorchten, lächelte sie ebenfalls. Sie bohrte dabei ihre Hände tief in die Taschen des Kleids und dachte an den Schneider aus Nakuru, der auf Befehl vom Bwana Mbuzi den Stoff aus einem Strahl der Sonne geschnitten hatte. Noch während die enttäuschte Zornige mit dem Schneider haderte und ihm sagte, er würde bald den Stoff zurückbekommen, lief sie, nun ohne zu hüpfen und ohne sich ein einziges Mal umzudrehen, aus dem Raum. Eines Tages sagte Lilly zu ihrer Mutter, Stellas Vater würde wie ein trauriger Hund riechen und hätte Steine im Mund.

»Warum kann er mich nicht mehr sehen?«

»Sie haben dem Bwana Mbuzi das Kind gestohlen«, erwiderte Chebeti. »Wenn man nur eins hat, werden die Augen blind für die Freunde dieses Kindes.«

Auch ihre Augen erzählten ihr böse Shauris. Die Teller, die sie in der Küche auffüllte, mussten nach den Mahlzeiten vom Esszimmer in die Küche zurückgetragen werden, ohne dass Messer und Gabel das Essen berührt hatten. Die Ruhe der Zeitungen, die mit der Eisenbahn von Nairobi anreisten, wurde in Thomson's Falls nicht gestört. Von ihrem Mann hatte Chebeti erfahren, dass der Bwana Mbuzi seit Stellas Abfahrt nun täglich zu dem Loch ging, in dem seine Frau schlief. Er trug auch nicht mehr die geflickte Khakihose mit dem Gürtel aus zweifarbigem Leder. Die gelbstielige Pfeife mit dem weißen Porzellankopf kannte nicht mehr den Duft vom Tabak.

An dem Tag, als sie zweimal den Whisky in die kleine silberne Flasche gießen musste, erzählte Chebeti Brian von dem Gespräch mit Lilly. Er nannte sie eine kluge Frau und ihre Tochter ein kluges Kind, doch das Lob und sein Gelächter wärmten die Haut auf Chebetis Stirn nur so lange, bis sie am nächsten Morgen im Atelier den Rosen frisches Wasser zu trinken gab und auf der Staffelei das neue Bild entdeckte. Der Bwana Mbuzi hatte es in der Nacht gemalt. Es zeigte keinen Baum, kein Gras und keine Blume, weder Ziege noch Mensch – nur eine Sonne, die in Lehm gebadet hatte, und Wolken so schwarz und glänzend wie das Fell der scheuen Colobusaffen in den Bergwäldern.

Brian fielen seine schwarzen Wolken ein, als sich der Himmel aufhellte. Noch nie hatte er versucht, mit Kamau über eine Saat zu sprechen, die im Herzen verdorrte, ehe sie keimte. Er zweifelte auch, ob das erdverbundene Suaheli mit dem ironischen Witz der realistischen Weisen die geeignete Sprache für die Irrwege der Psyche jener war, die nach hinten schauten und einsam wurden. Mit einem Mal aber trieb ihn der Gedanke an Chepois Tod und die Sprachlosigkeit von dessen Leben so sehr zum Wort, dass ihn bereits der Drang nach Rede befreite. Der schneidende Wind auf der Haut belebte seine Sinne zu der Leichtigkeit des Seins der verwehten Tage und er nahm sich vor,

ehe sich der Schornstein vom Haus zeigte, Kamau von dem Gespräch mit Chebeti zu erzählen.
»Du läufst zu schnell«, beklagte er sich, doch er lachte, als seine Stimme die Stille zerriss, denn zum ersten Mal seit langem lastete nicht mehr der Druck des Zweifels auf Schultern, die müde geworden waren und schwach, »meine Füße sind heute schon zu viel gelaufen.«
»Nicht deine Füße«, wusste Kamau, »es war dein Kopf.«
Es hatte Brian beschämt und bedrückt, dass ihn die Trennung von Stella so sehr beschwerte und er um sie trauerte, als hätte er sie für alle Zeiten hergeben müssen; er vermisste seine Tochter mit der Sehnsucht des Vaters und der Eifersucht eines verlassenen Ehemanns. Ihm fehlten ihre Lebenslust und der frühreife Ernst, ihre rasche Auffassungsgabe, die ihn immer wieder frappierte und vaterstolz machte, der Charme des Kindes und die Koketterie der Frau. Stella, deren stürmisches Selbstbewusstsein sich noch als Eigensinn tarnte, war ungewöhnlich verständig für ein siebenjähriges Mädchen. Sie war Brians Tochter, weil sie, wie er, phantasievoll und sehr empfindsam für Schönheit war, doch sie war Afrikas Kind in ihrem Witz, ihrer intelligenten Flexibilität und dem Talent zur Demut. Erst als Stella nicht mehr bei ihm war, hatte Brian erkannt, dass sie ihm immer mehr als nur Tochter sein würde. Die dominante, temperamentvolle, resolute, gutherzige Kämpferin war die Gefährtin seines Lebens.
Und doch waren es Lillys Augen gewesen, die ihn sehend gemacht hatten. Die Besessenheit der schönen Gazelle, sich nicht ihre Erinnerungen, die Freude am Ritual und ihre außergewöhnliche Stellung auf der Farm nehmen zu lassen, hatten Brian in die Fangarme eines Schmerzes ge-

trieben, der ihm die Scham seiner Kindheit zurückbrachte. Nur wenn er sich mit Alkohol betäubt hatte, war es ihm gelungen, sich als einen liebenden Vater zu sehen, der zu sentimental und zu weich für Afrika war und der sich von einem gebrochenen Versprechen quälen ließ, an das Stella wahrscheinlich schon längst nicht mehr dachte. War er nüchtern gewesen und selbstkritisch genug, um sein eigener unbarmherziger Richter zu sein, hatte er seine Melancholie als das Sterben seiner Illusionen durchschaut. Die hatten ihm verheißen, auf Karibu würden alle Menschen gleich sein, keiner Herr und niemand Knecht.
Vor Lillys erwartungsvoll bittendem Blick hatte sich Brian nicht von der Vorstellung befreien können, er hätte nicht alles getan, um den beiden Kindern eine Welt ohne Kränkungen zu erhalten. Der Gerechte sah sich von der Arroganz seiner Landsleute an den Pranger gestellt. Er fühlte sich schuldig und in die Reihe derer befohlen, die den Menschen mit schwarzer Haut nur deshalb ihre Würde nahmen, weil sie sich nicht vorstellen konnten, dass diese leben, lieben und leiden konnten wie sie selbst. Für Brian würde jedoch die für Afrika einmalige Freundschaft zwischen Stella und Lilly immer ein Teil von jenem Paradies bleiben, das er als junger Mann mit seiner Frau geschaffen hatte.
Er wurde, während er mit Kamau Schritt zu halten suchte und ihm dieses Paradies in der Morgensonne so berauschend und begehrenswert erschien wie an jenem Tag des Taumels, da er es mit Mary gefunden hatte, Träumer und Vollstrecker zugleich. Er öffnete den flimmernden weißen Vorhang des Wasserfalls und die feuerroten Aloen seine Arme und sein Herz.

»Karibu«, rief er so laut in den beginnenden Tag, dass Asaki unter dem Affenbrotbaum ihn hörte und erregt bellte, »wird anders sein als jede andere Farm in diesem verfluchten Land.«
»Karibu ist anders als jede andere Farm«, sagte Kamau. Obwohl er sonst nie mit einem anderen Teil seines Körpers als mit dem Mund sprach, klopfte er Brian auf die Schulter. An diesem Morgen, an dem der Tau die gelben Rosen im Garten und die blauen Blüten der Jacarandabäume mit Perlen, groß wie Regentropfen, tränkte, hatte Lilly sehr lange auf den Bwana Mbuzi gewartet. Sie hatte den Boden gefegt und die Eier der verrückten Hühner auf den Tisch gelegt; nun stand sie am Wassertank, die nackten Füße von der roten Erde bedeckt, das Haar mit der weißen Serviette, in dem die Eier vom Küchengebäude zum Haus reisten. Im Knoten vom Tuch steckten die weißen Pyrethrumblumen mit den gelben Gesichtern der Hoffnung. Lilly hatte mit Erwartung gefüllte Lippen und Augen, die hungerten und die Brian noch nie so bezwungen hatten wie in diesem Moment, da er zu sich selbst zurückkehrte. Er wollte dem Kind, das er als Teil seines Kindes empfand, die Hand reichen, doch er presste Lilly an seinen Körper – mit der Hitze des biblischen Vaters, der den verlorenen Sohn empfängt.
»Ich habe ein Bild für dich, Bwana Mbuzi. Meine Ziege wollte nicht mehr warten.«
Springend führte sie ihn in sein Atelier und er sprang mit. Sie ließ seine Hand nur los, um den roten Sisalteppich vom Boden zu heben. Lillys Ziege war gestreift wie ein Zebra. Sie hatte die Hörner eines Impalabocks und einen Bart aus einer Löwenmähne. In diesem Bart leuchtete ein Kranz

von blauen Sternen, auf einem Horn die Sonne, auf dem anderen ein Mond aus Silber. Brian küsste sie auf die Stirn. Es war der erste Kuss ihres Lebens.

»Bis Stella nach Hause kommt, kannst du lesen und schreiben, Lilly. Sie wird nicht klüger sein als du. Wir haben nicht mehr viel Zeit.«

»Ich werde die Zeit in meine Tasche stecken«, flüsterte Lilly.

4

Wenn fünfundzwanzig Mädchen, alle im gleichen blau weiß gestreiften Schlafanzug vor dem Bett kniend, das Abendgebet gesprochen hatten, das Licht im Schlafsaal erlosch und endlich die Stille einkehrte, die in der Fremde nicht anders war als zu Hause, dankte Stella dem schwarzen Gott Mungu, dass die Sonne wieder einen bösen Tag gefressen hatte. Dann band sie das wilde Pferd, das auf seinem breiten Rücken den Schmerz von Menschen trug und das kein Kind auf der Welt außer der auserwählten Prinzessin aus Thomson's Falls besaß, an ihr Bett. Durch die kleinen Fenster ohne Gardinen sah die unerschrockene Reiterin, die auch nachts nicht von ihrem tröstlichen Zaubertier abstieg, die silberne Kette der Sterne, die auf Safari gehen durften, ohne um die Erlaubnis von weißhäutigen Herrschern zu bitten. Den strahlenden Freien des Himmels erzählte die Gefangene in der vertrauten Sprache der Kikuyu von Karibu von ihrem sanften Vater mit der klugen Pfeifenkönigin und von Kamaus lautem Gelächter, von Chebetis warmem Atem und kühlenden Händen und von Lilly, die immer ihre einzige Freundin bleiben würde. Weil Stella beizeiten gelernt hatte, ihren Kopf mit Bildern zu füttern und das Salz in der Kehle hinunterzuschlucken, ehe es die Augen verbrannte, ertrug sie, sehr viel besser als es einst ihr Vater getan hatte, die Unbarmherzigkeit des englischen Internatslebens. Ihre Feindin, das wusste sie genau, würde den Kampf verlieren. Stellas Lehrerin, eine früh gealterte, ungerechte Frau ohne Phantasie und Mitgefühl für zu früh entwurzelte Kinder, wollte zwar das Mädchen mit dem Zauberpferd töten, das mit Mungu sprach, ohne dass sie es hörte, doch es gelang ihr noch nicht einmal, Stella einen Tropfen Blut auszusaugen.

Prudence Charlotte Scriver, die jede von ihr zensierte Klassenarbeit mit ihren beiden altmodischen Vornamen unterschrieb, war so dürr wie die verdorrten Stämme der Palmen von der Insel Lamu, die seit den Weihnachtsferien das Hockeyfeld am Fuß eines kahlen Hügels umsäumten und die die kalten Nächte und starken Regenfälle des Hochlands ebenso wenig vertrugen wie sie selbst. Wegen ihres wächsernen Teints und ihrer spitzen Nase wurde sie von ihren Schülerinnen »Miss Biltong« genannt. Der hässliche Spitzname verdross die unbeliebte Lehrerin, die seit dem schmerzhaften Wendepunkt ihres ereignislosen Lebens überzeugte Vegetarierin war, am meisten, wenn sie in den Spiegel blickte. Dann erkannte sie mit der Wahrheitsliebe, auf der sie bei ihren Schülerinnen kompromisslos bestand, dass ihre von der Tropenhitze ausgedörrte Haut tatsächlich wie die in der Sonne getrockneten, dünn geschnittenen Fleischscheiben aussah. Die wurden als Biltong bezeichnet und waren, was Miss Scriver als zusätzlich kränkende Pointe wertete, ausgerechnet die Leibspeise der von den Engländern verachteten Buren.

Prudence Charlotte Scriver war in ihrer Jugend ein schlankes, optimistisches, umgängliches und nicht unbeliebtes

Mädchen gewesen. Nun gehörte sie seit zwanzig Jahren zum Lehrerkollegium der Limuru Private School, einer von den wohlhabenden Farmern des Hochlands geschätzten Mädchenschule. Sie hatte die in einer englischen Sportzeitung ausgeschriebene Stelle auf Rat ihrer bestürzten Mutter angenommen, weil deren Bruder ein prosperierendes Geschäft für Jagdausrüstung in Nairobi gehörte – allerdings hatte der Onkel beim ersten Treffen mit seiner Nichte so wenig Hehl aus seinem Desinteresse an Prudence Charlotte gemacht, dass sie ihn danach nie wieder gesehen hatte. Vorausgegangen waren ein überhasteter Aufbruch aus dem heimatlichen Manchester und eine noch hastigere Entlobung mit einem sehr gut aussehenden Kunststudenten.
Die bis dahin durchaus lebensbejahende und noch rotwangige junge Frau mit einer Andeutung von Grübchen am Kinn und passioniert vorgetragenen pädagogischen Idealen hatte den charmanten jungen Mann, den sie trotz des besorgten mütterlichen Hinweises auf dessen italienische Vorfahren und irritierend unbritischen Temperaments heiraten wollte, zwei Wochen vor der Hochzeit eng umschlungen mit ihrer besten Freundin bei einem Picknick – mit Schinken- und Roastbeefsandwiches und zwei abgenagten Hühnerkeulen – unter einer blühenden Kastanie aufgescheucht. Seit dieser unangenehmen Konfrontation mit der männlichen Sucht nach Abwechslung und dem Beweis von weiblicher Illoyalität hatte Miss Scriver sowohl eine unüberwindbare Abneigung gegen Fleischesser als auch gegen charmante und temperamentvolle Menschen entwickelt. Fortan lehnte sie Spaziergänge ohne Ziel als unmoralisch ab und erst recht jene Lebensunblessierten,

die solche nur deshalb unternahmen, weil sie nicht imstande waren, ihren Sinn nach Kurzweil zu zügeln.
Solche allergischen Vorbehalte bewirkten, dass Miss Scriver, die Klassenlehrerin für die Schulanfänger, für deren Wohl sie auch im Schlafsaal und in der Freizeit verantwortlich war, die neue Schülerin aus Thomson's Falls nicht mochte. Außerhalb des Klassenraums redete sie Stella nie mit ihrem Namen an und im Unterricht nur dann, wenn die Umstände ihr keine andere Wahl ließen. Das war, wie Miss Scriver feststellen musste, belästigend oft der Fall. Stella war in dem Kreis von wohlhabenden Kindern, die dazu erzogen wurden, sich körperlich zu bewähren und geistige Fähigkeiten als Snobismus einzustufen, sehr bald die beste Schülerin. Ihr Wissensdurst erschien der verbitterten Lehrerin unanständig gierig, als Provokation einer Hinterhältigen und im Übrigen absolut typisch für eine verwöhnte Außenseiterin, die sich noch nicht einmal bemühte, ihr Heimweh zu verbergen.
Vielleicht hätte Miss Scriver nach gegebener Zeit Stella sogar verziehen, dass sie ihr an ihrem ersten Schultag – von den älteren Schülerinnen dazu angestiftet – mit unangenehm klarer Stimme und von ordinär lauter Zustimmung begleitet »Guten Morgen, Miss Biltong« zugerufen hatte. Sehr viel entscheidender für die Animosität der in der Öffentlichkeit Gedemütigten war indes der Umstand, dass die stupsnasige Stella mit dem kräftigen maisfarbenen Haar, den klaren blauen Augen und der sonnengebräunten Haut ein sehr hübsches Kind war, das zweifellos eine sehr schöne Frau werden würde. Noch mehr verübelte die Herrscherin ihrer aufreizend gelassen wirkenden Untertanin den für eine knapp Siebenjährige unkindlichen Charme, einen ste-

ten Hauch von Skepsis im Blick und am allermeisten, dass sie ausgerechnet jener tückischen Freundin aus Manchester ähnlich sah, die die um ihr Lebensglück betrogene Prudence Charlotte mit dem Roastbeefsandwich unter den himmelstürmenden Kastanienkerzen im Stadtpark als vulgäre Herzensdiebin dekouvriert hatte.

»Sie ist egoistisch und individualistisch und glaubt, die Schulordnung wäre nur für die anderen da«, beklagte sich Miss Scriver beim Direktor.

»Soweit ich den kuriosen Ausführungen ihres Vaters entnehmen konnte, der auf mich auch reichlich individualistisch wirkte, wird sie von einer einheimischen Frau erzogen, die die Mutterstelle eingenommen hat.«

Zur Stärkung des Gemeinschaftsgefühls, auf das das gesamte Lehrerkollegium und erst recht der Direktor mit den viktorianischen Idealen von klassenbewussten Kindern ohne den plebejischen Drang zur eigenen Meinung der Mittelklasse allergrößten Wert legten, ließen die rigiden Schulregeln mit Bedacht und Konsequenz keinen Raum für die persönlichen Wünsche und Bedürfnisse der Schülerinnen. Es war ihnen bei strenger Strafe verboten, sich aus der Gemeinschaft zu absentieren und sich ohne die schriftliche Erlaubnis einer Lehrkraft außerhalb des Schulgeländes aufzuhalten. Bereits zwei Wochen nach Semesterbeginn hatte Miss Scriver Stella – ausgerechnet zur Zeit der feierlichen Abendandacht in der Schulaula – bei den Pferdeställen gesichtet; drei Wochen später hatte sie zusammen mit dem Gärtner Stella, die sie im Kollegium nur als das impertinente kleine Biest zu bezeichnen pflegte, eine Stunde lang gesucht, sie schließlich – ohne Krawatte, Strümpfe und Schuhe und mit offener Bluse! – in einer Teeanpflan-

zung jenseits der Schulumzäunung aufgefunden und dann auch noch eine in zwanzig Jahren wahrlich nicht erlebte direkte Konfrontation erdulden müssen.
Obwohl jeglicher Kontakt mit dem Personal untersagt war, hatte Stella mit dem feixenden Gärtnerburschen in einer Miss Scriver vollkommen unbekannten Sprache geplaudert und sich, wie beider dreister Mimik beleidigend offenbarte, auch noch über sie lustig gemacht.
Obgleich seit dieser Begebenheit mehr als zwei Monate vergangen waren, verdross es Miss Scriver immer noch, dass sie die barfüßige Rebellin damals nicht an ihrem aufreizenden blonden Haar aus dem Sumpf solch Ekel erregender Kumpanei gezerrt und sie mit einer ein Exempel statuierenden Strafe bedacht hatte. In ihrer Wut hatte sie Stella, die ohnehin nie eine zweite Portion verlangte und sich zu Hause bestimmt wie die Einheimischen ernährte, ausgerechnet das Abendessen gestrichen und hatte sie, weil sie ja noch keine Aufsätze schreiben und also nicht eine der üblichen Strafarbeiten abliefern konnte, in das Klassenzimmer eingesperrt. »Da kannst du«, hatte sie gebrüllt, als wüsste sie nichts von der demütigenden Wirkung einer vereisten Stimme, »in aller Ruhe über die Sünde des Hochmuts und die Pflicht zum Gehorsam nachdenken.«
Das Ergebnis war pädagogisch niederschmetternd. Die nach ihrer reichlichen Abendmahlzeit immer noch wutbebende Lehrerin hatte das zur Buße unfähige Kind mit einem provozierend abwesenden Lächeln und mit grünen Farbflecken auf ihrer albernen Stupsnase vorgefunden. Stellas Tuschkasten lag auf dem Lehrerpult, daneben ihr Rechenheft, beschmiert und ganz offensichtlich als Kampf-

ansage an der genau richtigen Stelle aufgeschlagen. Die reuelose Sünderin hatte zwei Bilder gemalt und besaß die Unverfrorenheit, sie ihrer Klassenlehrerin stumm entgegenzuhalten. Auf dem einen Bild galoppierte ein kräftiger Schimmel mit einer goldenen Krone in einen azurblauen Himmel. Der dürre schwarze Gaul auf dem zweiten Bild stand bis zum Hals in einem schlammigen Fluss. Zwischen seinen Augen, aus denen Blut tropfte, leuchtete die silberne Brosche mit der Perle, von der sich Miss Scriver keinen Tag trennte.

Eine Woche vor Ferienbeginn erinnerte sie sich beim Schreiben der Zeugnisse für die erste Klasse schon deshalb dieser dreisten Schmähung, weil der Zeichenlehrer, nach Miss Scrivers Dafürhalten ein labiler Schöngeist und noch dazu ein typischer Ire ohne Sinn für Maß und Disziplin, Stella ein früh entwickeltes künstlerisches Talent attestiert und um einen lobenden Vermerk in ihrem Zeugnis gebeten hatte. Miss Scriver tat dies unter Weglassung der schwärmerischen Adjektive ihres missliebigen Kollegen aus Limerick und trug ihrerseits Stellas gute Leistungen mit einer Pflichtergebenheit ein, die ihr den Appetit auf den Nachmittagstee verdarb. Weil sie es indes als unter ihrem beruflichen Niveau empfand, sich von einer respektlosen, verzogenen Halbwaise ohne Manieren in die Niederungen gefühlsbedingter Subjektivität herabziehen zu lassen, schrieb sie mit der roten Tinte, die ihr Symbol für ihre Unbestechlichkeit war, am Ende des Bogens: »Stella hat sehr gute Schulleistungen und Eifer im Sport gezeigt.« Gestärkt von zwei Gurkensandwiches und einem Küchlein mit rosa Zuckerguss, das sie in letzter Sekunde vor dem Zugriff des gierigen irischen Zeichenlehrers errettet hatte, holte Miss

Scriver das an die Karibu Farm in Thomson's Falls adressierte Zeugnis jedoch noch einmal aus dem Kuvert und fügte hinzu: »Sie muss allerdings lernen, ihren Willen unter Kontrolle zu halten und sich in die Gemeinschaft einzufügen!«

Als dieser in der Limuru Private School besonders ehrschädigende und kaum reparable Beweis ihrer Courage dokumentiert wurde, saß Stella im Schatten eines dichten Maulbeerbusches und streckte ihre Hände den Tagen entgegen, die sie schon anfassen konnte, obwohl sie noch im Morgennebel von Karibu schliefen. Sie hörte nichts als die leise Stimme eines heißen Windes, der mit der beruhigenden Stimme ihres Vaters sprach, und die Schläge ihres Herzens. Nur in der kleinen Erdkuhle, die sie mit einer von dem Kinder beschützenden Gott Mungu ihr in einem Moment großer Verzweiflung zugerollten Blechdose ausgehoben hatte, konnte sie, ungestört von der belästigenden Neugierde ihrer Mitschülerinnen, mit ihrem Pferd den brustsprengenden Jubel an der anstehenden Befreiung aus der Welt der grausamen Jäger teilen – und die saftigen Blätter der Kapuzinerkresse. Die stammten aus dem mit Stacheldraht umzäunten Lehrgarten, den die Kinder außerhalb der Unterrichtsstunden nicht betreten durften.

»Noch siebenmal schlafen bis Karibu«, flüsterte Stella in die gespitzten Ohren des wolkenweißen Rosses und flocht winzige Sternenzöpfe in seine Mähne.

»Sechs«, wieherte das himmlische Pferd, »die rechte Hand mit fünf Fingern und den Daumen von der linken.«

»Ich belüge meine Ohren«, schnaubte Stella, »weil du den letzten Tag fressen sollst. Weißt du das nicht?«

»Lügen schmecken wie Salz.«
»Nicht die guten.«
Eine Weile stritt sie noch mit dem Pferd, ohne Zorn, sondern mit der trägen Gutmütigkeit der gestorbenen Tage und mit Augen, die bereits auf Safari waren und die Aloen brennen und den Flamboyantbaum blühen sahen, und Ohren, die dem donnernden Gesang vom Wasserfall lauschten, über den Geschmack der Lüge. Im Verlauf der drei Monate ohne den Geruch der eigenen Erde und den Duft von feuchtem Hundefell und ohne die Zärtlichkeit von Händen, die Haut erwärmten und das Salz der Tränen zerdrückten, hatte das seiner Wurzeln entrissene, vereinsamte, verschreckte Kind nicht nur schneller und besser schreiben und lesen gelernt als seine Altersgenossen. Stella hatte die Buchstaben, jeden Satz, die Geschichten und den Zauber der Zahlen mit einer Stange aus Eisen in den Kopf gestoßen, um ihr Wissen mit Lilly gegen die Musik ihres Gelächters und das Feuer ihres Atems zu tauschen.
Stella, Brians phantasievolle, fluchtbegabte Tochter und Chebetis wirklichkeitsorientiertes, genügsames Ziehkind, hatte in der Not ihrer Verlassenheit ihr Pferd sprechen gelehrt. Dabei hatte sie die Erfahrung gemacht, dass der vierbeinige Magier zwar weiß, aber überaus klug und einfühlsam war und die Gesprächspausen, die wunderbaren Wiederholungen und das Schweigen ebenso liebte wie die freundlichen Menschen mit der dunklen Haut und den hellen Worten. In der grauen Welt der feindseligen Menschen mit der hellen Haut und den dunklen Worten überließ es das sensitive Pferd seiner beherzten Reiterin, für die beiden Gefangenen von Miss Scriver zu sprechen. Stella pflegte den einseitigen Dialog in zwei Sprachen. Mit dem

schönen Schimmel redete sie Suaheli, er gab ihr Antwort auf Kikuyu.

Die auf Tarnung ihrer Lippen Bedachte war ihrer Beute allzeit sicher, denn die Jäger mit den schweren Schuhen und den Augen aus Stein hatten Sägespäne in den Ohren. Sie wussten nichts von der Macht des Wortes; sie waren wie junge, noch unerfahrene Fallensteller, die einen Baum mit dem anderen verwechselten und die Pfade nicht wieder fanden, die ihre eigenen Füße im Gras ausgetreten hatten. Durch ihren Glauben an die Gnade der weißen Haut redeten Stellas elitebewusste Mitschülerinnen in ihren Ferien weder mit dem Hauspersonal noch mit den Arbeitern auf den väterlichen Farmen. Sie gingen nicht wie Stella in die Hütten der heiteren Frauen, begleiteten sie nicht zum Brunnen und sie spielten nicht mit deren Töchtern und Söhnen. Die Erfahrung, dass die Kinder und auch die meisten Lehrer nicht Suaheli und schon gar nicht eine der Stammessprachen beherrschten und also nicht mehr Kraft in ihre Zunge stoßen konnten als die stumm spuckende Schlange, hatte Stella ein drittes Auge verliehen. Mit ihm konnte die vom listigen Mungu verzauberte Dreiäugige aus Karibu jeden Feind blenden und ihn seiner Waffen berauben, ohne dass der Angreifer auch nur einen Lufthauch spürte.

»Du und ich«, machte Stella am letzten Schultag dem Pferd klar, »sind stärker als ein Bulle und klüger als die Elefanten. Wir können schwere Pflüge zum Mond ziehen und so tiefe Löcher in die Erde graben, dass niemand uns in ihnen findet.« Ross und Reiterin blieben aber umsichtig. Beide zeigten sie erst beim Lachen alle Zähne, als die Zweifüßige mit dem Schutz gewährenden Wunderauge kichernd ihren Ent-

schluss verkündete, nach den Ferien Prudence Charlotte Scriver zu töten. Sie würde an diesem schönsten aller schönen Tage ihrem Köcher einen Pfeil entnehmen, den die Herrscherin der roten Tinte nicht fliegen sah, denn dieser Pfeil war so hauchdünn wie ein einziges Haar aus den Wimpern einer Giraffe. In seiner Spitze steckte ein Gift, das am Tag wie der Honig jener Bienen schmeckte, die ihn aus den türkisfarbenen Blumenriesen oberhalb des heimatlichen Wasserfalls sogen, doch nachts brannte der vergiftete Honig wie ein Buschfeuer im Schlund.
»Vor Sonnenaufgang platzt der Bauch auf und die Fliegen trinken das Blut«, wusste die beherzte Amazone.
»Ihren toten Kopf«, trompetete das Pferd, »schlagen wir mit einer silbernen Panga ab und stecken ihn auf die Spitze des Zauns.«
Die Koffer, aus denen der Taumel des Glücks aufstieg wie die eilig reisenden Wolkenfetzen zu einem Berggipfel und aus deren ledernen grauen Riemen grün schillernde Chamäleons wurden, wenn ein Kind sich in der Knechtschaft nicht die Farben der eigenen Hütte hat stehlen lassen, waren am Vortag gepackt, die meisten Schülerinnen vor zwei Stunden mit dem Bus zur Bahn gebracht worden, einige mit den Eltern im Auto abgefahren. Stella, noch in der verhassten Schuluniform, doch schon ohne den Druck des schweren Filzhuts und mit aufgeknöpfter Bluse unter der nur noch lose gebundenen Krawatte, saß mit gekreuzten Beinen unter dem Pfefferbaum mit den zwei großen flachen Steinen. Dort hatte drei Vollmonde zuvor ein wutschreiender Adler ein seiner Sprache beraubtes Kind seinem Vater entrissen und es in ein von Stacheldraht umgebenes Verlies verschleppt. Das Kind hatte sich jedoch aus

den Krallen befreit und zerkaute nun am glückhaften Tag seiner Erlösung die dünne Schale einer kleinen Pfefferbeere zu einem süßen Brei. Der schmeckte wie das Ugali aus fein gemahlenem Mais in den Hütten von Karibu, das nicht nur den Mund mit Zufriedenheit wärmte. Als Stellas Zähne auf den Kern aus Feuer stießen, verbrannte ihre Zunge, doch sie vergaß nicht, was sie von Chebeti gelernt hatte; sie gestattete ihrem Mund keinen Laut. Für die ihre Sinne umklammernde Seligkeit war es entscheidend, dass sich die Ohren von keinem falschen Ton auf eine Safari ohne Ziel treiben ließen. Der Rausch, der aus einem erwartungsvollen Körper drängte, musste allzeit vor den Salzkörnern der Enttäuschung geschützt werden, die die Kehle aufrieben und einen Felsen auf die Brust drückten.
In kurzen Abständen legte sich die geduldige Horcherin auf den Bauch. Sie verbot den Augen den Strahl des Lichts, der Nase den Duft von gemähtem Gras und Rosen und sie badete nur die Spitze ihrer Zunge in der Süße der Tage, die mit der Schnelligkeit eines Geparden auf sie zurannten, der eine Gazelle hetzte. Um den ersten Laut vom Wagen ihres Vaters einzufangen, presste Stella das rechte Ohr fest an die harte, von Hitze und Wind zerrissene Erde. Einmal schmerzte es dabei so heftig, dass die Sehnsucht nach dem Atem des Vaters sich so leicht betrügen ließ wie ein Huhn, das nur die Maiskörner sieht, die ihm vom Koch hingeworfen werden, und nicht dessen geschärftes Beil. Der leere Schulbus war auf dem gekiesten Weg mit zornigen Reifen von der Bahnstation zurückgekehrt. Der Hund, der knurrte, war nicht Asaki und der Mann, der dem falschen Hund zu schweigen befahl, hieß nicht Kamau.
So geschah es, dass Stellas Kopf in dem Schwebezustand

zwischen peitschender Hoffnung und dem Verlangen nach Gewissheit vor der Zeit jene so lange zurückgedrängten Bilder freigab, denen sie sich mit der Energie einer verzweifelten Eingeschlossenen erwehrt hatte. In Karibu trieb der aufgehende Sonnenball die Wolken zur Glut, die Kühe mit ihren jungen Kälbern standen in einem Gras mit Tautropfen aus rosa Perlen, Chepoi kam mit einem Eimer Milch aus dem Stall und lachte. Das Echo vom grauen Berg, die violetten Blüten der lebensvollen Bougainvillea an der weiß getünchten Mauer des steinernen Farmhauses, die dunkelgrünen Silhouetten der wandernden Paviane am Waldrand, das aus dem prallen Leib der Zebras fein geschmiedete Gitter aus Schatten und Licht am irisierenden Horizont umzingelten Stella.
Lillys kräftige Füße stampften das versengte Gras am Wasserloch zu einer gelben Decke nieder. Ihr Sonnenkleid strebte mit Flügeln aus Gold zu einem Himmel aus blauen Flachsblüten. Die nackte Haut der Freundin glänzte wie der rötliche Lehm am ersten Morgen des großen Regens. Lillys Zähne waren noch weißer als die Mähne des sprechenden Schimmels und ihr Hals mit der Kette aus Sicherheitsnadeln lang und schlank wie der einer Giraffe. Sie gab Stella ein Ei, das ein verrücktes Huhn aus Eldoret soeben in einen Dornenbusch gelegt hatte, und zog sie in ein Feuer, das mit purpurnen Sternen auf dem kleinen Pfad vom Pyrethrumfeld zum Haus loderte. Und nur die beiden klugen Mädchen, die zur gleichen Zeit aus Chebetis Brust getrunken hatten, wussten, dass kein Fuß diese Flamme je würde austreten können.
»Selbst am letzten Schultag verstößt Stella Hood noch gegen die Regeln«, schrie Miss Scrivers Stimme aus einer

schwarzen Wolke, »steh sofort auf. Was fällt dir ein? In deiner Schuluniform auf dem Boden zu sitzen und mich frech anzustarren! Willst du dich nicht wenigstens entschuldigen?«
Die Stimme der erbarmungslosen Jägerin hatte ihren Donner verloren. Diese beim Aufwachen und beim Einschlafen gefürchtete, gehasste Stimme konnte Stellas Ohren nicht mehr verwunden, ihrer Brust nicht mehr die vernichtenden Schläge des Entsetzens entreißen. Die fauchende Feindin mit der gezackten Keule vermochte nicht mehr ein Kind, das ohne den Schutz der Liebe war, stumm zu machen wie ein totes Gnukalb. Denn neben Miss Scriver, auf einen Schlag so wunderbar klein und dürr und blass, stand Stellas Vater, so herrlich groß, breitschultrig und gebräunt – in der geflickten Khakihose mit dem Gürtel, den Stellas Mutter aus zweifarbigem Leder geflochten hatte, in Chebetis kragenlosem Hemd und auf der gelbstieligen Pfeifenkönigin kauend, die schöne Shauris an einem Kamin erzählte, in dem jedes Scheit der brennenden Zedern nur vertraute Lieder sang.
Stella hatte Brians Wagen nicht die letzte steile Steigung hinaufkeuchen gehört, das blaue Auto mit den roten Nelken und lila Wicken aus Marys Garten hinter den Scheibenwischern nicht vor dem Schulgebäude anhalten gesehen. Selbst die festen Schritte des Vaters und die vom Schwung seiner Arme flüchtende Luft hatten die hungernden Ohren der Tochter nicht erreicht; ihre Nase hatte nicht die Botschaft von scharfer Seife und süßem Tabak empfangen. Nun spürte sie, dass ihre Haut so fest war wie das über einer Trommel gespannte Fell. Die Augen drängten aus den Höhlen. Sie hatte nicht mehr die Zeit, den ungeduldi-

gen Beinen jene argwöhnische Ruhe der Zweifelnden zu befehlen, die nötig war, um den Rausch der Freude nicht aus den Gliedern zu vertreiben, ehe er den Körper wehrlos gegen das Glück machte. Mit einem Aufschrei, der ihren Kopf in zwei Teile spaltete, sprang sie in Brians weit geöffnete Arme. Wie ein Kind, das noch nicht mehr als einige Schritte laufen kann, ohne zu taumeln und angstvoll nach dem Bein der Mutter zu greifen, wurde sie von weichen, beschützenden Händen gestreichelt, hochgehoben und so fest an eine Brust gedrückt, in der der Klang der Freude pochte, dass sie ihre eigene Luft schlucken musste. Als Stella in die gestorbenen Tage von Geborgenheit und Liebe zurückkehrte, erkannte sie ihre Stimme nicht als den eigenen Jubel und sie merkte auch nicht, dass sie zur gleichen Zeit lachte und schluchzte.

Die Flammen auf ihrem von einer nie zuvor so stark empfundenen Glückseligkeit verbrühten Gesicht wurden von den Tränen ihres Vaters gelöscht; erst nach einer Weile sah Stella, dass die ihrigen die kleinen Falten auf seiner Stirn zu wassergefüllten Gräben gemacht hatten. Der Retter roch nach dem Rauch von Hütten ohne Bedrohung, nach dem Speck aus Chebetis eiserner Pfanne und nach zärtlichen Hunden mit nassem Fell. In seinen Augen aber glänzten die Sterne, die nur über dem Himmel von Karibu erstrahlten. Leise sprach er den singenden Willkommensgruß der Kikuyu, die Gerettete schaute sich nach dem weißen Pferd um, das sie in ihrer wieder gefundenen Sicherheit schon nicht mehr sehen konnte, und antwortete triumphierend auf Suaheli.

Mehr konnten die von dem gütigen Mungu Zusammengeführten nicht miteinander reden. Sie schwiegen noch, als sie im Auto saßen und ein jeder von ihnen das Steuer mit einer Hand hielt und ihre Schultern und die Knie bei jedem Schlagloch enger zusammenwuchsen. Und doch hörten beide jedes Wort, nach dem es ihnen drei Vollmonde lang bei Tag und bei Nacht verlangt hatte. Die Überwältigung des Augenblicks, der seine Stacheln verbarg wie eine Katze die Krallen im Moment ihrer schnurrenden Zustimmung zum Leben, hatte nur ihre Zungen gelähmt. Ihre Herzen trommelten sich aus der Brust. Sie hängten sich an die Flügel der Störche, die aus der Fremde zum Naivasha-See heimkehrten und wie die Menschen vom Segen des Vertrauten wussten. Diese endlich von Fesseln befreiten Herzen flogen über die besonnten Teeplantagen mit den tief über die schwarzgrünen Sträucher herabgebeugten Pflückerinnen und über die staubenden Straßen mit den langsam dahinziehenden Ochsen, Kühen und Kälbern, den Ziegen, dürren Hunden, den barfüßigen, fröhlich »Jambo« brüllenden Kindern und Männern mit langen Stöcken. Die Herzen sprangen über Felder mit gelben Maiskolben, über weiße, von Wind und Regen glatt gepeitschte Felsen und sich im Wind wiegende Baumkronen und sie kratzten an Wolken, ohne sie zu verletzen. Diese himmelstürmenden Herzen würden lange vor den zwei Reisenden in Karibu ankommen, denen aufs Neue eine Nabelschnur gewachsen war. Mit ahnungsvollem Schmerz spürte Brian, was ihm widerfuhr, es sollte jedoch noch Jahre dauern, ehe Stella erkannte, dass eine zu tiefe Verbundenheit zwischen Vätern und Töchtern liebenden Frauen die Last einer Erinnerung aufbürdet, der nie mehr zu entkommen ist.

In der Mittagsglut mit den kurzen Schatten saßen sie unter einem Elefantenbaum, streichelten die harte Schale der gurkenförmigen Früchte und dankten dem Leben, ohne dass sich ihre Lippen bewegten. Sie lachten im gleichen Moment und genossen das johlende Echo, als der orangene Saft einer Mango auf Stellas weiße Schulbluse tropfte. Ihre Zähne gruben sich durch das faserige Fruchtfleisch zum Kern und wussten nichts mehr vom Knirschen der Angst. Ihre Augen sagten der Welt der Zäune und Verbote endgültig Kwaheri und lernten wieder, auf eine Reise ohne Ziel zu gehen, ihre Hände, die Zeit zu zerdrücken. Eine Giraffengazelle stand auf ihren Hinterbeinen. Die Langhalsige pflückte die Blätter einer Zwergakazie. Ihr weißer Bauch leuchtete.

»Auch für ihre Feinde«, sagte Brian.

»Aber sie muss nicht zur Schule gehen«, widersprach Stella, »nie, nie, nie.«

Eine rötliche Wolke, die eine Zebraherde auf der Flucht anzeigte, löste sich auf und wurde wieder ein Stück vom Himmel. Ein schwarzweißer Vogel mit gepunkteter Brust und kräftigem gelben Schnabel saß auf einem Zweig mit rot leuchtenden Beeren und spreizte sein Gefieder. Im ockerfarbenen Schatten eines üppigen Gebüschs standen zwei zierliche graubraune Dik-Diks so dicht beieinander, dass sie zusammen nur einen Körper hatten. »Dik-Diks sterben, wenn sie getrennt werden«, erklärte Brian seiner Tochter. Er setzte eine rote Ameise, die schon bis zu seinem Ellbogen gekrochen war, behutsam zurück auf die Bahn der Fleißigen, doch er dachte, als er Stella auf die Stirn küsste und die Hitze des Tages auf ihrer Haut roch, nicht an Afrikas kleinste Antilopen.

Auf dem letzten Teil der besten aller Safaris, zu denen je ein Vater mit seiner Tochter aufgebrochen war, fuhren sie

den Umweg über den Menengai Crater, dem die Massai nach einer blutigen Schlacht einst den Namen »Ort der Leichen« gegeben hatten. Nun schlief der wilde Riese und wusste nichts von seinem Fluch. Auf der Höhe ließen die aus ihrer Verlassenheit Begnadigten den ungastlichen Bergwind auf die Arme und den Sturm aus dem Kopf. Sie drängten sich grunzend aneinander und verrieten einem Felsen, dass Mungu sie in Dik-Diks verzaubert hatte. Im steil abfallenden Tal waren die Baumgiganten regensatt, die Lianen und bunten Blumenteppiche dicht. Stella erkannte den Wasserfall, obwohl sie ihn noch nicht mit den Augen berührt hatte, und in einer Stille, die von keinem Laut zerrissen wurde, hörte sie Kamau mit seinem Stock an den Wassertank schlagen und Chebeti mit einem Blechlöffel in dem gelben Topf rühren. Sie fragte nach den verrückten Hühnern aus Eldoret und lachte so sehr, als sie von Miss Scrivers Tod durch den vergifteten Pfeil berichtete, dass ihr Vater anhalten und die gurgelnde Fröhlichkeit, an der sie zu ersticken drohte, aus ihrem Rücken klopfen musste. Als der Wagen dann an den grasbedeckten Dächern der Hütten, den Frauen mit farbigen Kopftüchern, die am offenen Feuer in breiten Schüsseln rührten, an den blau blühenden Flachsfeldern und den Ställen von Karibu vorbeifuhr und vor dem Küchengebäude mit dem in den Himmel fliehenden Rauch anhielt, wurde Stella blind, taub und stumm. So kam es, dass sie weder Kamau noch Chebeti sah, die am Wellblechtank standen. Sie entdeckte Lilly erst, nachdem ihr Vater sich über sie gebeugt und ihre Augen mit seinem Pfeifentuch trockengerieben hatte.
Lilly in dem zu kurzen, zu engen roten Kleid, das ihre Mutter immer noch nicht mit den Kleidern ihrer anderen Kin-

der wusch, den Beinen der Gazelle und den Augen der Impala stand mit einem Fuß auf dem mit winzigen Steinen bepflasterten Weg. Der linke wartete auf dem kühlenden Holz im Haus. Den Kopf streckte sie so weit vor, dass die Nase den letzten Sonnenstrahl des Tages anstoßen konnte. Sie machte keine einzige Bewegung. In jeder Hand hielt sie ein in weiße Servietten eingehülltes Päckchen und nur sie wusste, dass unter den Tüchern die beiden Bilder waren, die dem Bwana Mbuzi die Kraft seiner Augen zurückgebracht hatten, sie zu sehen. Als Lilly den Wagen auf dem schmalen Weg hatte stöhnen hören, der um das Pyrethrumshamba führte, hatte sie schon den Mund geöffnet und die Brust mit Luft gefüllt. Es war ihr wichtig, die neuen, schweren Laute, die wie spitze Steine in ihrem Hals steckten, im genau richtigen Moment zu Worten zu machen. In der Zeit des langen Wartens war ihre Kehle trocken geworden wie das Gras in einer ausgebliebenen Regenzeit, doch sie leckte erst die Gier zu sprechen von ihren Lippen, als sie Stella aus dem Auto klettern sah.
Lilly hörte Stella wie einen winselnden Hund schnüffeln, dem mit einem einzigen Griff in das Fell seines Nackens die Wärme seiner Geschwister genommen wird. Sie begriff sofort, dass die Augen der Freundin noch nicht in Karibu angekommen waren. Trotzdem ließ sie Kälte an die Zähne. Noch wagte sie nicht, die Biegsamkeit ihrer Zunge zu fordern. Sie holte nur den schlafenden Fuß aus dem Haus, als hätte sie ihn dort ohne Absicht warten lassen, und stellte ihn neben den rechten, krümmte die Zehen, bog die Knie, und legte die beiden Bilder ins Gras. Beim Aufstehen presste sie die Schultern zusammen und nahm sich zwei Herzschläge Zeit, um sie zur stärkenden Breite zu drücken.

Dann grub sie ihre Nägel in das Fleisch ihrer Arme, damit der Blitz des Schmerzes die letzte Gewissheit aus ihrem Körper herausholte, dass sie nicht schlief und ihren Sinnen und ihrer Klugheit vertrauen konnte. Nur an einem kühlenden Hauch spürte sie, dass sie ihren Kopf geschüttelt hatte. Weil Lilly aber ihren Beinen zu lange den Schlaf befohlen hatte, waren ihnen in der Erde Wurzeln gewachsen. In diesem Moment der schrecklichen Erkenntnis sah sie Stella auf sich zukommen. Weil ihre toten Füße sie mehr ängstigten, als es je eine Schlange getan hatte, schützte sie ihr Gesicht mit den Händen.

»Du musst dich beeilen, Lilly«, drängte der Bwana Mbuzi. Er zog ihren Körper, der zu zittern begonnen hatte, an seinen, der fest und warm wie ein sonnenbestrahlter Fels war, und befreite Lillys Mund von Händen, die feucht waren und heiß wie ein Buschfeuer. »Sonst spricht Stella vor dir.«

»Good evening, my friend«, flüsterte Lilly. Sie wurde zornig, weil ihre Stimme so wenig Kraft hatte, und es machte sie noch wütender, dass die Schweißperlen auf der Stirn sich zu einem Fluss verbanden, der auf ihre Wimpern tropfte. Mit der rechten Hand schlug sich die Jagende, die sich nur deshalb um ihre Beute betrogen wähnte, weil ihr die Scham der Verlegenheit noch nie begegnet war, an den Hals. Vor allem der Bwana Mbuzi, der der Zungenflinken seine Sprache in den Mund gegossen hatte, sollte glauben, eine Biene hätte sie gestochen und ihre Kehle dick wie ein Elefantenbein gemacht. Dann sah Lilly jedoch durch die Salzkörner hindurch, wie sehr das Staunen Stellas Augen geweitet hatte; sie sah, dass diese Augen voller Erwartung waren und nach den Riten der Tage verlangten, die gewesen waren. Dass ihre weiße Schwester noch vom Schweigen wusste und auf die Freude an der Wiederholung und den Scherzen wartete, gab Lilly ihren Mut zurück. Die Ameisen zogen nicht mehr durch ihren Bauch. Sie wurde nicht mehr von Bienen ohne Flügel gestochen, konnte wieder jeden Finger bewegen und den Kopf, ohne dass die Bäume schwarz wurden und um sie kreisten. Ihre Stirn war trocken. Ihre Nase roch nicht mehr den Schweiß der Angst. Der Sieg war dabei, die Steine in der Brust zu Staub zu pressen. Mit der Stimme des Donners und der Kraft des Sturms schickte Lilly jedes der von ihr so mühsam eingefangenen Worte auf eine neue Safari.

»Good evening, my friend«, brüllte Stella zurück.

Als der gemeinsame Jubel am Berg über dem Wasserfall abprallte und sie im gleichen Augenblick mit seinem Echo verwöhnte, hielten sich beide die Ohren zu, als fürchteten sie einen Schmerz. Sie schauten Brian an, teilten mit ihm erst das Lächeln und dann sein Gelächter. Nur einige wenige Schritte gingen sie mit gesenktem Kopf und so bedächtig aufeinander zu, als müssten sie über einen zu hohen Graben springen und hätten die Angst von jungen Eseln, die noch ihre Hufe anschieben müssen, und doch befahlen sie ihren Beinen zu kurz das Zaudern der Erfahrenen. Die Kinder, die zusammen aus Chebetis Brust getrunken hatten und seit drei Vollmonden keine Kinder mehr waren, hetzten keuchend aufeinander zu. Im Rennen schrien sie wie verrückt gewordene Paviane, die nach dem Einsetzen des großen Regens aus den Früchten trinken, die in der Sonne gelegen haben.

Lilly zog Stella tatsächlich in das Feuer, das sie am Morgen in ihrem Tagtraum gesehen hatte – unter dem Pfefferbaum, der Miss Scriver gehörte und nun nur noch ein niedriges Gebüsch aus Asche war. Weil sie vergaßen, dass sie aus zwei Welten stammten, und sie nicht wussten, dass diese beiden Welten ihre Gewehre luden und die Pangas schärften, spürte Lilly den Druck von Stellas Lippen auf ihrem Mund. Sie hatten sich noch nie geküsst, denn Lilly hatte von ihrer Mutter erfahren, dass die Zunge eines Menschen nur Nahrung berühren durfte. Erschrocken sah sie sich nach Chebeti um, doch Stella legte die Hand auf ihr Gesicht und bedeckte auch das eigene. Sie lachten beide, ohne die Lippen zu bewegen, denn nur sie wussten, dass ihre Augen für alle Zeiten vor den Dieben der Bilder geschützt waren.

Brian hatte die Ohren seiner Schülerin mit einer Sprache gefüttert, die nun auf Karibu drei Menschen verstanden, ihre Augen mit den Farben aus seinen Töpfen und ihr Herz, von dem sie dachte, es sei ein Körperteil wie jedes andere, mit der Güte eines Mannes, der vom Nehmen nichts wusste und vom Geben alles. Von Stella, die drei Monate lang nur deshalb so schnell lesen gelernt hatte, um die Saat aus der erkalteten Welt des Internats mit Lilly in der Mittagsglut ihrer Heimat unter dem Affenbrotbaum zu ernten, erfuhr Chebetis auserwählte Tochter von der Verlockung der Buchstaben und Zahlen. Es war nicht mehr wie vor ihrer Trennung, dass Brian seinen Töchtern Bilder versprechen musste, um ihren Eifer anzuspornen. Er hatte seinen Teil an dem Wunder getan. Lillys Ziege, in hellem Holz gerahmt, stand in seinem Atelier und wurde jeden Morgen von den Augen seiner stolzen Besitzerin gestreichelt. Auch Asaki hatte ein eigenes Bild und jeder ihrer elf Welpen. Die jagten nicht mehr die eigenen Schwänze. Sie hatten gelernt, den verkrusteten Lehm aus ihren Pfoten

zu beißen, Knochen zu vergraben und Fremde zu verbellen.
Chebeti erfuhr nicht, wie gut ihre Tochter lesen, schreiben und rechnen konnte – Lilly hatte den Instinkt, ihr Wissen so tief zu vergraben wie ein Dieb die Beute, an der er sich aus Furcht vor Entdeckung nicht im Moment der Tat erfreuen darf. Die drei Sprachen wurden wie bissige Pferde in verschiedenen Ställen gehalten. Englisch war für die Geschichten in den Büchern und die Lieder aus dem Radio, Suaheli für heiteres Palaver, scherzende Schadenfreude und für die kurzen Streitereien und langen Versöhnungen. »Kikuyu«, bestimmte Lilly, »sprechen wir, wenn uns auch der Wind nicht hören soll.« Da zählten Schülerin und Lehrerin, wie sie es getan hatten, als sie noch Kinder wie andere gewesen waren, in der Mittagsglut die reisenden Wolken und die Vögel auf dem Flug in die Berge, zogen ihre Kleider aus, ließen die Sonne auf die Brust und die rote Erde durch ihre Finger rieseln. Von der Unlösbarkeit der Ketten, die sie schmiedeten, ahnten sie nichts.
Nur über ihre Gespräche mit Mungu redete Stella noch nicht einmal mit Lilly. Allnächtlich bat sie den weisen Gott um die Stärke seines Arms und das Wunder seiner Liebe. Es war das älteste Schülergebet der Welt, das sie den Sternen anvertraute. Als es an einem Freitag, zwei Stunden nach Sonnenuntergang, erfüllt wurde, saß die Bittstellerin mit ihrem Vater am Kamin und zählte stumm die Freuden, die ihr blieben. Brian las in der drei Tage alten Zeitung, die Kamau am Morgen von der Bahnstation in Thomson's Falls abgeholt hatte, die Empfehlung an die Farmer im Hochland, nachts ihr Gewehr nicht zu entladen. Beide sahen Kamau erst, als er an der Tür stand.

»Montag bringen wir den Flachs nach Nakuru«, sagte er.
»Hast du vergessen, dass ich am Montag nach Limuru fahre? Stella muss zurück in die Schule.«
»Was macht deine Tochter am Montag in einer Schule, die am Sonntag brennt?«

5

Seit der Nacht von Chepois Tod ging Kamau nicht mehr unmittelbar nach Arbeitsschluss in seine Hütte, und wenn Brian den letzten Gang zu den Ställen hinter sich hatte, rief er nicht schon im Garten nach dem Petroleum für die Lampe im Atelier. Im letzten Licht des Tages saßen die beiden Männer auf der grünen Bank unter Marys Flamboyantbaum und warteten, bis die Vögel ihre Flügel einholten und die Sterne den Himmel erhellten. Sie ließen dabei den kühlenden Wind an die Stirn, kauten Tabak aus einer Blechdose mit einem Pfeife rauchenden Matrosen auf dem Deckel und tranken das Bier, das der Händler in Thomson's Falls neuerdings direkt aus England kommen ließ; jeden Abend gaben sie aufs Neue vor, sie müssten die Shauris auf der Farm für den nächsten Tag regeln, fast immer sprachen sie jedoch von den Dingen, die man nicht sehen, riechen oder anfassen konnte. Ehe die zwei Flaschen leer waren und vier Augen von einer Safari ohne Anfang und Ziel zurückkehrten, war die Rede von den letzten vier Jahren und den Veränderungen, die sie Karibu gebracht hatten. Meistens war es Kamau, der in die Richtung des kleinen Wellblechhauses von Chepois Nachfolger Mboja zeigte. Dort war die Rauchsäule dichter als über den grasbedeckten Hütten. Dann nickte Brian und beide schüttelten sie zu gleicher Zeit den Kopf in der Art der Mzee, die noch vor ihren Zähnen und der Lust der Nase die Fähigkeit verlieren, ohne Seufzer von den gestorbenen Tagen zu sprechen.

»Mboja«, sagte Brian oft, »ist ein Kind der neuen Zeit.«

»Ein Mann ist nur das Kind seiner Mutter«, wusste Kamau immer, »und die Zeit ist nie neu. Es gab auch Männer, die mit der Zunge in den Krieg zogen und nicht mit dem Speer, als du noch nicht in Karibu warst.«

»Jetzt sprichst du von Njerere, mein Freund. Mboja wird nie einen Krieg machen.«

Mboja war eine Woche nach Chepois Tod mit zwei Kühen und drei Ziegen auf der Farm aufgetaucht. Er war ein junger und auffallend großer Mann von sprudelnder Fröhlichkeit, der auch dann lachte, wenn nur Kinder in seiner Nähe standen, um seinem Gelächter ein Echo zu geben. Er hatte Arme wie Baumstämme, Zähne, weiß und stark wie die eines Löwen, und eine Zunge aus Eisen. Obwohl er kein Kikuyu war, sondern wie der, dessen Stellung er übernommen hatte, zum Stamm der Lumbwa gehörte, wurde er von den meisten Kikuyu geachtet und von vielen nach den immer wieder bestaunten Einzelheiten seines Lebens befragt. Mit dem Gedächtnis eines alten Elefanten wusste Mboja viel von der Fremde und den Menschen, denn er hatte sowohl das Meer und die Schiffe in Mombasa gesehen als auch das Wasser und die Fische vom Victoria-See in Kisumu, zuletzt die kleinen Häuser in Nairobi, die die indischen Kaufleute und die englischen Kolonialbeamten und Hotelbesitzer für ihr Personal hatten errichten lassen. Gerade die hatten ihn beim Bau seines Hauses auf Karibu dazu getrieben, sich die Teile des alten Wassertanks zu sichern, ehe irgendein Kikuyu überhaupt auf den Gedanken kam, Brian auch nur um ein kleines Stück Wellblech zu bitten.

So ein weit gereister Mann bedeckte seine Nacktheit nicht mehr, wie es Chepoi getan hatte, mit einer zerlöcherten stinkenden Decke, die dem Körper keine Festigkeit gab. Selbst im Stall trug Mboja schöne Schuhe, deren Sohlen und Riemen er aus einem alten Autoreifen geschnitten hatte, und eine kurze Khakihose. Sie war immer sauber und vom Nachtwind glatt gezogen, seine beiden Hemden ohne Löcher. Mboja hatte gut verdient, ehe er nach Karibu gekommen war, und sich nach den Kühen und Ziegen einen breiten Gürtel aus Büffelleder mit einer silbernen Schnalle gekauft, wie ihn die weißen Farmer trugen, und eine dunkelblaue Wollmütze, die er einem Nachtwächter in Nairobi unter Umständen abgenommen hatte, über die er nur sprach, wenn seine Furchtlosigkeit und Schnelligkeit mehr als sonst bewundert wurden. Jeden Tag aufs Neue wurde er beneidet, weil er seine Ohren in der Mittagsglut vor Sonne und Wind schützen und sie nachts wärmen konnte. Ohne dass er als ein Lügner verspottet wurde, der seine Wünsche auf der Zunge reiten ließ, erzählte Mboja in guter Stimmung von den zwei Frauen, die er im nächsten Jahr in seiner Heimat kaufen und nach Karibu bringen wollte.

»Zwei Frauen«, machte er den Männern klar, wenn sie vor der Hütte saßen und die Kehle mit Tembo und Scherzen feucht hielten, »sind besser als eine. Wenn die sich streiten wollen, brauchen sie nicht zu warten, bis ich mit meiner Arbeit fertig bin. Mit zwei Frauen, die meine Hemden waschen und meine Kinder in ihrem Bauch tragen, kann ich im Stall lesen, ohne dass meine Uhr meine Beine zu ihren Töpfen treibt.«

Mboja hatte keine Uhr und auch nicht lesen und schreiben gelernt, doch nur schweigsame Neider ohne Gelächter zwischen den Rippen hatten das Verlangen, den heiteren Riesen mit den starken Armen darauf hinzuweisen. Zudem hatte in diesem Fall die Lüge zumindest vom Saft der Wahrheit getrunken. Wenn nämlich die Buchstaben und Zahlen zu einem neugeborenen Kalb gehörten, war außer dem Bwana, seiner Tochter und der klugen Lilly mit den zwei Köpfen und drei Zungen Mboja tatsächlich der Einzige, der die Zeichen zu einem Wort zusammenfügen konnte. Es waren nämlich Buchstaben und Zahlen, die Mbojas Stolz nährten und alle auf Karibu wissen ließen, dass er ein Mann von Bedeutung war. Er mehrte das Geld von der Farm und versetzte so den Bwana Mbuzi in die Lage, das Herz aus der Brust zu ziehen und jedem ein Stück Land zu schenken, der ihn danach fragte.
Wann immer ein Kalb geboren wurde, holte Mboja mit einer Stimme, die auch einem schnellen Läufer zu seinen eigenen auf einen Schlag noch zwei Füße wachsen ließ, den Bwana Mbuzi vom Haus oder von den Shambas. Der schrieb dann den Tag der Geburt, später das Gewicht und bald darauf in dicker weißer Kreide den Namen der Kälbchen mit Buchstaben auf die schwarze Tafel, die über den vier Blecheimern im Stall hing. Die Geburten von Ziegen und Schafen wurden nur mit einem dünnen Bleistift in einem kleinen schwarzen Buch vermerkt, was Mboja Leid tat, denn die Tafel in seinem Stall war für seinen Kopf so gut wie in alten Zeiten ein schneller Pfeil für den Bogen eines jungen Mannes. In das Buch schrieb Brian auch, wie viele Eier Kania in den Brutkasten legte, wie oft sie gedreht werden mussten und wann die Küken schlüpften. Asakis

Welpen wurden, was Mboja billigte, von Stella in ein Schulheft eingetragen, auf dessen Umschlag ihr Vater fünf junge blaue Hunde mit gelben Schleifen um den Hals gemalt hatte. Als viel zu große Ehre für ein geschwätziges Kikuyumädchen befand er indes, dass Lilly ausgerechnet die Welpen der Cockerhündin Maji in dasselbe schöne Buch schreiben durfte; schließlich wusste jeder auf Karibu, dass der Bwana Mbuzi glaubte, Maji, die er einmal sogar in seinem Wagen zu einem Arzt nach Nakuru gebracht hatte, wäre sein Kind – sie war die einige Stunden vor Stella geborene Tochter von Marys Lieblingshündin Beauty, die nach deren Tod nie mehr Junge geworfen hatte.
Vor sechs Monaten war Njerere auf die Farm gekommen, um die Pflüge, den Traktor und die Maschinen für die kleine Flachsfabrik zu versorgen. Obwohl er ein Kikuyu war, lehnten ihn seine Stammesbrüder ab und nannten ihn den Sohn einer Hündin. Der pockennarbige Njerere war geizig und galt als hochmütig. Er aß immer allein, trank kein Tembo, hatte keine Frau, ließ sich die monatliche Salzzuteilung geben und schüttete sie sofort ins Gras und er reinigte seine Zähne mit einer kleinen, weichen Bürste statt mit einer harten Wurzel. Vor allem machte der Salz hassende Bürstenfreund keinen Hehl daraus, dass er sich für klüger als die klügsten Mzee hielt, und dies nur, weil er lange in Nairobi gearbeitet und dort einen Tag erlebt hatte, von dem er immer wieder reden wollte. In der Zeitung und von den Kikuyu in der Stadt, die sich nachts trafen, um das Blut zu riechen, mit dem sie den Boden ihrer Feinde tränken wollten, wurde dieser Tag als der des Generalstreiks bezeichnet. Auf den Shambas und in den Hütten der Farm wollten die Menschen jedoch schon deshalb nichts von

dem Streik und dem Kampf um das eigene Land der Kikuyu hören, weil der hässliche Njerere, wenn er seine Geschichten aus Nairobi erzählte, wie eine Hyäne aussah, die ihren eigenen Kindern die Beute wegfrisst. Zudem gebrauchte er immer wieder ein Wort, das noch nicht bis nach Karibu gereist war. Es hieß Uhuru und bedeutete Freiheit.

»Wir haben«, spottete Kamau, »so viel Uhuru wie Essen in unseren Schüsseln. Die sind auf Karibu nie leer gewesen. Wer nicht zu faul ist, sich zu bücken, kann sein eigenes Shamba umgraben und die eigene Ziege melken. Er muss nur den Mund aufmachen und dem Bwana Mbuzi sagen, dass er auch nach der Arbeit seinen Körper riechen will.«

Zu seinem Widerwillen gegen Leute, die mit einer Dornen bespickten Zunge am Frieden von Karibu kratzten, kam für Kamau noch ein sehr persönlicher Grund hinzu, Njerere zu misstrauen. Der pockennarbige Hundesohn war nicht nur ein Mann, der aus Worten fliegende Steine machte. Er war sowohl klug als auch listig. Wann immer sich ihm die Gelegenheit dazu bot, stahl er Kamau Brians Ohr. Eines Tages versuchte der Ohrendieb gar, sich in die Buchführung des Lebens einzumischen. Dazu missbrauchte er auch noch den neuen Traktor als Kampfgenossen. Statt von dessen starkem Motor zu sprechen, wie es einem Mann gebot, der eine so gute Maschine versorgen durfte, ließ er Brian aus dem Haus rufen, um ihm ein Rad zu zeigen, dessen Schrauben vor der Zeit gerostet waren. Noch als der Bwana Mbuzi im Schatten des Jacarandabaums stand, wischte sich Njerere so sorgsam die Hände an einem Tuch sauber, als wäre der Schmutz der Arbeit das Gift einer Schlange.

»In Nairobi«, sagte der listige Sohn einer stinkenden

Mischlingshündin, »wird die Geburt eines Kalbes nicht aufgeschrieben. Aber der Name von neugeborenen Kindern wird mit Tinte auf Papier geschrieben.«
Obwohl Kamau bereits das Gelächter von Hohn in seine Kehle geholt hatte, kam er noch nicht einmal zu der Frage, wie viele kalbende Kühe es in Nairobi gäbe und ob dort die Mütter ihre neugeborenen Kinder mit Tinte fütterten. Er hatte nur noch die Zeit, seine Augen zu einem Schlitz zu verengen und die Spucke im Mund trockenzukauen und schon wurde ihm klar, dass Brian wieder einmal nicht Freund von Feind hatte unterscheiden können und dass er sich von dem falschzüngigen Pockennarbigen in eine Falle hatte locken lassen. Brian wehrte kein einziges von Njereres Worten ab, wie es sich schon aus Achtung für Kamau gehört hätte. Ohne auch nur eine Hand aus der Hosentasche zu nehmen, sagte er und nickte dabei mit dem Kopf, der in diesem Moment der Dummheit wie der Mond in der Nacht seiner größten Fülle aussah: »Du hast Recht, Njerere. Das können wir auch hier machen. Ich glaube, es wird später gut sein, wenn die Menschen den Tag ihrer Geburt kennen.«
»Auf Karibu«, widersprach Kamau und verschluckte keine einzige Flamme vom Feuer seines Zorns, »war es gestern für alle Menschen gut, die Regenzeiten zu zählen. Und das ist auch heute nicht anders. Oder will der Bwana Mbuzi, der vergessen hat, was gestern war, morgen Menschen verkaufen? Dann muss er auch aufschreiben, was sie wiegen und wie viele Eier sie legen.«
»Du hast Recht, Kamau«, lachte Brian.
»Zwei Menschen können nicht Recht haben, wenn sie sich streiten. Hast du zwei Köpfe?«

So blieb es – schon um Kamau nicht zu erzürnen – auf der Farm bei dem Brauch, die Namen der Kälber auf die Tafel im Stall zu schreiben und nicht vom Tag der eigenen Geburt zu sprechen. Stella war die einzige Ausnahme. Einmal im Jahr musste Chebeti nur für sie einen Kuchen backen. Wenn Brian seine Tochter aus dem Internat in Nakuru abholte, kaufte er in Mister Patels neuem Laden mit den schönen Stoffen und der Seife mit dem Duft von Rosen, die in feinem, dünnen Papier aus England anreiste, fingerkleine bunte Kerzen. Die wurden auf Chebetis Kuchen gesteckt. Nur Stella durfte ihnen an dem Tag, der ihr allein gehörte, das Lebenslicht nehmen. Selbst die Kinder, die die im tiefen Loch schlafende Frau vom Bwana Mbuzi nie gesehen und die Chepois Namen nie gehört hatten, kannten die schöne Shauri vom Kuchen und den Kerzen. Immerhin erzählten auch sie, wenn sie sich als klüger und erfahrener beweisen wollten als die anderen Kinder ihres Jahrgangs, von dem Tag vor zehn Regenzeiten, als der Blitz dem Affenbrotbaum einen Ast abgeschlagen hatte und die Straßen verschlammt gewesen waren. Brian erinnerte sich seit Marys Tod meistens nur an seinen Geburtstag, wenn ihm das Datum in der Zeitung auffiel – zu spät, um wehmütig zu werden und über die Last der Jahre nachzudenken. Die Zeitung war immer noch drei Tage alt, wenn sie an der Bahnstation in Thomson's Falls abgeholt wurde.
Lilly dachte nie über die Wehen ihrer Mutter nach. Weil es bei ihrer Geburt weder geregnet noch gebrannt hatte, kein Kalb geboren worden und keine Ziege gestorben war, wusste noch nicht einmal Chebeti, wann sie ihre besondere Tochter zum ersten Mal an die Brust gelegt hatte. Allerdings war es bei dieser Auserwählten keineswegs so, dass

sie dachte, ein Tag wäre wie der andere. Im Haus aus Stein war die Zeit, die ja unter den Bäumen und auf dem Berg am Wasserfall nur an der Länge ihrer Schatten gemessen werden konnte, sogar zu sehen. In der von zwei goldenen Löwen bewachten, gläsernen Uhrenhütte mit dem runden Dach ließen sich die schwarzen Zeiger und Ziffern, die winzigen blauen Rosen und gelben Schmetterlinge mit einem einzigen Finger streicheln. Auch hielt Lilly den Kalender nicht, wie vor ihrer Begegnung mit den Buchstaben und Zahlen, für ein Buch mit Bildern, das zu schwach war, um im Regal mit den anderen zu stehen und deshalb eine Wand und einen Nagel brauchte. Lilly vermochte sogar jeden der zwölf Monate in zwei ihrer drei Sprachen mit seinem Namen anzureden. Selbst wenn Stella Ferien hatte, war es Lilly, Bwana Mbuzis schwarze Tochter, die am Anfang vom Monat dem Kalender ein Stück von seiner Leibesfülle nahm. Auch durfte sie jedes der in allen Farben des Regensbogens glänzenden zwölf Bilder in die eigene Hütte tragen. Dort, mit einem feinen Draht zwischen zwei Stück Pappe gebunden, lagen unter der Matratze, die Lilly mit ihren zwei jüngsten Schwestern teilte, mehr Bilder, als diese Unwissenden je würden zählen können. Trotzdem hatte es der auserwählten Eigentümerin der Jahre, Monate und Tage nie nach dem Stolz in den Augen der Freundin verlangt, wenn Stella die Kerzen ausblies und mit dem größten Messer im Haus ihren Kuchen in acht Stücke zerteilte. Dies alles änderte sich unmittelbar vor Stellas zehntem Geburtstag, und zwar in einem Moment, den Lilly, so sehr sie sich später bemühte, weder ihrem Herzen noch ihrem Gedächtnis entreißen konnte.

In diesem Augenblick, der nie mehr einen neben sich dul-

den sollte, war der Bulle Moschi dabei, der Kuh Rumuruti neues Leben einzupflanzen. Auch die Kinder von den Hütten am eingetrockneten Flussbett, die einen langen Weg über die spitzesten Steine auf Karibu zu der Herde von Bwana Mbuzi laufen mussten, hatten für die Freude ihrer Augen und die Kraft ihrer Hände nicht die Haut unter ihren Füßen geschont. Selbst die noch Kurzbeinigen mit dem Gedächtnis einer Fliege und der Klugheit eines Esels, der an der Zitze der Mutter saugt, wussten nämlich, dass Rumuruti wild und widerspenstig war und sich länger jagen ließ als jede andere Kuh, ehe ein Bulle an ihren Körper durfte. War dies geschehen, gebar die stolze Rumuruti ein Kalb, das von den stärksten Männern auf der Farm aus ihrem Leib gezogen werden musste.
Lilly und Stella waren seit vier Tagen nicht nach dem Mittagessen zu dem Wasserloch gegangen, das trotz der Dürre noch nicht versiegt war. Dort standen seit dem letzten großen Regen in der Zeit des kürzesten Schattens zwei Dik-Diks in einem Gestrüpp unter einer Dornakazie und erzählten einander Shauris, die nur diejenigen verstehen konnten, die die scheuen, unzertrennlichen Tiere liebten. Das spöttische Gelächter der Männer, Frauen und Kinder von Karibu wäre bis zur Tankstelle nach Thomson's Falls gereist, hätten ausgerechnet die Tochter vom Bwana Mbuzi und das kluge Kikuyumädchen in ihrem roten Kleid die von allen mit größter Spannung erwartete Begattung von Rumuruti durch Moschi verpasst.
Die schöne Rumuruti war Moschi, der schon in seiner frühesten Jugend jede andere Kuh mit der Kraft seiner Lenden besiegt hatte, noch nie zu Willen gewesen. Nur Mboja, der Moschi so achtete, wie es einst Chepoi getan

hatte, glaubte noch an dessen Sieg. An diesem vierten Tag ihres geduldigen Ausharrens auf Mbojas Wunder hatten Stella und Lilly kaum die Zeit gehabt, sich durch die Beine der Männer zu drängen und die Kinder wegzuschieben, die auf der kleinen Anhöhe standen, von der aus jeder Körperteil der beiden Tiere zu sehen war. So unvermittelt wie ein farbiger Blitz an einem wolkenlosen Himmel hatte Moschi brüllend den Kopf gesenkt und war wie ein verrückt gewordener Hengst mit Schaum vor dem Maul auf Rumuruti zugaloppiert. Ehe nur einer der Zuschauer seine Augen weit genug aufreißen und den entflammten Bullen mit Rufen anfeuern konnte, hatte er Rumurutis Stolz und Trotz, ihren breiten Rücken und ihre kräftigen Beine bezwungen. Ohne nur einen Tropfen seines Samens in den Boden zu verspritzen, hatte Moschi für das größte Kalb gesorgt, dessen Namen je auf Mbojas schwarze Tafel im Stall geschrieben werden würde. Darüber waren sich alle einig – die johlenden Männer, die klatschenden Frauen und die verstummten Kinder, die klügsten Mzee und auch die Eselsdummen.

»Er hat dreimal gestoßen«, sagte Lilly auf dem Weg zum Wasserloch mit den Dik-Diks und schnalzte mit der Zunge, wie es die Männer getan hatten, denen noch wenig Haar im Gesicht wuchs.

Sie lauerte auf Stellas Kopfschütteln und die erhobenen vier Finger ihrer rechten Hand. Jedes Mal, wenn ein Bulle eine Kuh gedeckt hatte, hatte Stella nämlich mehr Stöße gezählt als Lilly. Der Kampf um die Zahl war noch ein Ritual aus der Zeit des kurzen Streits und der langen Versöhnung. Bis zu dem Brand ihrer Schule in Limuru hatte Stella immer behauptet, sie könnte sehr viel genauer be-

obachten als Lilly, weil sie die Kleinere von beiden und deshalb mit ihren Augen näher an dem Mannesstolz eines Bullen wäre. Nach Moschis Triumph aber, der wahrlich etwas Besseres als die hinkende Zunge einer Bewunderin verdiente, die im entscheidenden Moment am lautesten gebrüllt und danach Mboja gelobt hatte, als hätte dessen Kraft die stolze Rumuruti in die Knie gedrückt, war Stella auffallend schweigsam.
Sie setzte ein Bein so langsam vor das andere wie eine Frau mit einem seit acht Vollmonden gefüllten Leib und keuchte wie ein alter Mann, den ein ansteigender Weg eher in der Brust schmerzt als in den Beinen. Obwohl es in dem roten Staub, den der heiße Wind über die Bäume und Berge jagte, beide Mädchen nach Schatten verlangte, blieb Stella unvermittelt an dem letzten Ameisenhügel vor dem Ziel stehen. Sie kratzte sich erst am rechten und danach noch länger am linken Ohr und sie pflanzte ihre nackten Füße fest in das weiß blühende Gebüsch zwischen zwei Felsen ein. Eine Zeit lang ließ sie ihre Zunge im Mund Kreise tanzen, ohne dass die auch nur die Oberlippe befeuchtete. Dann lächelte Stella, wiederum zu plötzlich, wie Lilly irritiert bemerkte, wie ein Kind ohne Zähne und schloss mit einem einzigen Schlag der Wimpern beide Augen, womit sie sonst eine Safari des Kopfes anzusagen pflegte, die sie nur mit ihrem Schatten machen wollte.
»Dreimal«, wiederholte Lilly, als eine zu lange Zeit nichts geschehen war. Ihre Ungeduld gab den beiden Worten ein Echo, über dessen Mächtigkeit sie sich wunderte, denn die farbleuchtenden Bilder von Moschis Sieg waren dabei, in winzige Stücke aus hellbraunem Papier zu zerfallen. Als Lilly nach dem Rock ihres Kleides griff, um die Enttäu-

schung von der Haut zu reiben, fiel ihr auf, dass Stella ihre Füße aus dem Gebüsch geholt hatte und auf sie zulief. Schon sprang sie über hohe Steine und dicke Wurzeln und kam so dicht an Lilly heran, dass die ihren Atem roch. Stella machte aus ihren Armen erst Flügel und dann Schlingen. Diese Schlingen legten sich um Lillys Schultern. Für die Dauer von zwei trommelnden Herzschlägen wuchsen zwei dampfende Körper zusammen wie die Köpfe der Dik-Diks.

Stella drückte ihren Mund an Lillys Ohr und flüsterte: »Ich teile mit dir meinen Geburtstag.«

Sie hatte das letzte Wort in Englisch gesprochen und es dreimal wiederholt – zwischen jeder Folge von kichernden Lauten immer langsamer und lauter. Nach dem letzten Schrei, der vom Berg zurückprallte, brauchte die Lehrerin sehr viele Worte in Suaheli und Kikuyu, um ihrer Schülerin zu erklären, was die zwei fremden Silben bedeuteten. Das Staunen, das den Mund zu einem kreisrunden Loch machte, und die Erregung, die das Sonnenlicht schwarz färbte und Bäume in die Wolken jagte, drückten Lilly einen schweren Stein in die Kehle und trieben feine Salzkörner unter ihre Wimpern. Sie konnte ihre Zunge nicht durch die Mauer ihrer Zähne schieben. Die Verstummte berührte ihre Brust mit dem Kinn. Sie wusste nicht, ob es Verlegenheit war, die ihr die Fähigkeit gestohlen hatte, wie eine zu sprechen, die nicht war wie die anderen, oder ein Stolz, wie sie ihn nie zuvor empfunden hatte. Sie wusste nur, dass sie einen weiten Mantel aus goldenem Feuer trug und dass er Kopf, Brust, Beine, selbst die Füße und die Nägel aller zehn Zehen versengt hatte.

»Hast du«, fragte sie, als endlich ihre Lippen nicht mehr

aufeinander klebten wie das Harz an der vernarbten Rinde eines Baumstamms, »von deinem Kuchen oder von deinen Kerzen geredet?«

»Von meinem Tag. Er soll in den Tagen, die kommen werden, nicht nur mir gehören.«

»Das geht nicht«, wusste Lilly. Ihre Stirn war nun wieder ohne Schweiß, die Augen trocken. »Nur Menschen mit weißer Haut und ihre Kälber haben einen Tag, der ihnen gehört. Das wissen alle auf Karibu. Hast du vergessen, was mein Vater Njerere, dem Sohn einer Hündin, gesagt hat?«

»Jeder hat einen Tag, der ihm gehört«, entschied Stella. »Nur viele kennen ihn nicht. Das hat mein Vater gesagt. Er hat gesagt, ich soll meinen Tag mit dir teilen. Mein Vater ist nicht der Sohn einer Hündin.«

»Wo waren meine Ohren, als der Bwana Mbuzi das gesagt hat? Ich habe ihn nicht gesehen, als er mit seiner klugen Tochter von einem Tag gesprochen hat, der mir gehören soll. Ich habe seine Haut nicht gerochen und nicht die Bilder angefasst, die er gemalt hat. Was meine Ohren nicht gehört haben und meine Augen nicht gesehen haben, weiß mein Kopf nicht.«

Sie malten mit langen Dornen Kreise in die Erde, gruben Löcher und bedeckten sie mit Gras und trockenen Blättern als kühle Höhlen für die Käfer mit grün leuchtenden Flügeln; sie sprachen wieder, doch nun leise und ohne die Begeisterung von den Tagen zuvor und manchmal mit einem Seufzer so leise wie ein sterbender Wind von Moschis Kraft und Rumurutis schönen Kälbern. Mit dem Streit und der Versöhnung warteten sie, bis die Dik-Diks aus dem Schutz des Schattens in das gelbe Licht der Nachmittagssonne schlüpften. Die Affen kamen aus dem Wald. Die kreischenden Jungen jagten einander über die Steine und sprangen, wenn sie zu müde waren, um auch nur den eigenen Schwanz zu fangen, zurück auf den Rücken ihrer schweigenden Mütter. Die erste Biene kehrte zurück zur violetten Blüte der Distel, die weder Brüder noch Schwestern hatte. Erst da wagte es Lilly, das neue Wort, das in ihrem Kopf summte wie die Biene an der Distel, durch den Rachen zu treiben. Immer wieder murmelte sie »birthday« vor sich hin und starrte dabei durch das Loch in ihrem Kleid auf ihren Nabel, damit sie Stella nicht anzusehen brauchte. Bald konnte sie, ohne dass sie mit der Qual einer Unwissenden gurgeln musste, die erste Hälfte des Wortes wie eine Schlange mit der Zunge aus dem Mund schießen. Beglückt fütterte sie ihren Stolz mit der Ermunterung und Bewunderung der geduldigen Lehrmeisterin und steckte das Loch im Kleid wieder mit der verborgenen Sicherheitsnadel zu. Und doch war Lilly nicht satt. Ihre Augen und noch sehr viel mehr ihre Ohren verlangten nach dem einzigen Beweis, den es auf Karibu gab, dass Stella sie nicht mit einer Lüge verhöhnt hatte.

»Du musst es tun«, bestimmte sie und stieß einen Finger in die Richtung des Bergs. »Du musst jetzt Erde essen und Mungu sagen, was du mir gesagt hast.«

Stella machte aus der Feuchtigkeit in ihrem Mund schäumende Blasen, die sich in der Sonne alle Farben eines blassen Regenbogens holten. Mit ihren Nägeln kratzte sie die gerissene, harte Erde locker, sammelte die winzigen Brocken ein, hielt sie in beiden Händen und presste sie fest zusammen. Die kleine rote Kugel wurde sorgsam mit Speichel bewässert. Stella legte sie auf die Zunge. »Mungu«, rief sie im Aufstehen und schluckte schon nach dem ersten Wort die Erde der Wahrheit hinunter, ohne auch nur einen kleinen Krümel von sich zu husten, »wird aus mir einen Baum machen, der im Buschfeuer verbrennt und nach dem Regen von den Würmern gefressen wird, wenn ich gelogen habe. Der Bwana Mbuzi hat gesagt: Stella, gib deiner Schwester, die dich nicht von der Brust ihrer Mutter weggestoßen hat, zwölf Stunden von deinem Tag.« Einen kurzen Moment schaute die mutige Beschwörerin erschrocken zum Berg; sie überlegte, ob Mungu sie bestrafen würde, weil sie die Worte ihres Vaters mit der Lüge der Liebe und der Phantasie der Kikuyu gemästet hatte, doch kein Blitz raste zwischen die Wolken, kein Donner einer plötzlich entfesselten Wut zerriss die Stille. Stella wurde nicht von Mungus Flammen umzingelt. Es brannte nur der Geschmack von Erde in ihrer Kehle.

»Misuri«, flüsterte Lilly und goss das Wort, das zugleich schön, gut und richtig bedeutete, in einen See aus kochendem Jubel. Auf dem Rückweg war sie es, die am Ameisenhügel stehen blieb und ihren Füßen den Schlaf befahl. Sie setzte die fünf Finger von Stellas Hand gefangen und sagte: »Mir gehört jetzt ein halber Tag. Keiner kann ihn mir wegnehmen in den Tagen, die kommen werden. Nicht mit einer Panga und nicht mit einem Gewehr. Und auch nicht mit einer Keule.«

»Und nicht mit Worten und nicht mit Papier und Tinte«, wusste Stella.

»Worte, Papier und Tinte haben keine Kraft. Sie können noch nicht einmal eine Fliege töten.«

»Mein Vater sagt, man kann aus Worten, Papier und Tinte einen Krieg machen.«

Chebetis besondere Tochter lag mit ihren zwei jüngeren

Schwestern unter der Decke, die nach kaltem Rauch und warmer Haut roch. Sie dachte verlangend an die Rosenseife in raschelndem Papier, die erst aus England nach Nakuru und dann nach Thomson's Fall gereist war und mit der sie immer ihre Hände und manchmal auch ihr Gesicht wusch, wenn der Bwana Mbuzi auf den Shambas war und ihre Mutter in seinen Töpfen rührte. Aufmerksam belauschte die mit der Zeit Beschenkte den Atem derer, die bis zu der Stunde, da man sie für die Hyänen und Geier aus der Hütte tragen würde, nur die Regenzeiten zählen durften, wenn sie nach ihrem Alter gefragt wurden. Gierig trank sie vom Stolz der Besitzenden. Durch ein kleines Loch im runden Dach aus Gras sah sie die Sterne. Sie zählte viele, bis sie den einen erblickte, der so hell leuchtete wie Stellas blaue Augen im Moment eines Schwures, den Mungu nie wieder von einem Mädchen mit weißer Haut hören würde. Das wusste sie genau. Als der lahme Schakal heulte, der seinen Hunger herunterwürgen musste, bis die Starken und Gesunden ihren Bauch gefüllt hatten, wurden die nebelgrauen Bilder der Nacht in Lillys Kopf bunter als alle Blumen am Wasserfall.
Sie sah den Bwana Mbuzi mit einer Säge so lang wie eine Schlange die Stunden zwischen zwei Sonnenaufgängen zerschneiden. Er legte die Schlangensäge neben die Pfeife mit dem gelben Stiel auf den Tisch aus hellem Holz. Für Stella wickelte er zwölf Stunden in silbernes Papier ein. Lilly aber überreichte er den halben Tag, der für alle Zeiten ihr gehören würde, in einem Tuch aus dem Strahl einer goldenen Sonne. Zu dem Kind aus seinem Samen sagte der gütige Schnitter nichts, seine schwarze Tochter zog er zu sich heran, streichelte ihr Gesicht und ihre Locken und er-

zählte den Männern von Karibu, Chebeti müsste nun jedes Jahr zwei Kuchen backen.
Bei Sonnenaufgang hüpfte Lilly – auf einem Bein, weil sie erst zum Tanz der Schüsseln ankommen wollte – zum Küchengebäude. Dort beobachtete sie, wie Chebeti die gelbe Butter aus Rumurutis Sahne, den Zucker aus der Dose mit dem Bild von drei Katzen in einem Korb und das feine Mehl, das nur für die reichen Menschen mit weißer Haut gemahlen wurde, in zwei Schüsseln verteilte. Weil Chebeti mit einem verbogenen Löffel aus Blech auf Lillys Schüssel einprügelte, als wäre die runde Silberne ein diebischer Hund, merkte die Tochter, dass ihre Mutter zornig war.
An ihrem ersten eigenen Geburtstag, der, wie alle klugen Menschen wussten, zugleich ihr elfter und Stellas zehnter war, verließ Lilly ihre Geschwister sehr viel früher als in ihrem alten Leben. Die Kälte blies Flügel auf ihre Fersen, der eigene Atem gab den Händen Wärme. Noch hatten die Decke aus rosa Wolken den Himmel nicht erleuchtet und die verrückten Hühner aus Eldoret kein einziges Ei unter die Büsche gelegt. Die Hennen waren erst dabei, ihren Kopf aus dem Gefieder zu holen. Der scharfe Schrei des Morgens steckte den Hähnen noch im Kropf, ihr roter Kamm war grau, die braungrünen Schwanzfedern feucht vom Tau der Nacht. Im Stall schlug Mboja jedoch schon die zwei größten Milchkannen zu einem Lied zusammen und redete so laut mit den Kühen, für die er die Kreide trocken und die Tafel von Fliegen freihielt, dass sich jedes seiner Worte durch die Holzwände zwängte. Asaki schlief mit offenen Augen am Wassertank. Die Honigsüße schüttelte, als sie die Schritte der Erwartungsvollen im Gras hörte, sofort

die Feuchtigkeit aus ihrem Fell und lachte mit dem Schwanz. Sie drückte ihre kräftigen Pfoten in die Erde, machte aus ihrem breiten Rücken eine hohe Brücke und rannte so schnell und fiepsend wie ein junger Hund, der sich an seiner Freude verschluckt, auf Lilly zu, leckte mit rauer Zunge erst ihre Zehen, danach beide Hände.
»Du weißt es?«
»Ja«, bellte Asaki mit der Stimme der Wächterin.
Der graue Rauch vom Küchengebäude erreichte den Affenbrotbaum, die Sonne den Schornstein vom Kamin. In dem Augenblick, in dem Lilly am Haus ankam, wurde die große Glasscheibe in Brians Atelier hell, bald auch der Raum selbst. Sie sah den blauen Glasaschenbecher auf dem Tisch funkeln, das noch nicht fertige Bild einer Zebraherde auf der Staffelei, die Farbtöpfe mit geschlossenem Deckel auf dem Regal mit den Büchern stehen und die Pinsel in einem kleinen Eimer Wasser trinken. Ein mit einer roten Schleife zugebundener Karton lag auf dem Korbstuhl. In der Ecke mit dem goldenen Haken für den Hut stand das Gewehr, für das der Bwana Mbuzi bei seiner letzten Reise nach Nakuru wegen der vielen Kerzen für die zwei Kuchen vergessen hatte Patronen zu kaufen. Während Lilly mit dem linken Auge das Sonnenlicht in Punkte auflöste und es mit dem rechten wieder zusammensetzte, grübelte sie lange über hungrige Gewehre und noch länger über die sättigende Zufriedenheit eines Kikuyumädchens, dessen Mutter auf Befehl von dem Herrn dieses hungernden Gewehrs einen Kuchen backen musste. Nur ihre Ohren waren noch wach. Die hörten, dass ein Riegel zurückgezogen wurde. »Jambo«, brüllte Lilly in den Flamboyantbaum. Sie hetzte zur Vorderseite des Hauses.

Stella stand ohne Schuhe in einem langen weißen Nachthemd mit hellblauen Punkten unter dem Balken der grün angestrichenen Tür. Ihre langen Haare trennten sich an den Schultern und fanden am Bauch wieder zueinander. Sie erschienen Lilly wie zwei Flüsse mit maisgelbem Wasser. Den einen weichen Fluss ließ sie durch ihre Finger gleiten und seufzte in dem Moment, da sie Schönheit als Schmerz empfand, doch Stella hatte den eilig verschluckten Laut nicht gehört; sie sprang hoch und lachte, ließ, als sie zur Erde zurückkehrte, ihre Hände auf Lillys Schultern fallen, zog sie zu sich heran und schob sie in den Raum mit dem runden Tisch und den drei Stühlen. Er war mit einer hellgrünen, mit Hasen bestickten Decke geschmückt. Die Hasen wussten nichts vom Saft der Pflanzen in Karibu. Sie trugen lange blaue Hemden und hielten eine orange leuchtende Karotte in der Pfote. Zur Linken der drei weißen Tassen mit goldenem Rand standen drei Teller. Auf zwei Tellern lagen Kronen, die Brian in der Nacht aus silbernem Papier gefaltet hatte.
Stella drückte die eine Krone auf den dichten Wald aus glänzenden schwarzen Locken, Lilly die zweite auf den sanften Hügel im maisgelben Fluss und, obwohl sie allein im Zimmer waren und keiner ein Wort sagte, hörten sie beide Musik. Die Gekrönten tanzten um den Tisch, bis die Bilder an den Wänden mit dem Kopf nach unten hingen und die Stühle sich im Kreise drehten. Sie kicherten ihre Rippen schwach und lachten ihre Kehlen wund. Glück war für Stella nur ein Wort und Lilly kannte es in keiner ihrer drei Sprachen und doch konnten sie es beiden sehen, riechen, schmecken und anfassen. Chebeti und Brian kamen zur gleichen Zeit ins Esszimmer, sie mit zwei Kuchen, auf

denen die winzigen bunten Kerzen aus Nakuru steckten, und er mit zwei flachen Päckchen in braunem Papier. Chebeti in ihrem schönsten Kleid, auf dem lila Schmetterlinge gelbe Rosen anflogen, stellte die runden Holzbretter zwischen die langen Ohren der Hasen. Sie holte für zwei der drei Stühle weiche Kissen, strich die Tischdecke glatt, legte zwei lange Messer vor die Kuchen und öffnete ihre Arme. Es war nicht ihre Tochter, die sie an die Wärme ihres Körpers drückte, sondern das Kind, deren Nabelschnur sie mit einer silbernen Schere zerschnitten und dessen Mutter sie in der Stunde ihres Todes beim Namen genannt hatte. Sie hob Stella hoch, wie sie es in den Tagen getan hatte, ehe deren erster Zahn durch den Kiefer gestoßen war, und berührte die Haut ihrer Stirn mit dem Mund.

»Wir haben vier Stühle«, sagte Brian, »hol auch noch einen Teller. Wir wollen alle, dass du mit uns isst.«

»Nein«, erwiderte Chebeti, »in der Küche warten die schmutzigen Töpfe auf mich. Es ist genug, wenn meine kluge Tochter, die ihre eigene Sprache in den Dornbusch geworfen hat und die ihre Hände mit deiner Seife wäscht, an deinem Tisch sitzt, Bwana Mbuzi.«

»Dann bleib hier, bis die Kinder ihre Pakete ausgepackt haben.«

Der älteste Sohn des Schneiders aus Nakuru, der einst Stellas blaues Kleid und das rote von Lilly genäht hatte, war noch geschickter mit seinen Händen und schneller auf seiner neuen Nähmaschine, als es sein Vater gewesen war. Für den liebenswürdigen Farmer von Karibu, der bei jedem Besuch mit ihm Tee trank und dabei den Fleiß der Inder lobte und der nie auch nur den Versuch machte, den Preis einer guten Arbeit herunterzuhandeln, hatte er in nur einem Tag zwei Kleider genäht und sie mit der Post nach Thomson's Falls geschickt. Der weiche Stoff der weiten Röcke war in breite Falten gelegt, die Puffärmel und kleinen runden Kragen mit einem schmalen Band eingefasst – das rote Kleid mit blauer und das blaue mit roter Borte. Goldene Kugelknöpfe wurden zu Spiegeln für Augen, die ihre Freude nicht halten konnten. Stella warf ihr Nachthemd auf den Boden, lief zu Lilly, die ihre Hände verloren hatte, und zog ihr, »happy birthday« singend, das Kleid über den Kopf. Einen Moment standen die Mädchen nackt da und hielten sich jubelnd an der Hand. Nun war es Brian, der Schönheit als Schmerz empfand.

»Der Schneider«, schluckte er, »hat Stellas blaues Kleid aus einem Stück vom Mittagshimmel geschnitten.«

»Und meins aus dem letzten Stück der Sonne am Abend«, erinnerte sich Lilly.

»Und für jeden Knopf«, wusste Stella, »ist ein Stern vom Himmel gefallen.«

Sie schauten beim Sprechen nur einander an. Ihre Augen sollten dem Zauberer die Worte nicht verraten, dass für sie die Tage schon lange tot waren, da sie seine schönen Geschichten geglaubt hatten. Brian hielt jene, die er an seinen Körper drückte, für Kinder – es waren Frauen, die denselben Mann liebten und ihn vor der Enttäuschung beschützen wollten, dass sie in den Apfel der Erkenntnis gebissen hatten.

»Ein Stück vom blauen Himmel«, sang Stella, als sie den weiten Rock zu einer im Wind flatternden Fahne tanzte.

»Ein Stück von der roten Sonne«, ahmte die mit den Beinen der Gazelle und den Augen der Impala ihre Stimme nach.

»Wer holt das letzte Geschenk? Es liegt auf dem Stuhl in meinem Atelier.«
»Die mit dem Mund, der zu voll ist«, befahl Chebeti und zog am Stuhl ihrer Tochter.
Der Zorn ihrer Mutter brannte auf Lillys Haut. Weil sie Zeit brauchte, um das Feuer zu löschen, ging sie im Atelier rückwärts zum Korbstuhl, stolperte noch vor der Staffelei und fiel hin. Beim Aufstehen merkte sie, dass sie über Brians Hut gefallen war. Der goldene Haken lag auf dem Boden. Das Gewehr war nicht mehr da. Lange grübelte sie, ob sie dem Bwana Mbuzi erst von seinem Hut und dann von dem Haken und dem Gewehr erzählen sollte oder ob es nicht doch eine schönere Shauri werden würde, wenn sie mit dem Gewehr begann. Schließlich entschied sie sich, ihre Geschichte mit dem Hut anzufangen; vom Gewehr würde sie erst erzählen, nachdem sie das Loch in der Wand genau beschrieben hatte. Als sie aber ins Esszimmer zurückkehrte, stand ihr Vater am Tisch mit dem Kuchen und Brian wischte sich Schweiß von der Stirn.
»Njerere ist in der Nacht von Karibu weg«, sagte Kamau.
»Heute«, wehrte Brian ab, »gehört der Tag unseren Kindern. Wir können Njerere morgen suchen.«
»Hast du vergessen, dass ich keinen Mann suche, der von Karibu wegläuft? Ich bin gekommen, um deinem Gewehr Jambo zu sagen.«
Nur einen Moment bedauerte Lilly, dass ihr Vater ihre Geschichte gestohlen hatte. Danach ließ sie jedes Wort von der Überlegenheit der Wissenden trinken. »Das Gewehr ist fortgelaufen, als wir den Kuchen gegessen haben«, sagte sie.
»Siehst du, Kamau«, lachte Brian, »die Shauri von deiner

Tochter ist noch schöner als deine. Ich habe das Gewehr letzte Woche in das Geschäft von Malan nach Nairobi geschickt. Es muss repariert werden.«

Obwohl es noch Jahre dauern sollte, ehe Lilly begreifen würde, weshalb der Mann, den sie liebte, gelogen hatte, schlug sie sich mit der Hand wie ein ertappter Dieb auf die Stirn. »Ich weiß es noch«, sagte Lilly, »ich habe dir doch das Papier geholt, um dein Gewehr zu verpacken.«

6

Der Schlag traf Brian ohne Vorwarnung. Er nahm dem Mann, der nur zu hoffen, zu träumen und zu lieben imstande war, den Stolz und die Ruhe. Mbojas bescheidenes Haus aus dem alten Wellblechtank und sein breiter Gürtel aus Büffelleder symbolisierten für den Bwana Mbuzi nicht mehr die neue Zeit. Die bis dahin unbekannte Größe, die in den abendlichen Gesprächen mit Kamau zu den Safaris jenseits des Sichtbaren und Hörbaren getrieben hatte, wurde innerhalb von fünf Minuten eine reale und beängstigende Einheit. Brian wurde ihrer erstmals gewahr, als er Stella zwei Wochen nach ihrem Geburtstag zur Schule zurückbrachte. Seit dem Schulbrand in Limuru, der immer noch vom »East African Standard« aus Gründen der Selbstachtung als »ungeklärt« bezeichnet wurde, schickten die Farmer im Hochland ihre Kinder in die Nakuru Government School, weil die solide gebaut war und die Polizeiwache in der Nähe lag.

Ausgerechnet sie hatte als erste Schule im Land auf die Kampfansage der rebellierenden Kikuyu an die weißen Landbesitzer reagiert. Die seit Jahren mit auffallender Akkuratesse kurz geschorenen Hecken waren während der vierwöchigen Ferienzeit durch einen hohen Stacheldrahtzaun ersetzt, alle Fenster und Türen vergittert und die flachen Dächer der Unterrichtsräume sowie der vielen kleinen Wohngebäude mit groben Glassplittern vor Eindringlingen geschützt worden. Hohe Ziegelmauern umschlossen die Tennisplätze und das Hockeyfeld. Das Schwimmbad war ohne Wasser, die prächtigen Zedern im Garten gefällt worden. Zwei Männer vom Stamm der Jaluo standen mit wuchtigen, gezackten Keulen vor dem Zaun, zwei schwer bewaffnete britische Soldaten patrouillierten um das Gelände, ein dritter bewachte das Hauptgebäude und der vierte die Häuschen mit Runddächern, in denen die Kinder schliefen. In einem mit einem schweren Vorhängeschloss gesicherten Zwinger bellte eine Meute Schäferhunde jedes ankommende Auto an. Die unruhigen Tiere mit dem starken Gebiss erschreckten Brian, der seit seinem Aufbruch aus England keinen Schäferhund gesehen hatte, noch mehr als die überraschende Demonstration militärischer Präsenz. Er empfand, als er nach der Hand seiner Tochter griff, eine erniedrigende Hilflosigkeit und merkte, als er sprach, dass seine Stimmlage zu hoch war.

»Was in drei Teufels Namen soll das bedeuten?«

»Siehst du«, spottete Stella, »du willst mir ja nie glauben, dass die Schule ein Gefängnis ist. Jetzt schämen sich noch nicht einmal die Lehrer zuzugeben, dass sie Angst haben, einer von uns könnte abhauen.«

»Arme Teufel«, sagte Brian und konnte es nicht fassen, dass er lachte. »Ihr scheint ihnen das Leben wirklich schwer zu machen.«

»Nur mein Koffer ist schwer«, widersprach die Muntere. Sie hatte das Kichern einer Zehnjährigen, aber nicht deren Augen.

»Ich vermute, Miss Hood hat noch nicht kapiert, dass sie jetzt wieder eine vornehme britische Lady zu sein hat und kein glückliches Kikuyukind.«

»Miss Hood ist nicht so dumm, wie du denkst«, wusste Stella. »Obwohl«, fügte sie verlangend hinzu und suchte Brians Hand in seiner Hosentasche, »sie sich oft wünscht, dumm zu sein. Die Dummen haben es besser als die Klugen.«

»Hat dir das dein Pferd gesagt, als du zum ersten Mal in die Schule kamst?«

»Nein. Kamau.«

Den Moment, der ihn sehend machte, vergaß Brian nie. Während sich seine Augen noch vor der Wahrheit schämten, hatte er begriffen, dass seine Tochter sicherer in ihrer Schule war als auf seiner Farm; die spontane Erleichterung entsetzte ihn. Sie erschien ihm, als er im Rückspiegel Stellas Silhouette verschwinden sah und er das Steuerrad seines Wagens so fest hielt, als könnte ein eiserner Griff ihm seinen Halt und die Zuversicht des Illusionisten wiedergeben, das Eingeständnis einer Schuld, von der ihn niemand je würde freisprechen können. Ihm war auch klar, dass die Angst, er könnte nicht jene schützen, die er liebte, ihn nicht mehr verlassen würde, sollten einmal die Flammen, die in Nairobi entzündet wurden, Karibu erreichen.

Brian hatte vorgehabt, mit dem freundlichen indischen Schneider Tee zu trinken und ihm von der Freude der Kinder über die neuen Kleider zu erzählen. Später wollte er in dem Laden am Markt Seife, neue Schulhefte für Lilly und den blauen Stoff kaufen, den er Chebeti an Stellas Geburtstag versprochen hatte, und am frühen Nachmittag in Ol' Kalau James Stuart besuchen, einen skurrilen schotti-

schen Farmer, der große Erfolge mit einer besonderen Zucht weißer Leghornhühner, eine ansteckende Fröhlichkeit, den besten Whisky zwischen Mombasa und Kisumu und einen Pavian zum Tischgenossen abgerichtet hatte. Weil die Einsamkeit Brian an dem Tag, der Auftakt für die lange Trennung von Stella war, immer besonders bedrückte, hatte er mit dem trinkfesten Stuart sogar ein Abendessen im vornehmen Thomson's Falls Hotel erwogen.
Er gönnte sich jedoch noch nicht einmal die übliche Pause bei den Flamingos am Nakuru-See, die er im Gedenken an Mary sonst nie versäumte, weil sie ihn dort zu seinem ersten in Kenia gemalten Bild animiert hatte, sondern fuhr auf direktem Weg nach Hause. Zu gewaltig war seine Scham, dass und wie gut es ihm gelungen war, so lange die immer alarmierender werdenden Berichte vom Kampf der rebellierenden Kikuyu um das eigene Land als ein Problem abzutun, das ausschließlich die von den Farmern als feige Zauderer verachteten Behörden in Nairobi zu beschäftigen hatte.
Die untergehende Sonne war dabei, Karibu in ein Licht von dunklem Violett zu tauchen, als Brian am letzten seiner Flachsfelder ankam. Die Glanzstare mit metallisch blau leuchtenden Flügeln badeten in dem neu angelegten Teich zwischen dem Flamboyantbaum und dem Beet mit den roten Nelken. Es duftete stark nach Zimt und schwach nach dem Feuer, das vor den Hütten entzündet wurde. Der Wind trieb Fetzen von Gesang durch die Bäume. Aus dem hohen Gras am Wassertank tauchte Asakis Kopf auf. Sie rannte freudebellend auf ihn zu. Brian fragte sich, als er die hechelnde Hündin streichelte, wann die Haare um ihre Schnauze begonnen hatten, grau zu werden.

Chebeti trug eine mit einer weißen Serviette bedeckte Schüssel durch den Garten und schnalzte mit der Zunge, doch der Heimkehrer aus der stacheldrahtbewehrten Welt schüttelte den Kopf. Er bat sie, Kamau zu holen.

»War deine Safari nicht gut?«, fragte sie, obwohl der fehlende Rhythmus von Brians Schritten auf dem Kies ihr schon Antwort gegeben hatte.

»Welche Safari ist gut, Chebeti, die von deinen vollen Töpfen wegführt?«

»Der Topf, den ich in die Küche zurücktrage, ist voll.«

Noch während Brian seine Pfeife stopfte, berichtete er dem einzigen Mann, für den ihm je das Wort Freund gekommen war, von den Soldaten in Stellas Schule und von den vergitterten Fenstern. Er sprach dabei, weil er so schnell nicht von der Gewohnheit lassen konnte, von der neuen Zeit, doch ihm fiel auf, dass Kamau zwar die übliche unwillige Bewegung machte, aber nicht, wie er das noch beim letzten Mal getan hatte, auf das Glas von Brians Uhr klopfte. Zum ersten Mal sagte Kamau auch nicht: »Die Zeit ist nie neu.« Er hielt schweigend die leere Bierflasche in das schwindende Licht und ließ seine Zunge so lange im Mund, bis die Zeit gekommen war, um sich zu seiner Hütte aufzumachen. Es war später als an den Tagen ohne die Dornen der Wahrheit. Kamau musste, was bis dahin an keinem Abend je nötig geworden war, eine Lampe aus der Küche holen. Obwohl der Pfad zu seiner Hütte vom Küchengebäude abzweigte, kehrte er noch einmal zurück. Er bückte sich so tief, dass er die feuchte Erde riechen konnte, als er die bereits entzündete Lampe ins Gras stellte. Beim Aufstehen berührte er mit seiner rechten Hand Brians Schulter.

»Auf Karibu«, sagte Kamau und verbat seiner Stimme ihre Kraft, »hat nicht nur ein Mann auf seinen Augen geschlafen. Es waren zwei. Die Zeit ist schon lange neu gewesen, Bwana Mbuzi. Wir sind heute alt geworden.«

Und doch wärmte auch nach dieser Stunde der Erkenntnis eine süße Zunge den Schlaf von Karibu. Weil die Farm im Bett der feurigen Aloen weiter die Menschen so willkommen hieß wie in den Tagen der unbepflanzten Felder und die Sonne, der Mond und der Regen die Gezeiten des Lebens bestimmten, starrte Brian nur in den schlaflosen Nächten gepeinigt in den Sternenhimmel. Es war der schwarze Gott Mungu, den er um die Erlösung von seiner Angst anflehte. Bei Tag sicherte ihm sein hoffendes Herz die Welt, in der kein Mensch den anderen kränken sollte. Trotz der Einsicht, dass die Wirklichkeit dabei war, seinen Traum von Gleichheit und Gerechtigkeit zu ermorden, ließ es Brian nicht zu, dass dieses Herz den Wert der Menschen an ihrer Hautfarbe maß. Wer Geld für Medizin oder Kleidung brauchte, wer eine neue Ziege oder ein Stück eigenes Land haben wollte, wusste immer noch, dass der Bwana Mbuzi nach einer guten Ernte sehr schnell den Schlüssel zu der kleinen Holzkiste fand, in der er sein Geld verwahrte.

So geschah es, dass die Worte der neuen Zeit nicht den Weg nach Karibu fanden. Mau-Mau war so ein Wort. Auf Karibu kannten es nur zwei Menschen und keiner von beiden hatte je die Ohren des anderen mit den beiden unfreundlichen Silben belästigt. Das Wort entstammte nicht der Kikuyu-Sprache und es hatte auch keine Bedeutung in Suaheli. Es war die spöttische, mit einem schlechten Scherz untertreibende Bezeichnung der Kolonialbehörden für den

brodelnden Aufstand der Kikuyu gegen die weißen Farmer. In der Zeitung hatte es einmal geheißen, die Kinder in Nairobi hätten als Erste bei den nun immer häufiger stattfindenden Razzien Mau-Mau gerufen, um ihre Stammesbrüder vor der Polizei zu warnen.
Auf Karibu aber las nur einer Zeitung, und nachdem Kamau mit der Post aus Thomson's Falls zurückgekehrt war, verlangte es der Zunge des Kundigen nicht, die Shauris mit seinem Vertrauten zu teilen. In den Stunden des langen Schweigens verloren Brians Augen jedoch ihre Farbe und der Himmel auf den Bildern, die er malte, war dann blutrot statt blau. Wenn das Feuer die Wolken vom Bwana Mbuzi gefressen hatte, füllte ihm Chebeti um die Essenszeit den Whisky aus der großen in die kleine silberne Flasche, die er sonst nur nachts leerte. Den Zorn, dass sie an solchen Tagen nur für die Hunde zu kochen hatte, löschte sie mit vielen Tropfen, die sie in ein Glas mit dem Kopf eines gehörnten Tieres goss, das sie nicht kannte.
Am 20. Oktober 1952 sprach Brian zum zweiten Mal von dem Stacheldrahtzaun um Stellas Schule. An diesem Tag, der das Leben der ganzen Kolonie verändern sollte, meldete das Radio morgens um sechs Uhr die Verhängung des Ausnahmezustands und die Verhaftung von Jomo Kenyatta. Die Behörden in Nairobi machten ihn für die immer mehr spürbare Verschwörung unter den rebellierenden Kikuyu und für deren sehr unmissverständliche Drohungen verantwortlich. Brian ging nach den Frühnachrichten nicht zum Melken, später weder zu den Pflückerinnen im Pyrethrumfeld noch zu dem neu anzulegenden Shamba am Waldrand, obwohl er gesagt hatte, er wolle es noch einmal ausmessen, ehe die Bäume geschlagen wurden.

Er saß bereits auf der grünen Bank, als Kamau mit den vier Schlägen gegen den Wassertank das Zeichen gab, die Arbeit des Tages zu beenden, und er schaute zum Wasserfall wie ein Mann, dem keiner je gesagt hat, dass böse Shauris in Afrika schneller reisen als die guten. Bis die Geier den Kopf unter das Gefieder steckten, lobte der kluge Lügner die weißen Leghornhühner aus Gilgil. Er war gerade dabei, mit Kamau zu erörtern, ob er zweihundert oder erst einmal hundert Hennen und wie viele Hähne er bestellen sollte, als er die Worte, die er die ganze Zeit verschluckt hatte, nicht mehr in der Kehle halten konnte.
»Ich muss wieder ein Gewehr kaufen«, sagte er.
»Du hast«, erinnerte ihn Kamau und wies, ohne die bei Gesprächen mit dem Wind aus zwei Richtungen übliche Pause einzuhalten, auf die Hütte, in der Njerere gewohnt hatte, »ein Gewehr in Nairobi. Hast du vergessen, dass du es in das Geschäft von Malan geschickt hast? Dann hast du auch vergessen, dass meine kluge Tochter dir das Papier gebracht hat, um deine Lüge einzupacken.«
»Seit wann hast du gewusst, dass das Gewehr gestohlen wurde? Hat dir Lilly das gesagt?«
»Das waren zwei Fragen. Eine war zu viel. Lilly sagt ihrem Vater nichts. Er spricht nicht deine Sprache und kann nicht lesen. Nein, Bwana Mbuzi, ich habe die Angst in deinen Augen gesehen. Sie hat mir alles gesagt. Du hast gewusst, dass Njerere von Karibu weggelaufen ist und die Sachen, die ihm gehörten, nur mit einer Hand tragen konnte. Und du hast gewusst, was er mit der anderen Hand festhalten musste. Deine Augen können nicht so gut lügen wie dein Mund. Auch heute haben sie nicht lügen können.«
»Es ist gut, Kamau, dass wir endlich über diese verdammte

Shauri mit dem Gewehr sprechen. Ich wollte es schon lange tun, doch habe ich gedacht, es ist zu spät für die Wahrheit. Dein kluger Bwana Mbuzi war ein dummer alter Esel, als Njerere weggelaufen ist. Ich wollte, dass die Kinder sich mit ihren neuen Kleidern freuen.«

»Esel sind nicht dumm. Hast du schon mal einen Esel gesehen, der die Augen zumacht, wenn ihn eine Schlange angreift, weil er die Freude seiner Kinder fressen will?« Die Knöchel von Kamaus Hand leuchteten weiß, als er die Nägel in das Fleisch seiner Arme grub. »Zu spät«, fiel ihm nach einer Zeit ein, »ist immer schlecht.«

»Nicht, wenn einer von seiner Lüge sprechen will. Du hast Recht, Vater, ich war dumm und feige. Es wird nicht wieder vorkommen. Du hast mein Ehrenwort.«

»Heute ist kein Tag, um mit mir in einer Sprache zu sprechen, die ich nicht verstehe. Das machen nur die Mzee, die ihr Essen mit der Hand zerdrücken. Du hast noch alle Zähne.«

»Sie beißen nicht mehr.«

»Warum willst du dann ein Gewehr neben dein Bett legen? Als dein Gewehr weg war, haben alle Männer gesagt, du wirst es suchen. Sie haben gesagt, du wirst die Spuren von Njereres Füßen bis nach Nairobi verfolgen. Jetzt weiß auch der Leopard, der zu alt ist, um auf die Jagd zu gehen, und deine Ziegen fressen muss, um satt zu werden, wer der Bwana Mbuzi ist.«

»Wer ist er? Ich weiß es nicht mehr.«

»Er ist ein Mann, der nach Nakuru fährt, um Patronen zu kaufen, und mit Papier für seine Bilder und Seife für die Hände meiner klugen Tochter zurückkommt.«

»Das hast du gut gesagt, mein Freund«, seufzte Brian.

»Kein Tier hat je mein Gewehr gehört. Wie soll ich da auf Menschen schießen können?«
»Nicht alle Menschen wohnen auf Karibu. Und die anderen lassen nicht nur den Wind in ihre Ohren. Sie sind es, die ihr Land zurückwollen.«
»Weißt du denn schon, was ich heute im Radio gehört habe?«
»Wie soll ich wissen«, fragte Kamau, »was du im Radio gehört hast? Ich war in meiner Hütte und habe Mau-Mau gerufen. Hast du mich nicht gehört?«
»Es werden auch wieder gute Tage kommen, Kamau. Mau-Mau hat in Nairobi angefangen. Es wird dort sterben. Warum soll es bei uns nicht so bleiben, wie es immer war? Wir haben auf Karibu nicht gelernt, Krieg zu machen.
»Es ist genug, wenn von zwei Menschen einer gelernt hat, Krieg zu machen. Du kannst doch zählen.«
Auf Karibu wurden weiter nur die Sterne und jene guten Shauris gezählt, die die Lieder fröhlich, das Echo vom Gelächter stark und den Schlaf hell machten. In Kisumu war die Ernte verdorrt, in Limuru der Tee auf den Feldern verbrannt, von Mombasa bis Nairobi schrie das Vieh nach Wasser. Die Wurzeln der Bäume in Kericho waren ohne Saft und die Erde in Meru von der Trockenheit gerissen, aber auf Karibu traf der große Regen ein, ehe nur eine Dornakazie dürstete. Der Wellblechtank und die beiden Brunnen waren voll, das Wasser sauber, das Gras bis zu den Berggipfeln stark und grün, die Kühe, Ziegen und Schafe satt. Die Menschen hatten volle Töpfe und einen runden Bauch. Sie bauten ihre neuen Hütten nicht mehr aus Lehm, Dung und Gras. Zum ersten Mal wurde für die Häuschen Holz geschlagen und der Bwana Mbuzi fuhr

nach Nakuru, um scharfe Sägen, lange Nägel und Schrauben zu kaufen, die noch im Schatten silbern glänzten. Nachdem der nach einer guten Ernte auf der Farm übliche Sonderlohn ausgezahlt worden war, trugen die Frauen neue Kleider. Sie waren bunter und leichter als die alten und hatten Knöpfe, rund wie Kugeln. Viele Männer machten es Mboja nach und schnitten Schuhe aus alten Reifen. Kamau verkaufte seine älteste Tochter an einen jungen Mann aus Naivasha. Sie war kräftiger als ihre Schwestern, konnte so tief graben wie ein Mann und gleichzeitig einen bis zum Rand gefüllten Eimer auf dem Kopf und einen in jeder Hand tragen. Das Mädchen sprach nur Kikuyu und brachte ihrem Vater einen so guten Preis, dass er sich zwei Kühe hätte kaufen können. Kamau legte das Geld jedoch in eine kleine, hölzerne Kiste und bat Brian, sie in seinem Haus vor den Blicken der Neider zu verbergen, die abends vor ihren Hütten saßen und lästerten, Kamau wisse schon, weshalb er sein Geld vor dem Licht schützen müsse. Für die kluge Lilly würde er, wenn ihre Zeit gekommen wäre, noch nicht einmal den Gegenwert einer dürren Ziege erzielen. Sie hätte nur reden und lesen gelernt und nicht arbeiten.
Zum ersten Mal seit sie angepflanzt worden waren, vertrockneten die Kartoffeln nicht, ehe die Spitzen ihrer Stängel durch die Erde stießen. In der Flachsfabrik sangen die Maschinen bis zum Sonnenuntergang, die Heuschrecken verschonten das neue Maisfeld am Waldrand und die weißen Leghornhühner aus Ol' Kalau waren sehr viel tüchtiger als die aus Eldoret, die immer noch ihre Eier ins Gebüsch legten. Brian musste an einem Tag zweimal den Namen von einem neugeborenen Kalb auf die Tafel in Mbo-

jas Stall schreiben. Dessen zwei Frauen hatten einen gefüllten Leib. Lilly schrieb ihren ersten Brief an Stella und konnte, als die Antwort aus Nakuru kam, dem Bwana Mbuzi jedes Wort vorlesen, ohne sich an einem einzigen zu verschlucken. Chebeti bekam den ihr an Stellas Geburtstag versprochenen blauen Stoff und nähte das passende Kopftuch zum Kleid und aus dem letzten Rest ein Taschentuch. Der Himmel auf Brians Bildern war nur noch selten mit dem Blut der Albträume getränkt, die kleine Silberflasche mit der Aufschrift »Orient Express« an guten Tagen abends noch halb voll.

Brian sah, als er Stella für die Ferien nach Hause holte, den Stacheldrahtzaun um ihre Schule und drückte in der Euphorie des Wiedersehens sein Kind an sich, ohne zu schaudern. Dass kaum noch ein Mann, der in Karibu um Arbeit und Unterkunft bat, zum Stamm der Kikuyu gehörte, erklärte er Kamau, der ihn darauf aufmerksam machte, mit dem von ihm bis dahin nie akzeptierten Vorurteil, die Kikuyu hätten schon immer lieber im Haus und in den Läden der Städte als auf den Feldern gearbeitet.

»Ich habe nicht gewusst«, erwiderte Kamau, »dass deine Shambas von Lumbwa umgepflügt worden sind. Oder sind es die Massai, die hier ihre Häuser gebaut haben? Vielleicht bin ich auch ein Massai und du hast vergessen, mir das zu sagen.«

»Danke, Kamau. Du vergisst nie, mir zu sagen, dass ich dumm und vor der Zeit ein Mzee geworden bin.«

»Mzee sind klug, Bwana Mbuzi. Sie belügen ihre Ohren nicht mit der eigenen Zunge.«

Sehr bald nach diesem Gespräch, das ihm im Nachhinein prophetisch schien, konnte Brian nur noch an den Tagen

ohne die Zeitung und in gut betäubten Nächten verdrängen, wie rapide sich das Leben in Kenia nach der Verhängung des Ausnahmezustands veränderte. Erster Hinweis auf die um sich greifende Unsicherheit der Weißen waren die Inserate, in denen auch Farmen zum Verkauf angeboten wurden, von denen man wusste, dass sie prosperierten. Die weitläufige Farm von Brians schottischem Trinkkumpan James Stuart, der ihm seit seiner Ankunft in Kenia vor vierzehn Jahren immer und ohne Anlass erklärt hatte, ihn könne man nur im Sarg auf die »verdammte, verrottete Insel« zurückschaffen, enthielt den Hinweis »Wohnhaus im Tudor-Stil mit englisch sprechendem Pavian«.
Als Antwort auf Mau-Mau versagte der britische Humor endgültig, als die in Nakuru erscheinende »Sunday Post« die ersten Grauen erregenden Fotos von brutal abgeschlachteten Tieren abdruckte. Deren Veröffentlichung wurde in Leserbriefen als »taktlos« und »immens schädlich für die Sache der Farmer im Rift Valley« bezeichnet. Brian aber schnitt die Bilder aus, deren tödliche Botschaft ihn noch sehr viel mehr entsetzte, als es die Verhängung des Ausnahmezustands getan hatte. Er klebte die Fotos sorgsam in ein Schulheft, das er unter seiner Wäsche verwahrte. Es war ein Zwang, dem er nachgab und den er verachtete und sich vergeblich zu erklären versuchte. Sobald er die Schere aus dem Schrank holte, wurde er wieder zum schweißüberströmten zwölfjährigen Internatszögling, der im Wissen um die unausweichliche Entdeckung seiner Freveltat die Abbildung von Goyas »Nackter Maja« aus einem Kunstlexikon herausgerissen und in sein Geschichtsbuch über das Bildnis von William dem Eroberer geklebt hatte.

Auf den Farmen im ganzen Land wurden Kühe und Schafe erstochen. Der blutige Kopf einer Dogge war an einem Zaun des prächtigen Marmanet Estate aufgespießt, den in der ganzen Kolonie berühmten Zuchthengsten von Sam Craig in Thika waren die Beine und Ohren abgeschnitten worden. Bei jedem nächtlichen Überfall hatten die Täter mit dem Blut der toten Tiere »Uhuru« auf die Mauern der Farmhäuser geschrieben. Brian erinnerte sich erst wieder, als er von Sam Craigs »seit langem geplanter Geschäftsreise« nach England las, dass das Wort Freiheit bedeutete. Ihm fiel auch ein, wann und mit welcher Betonung er es zum ersten Mal von Njerere gehört hatte. Als er es immer wieder vor sich hinsagte, als könnte er sich an den Geschmack einer ihn ekelnden Speise gewöhnen, wenn er nur hartnäckig genug übte, wusste er die Zeit gekommen, um Kamau die Fotos in seinem Schlafzimmer zu zeigen.

Schon längst schrieben die Journalisten nicht mehr von »mysteriösen« Umständen. Auch die Kommentatoren gaben ihre sprachliche Zurückhaltung auf. Sie drängten auf »die beklagenswert überfällige Antwort einer bisher bewundernswert hilflosen Behörde« und forderten die öffentliche Auspeitschung und umgehend zu vollstreckende Todesstrafe für die »Bastarde von Kitale«. Dort war Graham Hoover erstochen aufgefunden worden. Hoover war zwar bei seinen Landsleuten als rufschädigender Außenseiter ohne Instinkt und Achtung für die von Moral und Sitte gesetzten Grenzen verrufen gewesen, aber er war doch ein weißes Opfer. Der Bericht vermerkte süffisant, dass er »selbstverständlich äußerst beliebt bei den Einheimischen« gewesen wäre. Die hatten den unbekümmerten Rebellen wider die Konvention nicht mit Bwana angeredet und ihn der schwarzweißen Synthese seines Familienlebens wegen »Punda milia«, also Zebra, genannt. Hoover hatte mit einer Kikuyufrau zusammengelebt und mit ihr drei Kinder gezeugt – zu dunkel für die empfindsamen Augen der hautbewussten weißen Farmer, zu hell für die Schwarzen. Die Frau und die Kinder waren wenige Stunden vor dem Mord von der Farm verschwunden. Die rechtzeitig an sie erfolgte Warnung wurde nur bekannt, weil drei der Täter zu betrunken gewesen waren, um den Schauplatz des blutigen Geschehens zu verlassen. Im Verhör hatten sie höhnisch auf den Umstand hingewiesen, ein Raub sei ihnen nicht anzulasten. Sie hätten im Haus weder Geld noch andere Wertsachen vorgefunden.

Sehr viel aufrichtigere und entsprechend entsetzte Anteilnahme erregte das Blutbad auf der reichsten und prächtigsten Farm in der Kolonie – Heaven's Gate in Londiani. Die hatte dem in ganz Kenia als »Mann der alten Schule« geschätzten Großwildjäger und Millionär James Morrison gehört, der zwei Jahre zuvor standesgemäß von einer aufgebrachten Elefantenkuh mit säugendem Kalb totgetrampelt worden war. Nun war Morrisons ältester Sohn Clive mit dem Kolben seines eigenen Gewehrs erschlagen, seine hochschwangere Frau Diana erstochen und zwei alte Männer mit Drahtschlingen erwürgt worden. Deren Leichen hatte man am Ufer des künstlichen Sees gefunden, für den Heaven's Gate von Arusha in Tanganika bis Entebbe in Uganda berühmt war. In den detaillierten Chroniken der Tragödie hieß es, die beiden toten Greise hätten zum Stamm der Nandi gehört, wären mit dem alten Morrison »in den glücklichsten Tagen unserer Kolonie« auf Jagdsafari gegangen und hätten ihm mehr als einmal das Leben

gerettet. Laut Aussage des Personals, das von der Polizei als »renitent und verschlagen« bezeichnet wurde, hätten die Nandis versucht, die Frau des jungen Morrison zu schützen. Das Mobiliar war zertrümmert worden, die Wirtschaftsgebäude nur noch Asche, der größte Teil der kostbaren Angusrinder und die beiden Autos gestohlen.
»Die beiden Söhne waren in England in der Schule«, sagte Brian.
Die Zeit des Schweigens war vorbei. Er hatte Kamau nach dem Mord an Hoover in sein Schlafzimmer gerufen, ihm das Heft mit den ausgeschnittenen Fotos gezeigt und seitdem mit ihm ausführlich über jeden Überfall auf eine Farm gesprochen. Noch keinen Monat nach dem Tod der Morrisons wurde die fünfjährige Elizabeth Chivers auf Happy Valley in Eldoret zehn Minuten nach Abfahrt ihrer Eltern zum Markt in der Stadt aus den Armen ihrer Aja gerissen, einer alten Kikuyufrau, die schon Elizabeths Mutter umsorgt hatte. Dem Kind und seiner Aja hatten die Mörder den Schädel eingeschlagen, die Eingeweide herausgerissen und die Leichen zusammen mit den blutigen Körpern der drei Hunde vor das schmiedeeiserne Eingangstor der Farm gelegt. Erst da stellte Kamau die Frage, von der er wusste, dass sie Brian allnächtlich mit Whisky hinunterspülte.
Die beiden Männer waren kurz nach Sonnenaufgang von Mboja zu einem von einer Giftschlange gebissenen Esel gerufen worden. Sie hatten dem qualvoll verendenden Tier nicht helfen können. Ohne dass einer von beiden dies vorgeschlagen hatte, als Mboja den toten Esel mit Benzin übergoss und verbrannte, waren sie im Tempo derer, die einen Stock als drittes Bein brauchten, und auf dem Um-

weg zwischen den Felsen, den sonst nur die Kinder nahmen, bis zu den Hütten jenseits des kleinen Flusses gelangt. Nun saßen sie in der erschöpfenden Stunde des kürzesten Schattens unter einem Jacarandabaum, dessen Blütenduft ihre Nase nicht erreichte. Von Zeit zu Zeit prüften sie die Richtung des Windes und stöhnten, wenn die Glut den Finger umhüllte, leise wie die Mzee auf, die begriffen haben, dass es nicht nur ihr Rücken ist, der sie schmerzt.
Sie sprachen so wenig wie Stella und Lilly, wenn sie auf die Dik-Diks warteten, aber – anders als die Kinder – verlangte es ihnen lange nicht nach der Lust an einer spontan befreiten Kehle. Weil Kamau bereits im ersten Licht des Tages ein Stück von einer Zeitung durch den dünnen Stoff von Brians Hemdtasche gesehen hatte und dessen zusammengepresste Lippen also zu deuten wusste, war er sehr lange auf einer jener Safaris ohne Ziel gewesen, zu denen er einst nur in der Wärme seines eigenen Feuers aufgebrochen war. Brians Augen waren noch nicht von der fünfjährigen Elizabeth aus Eldoret zurückgekehrt. Das Mädchen war blond gewesen und hatte eine Stupsnase wie Stella. Auf dem Foto in der Zeitung hatte sie dünne Ketten, wie sie die Massai tragen, um den Hals und einen Setterwelpen auf dem Schoß.
»Gehst du weg von Karibu?«, zerschnitt Kamau das Schweigen. Er presste, während er sprach, den Kopf auf die Brust, doch seine Stimme war schärfer als eine geschliffene Panga.
»Wo soll ich hingehen, mein Freund?«
»Dein Freund hat dich nicht gefragt, wo du hingehen willst, Bwana Mbuzi. Er hat dich gefragt, ob du in Karibu bleiben wirst.«

»Warum fragst du? Warum hast du mich das heute gefragt und nicht gestern?«

»Weil heute ein guter Tag für Fragen ist. Das weißt du. Du musst mir nicht von dem toten Kind in Eldoret erzählen. Das habe ich schon gestern gewusst.«

»Warum weißt du immer alles vor mir?«

»Wir brauchen keine Zeitung. Und du brauchst nicht das Gebrüll eines verrückt gewordenen Bullen, um mit mir zu sprechen. Wenn du weggehst, dann darfst du nicht vergessen, Kamau Kwaheri zu sagen. Kamau war der Erste, der dir hier Jambo gesagt hat. Dir und der Memsahib Chai.«

»Nicht, Kamau, nicht heute! Wenn ich hier sitze und die Shambas sehe und die Kühe und das Haus, das ich gebaut habe, weiß ich, dass ich Karibu nicht Kwaheri sagen kann. Das Wort ist nicht mehr für meine Zunge.«

»Das ist gut, Bwana Mbuzi, denn das Wort aus deinem Mund ist auch nicht mehr für meine Ohren. Ich habe nur gedacht, als ich heute Morgen die Zeitung in deiner Tasche gesehen habe, du hättest vergessen, mir von einer Safari zu erzählen, die du machen willst. Viele Koffer sind jetzt voll und die Schiffe sind nicht leer, die aus Mombasa nach England fahren.«

»Ich weiß es, Kamau.«

»Wenn du auf Karibu bleibst, musst du mir heute schon sagen, was ich machen soll, wenn sie morgen mit ihren Messern und euren Gewehren kommen. Was soll ich machen, wenn sie nur dich finden?«

»Du sprichst von Stella?«

»Von deinen Hunden spreche ich nicht«, sagte Kamau. Er spuckte auf einen Grashalm und wartete, bis die kleinen hellgelb schimmernden Blasen in der Sonne eintrockneten.

»Wo soll ich deine Tochter hinbringen, wenn sie nicht einen Draht um meinen Hals ziehen wie um den Hals der Nandis in Londiani? Vielleicht werden sie mir auch nicht eine Rungu auf den Kopf schlagen wie der toten Aja in Eldoret. Vielleicht bin ich da und du nicht mehr.«
»Ich wusste nicht, dass auch du Angst hast. Das hast du mir nie gesagt.«
»Ich soll dir von Chebeti sagen, Stella wird im Wald sein, wenn sie kommen.«
Kamau wusste nichts von der Erlösung durch Tränen; nur bei Mary Hoods Tod hatte er erlebt, dass Brian nicht das Salz in seinen Augen hatte halten können. Nun weinten sie das erste Mal zusammen. Der Moment, in dem sie gemeinsam erblindeten, die Haut wie verdorrte Zweige in einem Buschfeuer verglühte und die Hände, die sich berührten, kalt waren wie die dünne Eisschicht in den Wasserlachen am Morgen, währte zu viele Herzschläge. Es würde keiner Axt mehr gelingen, die Wurzeln von zwei Bäumen zu trennen, die zu viele Jahre zu dicht nebeneinander gestanden hatten.
Am Abend auf der grünen Bank wartete Kamau bis zum Heulen der Schakale, ehe er abermals die Last auf seinen Schultern mit einer Decke aus Worten umhüllte. »Wenn Stella aus dem Wald kommt und du malst keine Bilder mehr«, sagte er mit einer Stimme die nicht anders war als die für die täglichen Shauris auf den Shambas und im Stall, »wird sie nicht mehr in Karibu bleiben können. Es wird für sie besser sein, wenn sie zu deinen Leuten geht. Nur wie soll ein Mann, der nicht schreiben und lesen kann, deinen Vater in England finden?«
»Ich habe keinen Vater.«

»Das habe ich nicht gewusst. Du hast vergessen, mir zu sagen, dass dein Vater tot ist, Bwana Mbuzi. Hast du ihn für die Hyänen unter den Baum getragen, als er sterben wollte?«

»Ich weiß nicht, ob er tot ist oder lebt, Kamau. Ich wollte es nie wissen. Das kannst du nicht verstehen. Das ist nicht wie bei den Kikuyu. Wir warten nicht, bis einer sterben will. Wir töten uns mit Worten. Für meinen Kopf ist mein Vater gestorben. Und ich für seinen.«

»Es ist nicht mehr die Zeit, um von toten Köpfen zu reden. Und nicht von der Zunge, aus der du ein Messer gemacht hast. Wenn du das nicht riechst, bist du wieder ein Kind geworden, das am Tag die Augen zumacht und dann schreit, weil es die Dunkelheit fürchtet.«

Brian trieb es nicht in dieser Nacht ohne Anfang und Ende zur Entscheidung und lange Zeit auch nicht in denen, die ihr folgten. Wenn er jedoch am Fenster stand und auf den ersten Streifen des grauen Lichts wartete und das Würgen seinen Körper schüttelte, sah er sich schließlich doch und nach diesem ersten Mal immer wieder ein nach London adressiertes Kuvert in den Zug von Thomson's Falls nach Nairobi einstecken. In den Nächten mit einem gnädigen Mond kannte der verzweifelte Zweifler jede Zeile der Adresse, in den anderen fiel ihm nur der Stadtteil ein und nicht die Straße, in der er sich als Junge mit einem Buch hinter die Brombeerhecke verkrochen hatte, um dem Spott seiner Brüder zu entfliehen. Häufig suchte er nur nach der Hausnummer oder nach einem der beiden väterlichen Vornamen. Es beschäftigte ihn indes, dass er sich immer an den Namen des Butlers erinnerte und an die roten Haare und die silbernen Knöpfe auf der grünen Schürze des Gärtners. Am meisten beunruhigte den Wanderer der Nacht die Lösung einer simplen Rechenaufgabe. Er überprüfte deren Ergebnis immer wieder – Sir William Robert Hood, der seinem verschüchterten Sohn älter als jeder andere Bewohner der Erde und noch dem aus dem Gespensterhaus der Jugend davonstürmenden dreiundzwanzigjährigen Rebellen ein debiler Greis erschienen war, hatte wahrscheinlich gerade seinen siebzigsten Geburtstag gefeiert. Von da an vergaß Brian weder die beiden Vornamen seines Vaters noch die Londoner Hausnummer. Schon gar nicht gelang es ihm zu verdrängen, dass seine Brüder jünger waren als er und vielleicht selbst Kinder und bestimmt nicht mehr die Gewohnheit hatten, Wehrlose in Brombeerhecken zu jagen.

Es war ein Tag ohne Zeitung. Morgens meldete der Rundfunk an erster Stelle einen heftigen Sturm in Nanyuki. Lilly trug das Kalenderbild vom April in ihre Hütte, Mboja neue Schuhe. Brian war wie an jedem anderen Nachmittag auf dem Weg vom Pyrethrumfeld zum Haus an Marys Grab vorbeigegangen. In dem Moment, da er seinen Stolz aufgab und er den Entschluss fasste, sich in seiner Not seiner Familie anzuvertrauen, beobachtete er gerade zwei blaue Webervögel mit verdorrten braunen Blättern im Schnabel beim Nestbau.

Er hatte einen Federhalter mit abgebrochener Feder und nur zwei Zeichenblöcke im Haus. Am nächsten Morgen fuhr er nach Nakuru, kaufte Tinte, neue Federn und das teuerste Briefpapier, das der Händler am Markt hatte; er setzte sich noch am selben Abend an den Esszimmertisch und starrte das weiße Papier so ratlos an wie in seiner Schulzeit die leere Seite des Aufsatzhefts. Brian hatte jah-

relang nur seiner Tochter in die Schule und den Geschäftsleuten in Nairobi geschrieben. Als er kurz vor Mitternacht das Petroleum in der Lampe nachfüllen musste, hatte er sich noch nicht einmal entschieden, wie und ob überhaupt er seinen Vater anreden sollte.
Zwei Kälber und siebzig Küken wurden geboren, vier Ochsen in Nyeri gekauft und eine Kuh von einem Wasserbock verletzt, ehe der Brief fertig war. Er schloss nach einer schwärmerischen Schilderung von Karibu, der sachlichen von Marys frühem Tod und der Chronik vom Beginn der Unruhen und deren grauenhaftem Verlauf mit den Worten: »Ich hoffe immer noch, dass die Dinge zu einem ertragbaren Ende kommen. Um meiner Tochter willen traf ich die Entscheidung, dich jedoch ein letztes Mal in unserem Leben mit meiner Person zu belästigen. Würdest du, lieber Vater, sollte mir etwas zustoßen, meinem Kind zur Seite stehen?« Achtundvierzig Stunden grübelte er, ob er die beiden Worte »lieber Vater«, die er in der Anrede nicht gebraucht hatte, am Schluss nicht auch streichen sollte. Stattdessen schrieb er unter seinen Namen: »Ich habe keinen Fotoapparat. Deshalb füge ich die letzte Zeichnung bei, die ich von Stella gemacht habe. In Wirklichkeit ist sie viel hübscher. Sie kennt keine Angst und versteckt sich nicht im Gebüsch, wenn sie etwas ausgefressen hat.« Er fuhr mit Kamau nach Thomson's Falls und wartete dort drei Stunden auf den Zug nach Nairobi, um den Brief selbst einzustecken.
»Geht er mit dem Schiff oder mit dem Flugzeug auf Safari?«, fragte Kamau.
»Ich weiß es nicht. Ich habe noch nie einen Brief nach England geschrieben. Selbst wenn mein Vater noch lebt und

mir schreibt, wird es Monate dauern, bis wir etwas von ihm hören.«

Drei Wochen später fuhr ein Wagen aus Gilgil mit zwei bewaffneten Soldaten in Karibu vor. Sie überreichten Brian ein Telegramm mit der Aufschrift »Vertrauliche Militärsache« von Major William Robert Hood. »Ja«, teilte der seinem Sohn mit, »sag meinem einzigen Enkelkind, dass ihr Vater verdammt gut malt.« Abends übergab Brian Kamau ein geschlossenes Kuvert und erklärte ihm, was die Worte »Im Falle meines Todes« bedeuteten und dass der Umschlag die väterliche Adresse enthielt.

»Chebeti«, nickte Kamau, »wird ein Loch für den Brief graben. Ihre kluge Tochter kann ja lesen.«

7

Für Lilly war der erste trockene Tag nach dem Ende der Regenzeit schlimmer als eine Ameise im Haar. Eine quälende Ameise ließ sich irgendwann aus den Locken herausziehen und mit Genuss zwischen Daumen und Zeigefinger zerquetschen, der von Lilly gehasste Tag kehrte jedoch so regelmäßig wieder wie die Sonne am Morgen und abends die Sterne. Er stahl ihr die Freude am neuen Saft des Lebens und er tötete ihren Stolz. An diesem verhassten Tag befahl Chebeti ihrer besonderen Tochter, die nach dem Regen vom Lehm verkrusteten Kleider ihrer beiden jüngeren Schwestern zu waschen und die Hosen ihrer Brüder zu flicken. Sie musste die Okrafrüchte und Bohnen in dem kleinen Shamba vor der Hütte vom Unkraut befreien und das Fell der beiden Ziegen, die nur die Sprache der Kikuyu verstanden, von Zecken und Dornen. Ihre kichernden Geschwister hielten, während sie arbeitete, die Nase in die Sonne. Sie beobachteten lauernd jede von Lillys Bewegungen und die ganze Zeit juckte die Ungeduld in Lillys Füßen und der Kopf hungerte nach den Worten und Bildern aus dem steinernen Haus der Bücher, des Papiers und der Tinte.

Sie durfte für den Bwana Mbuzi erst die Eier von den verrückten Hühnern aus Eldoret suchen, wenn sie alle Töpfe ihrer Mutter mit Asche gescheuert, Holz aus dem Wald geholt, die Hütte gefegt, deren staubenden Boden mit Wasser getränkt und am Brunnen alle Eimer wieder aufgefüllt hatte. Die Anstrengung der ungewohnten Arbeit verbrannte den Schweiß auf der Stirn der klugen Lilly mit den drei Zungen. Noch mehr aber verbrühte die Häme der Kinder ihre Wangen. Am meisten kränkte es sie, dass die Jugendlichen ihres Jahrgangs sie höhnisch »boy« nannten, obwohl sie doch vor zwei Regenzeiten eine Frau geworden war. Das Wort war die gängige Anrede der weißen Farmer für die Männer, die für sie im Haus und auf den Feldern arbeiteten; auf Karibu war es nie Brauch gewesen. Dort hatten die Menschen seit jeher einen Namen und den Stolz derer, die nie gelernt hatten, beim Klang einer befehlenden Stimme den Kopf zu senken.

An Lillys Tag der Schande war es ihre Mutter, die das eigene Feuer in der Dunkelheit der Nacht verließ. Sobald Chebetis Augen die Krallen der Vögel von den Ästen unterscheiden konnten, auf denen sie schliefen, und die weißen Seidenhaare eines Colobusaffen nicht mit dem Bart eines alten Mannes verwechselte, machte sie sich an die Arbeit. Sie grub eine kleine Holzkiste aus dem tiefen Loch unter einer dickstämmigen Akazie, die als Einzige ihrer Art in einem Wald aus Zedern wuchs. Aus dem durchnässten Kästchen holte sie einen feuchten Briefumschlag und befreite ihn von Würmern und Käfern. Eine Stunde später legte sie den an ihrem Körper getrockneten Umschlag auf das Holztablett zwischen die silberne Teekanne und die beiden Frühstückseier, die sie auf dem Weg vom Wald zum Haus eingesammelt hatte. Ehe sie den Tee in die Tasse goss, nahm sie das Kuvert in die rechte Hand, die ja sauberer war als die linke, weil nur die Rechte das Essen zum Mund führen durfte, und hielt es Brian hin.

»Die Zeit ist wieder gekommen, Bwana Mbuzi«, pflegte sie zu sagen und immer schüttelte Brian nach dem letzten Wort den Kopf, als wollte er mit einem einzigen Lufthauch die Wahrheit unter die Feuerlilien am Ende des Gartens jagen.

Er nahm den vergilbten Bogen aus dem Kuvert, glättete ihn mit einem Messer und zerriss den Briefumschlag in Stücke, die kleiner als junge Blätter waren. Danach stand er wortlos auf, holte ein neues Kuvert, auf das er die Adresse seines Vaters schrieb, und hielt es Chebeti hin. Jedes Mal sagte sie »Misuri«, steckte das ihr anvertraute Geheimnis, von dem nur drei Menschen wissen durften, in den weichen Lederbeutel, den sie nur an diesem einen Tag im Jahr um ihren Hals trug. Sie lächelte, als sie das Haus verließ, und vergaß auch nie, sich noch einmal umzuwenden und zu sagen, der Bwana Mbuzi möge für sie die Butter in die Küche bringen, wenn er fertig gegessen hätte, die Sonne wäre am ersten Tag nach dem großen Regen besonders stark. Nach ihrer Rückkehr setzte sich Chebeti immer einige Minuten unter Marys Flamboyantbaum und reinigte ihre Nägel mit einer alten Gabel. Brian empfand das alljährliche Ritual, auf dessen Umständlichkeit Chebeti seit Anbeginn bestanden hatte, als eine sehr beredte Botschaft des Schicksals, und wenn Chebeti die alte Zigarrenkiste zurück in den Wald brachte, schaute er zum Wasserfall und dankte Mungu.

Der schwarze Gott, angefleht in der Stunde der späten Erkenntnis und der verzehrenden Angst um die Menschen, die er liebte, hatte Brian auf so wundersame Art erhört wie in den beseligenden Tagen, als er mit Mary das Paradies erträumt hatte, in dem kein Mensch dem anderen je die Würde nehmen würde. Über die Berge von Thomson's Falls, die morgens aus dem Nebel auftauchten, und auch über die, die er malte, zogen die leichten Wolken der Zuversicht wie in den besten Zeiten. Die Ziegen auf Brians Bildern hatten wieder helle Bärte, die Schmetterlinge pastellfarbene Flügel mit Goldstaub und die Kinder Augen, klar wie die Bäche, die über die weißen Steine sprudeln. Das zuletzt gemalte Porträt der vierzehnjährigen Stella war Ausdruck jener Kindlichkeit, die an der ersten Lebenswende noch einmal wie ein plötzlich ausgebrochenes Buschfeuer aufflammt. Die Augen auf Lillys Bildnis hatten bereits den skeptischen Blick ihrer Mutter. Ihre vollen Lippen ließen ahnen, welche Verlockung ihr Körper bald ausstrahlen würde, die Haut schimmerte noch eine Schattierung heller als in den Tagen, da sie ein Kind wie andere gewesen war. Mit einem sonnengelben Tuch zum Turban geknotet, der ihr schmales, auf das Leben jenseits der Kindheit lauerndes Gesicht, den langen schlanken Hals und die zierlichen Ohren betonte, von denen zwei goldene Gardinenringe an einer feinen schwarzen Lederschnur baumelten, hatte sich Lilly mit der Majestät einer Königin und der demütigen Geduld ihrer Dienerin malen lassen, die ohne Befehl keine Regung wagt. Weil sein Modell ihn gleichzeitig angeschaut und ihm die Schulter zugewendet hatte, war Brian beim Malen jeden Tag aufs Neue die Erinnerung an Vermeers »Mädchen mit der Perle« gekommen. Es hatte ihn früh gelehrt, in der Liebe nicht nach Deutungen zu suchen. Er empfand das Bild seiner Gazelle als seinen nicht wiederholbaren Triumph über sein Talent. Es verkörperte für ihn die rätselhafte, berauschende Schönheit Afrikas, die ihn bei seiner ersten Reise ins Hochland von den klaren Konturen und den scharfen Klängen Europas befreit und sein Herz wehrlos gegen jede andere Empfindung als Ehrfurcht und Dankbarkeit gemacht hatte. Manchmal ging er nur ins Atelier, damit ihm Lillys Bildnis bestätigte, dass die Sucht nach Afrika ihm an der Kreuzung seines Lebens den rechten Weg gewiesen hatte.

In den vier Jahren, die der überraschenden Ankunft des Telegramms aus London folgten, waren zweiunddreißig britische Farmer, drei weiße Frauen, fünf Kinder und fast zwölftausend schwarze Freiheitskämpfer in dem von beiden Seiten erbarmungslos ausgetragenen Kampf der Kikuyu um das eigene Land umgekommen. Die beiden Worte »Mau-Mau« und »Uhuru« waren längst auch in Karibu angekommen. In Nairobi und Mombasa waren zahlreiche Hotels und Geschäfte geschlossen, im Hochland viele Farmen von ihren Besitzern verlassen worden. Einige wurden ohne Widerspruch der resignierenden Kolonialbehörden von denen bewohnt, die um sie gekämpft hatten und nun nicht wussten, welche Saat sie zu säen hatten und wie aus ihr die Ernte wurde. Der Rost hatte die Pflüge und Traktoren so bewegungslos gemacht wie die Affenbrotbäume, die niedergebrannten Farmhäuser und Wirtschaftsgebäude wurden nicht mehr aufgebaut, die in der Eile des Aufbruchs zurückgelassenen Autos hatten weder Motoren noch Reifen, die Brunnen kein Wasser. Vom einstigen Personal der geflüchteten oder ermordeten Farmbesitzer waren viele in die Städte gezogen und dort ohne die Wurzeln des alten Lebens, auch ohne Arbeit und ohne Hoffnung. In der Zeit war von Slums in Nairobi und Not in Nakuru zu lesen und von Kindern, die für ihre Eltern bettelten. Das Wort Hunger, einst auf den Farmen nur gebraucht, wenn neue Weideplätze für das Vieh ausgemacht werden mussten oder eine Kuh nicht genug Milch für ihr Kälbchen hatte, galt nun auch den Menschen, die nicht hatten lernen dürfen, Entscheidungen zu treffen und für sich selbst zu sorgen.

Karibu war mit der grünen Bank vor dem Haus und der Woge aus weißen Pyrethrumblüten und den blauen Flachsblumen der Hoffnung die vom Wasser des tosenden Wasserfalls gesegnete und von Mungu vor Streit und Neid beschützte Enklave in der Welt des Kampfes geblieben. Die Menschen begehrten weder Radios, Fahrräder noch Uhren oder eine neue Zeit. Ihnen reichte es, auf den ausgetretenen Pfaden zu laufen und in der Stunde des kürzesten Schattens die rote Erde durch ihre Finger rieseln zu lassen. Nachts zählten sie die Sterne, wie es einst die Väter ihrer Väter getan hatten, und fütterten ihre Ohren mit den Scherzen der Zufriedenen. Die Kinder hatten runde Bäuche und kräftige Stöcke, mit denen sie Steine die Berge hinunterrollten. Sie schnitzten aus dem Holz frisch gefällter Bäume flache, runde Plättchen, zogen winzige Gräben im feuchten Sand und spielten Dame.

Kamau, dessen Haar zu ergrauen begann, schlug weiter zum Arbeitsende an den Wassertank und verachtete diejenigen, die zu faul waren, den Rücken zu krümmen. Die Babys mit den Fliegen auf dem kahlen Schädel gurgelten Wohlbehagen, wenn sie wach waren, verschliefen Saat und Ernte auf dem Rücken ihrer Mütter und bekamen erst nach drei Regenzeiten einen eigenen Namen.

Die Mzee erzählten einander immer noch, dass der Bwana

Mbuzi die schwarzweiße Cockerhündin Maji, die einige Stunden vor dem Tod seiner Frau geboren worden war und nun nur noch den Schatten suchte und nicht mehr den Saft von frischem Fleisch zwischen ihren faulenden Zähnen spürte, für seine Tochter hielt. Asaki mit dem Namen des Honigs und den bernsteingelben Augen, die besser zu sprechen wussten als die von jedem anderen Hund, bellte seit drei Regenzeiten nicht mehr. Als sie in der anbrechenden Dunkelheit des Todes aufgejault hatte, war auch Stellas Urvertrauen in die Unendlichkeit des Lebens und die Allmacht Mungus gestorben.

»Ich werde nur noch glauben, was ich sehe«, beschloss sie an dem Tag, da sie mit Lilly die Wolfshündin in das Moos unter dem Affenbrotbaum bettete.

»Die Nase und die Hände lügen auch nicht«, wusste Lilly.

»Meine Nase hat Asakis Tod nicht gerochen. Ich habe den Tod nicht in den Händen gehalten, ehe er gekommen ist.«

»Hast du gedacht, dass Asaki so alt wird wie ein Baum?«

»Ich habe Mungu immer gebeten, dass ich vor ihr sterben darf.«

»Es ist besser«, erkannte die Praktische, »du bittest ihn, dass dein Lachen wieder auf Safari geht und als Donner zu dir zurückkommt.«

Abends saß Stella mit Brian vor dem Kamin. Er sprach vom Tod als einem Abschied ohne Stacheln und sie spürte mit dem Salz der Tränen zum ersten Mal die Trauer um die Unwiederholbarkeit des Glücks. Im einschläfernden Nebel der gelbstieligen Pfeifenkönigin und mit Stellas Kopf auf seinem Schoß begab sich der melancholische Tröster auf jene Safari, von der er nie ohne aufgerissene Wunden zurückkehrte. Er verlor, schon als sie zu bluten begannen, so

rasch den Sinn für Zeit und Richtung, dass er erst unter dem regenschweren Himmel eines Londoner Herbsttags sein Ziel ausmachte. Stockend erzählte er von einem toten Rotkehlchen in einer kleinen Blechdose. Brian grub sie unter einer blattlosen Eiche mit ausladenden Ästen aus und lief danach durch einen Garten, in dem ein rothaariger Gärtner das welke Laub vom kurz geschorenen Rasen harkte und den Kopf schüttelte, dass ein elfjähriger Junge noch weinte. Weil Stella in dieser langen Nacht ebenso nach der warmen Haut ihres Vaters wie nach seiner sanften Stimme hungerte und von ihm immer mehr neue Bilder aus seinem alten Leben forderte, erfuhr sie kurz vor Mitternacht von Sir William Robert Hood und von dem mit dunklen Möbeln, silbernen Leuchtern und hohen chinesischen Vasen eingerichteten Prachthaus in Mayfair.
»Warum erzählst du mir erst heute, dass du einen Vater hast? Ich war auch gestern kein Kind.«
»Weil dein Vater«, seufzte Brian, »nie ein Sohn gewesen ist.«
Es war, als er Wasser über die glimmenden Holzscheite im Kamin spritzte und den Docht der Petroleumlampe herunterdrehte, in diesem Moment für ihn nicht abzusehen, dass das Schicksal den steilen Abhang herunterrasen würde, den er sein Leben lang nur deshalb vermieden hatte, weil ihm vor dem Abgrund schwindelte. Seine furchtlose, tatkräftige, nach dem Leben gierende Tochter sprang mit einem einzigen Satz über all die Hürden, die ihr Vater zunächst als verschüchtertes Kind und dann als rächender Rebell errichtet hatte. Seitdem stellte sich Brian nachts Fragen, auf die er auch im weißen Licht Afrikas keine Antwort fand. Weshalb brauchte er einen toten Hund und ein Rotkehl-

chen, an das er seit Jahrzehnten nicht mehr gedacht hatte, um zu begreifen, dass für Stella das Grab ihrer Mutter auf dem schmalen Pfad vom Pyrethrumfeld zum Haus nicht mehr genug waren? Sie, die er so früh die Liebe zu den Wurzeln gelehrt hatte, war auf der Suche nach den Ihrigen.
»Wenn ich in der Schule bin«, sagte sie am nächsten Morgen, »kann ich immer nur dir und Lilly Briefe schreiben. In Karibu habe ich noch nie Post bekommen. Ich weiß noch nicht mal, wie Briefmarken aus England aussehen. Also sollte ich ab jetzt Sir William Robert Hood schreiben. Ich wollte schon lange einen Brieffreund haben.«
»Stella, das stellst du dir alles ganz falsch vor. Mein Vater ist kein Brieffreund. Der weiß noch nicht einmal, was ein Freund ist, und einen Federhalter hat er immer nur benutzt, um seinen Namen unter einen Scheck zu schreiben. Er wird dir nicht antworten. Glaube mir, ich kenne den alten Knaben. Er ist vollkommen unromantisch und hat ein Herz aus Stein. Er ist seiner Lebtag nicht auf die Idee gekommen, einem Kind eine Freude zu machen. Er hasst Kinder und Kinder fürchten ihn mehr als den Teufel. Sie verstecken sich hinter Büschen, wenn sie nur seine Stimme hören.«
»Ich bin kein Kind und ich habe mich noch nie in einem Busch versteckt. Das werde ich ihm schreiben. Vielleicht macht ihn das neugierig. Chebeti sagt, alle Männer sind neugierig.«
Stella redete ihren Großvater mit »Dear Major Hood« an und brauchte drei Tage für den Brief; sie berichtete mit Wortbildern, die dem Suaheli entstammten, und den lebensnahen Vergleichen aus der Sprache der Kikuyu vom Leben in Karibu. Knapp und emotionslos war die Schilderung ihrer Schulzeit, in »der ich die Zähne so fest aufeinan-

der schlage wie ein störrischer Esel und meine Ohren verstopfe«, umso ausführlicher geriet der Teil, der ihre Furchtlosigkeit, Lillys Klugheit und Asakis Sterben betraf. »Ich habe meinen Hund«, schrieb Stella, »allein mit meiner Freundin unter den Affenbrotbaum getragen, denn die Menschen hier haben Angst, einen toten Körper anzufassen. Übrigens«, fügte sie hinzu, nachdem sie mit roter Tinte ihren Namen geschrieben hatte, »habe ich mich als Kind nie im Gebüsch versteckt.«

Schon mit diesem ersten Brief erreichte die schriftgewandte Enkelin das, was ihrem Vater nie gelungen war. Mit jeder Zeile hatte sie den festen Panzer um die Brust ihres verblüfften Großvaters gelockert. Sir William antwortete nicht nur postwendend und ausführlich. Er schickte die beiden Fotos von sich und seinem prächtigen Anwesen, um die Stella gebeten hatte, in einem versiegelten Expressbrief und teilte der jubelnden Empfängerin mit, dass ihr Vater, »was mich nicht erstaunt, weil es ja nie anders war, sich wieder mal auf der ganzen Linie getäuscht hat. Ich habe mein ganzes Leben lang sehr gerne Briefe von jungen Damen bekommen, denn erstens bin ich ein Mann und zum zweiten schätze ich die Frauen besonders, die weder Tod noch Teufel fürchten. Du bist allerdings die Erste, der ich begegnet bin, die augenscheinlich beide Kriterien erfüllt. Ich vermute, du raffst auch deine Röcke nicht zusammen, wenn du eine Maus siehst, und ich entnehme deinem Brief, dass du reiten kannst und keine Angst vor Hunden hast. Dein Vater wird dir bestätigen, dass bedauerlicherweise beides schon in der Familie Hood vorgekommen ist.«

Im nächsten Brief ließ der amüsierte Schreiber wissen, dass er Stella für »begabt und gescheit«, im dritten »gottlob für

erfrischend unsentimental« hielt. Eine Enkeltochter zu haben, die, ohne zu husten, Ameisen hinunterschlucken und ihre Zunge zum Beweis der Wahrheit in eine Flamme halten könnte, hätte ihn mehr beeindruckt als das ihm als jungem Offizier verliehene Victoria Cross für Tapferkeit vor dem Feind. »So etwas sollte auf dem Lehrplan für jeden jungen Mann stehen«, schrieb er. Der im Alter unerwartet eloquent und galant gewordene Major im Ruhestand vergaß nie, wenn er Stellas Courage lobte, was er immer tat, die Bemerkung »und das wundert mich sehr bei einer Tochter meines ältesten Sohns«. Stella unterließ es ihrerseits nie, obwohl die sarkastische Antwort immer die gleiche war, ihren Vater zu befragen, weshalb der freundliche Unbekannte, den sie nun tatsächlich als ihren Brieffreund bezeichnete und auch so anredete, am meisten zum Staunen neigte, wenn er seinen Sohn erwähnte.
Es gelang Sir William eben immer noch mühelos, in einem dürftigen Nebensatz seinem Erstgeborenen anschaulich zu demonstrieren, dass für ihn die Flucht in die Illusion sehr viel typischer war als die beherzte Konfrontation mit der Wirklichkeit. Wenn die Post aus London eintraf, beunruhigte es Brian nämlich von Mal zu Mal stärker, dass er sich scheinbar vorbehaltlos mit seiner Tochter freuen und ihr gar mit einem Anflug von Heiterkeit von seiner Kindheit erzählen konnte. Sobald sie mit stolztrunkener Stimme die Briefe auf dem cremefarbenen Büttenpapier mit dem Familienwappen vorzulesen begann, spürte er, wie sehr es an der Zeit war, mit ihr von der Adresse in der vergrabenen Zigarrenkiste zu sprechen und was die eines Tages für sie bedeuten könnte. Da es jedoch seinem Naturell widerstrebte, auch nur eine Zukunft zu erwähnen, an die er nicht mit der

reifen Ruhe eines vorsorgenden Vaters denken konnte, der Ruhe und Zuversicht aus dem Wissen schöpft, dass er im biblischen Sinn sein Feld bestellt hat, versäumte er jede Gelegenheit zu einem aufklärenden Gespräch. Die Situation bedrückte ihn und unterhöhlte sein Selbstbewusstsein. Brian hatte seiner Tochter seit ihrer frühesten Kindheit nie eine Wahrheit verschwiegen, und dass er nun Unbehagen und Furcht nachgab, erschien ihm unredlich und feige, seiner und Stellas unwürdig und eine allzu zynische Wiederholung seiner in Ängsten durchlittenen Kindheit.

»Wenn ein Brief für Stella kommt«, merkte schließlich auch Chebeti, »müssen die Hunde nicht jagen gehen. Dann kommen sie in meine Küche und fegen mit ihrem Schwanz meine Teller auf den Boden, denn sie haben vorher an der Haut von Bwana Mbuzi gerochen und wissen, dass er an diesem Tag seinen Kopf füttern wird und nicht seinen Bauch.«

»Deine klugen Augen haben wieder mal in mein Herz gesehen, Chebeti. Wir müssen mit Stella sprechen. Sie weiß jetzt, wo das Haus von meinem Vater ist. Da wird sie auch wissen, was sie tun muss, wenn ich nicht mehr da bin. Wir können das Loch im Wald zumachen. Wir brauchen es nicht mehr.«

»Alle Menschen brauchen Löcher. Warum soll ich ein Loch zumachen, das so lange offen war? Kannst du heute schon die Tage sehen, die morgen kommen werden? Kannst du wissen, was deine Tochter wissen wird, wenn du nicht da bist?«

»Aber ich muss ihr sagen, warum du das Loch gegraben hast. Ich muss ihr sagen, was ich dir und Kamau gesagt habe. Sie wird das verstehen. Sie ist alt genug.«

»Ich spreche nicht von Regenzeiten«, wehrte sich Chebeti, »ich spreche von Löchern. Was du Stella sagst, wird Lilly wissen, ehe dein Mund wieder zu ist. Meine kluge Tochter kann mit drei Zungen reden, sie hat aber nicht gelernt, vor ihre Lippen ein Schloss zu hängen und den Schlüssel wegzuwerfen. Das ist schlecht an schlechten Tagen.«
Chebeti täuschte sich. Sie kannte nur das schöne Gesicht ihrer Tochter, sie sah nur die Brust, die schon rund und fest wurde, und die Beine, die länger und schlanker waren als bei jedem anderen Kikuyumädchen, doch sie sprach so höhnisch wie die Dummen und Neidischen von Lillys Klugheit. Sie misstraute ihr, wie es die Männer taten, die zu viel Tembo getrunken hatten, weil sie über deren Scherze nur mit dem Mund und nicht mit dem Licht ihrer Augen lachte. Chebeti wusste nichts vom elefantengleichen Gedächtnis ihrer besonderen Tochter, nichts von ihrer Begabung, ihrer Empfindsamkeit und Intuition für Menschen. Sie warf ihr den Hochmut derer vor, die ihre Wurzeln abschneiden, hatte Lillys Sehnen nach der fremden Welt der Buchstaben, Worte und Reime, der Zahlen, Farben und Bilder nie gebilligt, nie zu verstehen versucht. Schon gar nichts wusste diese erdverbundene Mutter von der Liebe ihrer Tochter zu dem Mann, der sie sehend und auf immer hungrig gemacht hatte und den sie am Tag ihres geschenkten elften Geburtstags mit der Barmherzigkeit ihrer Lüge vor dem Spott eines wissenden Gelächters geschützt hatte. Lilly konnte ebenso gut und lange schweigen wie ihre argwöhnische Mutter; sie hatte das gleiche Schutzbedürfnis wie ihr Vater, ihre Schultern nicht zu befreien, indem sie die Last jenen Menschen aufbürdete, denen ihre Loyalität galt und die schwerer an ihr tragen würden als sie selbst.

Von zweien war sie nie die Erste, die fragte, und sie antwortete erst auf eine Frage, nachdem sie jedes Wort mit den hinteren Zähnen zu klarem Wasser zerkaut hatte. Nur um der eigenen kurzen Freude nach den staunenden Augen und dem weit aufgerissenen Mund von neugierigen Gaffern nachzugeben, hetzte die Schweigsame ihre Zunge nicht wie ein ausgehungerter Löwe ein Gnukalb, das er von seiner Mutter fortgetrieben hatte. Je älter Lilly wurde, umso häufiger grübelte sie, ob das mit allzu großer Anstrengung verschluckte Wissen für einen Menschen nicht ebenso tödlich sein könnte wie ein splitternder Knochen für einen jungen Hund.

Seitdem Njerere mit Brians Gewehr von der Farm weggelaufen war, wusste nämlich allein die nachdenkliche Gazelle, die ihre Augen nie zur falschen Zeit auf eine Safari des Kopfes schickte, dass es in der Erde von Karibu zwei Löcher mit Geheimnissen gab. Nur Lilly, die das erste Licht des Tages nicht abwartete, ehe sie ihre Hütte und die Ihrigen verließ, hatte Njerere seit seinem Verschwinden noch einmal gesehen. Der von ihr verachtete Dieb, der dem Bwana Mbuzi mit seinem Gewehr die Ruhe gestohlen hatte, war drei Nächte später auf die Farm zurückgekehrt. Er hatte das in einer alten Decke eingeschlagene Gewehr in den Wald getragen und dort vergraben. Das Loch war nicht weit von dem Versteck der Zigarrenkiste. Weil Lilly sich bei jedem Vollmond aufmachte, um zu prüfen, ob die Erde über Njereres Loch noch unberührt war, und dann auf dem feuchten Waldboden stets die Fußspuren ihrer Mutter erkannte, wusste sie auch von Chebetis Geheimnis.

Zu Beginn der Shauri, von der sie ahnte, dass sie eine Be-

drohung für viele Menschen auf Karibu werden könnte und ihr deshalb nicht allein gehören durfte, hatte Lilly sich spontan entschlossen, ihrem Vater von Njereres Rückkehr auf die Farm und dem vergrabenen Gewehr zu berichten. Es war ihr jedoch in keinem von drei Gesprächen gelungen, auch nur den Wind aus Kamaus Ohren zu vertreiben und sie für ihre Stimme zu öffnen, und das, obwohl die Listige die einzig gute Zeit gewählt hatte, um mit ihm zu sprechen – wenn er seine Lieblingsziege kämmte und auch jene Tochter sich nicht vor ihm fürchtete, deren Haut er seit zehn Regenzeiten nicht mehr berührt hatte. Jedes Mal hatte Kamau mit Lilly nur von dem vielen Geld reden wollen, das er vom Ehemann seiner ältesten Tochter bekommen hatte. Als er bei dem dritten Gespräch dann auch noch seufzte: »Bald wird der Mann kommen, der die mit den drei Zungen kauft«, machte der Blitz des Schreckens Lilly stumm. Sie begriff, dass es nicht klug war, einen Vater, der sich bereits den zu niedrigen Brautpreis einer Tochter ausrechnete, die lesen und schreiben konnte, noch mehr zu verärgern, als er ohnedies war, indem sie von einem Gewehr in einem Loch im Wald erzählte.
Mit Brian hatte Lilly indes nur ein einziges Mal versucht, über Njerere zu sprechen. Damals war ihr Bild gerade fertig geworden. Die Farben waren noch nicht trocken gewesen, die Luft im Atelier schwer und süß vom Duft des Tabaks. »Wenn man in der Nacht die Sterne zählt«, hatte die Vorsichtige begonnen, »sieht man nicht nur die Sterne.« Der Bwana Mbuzi hatte jedoch Lilly mit einem Kind verwechselt, das nur spricht, um die eigene Stimme zu hören. Er war auch selbst ein Kind geworden und in die Falle der zu schnellen Antworten gestolpert. Zudem hatte er aus sei-

nem Lachen ein Stöhnen gemacht und ihren Kopf auf eine falsche Fährte gelockt.
»Das weiß ich, Lilly«, hatte der Zauberer der Farben geklagt. »Auch mir erzählt jeder Stern eine neue Shauri.«
Sein letztes Wort war richtig gewesen, doch ein einziger Tropfen hatte nicht die Kraft gehabt, einen großen Stein wegzurollen. Der war in Lillys Brust geblieben und doch hatte sein Druck auf so wundersame Weise nachgelassen, als hätte ihn Mungu zu Staub getreten. Im purpurgetränkten Licht der letzten Sonnenstrahlen dieses Tags, an den sie sich in allen Facetten erinnerte, als auch sie von der Unwiederbringlichkeit des Glücks erfuhr, hatten die Farben der Berge und die des Himmels und noch mehr die leuchtende Schönheit ihres eigenen Bildnisses jeden ihrer Sinne betäubt. Brians Stimme war so leise gewesen wie ein sterbender Wind, der nur für das Gras und nicht für Vögel im Flug pfeift. Seine Hand, weißer noch und weicher als eilig reisende Wolken, hatte Lillys Stirn berührt, die Finger sich in ihren Locken verloren – wie in den lange gestorbenen Tagen, da sie noch mit dem Kopf an sein Knie hatte stoßen können. Nun aber hatte die weiße Hand eine Glut auf ihrer Haut entzündet, und die war zu einem Buschfeuer geworden, das sie nicht löschen konnte, weil sie zu lange den Trommelschlägen ihres Herzens lauschte.
In diesem Moment des Begreifens waren Lillys Augen auf eine zu weite, noch nie unternommene Safari gegangen. Seitdem war Lillys Zunge nie mehr biegsam genug gewesen, um von der Shauri mit Njerere zu reden, von der sie genau wusste, sie würde ihr den Zauber der Erinnerung, dem Bwana Mbuzi das Strahlen seines goldenen Zahns und seinen Bildern die Farbe stehlen.

Wann immer sie bei Vollmond aus dem Wald zurückkehrte, überlegte sie zwar an dem Gebüsch mit den beiden Dik-Diks, die jedes Wissen miteinander teilten, ohne Luft in ihren Schlund zu lassen, ob sie nicht wenigstens Stella erzählen sollte, was geschehen war, doch sie befreite sich nie von der Last auf ihren Schultern. Die wurden breit wie die der Männer, die Haut unter dem Kleid hart wie die eines Krokodils. Es war das erste Mal, dass Lilly sich ihrem Verlangen nach vier mit den gleichen Worten befriedigten Ohren widersetzte. Das beharrliche Verschweigen einer Shauri, die immer wieder vergebens nach einem Echo schrie, machte Lilly am Tag misstrauisch und nachts einsam. Noch mehr beunruhigte sie, dass sie einem Impuls nachgab, der ihr fremd war und den sie nicht deuten konnte. Sie wusste nur eins: Sie wollte nicht Stellas Gelächter hören, wenn sie von dem Tag sprach, an dem ihr Körper in Liebe entbrannt war.

Es war Stella, die noch nie nach Worten gesucht hatte, deren Hände nicht kalt wurden, wenn von Njerere die Rede war und die sich noch nicht einmal an die Länge seiner Nase erinnerte, die in den Schatten der Feuer speienden Nacht lief. Es war zur Zeit der erwachenden Vögel, als das graue Licht der aufgehenden Sonne sich blutrot verfärbte und hinter der dunkelsten aller Wolken verglühte, die je über dem Himmel von Karibu aufgezogen waren. An diesem Morgen im trügerisch hellen Gewand der unbeschwerten Erwartung war Stella noch vor Chebeti in die Küche gegangen. Sie hatte das Holz im Herd angezündet, Wasser in den Kessel gefüllt und die Hunde gefüttert. Sie und Brian wollten in Ol' Kalau James Stuart besuchen, der auf seiner Farm immer noch mit seinem Pavian Whisky

trank und auf dem Weg vom Esszimmer zum Bett das linke Bein gebrochen hatte. Sein Koch hatte den Brief mit der Bitte um Hilfe erst um Mitternacht in Karibu abgeliefert und Stella also Lilly nicht mehr von der Fahrt nach Ol' Kalau erzählen können. Nun wollte sie die Freundin bei den verrückten Hühnern aus Eldoret überraschen und sie bitten, am Nachmittag wieder zu kommen. Die Übermütige war gerade dabei, sich Lillys Schrecken auszumalen, wenn sie mit einem Ei im Mund aus dem Gebüsch sprang und mit der Stimme des Pavians aus Ol' Kalau Jambo brüllte, als sie einen Moment stehen blieb, um die unvermittelt aufjaulende Maji zu streicheln. Da sah sie, dass die Tür vom Stall offen stand.
Das Vorhängeschloss war aufgesägt worden und lag im Gras, daneben zwei leere Blecheimer und – einige Meter entfernt – die neuen Schuhe, die Mboja zwei Tage zuvor aus den Reifen des alten Traktors geschnitten hatte. Die dunkelblaue Wollmütze, die er als junger Mann dem immer noch auf Karibu verspotteten Nachtwächter aus Nairobi abgenommen hatte und von der er sich weder in der Sonne noch im Regen trennte, steckte auf dem Stiel eines Spatens. Der war in den kleinen Hügel gerammt worden, von dem aus Stella und Lilly einst beobachtet hatten, wie der lendenstarke Bulle Moschi die widerspenstige Rumuruti bezwungen hatte. Noch ehe Stella Maji erregt bellen, das Vieh brüllen und ohne dass sie sich mit der Stimme eines gehetzten, erschöpften Tiers in Todesängsten nach Mboja rufen hörte, rannte sie zum Stall.
Mboja lag regungslos auf dem Bauch, die Arme von sich gestreckt. Stella wusste sofort, dass er tot war. Und doch kniete sie nieder, sie griff nach seinen Schultern und drehte

den schweren Körper um. Ihre Hände wurden rot vom Blut eines Mannes, von dem alle auf Karibu wussten, dass er schallender als der Donner brüllen konnte und dass sein Gelächter ihn vor Neidern und Feinden beschützt hatte. Weil Stella im Moment ihrer Erstarrung glaubte, dieses Lachen zu hören, das Klappern der leeren Blecheimer, die der fröhliche Riese mit den baumstammstarken Armen immer aneinander schlug, ehe er zu melken begann, weil sie auf seine Scherze antwortete und ihn nach seinen zwei Frauen und den fünf Kindern fragte, ohne dass sich die eine Lippe von der andern trennte, empfand sie weder Angst noch Trauer. In ihr war nur die jeden Nerv sprengende Kraft, die einen Menschen in der allergrößten Not des Seins mit der Gnade beschenkt, nicht aufzubegehren, nichts zu fühlen, nicht zu leiden und den Kopf zu senken. Nur der Schwäche ihrer Beine und den um sie kreisenden Bildern aus brennenden Wolken gab sie nach.

Sie setzte sich neben den Toten auf das trockene, warme Gras im Stall und starrte mit Augen, die aus den Höhlen drängten, die silberne Schnalle des Gürtels aus Büffelleder an, auf den Mboja so stolz gewesen war wie auf seine Söhne; sie sah, dass sein weißes Hemd sauber war wie an jedem Morgen, und sie sah ihn die Khakihose nachts vor seine Hütte hängen, damit der Wind sie glatt strich. Sie hörte Mboja, den alle Menschen bewunderten, weil er so viel von der Fremde wusste, von den großen Schiffen mit Schornsteinen in Mombasa und den kleinen Fischen in Kisumu erzählen. Dann wurde Stella blind, taub und stumm. So fand sie Brian.

Der Vater nahm seine Tochter in die Arme, weil er sie für ein schreckensstarres Kind hielt, das nicht mehr imstande war, sich mit Tränen zu befreien, und dem er mit der Glut seiner Liebe und der Woge seines Mitleids den Glauben an die Gerechtigkeit und das Vertrauen in die Güte der Menschen zurückholen wollte. Auch er konnte nicht sprechen, die Luft nicht aus seiner Brust pressen, nicht das Salz der Augen in die Kehle zurückdrängen. Es war der, der trösten wollte, der weinte. Laut verfluchte er vor allen Göttern, zu denen er je gebetet hatte, seine Arglosigkeit und sein Zaudern. Er schämte sich seiner Hilflosigkeit und Tränen und er schämte sich der Träume, die mit Mboja ermordet worden waren.

Stella ahnte zum ersten Mal ihre Stärke. Als sie mit dem Rock ihres Kleides über Brians Gesicht strich, kam ihr die Erinnerung, dass sie stets seine Augen getrocknet hatte. Ihr fiel auch ein, dass sie in der Dunkelheit besser sehen konnte als er und ihn immer auf die Wurzeln aufmerksam machte, über die er zu stolpern drohte.

»Warum kann ich ihn noch riechen?«, flüsterte sie.

»Weil die Nase nicht vergessen kann.«

»Ich höre auch seine Stimme. Sie streichelt Rumuruti, weil sie Schmerzen hat und ihr Kalb nicht kommt. Und ich sehe auch Mbojas Augen, obwohl du sie zugemacht hast.«

»Du hast seine Stimme geliebt und auch seine Augen.«

»Nein«, widersprach die Sehende, »ich habe Mboja geliebt. Hast du gewusst, dass Liebe wehtut?«

»Das wird noch schlimmer, Stella. Ich wollte nie, dass du es zu früh erfährst. Du bist zu jung für den Tod der Liebe.«

»Chebeti sagt, man ist für nichts zu jung.«

»Chebeti hat Recht.«

Mboja hatte seinen Mörder nicht kommen hören und ihn nicht gesehen. Er war mit einer einzigen Kugel erschossen worden. Sein Gesicht war noch so warm wie die Zunge der winselnden Hündin Maji, die Stellas Hand leckte. Das Blut aus der Wunde in seinem Rücken war nicht in die festgetretene Erde gedrungen. Der Stall roch nur nach der dampfenden Haut der unruhig stampfenden Kühe, deren Euter schwer von ihrer Milch waren und die nun keinen Hirten mehr hatten mit Händen, so sanft wie die einer Frau, die ihr Kind zum ersten Mal an die Brust legt. Außer den beiden Eimern, die im Gras lagen, und dem Spaten, auf dem Mbojas Mütze nun in der Sonne verbrannte, schien nichts berührt worden zu sein.

Es war erst Kamau, dessen Schritte im Gras noch nicht einmal der Hund gehört hatte und der schweigend Brian von der Erde hochzog und einen Herzschlag lang Stellas Schulter berührte, der die Tafel und die zerbrochene Kreide auf dem Boden entdeckte – und den nassen Lappen. Der hatte der schwarzen Tafel die Buchstaben und Zahlen gestohlen, die der Bwana Mbuzi schrieb, um die Namen und das Gewicht der neugeborenen Kälber festzuhalten. Jedes Wort und jede Zahl hatten Mbojas Stolz genährt und alle auf Karibu wissen lassen, dass er ein Mann von Bedeutung war. Nun standen fünf neue weiße Buchstaben auf der Tafel.

»Was heißt das?«, fragte Kamau.

»Uhuru«, las Brian.

»Er hat das Wort nach Karibu gebracht. Er wollte mir dein Ohr stehlen. Er wollte die Namen der neugeborenen Kinder in ein Buch schreiben. Weißt du das nicht mehr? Hast du an diesem Tag seine Augen nicht gesehen?«

»Du sprichst von Njerere?«

»Ich spreche von dem Mann, der mit deinem Gewehr deinen Hirten erschossen hat.«

»Das wissen wir nicht, Kamau. Niemand hat gesehen, wer Mboja getötet hat. Niemand hat Njerere zurück nach Karibu kommen gesehen.«
»Du hast ihn nicht kommen gesehen. Du hast auch das neue Wort in unserem Stall nicht gesehen. Aber es ist da.«
»Wir müssen die Polizei holen und Mboja hier liegen lassen, bis sie kommt.«
»Die Polizei wird deine Kühe nicht melken, Bwana Mbuzi.«
Kamau schleifte Mbojas Körper aus dem Stall zu dem Jacarandabaum mit Blüten, die so blau wie der Himmel waren. Mit einem kleinen Messer schnitt er das dünne Lederband um den Hals des Toten durch. Einen Moment hielt er den gelb gewordenen Zahn des Löwen, der Mboja stark und klug gemacht hatte, in die Sonne. Dann drückte er ihn Stella in die Hand.
»Du hast Mboja das erste Kwaheri gesagt. Der Zahn gehört dir.«
Die Magie war nicht tot. Der Zahn machte auch Stella klug und stark. Als sie ihn in die Tasche steckte, wusste sie, dass sie Lilly an diesem Tag nicht mehr sehen würde.

8

Wenn sie bis zum großen Regen hierbleiben«, brummte Kamau, »haben sie in jedes Shamba ein Loch gegraben und reden mit den Kälbern, die heute noch im Bauch ihrer Mütter sind.«
»Wir müssen ihnen Zeit lassen, Kamau«, beruhigte ihn Brian. »Was sind drei Tage für ein Leben?«
»Sie trinken unser Wasser und essen aus unseren Töpfen. Willst du ihnen auch noch die Zeit schenken? Sie gehört uns nicht.«
Sie sprachen von den vier Polizisten und den zwei rotgesichtigen Soldaten, die in einem Jeep nach Karibu gekommen waren, um den Mord an Mboja zu untersuchen. Die grimmig aussehenden Polizisten, die mit ihren aufgeregten Bewegungen und großen Füßen in noch größeren Schuhen selbst die Hunde einschüchterten, die weder Blitz noch Donner und nicht die Hörner des Wasserbocks fürchteten, waren Kikuyu; sie suchten in den Feldern, auf den Hügeln und in Höhlen zwischen den Felsen, im unwegsamen Gebüsch, im Wald, sogar in den Blumen um das Loch, in dem die Frau vom Bwana Mbuzi schlief, nach dem Mörder und seiner Waffe.
Bei Tag hatten diese vier Männer ein Gesicht aus schwarzem Stein und Stimmen, die so scharf waren wie eine so-

eben geschliffene Panga, und wenn ihr Mund lachte, machte der Hohn derer, die sich klug dünken und es nicht sind, ihre Augen klein. Noch ehe der Schatten der Morgensonne eine eigene Farbe hatte und der Tau auf dem Gefieder der Perlhühner getrocknet war, rannten die Polizisten wie wild gewordene Bullen auf die Shambas. Sie trieben ihren Grimm auch in die Hütten. Von jedem Mann, ob er ein Mzee war oder gerade erst beschnitten, wollten sie wissen, was er nicht wusste, und von ihm hören, was er nicht sagen wollte. Die vier wütenden Neugierigen befragten die alten Frauen ebenso wie die jungen Mädchen nach dem Mord im Stall und redeten mit Kindern, die noch nicht einmal die Finger von einer Hand zählen und die Njereres Namen nicht aussprechen konnten, ohne dass ihre Zähne die Zunge spaltete. Selbst Mbojas entsetzte Stammesgenossen, die Lumbwa, die schon dabei waren, mit ihren Herden und Hunden, ihren Frauen und den Kindern die Farm zu verlassen, und deren Haut in drei Tagen so grau geworden war wie der Rücken eines Esels, mussten den Polizisten aus Nairobi sagen, wo sie am Morgen von Mbojas Tod gewesen waren und was sie gesehen, gehört und gerochen hatten.

»Wir haben«, sagte der Älteste, »den Tod gerochen, als die Hyänen und Geier Mboja holten.«

Wenn es Nacht wurde auf Karibu, saßen die Kikuyu in der Polizeiuniform mit den Männern ihres Stammes am Feuer vor den Hütten. Dann machten sie die Metallknöpfe ihrer Hemden auf und ließen den warmen Wind, der Fremde willkommen hieß, an ihren Körper und sie schickten ihre Augen auf Safari in einen Himmel, der seit Mbojas Tod keinen einzigen Stern verloren hatte. In der Dunkelheit aßen die Polizisten, die in den hellen Stunden ihren Atem brauchten, um denen zu befehlen, die keine Befehle gewohnt waren, das Ugali aus warmem Mais, das die Frauen in ihren Töpfen zu einem festen Kloß rührten und dessen Geschmack sie in der großen Stadt vergessen hatten. Sie tranken das Tembo aus Zuckerrohr, das ihre Augen groß, freundlich und sanft machte. Ehe sie in den Schlaf torkelten, erzählten sie erst von Blut, Tod und Mord und dann auch von der gestorbenen Zeit, als sie selbst noch auf Farmen wie Karibu gelebt und weder Uhren noch Waffen gehabt hatten. Einer der Polizisten sagte dann immer: »Wir werden ihn finden, wir haben alle gefunden«, worauf die anderen drei ihren Kopf von der rechten nach der linken Seite drehten. Wenn das geschah, verschluckten sich die Männer von Karibu immer an ihrem Gelächter und ihre Frauen gaben einander jene stummen Zeichen, die in jeder Sprache der Welt gleich sind und die kein Mann je wird verstehen können.

»Sie jagen den Mann, der den Kühen ihren Hirten gestohlen hat, nur mit dem Mund«, erkannte Chebeti. »Aber mit dem Mund machen nur die Tiere Beute.«

Die beiden rotgesichtigen Offiziere mit den glänzenden schwarzen Stiefeln, breiten Ledergürteln und den Waffen, die nicht nur von den Kindern bestaunt wurden, vertrauten der Stärke der Ferngläser um ihren Hals mehr als der Kraft ihrer Augen und spähten in eine Ferne, von der die auf Karibu hofften, dass Mboja sie bereits erreicht hatte. Sie füllten ihren Bauch mit dem guten Essen, das Chebeti für den Bwana Mbuzi und Stella kochte, doch ihre Ohren nur mit den Shauris, die ihnen das kleine Radio erzählte, das sie immer mit sich trugen. Die Männer mit den vier Augen und fünf Ohren, wie sie schon am ersten Tag auf der Farm genannt wurden, schliefen auf Feldbetten im Zimmer hinter Brians Atelier. Abends lobten sie seinen Whisky, bei Tag sprachen sie nur wenig.

Weil sie kein Wort der Kikuyusprache kannten und auch kaum Suaheli verstanden, sagten ihnen bald selbst diejenigen nicht mehr Jambo, die ihre Stimme so liebten, dass sie sogar mit den vorbeifliegenden Vögeln redeten. Die zwei ratlosen Militärs befragten nur die beiden Menschen, die neben Mbojas noch warmem Körper gesessen und ihm Kwaheri gesagt hatten, nach seinem Leben und seinem Mörder. Keiner im Haus sagte ihnen, dass sie auch mit Lilly hätten sprechen können. So glaubten sie, die schöne Schweigsame sei ein junges Mädchen wie jedes andere, und redeten so ungeniert von ihrer schwarzen Haut, den Beinen, der Größe ihrer Brust und dem Schwung ihrer Hüften, als wäre sie eine besondere Kuh, die auf dem Viehmarkt in Kitale zum Verkauf angeboten wurde – allerdings mit Ausdrücken, die Lilly nicht vom Bwana Mbuzi gelernt hatte und die die beiden grinsenden Diebe von Frauenstolz und Würde hustend verschluckten, sobald Stella ins Zimmer kam. Lilly merkte sich einige Monate die Gesichter der Augengierigen und den eigenen Zorn ein Leben lang.

Der Tod auf Karibu war nicht der erste Mord auf einer Farm, den die jungen Offiziere zu untersuchen hatten, seitdem sie auf dem Höhepunkt der Mau-Mau-Krise von England nach Kenia versetzt worden waren. Sie vertrugen weder Afrikas heiße Tage noch seine melancholisch stimmenden Nächte. Die Farbenglut, der Duft von Blumen und Gras und die Unendlichkeit des Hochlands berauschten sie

nicht. Es verlangte sie allzeit nach dem vertrauten Wechsel der Jahreszeiten, nach ihren Frauen, Kindern und Kameraden, der überschaubaren Enge und Kühle des englischen Lebens, nach asphaltierten Straßen, nach Wiesen mit Hasen statt Wäldern mit Giraffen und nach Fenstern ohne Maschendraht. Sie träumten, wenn sie unter dem Moskitonetz lagen, von Frauen, die nach Flieder dufteten, und von Pubs mit kleinen weißen Marmortischen, einem sanften gelben Licht und englischem Bier. Die entwurzelten Einsamen lehnten die Menschen ab, um derentwillen sie das Leben in der ungeliebten Fremde ertragen mussten; ihr Hass galt den Schwarzen, die sie als »feige, hinterhältige Satansbrut« bezeichneten, ihre Abneigung den Weißen, die sie als hochmütige, unbelehrbare und »typisch bornierte Leute aus den Kolonien« empfanden.
In den zwei Jahren ihres Militärdienstes in Kenia hatten sie nur drei Mordfälle geklärt, allerdings für die Verhaftung von Hunderten von Kikuyu-Kämpfern und solchen gesorgt, die sie dafür hielten. Seitdem hatten sie als Trost für die weißen Farmer immer den Satz parat: »Kopf hoch, dieser gottverdammte Spuk ist bald vorbei!« Weil der höfliche, zurückhaltende Mister Hood ihnen nicht, wie die anderen Farmer, zu verstehen gegeben hatte, dass er von ihren kriminalistischen Fähigkeiten noch weniger hielt als von der Loyalität des eigenen Personals, erweiterten sie für Brian das dürftige Repertoire ihres Abschieds. Mit einem ihn selbst überraschenden Anflug von Mitgefühl sagte der Ältere der beiden, als er bereits am Steuer des Jeeps saß: »Das Dümmste, was Sie tun können, ist diesen bloody bastards zu zeigen, dass sie Angst vor ihnen haben. Leben Sie weiter wie bisher.«

»Der letzte Satz war der einzige vernünftige, den ich in einer Woche von diesem aufgeblasenen Dummkopf gehört habe«, seufzte Brian am nächsten Tag auf dem Weg nach Ol' Kalau.
»Schade, dass ich gerade da nicht dabei war«, erwiderte Stella, »ich habe ihn immer nur über Lilly quasseln hören. Ich habe gar nicht gewusst, dass Männer so über Frauen reden.«
»Ich auch nicht, Stella. Du hast in einer Woche viel lernen müssen. Zu viel.«
James Stuart, das Bein in Gips und den gastfreundlichen Pavian auf der Schulter, der zur Begrüßung laut Freude heulte, humpelte ihnen auf zwei aus einem rostigen Rohr gefertigten Krücken entgegen. Er rammte sie fluchend in ein Beet gelber Rosen, umarmte Brian und küsste Stella, was er noch nie getan hatte, auf beide Wangen. »Du bist«, erklärte er, »ein tapferes Mädchen. Das sagt dir ein Mann, der noch nie einer Frau ein Kompliment gemacht hat.«
Stuarts Blick gab noch mehr als seine bewegte Stimme zu verstehen, dass er nicht nur von Mbojas Tod erfahren hatte, sondern über jeden Akt der Tragödie Bescheid wusste. Seit Brians letztem Besuch in Ol' Kalau war der schrullige Schotte dünn geworden und auch seine gelbliche Haut und die verquollenen Augen zeugten davon, dass er mehr trank als aß, doch an diesem Tag war er nüchtern – und trotzdem so witzig, phantasievoll und lebensberauscht wie in den sorglosen Tagen, da er ohne Arg und Anlass geschworen hatte, ihn könnte man nur in einer Holzkiste auf die »verdammte Insel zurückschaffen«. Sein langjähriger Koch, ein grauhaariger, wortkarger Kisii, der seinen Bwana ins Bett brachte und ihn auszog wie ein Kind, wenn er die Flasche

leer getrunken hatte und brennende Pfeile ihm den Kopf durchstießen, bewirtete die Gäste von der Farm des Todes mit einem frisch geschlachteten Huhn und den großen Kartoffeln, die nirgends so gut gediehen wie in Ol' Kalau, das der wilde Wind der Berge und die Nachtkälte nicht erreichten. Zu der Ananas, die hinter dem Haus wuchs und noch süßer als der Honig schmeckte, der in einem Töpfchen mit der Aufschrift »Balmoral Lodge« auf dem Tisch stand, servierte der Hausherr Geschichten von Jagd und eigenem Männermut, die er bei Hemingway gelesen hatte und die Brian für möglich und Stella für wahr hielt.

Mit einem Stimmendonner, der nach einem Kampf mit einem Löwen aus wolkenlosen Gefilden heimkehrte, bestellte der unerschrockene Jäger aus der Küche die langen Bananen mit roter Schale, die der Pavian lieber aß als die kleinen gelben, und für seinen Gast einen zehn Jahre alten Whisky, den er aus sentimentalen Gründen für eine besondere Gelegenheit aufbewahrt hatte und den er nun doppelt für die Jahre seiner Ruhe büßen ließ. Die Flasche war leer, ehe das Wasser für den Kaffee kochte. Trotzdem gewann er nach dem Essen jede Schachpartie auf einem rotweißen Brett mit Klippschliefern als Bauern, sitzenden Giraffen als Springern und Hütten mit spitzem Dach als Türmen. Die Könige trugen Speer und Schild, die Königinnen den Schmuck der Massai. Stuart hatte die Figuren selbst aus Elfenbein und Ebenholz geschnitzt und jedem Offizier einen Namen aus den Romanen von Walter Scott und Robert Louis Stevenson gegeben.

»Der einzige Grund, meine Farm mal ein paar Tage zu verlassen«, sagte er, »wäre ein ordentlicher Schachpartner am Abend. Es ist so verdammt langweilig, mit mir selbst zu

spielen. Ich gewinne immer. Der andere ist ein hirnverbrannter Idiot. Er opfert immer voreilig einen Bauern.«
»Für mich«, träumte Brian mit, »wäre die National Gallery der einzige Grund, Karibu zu verlassen. Aber auch nur ein paar Tage. Es ist so verdammt langweilig, immer nur meine eigenen Bilder zu sehen.«
Stella lernte vom Affen, alle Klippschliefer und Giraffen, die vom Brett gestellt wurden, in Bananenschalen einzuwickeln. Zum Dank verwöhnte sie seine winzigen Ohren mit einem Lied, das die Männer vom Stamm der Lumbwa beim Melken sangen, damit die Kühe fröhlich wurden, ehe der weiße Strahl der Milch in den Eimer strömte. Sie erzählte dem aufmerksamen Olivgrünen von Mboja, dessen Gelächter selbst dann als Echo vom Berg herabgestürzt war, wenn nur Kinder um ihn standen, um das Wunder zu hören. Das Äffchen nutzte die Länge seiner rosa Zunge, um erst ein Salzkorn aus Stellas rechtem Auge und danach das Whiskyglas seines Lebensgefährten auszulecken; Stella trank aus Brians Glas und spuckte nach dem zweiten Mal Heiterkeit wie ein zahnlos gurgelndes Kind auf dem Rücken der Mutter.
»Ein feiner Vater bin ich, der in aller Ruhe zusieht, wie sich meine Tochter besäuft«, sagte Brian auf dem Heimweg. »Eines Tages wird man mir vorwerfen, ich bin ungeeignet, ein junges Mädchen zu erziehen, und dich mir wegnehmen.«
»Du bist ein feiner Vater«, erkannte Stella, »weil du mich nie erzogen hast. Findest du es schlimm, dass ich heute so viel gelacht habe? Es war das erste Mal seit Mbojas Tod.«
»Wer nicht mehr lacht, kann auch nicht um die Toten weinen. Das weiß keiner besser als ich.«

Wie in Stellas ersten Ferien, da ihr Vater sie aus ihrer Verlassenheit und Bestürzung in der Schule der grausamen Jägerin namens Prudence Charlotte Scriver erlöst und in die Seligkeit von Karibu zurückgeholt hatte, stoppte er das Auto an dem dickstämmigen Baum, in dessen dichtem Geäst nachts die Pfauen schliefen und bei Tag die jungen Affen einander auf die starken Äste jagten. Wie damals spielte Brian den Gentleman, der er nicht hatte werden wollen. Er lief um das Auto, öffnete schwungvoll die Tür, verbeugte sich tief und reichte Stella den Arm. Wieder knickste sie wie eine englische Hofdame und kicherte wie ein Kikuyumädchen, das noch zu jung ist, einen Eimer Wasser auf dem Kopf zu tragen.
»Wenn die Flachsernte dieses Jahr gut wird, bekommst du einen Thron aus Gold und Edelsteinen, Prinzessin.«
»Und du eine silberne Kutsche mit sechs neuen Ochsen, mein Prinz.«
»Wenn ich mich richtig erinnere, nehmen sie in England dafür Pferde. Sie sehen alle aus wie meine Brüder. Schön, stolz und arrogant.«
Sie waren noch unterwegs und doch schon zu Hause. Die verkrustete Rinde des wurzelstarken Baumriesen trieb das Wohlbehagen des Vertrauten in den Rücken und – genau wie beim ersten Mal – begrüßten die erfrischten Sinne den Wasserfall, ohne dass ihn die Augen schon berühren konnten. Wieder hielten sie sich an der Hand und beschenkten einander mit der Wärme ihres Körpers und dem Duft ihrer Haut. Mit der Fülle der Zufriedenheit schauten sie auf die im Wind wogenden Blumenteppiche aus Türkis und Amethyst. Die Feuerlilien erhoben ihre Köpfe und tanzten zu Trommeln, die nur zwei Menschen hörten. Am hellblau

flirrenden Horizont galoppierten die Zebras in eine erdrote Wolke. Die mit den zusammengewachsenen Herzen wussten, dass es nicht mehr der Whisky war, der sie trunken machte, denn sie erinnerten sich beide im selben Moment an den unvergessenen Augenblick, als der gütige Mungu sie in Dik-Diks verzaubert und sie sich zärtlich aneinander gedrängt hatten.
»Es ist ja auch so gekommen. Dik-Diks müssen immer den Atem des anderen hören. Ich werde nie einen Mann so lieben wie dich«, sagte Stella und seufzte wie die Heldinnen in den Jungmädchenromanen von Louisa May Alcott, die sie neuerdings las. Sie ahnte nicht, dass sie tatsächlich die Zukunft erblickt hatte.
»Das wirst du dir noch überlegen«, lächelte Brian, »das behaupten alle kleinen Mädchen und dann heiraten sie garstige, wildfremde Prinzen, nur weil die auf einem Schimmel reiten und besser küssen als ihre Väter. Lach noch mal, Stella, und schau mich nicht an, als wüsste ich nichts vom Leben. Ich höre dich so gerne lachen. Ich konnte nie Vater sein, wenn meine Tochter gelacht hat. Ich war immer nur Mann.«
»Hast du schon wieder vergessen, Bwana Mbuzi«, fragte Stella und lieh sich Kamaus Stimme, »dass ich kein kleines Mädchen bin, das von einem Prinzen träumt?«
Sie schlossen die Augen und die Nase, weil sie ihre Herzen zu weit geöffnet hatten und sie das letzte Licht des Tages nicht vertrugen und auch nicht die Erinnerung an den Geruch von Dik-Diks in der Mittagsglut. Er wurde melancholisch und malte mit Farben, die verblassten, ehe sie trocken waren; sie begriff Wehmut, obwohl sie sein Bild nicht gesehen hatte. Als sie wieder atmen, riechen und sehen konn-

ten und das Glück der Einverständlichkeit und Geborgenheit die Zunge in den Honig der Bienen tauchte, die die Blumen in den Lichtungen anflogen, erblickten sie die einzige Wolke am klaren Himmel über Karibu.
»Komisch«, murmelte Brian, »was kann das sein?«
»So eine Wolke habe ich noch nie gesehen«, sagte Stella, »sie bewegt sich ja gar nicht.«
»Doch, das tut sie. Sehr, sehr langsam.«
Die Ungewohnte war zunächst nur eine hellgraue Feder. Eine Zeit lang trieb sie im aufkommenden Wind des späten Nachmittags wie ein Blatt, das den Weg zur Erde über die Berge nehmen will. Dann aber schwoll die graue federleichte Wolke zu rasch zu einer Schar von flügelschlagenden Geiern an, um sie als einen Trug aus Augen zu fegen, die zu lange gezögert hatten, von der Safari in die verhüllten Tage heimzukehren. Als der Wind sich die Kraft der Nacht vor der Zeit holte und die Ohren erreichte, wurde die Geierwolke schwarz. Noch drohte sie nicht mit Sturm, noch witterte die Nase keinen Hauch von ihrer tödlichen Botschaft. Die Kehle blieb trocken, die Augen ohne Ahnung. Sekunden später zerschnitten Stimmen aus der Ferne, zu laut und zu plötzlich aufgebrandet, mit einem einzigen Hieb das Schweigen im Wald der Träumer. Unter der schwarzen Wolke kroch eine rote Zunge hervor.
»Feuer«, schrie Stella, »das Haus brennt. Mach die Augen zu! Sonst sterben wir.«
Brian zerrte die Schreiende ins Auto, drückte sie auf den Sitz und raste los. Steine und Erdbrocken peitschten gegen den Wagen. Kein einziges Mal nahm er seinen Fuß vom Gaspedal. Der Verzweifelnde bohrte das Steuerrad in seine Hände. Die Knöchel seiner Hände wurden weiß und spitz.

Er preschte mit heulendem Motor in die Kurven, den Berg hinunter und den steilen Weg hinauf zur Farm. Er trieb das Auto mit den zornquietschenden Reifen durch das Flachsfeld und durch hohe Grasbüschel, die der sturmstark gewordene Wind zur Erde drückte, vorbei an den Pyrethrumshambas und an den Hütten. Vor ihnen standen keine schwarzen Töpfe mit dampfendem Ugali, kein Kind jagte die Hühner und kein Mzee wartete darauf, die Sterne des Abends zu zählen. Verstummt waren die Vögel und Tiere. Nur die Hunde heulten wie Hyänen und das Vieh im Stall brüllte.

Die Menschen standen vor dem Haus aus Stein, das wie ausgetrocknetes Holz im Buschfeuer brannte. Mit Schreien, wie sie noch nie aus den Kehlen der Zufriedenen gekommen waren, beklagten sie den Frevel an der Stolzen von Karibu. Ihre Mauern und der Schornstein vom Kamin standen noch. Im glühenden Stein klafften die schwarzen Löcher des Todes. Das Dach aus Zedernholz war eingestürzt, seine Balken verbrannten im Flammenmeer. Die weißen Türen waren schon Asche, die Fenster ohne Glas, deren breite Rahmen so dürr und schwarz wie vom Blitz ermordete Äste.

Der Wassertank stand noch, aber jede seiner Rillen war rot, das Laub der Bäume im Garten so schwarz wie das Gras. Im Beet der langen Lilien, die am Morgen weiß gewesen waren und nun die Farbe einer mondlosen Nacht hatten, standen der angesengte Tisch und zwei Stühle aus dem Esszimmer, inmitten der roten Rosen lag der Ohrensessel aus geblümtem blauen Leinen und auf dem silbernen Frühstückstablett die silberne Flasche mit der Aufschrift »Orient Express«, die Chebeti als Erste hinausgetragen

hatte. Die grüne Bank vor dem Haus war nicht mehr, die rosa Blüten von Marys Flamboyantbaum grau.
»Sind alle da raus?«, schrie Brian.
»Nein«, durchdrang Kamaus Stimme den Wall des Schreckens und die schwelende Festung des Rauchs, »Lilly ist in das Feuer zurückgelaufen. Bleib hier, Brian, bleib hier! Es ist zu spät. Du kannst sie nicht mehr holen.«
Brian wurde den einzigen Moment nicht mehr gewahr, da der lebenslange Beschützer vor Not und Schmerz seinen Namen rief – wie es Chebeti getan hatte, als sie die sterbende Mary zurück zu ihrem Kind hatte holen wollen.
»Ich muss zu ihr«, brüllte er, »warum habt ihr das Kind da hineingelassen?«
»Bleib hier«, weinte Stella, »du darfst nicht ins Haus. Du bist mein Vater.«
Er befreite sich, ohne mit seinem Gewissen zu rechten, aus der Umklammerung seiner Tochter, deren Hände ihn in der Sternennacht ihrer Geburt an die Pflicht des Lebens gebunden hatten. Weil er jedoch zum ersten Mal in seinem Leben nicht zauderte und auf den Befehl der Entschlossenen wartete, kannte er die Richtung und auch das Ziel seines Wegs. Endlich war der Sohn von Sir William Robert Hood frei von dem Fluch der Furcht des zu früh Entmutigten – sein Instinkt für die Leichtigkeit der Flucht aus dem Leben war im selben Augenblick wie sein Haus verbrannt. So konnte Brian nicht mehr die blauen Augen und das weizenblonde Haar der Tochter sehen, die ihm stets mehr als nur Kind gewesen war. Er spürte nicht ihre Hände, die an seinem Hemd rissen und sich in den Gürtel aus zweifarbigem Leder verkrallten, in den Mary einst den Traum von Karibus ewigem Frieden geflochten hatte.

Nichts wusste der Vater mehr von den zwei Herzen, die die Liebe zu einem verschmolzen hatte. Er hörte keinen Laut von Stellas verklingender Stimme, ehe sie Verzweiflung und Entsetzen still machten und Chebeti ihren fallenden Körper auffing, um ihn in die Dunkelheit zu tragen. Laut den Namen jener rufend, die er zu seiner zweiten Tochter gemacht hatte, rannte Brian in die Glut.
Die Menschen, die er wie Söhne geliebt und die ihn als Bruder empfunden hatten, fanden den Bwana Mbuzi noch in der Nacht. Da war der Wind, der Njereres Feuer genährt hatte, wieder der Begleiter des Lebens; er trieb den Rauch und den Gestank des Todes zurück in einen Himmel aus schwarzem Samt. Dort glänzte das silberne Band der Sterne wie in jeder Nacht vor der benzingetränkten Rache des Mannes, der »Uhuru« an die Tafel im Stall geschrieben hatte. Der, der diese Sterne nie mehr sehen würde, war nicht, wie sein Bett und die Bilder von schwarzhäutigen Kindern und weißbärtigen Ziegen, in den Flammen verbrannt. Der stimmengute Bwana Mbuzi mit Augen, so sanft wie die der Kühe und Impala, der nicht zu befehlen wusste, sein Gewehr nicht füllte und selbst einen Hund für sein Kind gehalten hatte, war über einen herabgestürzten, schon nicht mehr brennenden Balken in seinem Atelier gefallen. Er hatte, als ihm seine Beine Feind wurden, nicht mehr aufstehen können und war im Rauch erstickt.
Brian Hood, von seinen Brüdern wegen der Bücher, von denen er nicht lassen konnte, in den Brombeerbusch getrieben und als Feigling verhöhnt, vom Vater zum Schwächling und Phantasten gebrandmarkt und nach Afrika geschickt, um dort ein Mann zu werden, lag auf seinem Rücken, als würde er schlafen. Die Augen, die sich noch am Tage sei-

ner letzten Safari an Afrikas Farben berauschten, waren offen. Weil das Füllhorn seiner Liebe zu voll für nur eine Tochter gewesen war, hatte er derjenigen, die er am meisten liebte, den einzigen Schlag getan, den er ihr je zufügte. Brian hatte die schöne, scheue, kluge Gazelle mit den drei Zungen nicht aus dem Haus laufen und in den Wald hetzen sehen und so nicht mehr erfahren, weshalb sie sich zurück in das Feuer gewagt und der einzigen Freundin ihres Lebens den Vater genommen hatte. Als Lilly aus dem Atelier gerannt war, in dem sie sehend, fühlend, liebend und auf immer hungrig nach dem Wort geworden war, hatte sie das Bild eines jungen Mädchens mit den Augen und dem Mund einer Frau an ihren Körper gepresst. Die trug einen sonnengelben Turban und an ihren Ohren baumelten goldene Gardinenringe am schwarzen Lederband.
An dem ersten Tag, der dem letzten ihrer Kindheit gefolgt war, erwachte Stella nur das eine Mal, als die Perlhühner in den Schatten der Hütte drängten, in der sie in einer grauen Decke eingehüllt auf der Erde lag. Sie ballte ihre Hände zur Faust und schrie wie ein Tier in Todesangst nach ihrem Vater. Weil der Tröster mit der gelbstieligen Pfeifenkönigin nicht antwortete und seine weinende Tochter nicht hoch genug hob, damit sich ihr Kinn in seine Schulter graben konnte, holte die enttäuschte Ratlose ihre Stimme zurück in die Brust. Sie stöhnte Lillys Namen und bat die Kluge, die sich nie für einen falschen Pfad entschied, ihr das Gebüsch zu zeigen, in dem sich die Köpfe der Dik-Diks berührten. Als Stella ihre Hand nach den Dik-Diks ausstreckte, fühlte sie eine belebende Kühle an ihren fiebernden Lippen; sie lächelte, denn sie glaubte, den Wasserfall rauschen zu hören. Sie sah auch seinen grünweißen

Schleier. Dann fiel sie zurück in die Gnade des Schlafs, ohne sich bewusst zu werden, dass ihr die Frau den Becher an den Mund hielt, aus deren Brust sie getrunken hatte.

Chebeti und Kamau hatten Stella, als sie zu schwach geworden war, um sich gegen die Stärke ihrer Hände und den Mut ihrer Treue zu wehren, in eine der Hütten am ausgetrockneten Fluss getragen. Die waren von den Menschen verlassen worden, als auf Karibu die Flachsernte besonders gut gewesen war und für jeden, der dies wollte, die kleinen Häuser aus Holz und Wellblech gebaut wurden. Es lebten in dieser Grasöde, die sich die Natur von den Menschen zurückgeholt hatte, nur noch die Perlhühner, die wegen ihres zu dunklen Gefieders von ihren helleren Artgenossen verfolgt wurden, und einige Ziegen, die beim Umzug ihrer Hirten zu schwach gewesen waren, um der Herde zu folgen, und nun stark genug waren, um für sich selbst zu sorgen.

»Die Hühner werden nicht reden und die Ziegen werden schweigen«, hatte Kamau gesagt, als er die fremde Hütte verließ. Ehe er sich auf seinen Weg machte, hatte er Chebetis Hand in seine genommen und sie fest gedrückt, wie es die Weißen taten, wenn sie sich Kwaheri sagten. Er wusste, dass Chebetis lange Safari gefahrvoller sein würde als seine kurze.

In den kurzen Wachperioden der ersten beiden Tage sah Stella weder die Sonnenstrahlen noch den vollen Mond durch das undichte Grasdach scheinen. Sie spürte nichts von der Hitze des Mittags und nicht die Nachtkälte, konnte das Ugali nicht schlucken, das Chebeti für sie dünn wie eine Suppe kochte, und trank nur, wenn die Besorgte ihr Wasser einflößte. Wenn das Beben in Stellas Körper nachließ, wusste sie, dass Lillys Decke ihn schützte, denn die Wolle roch nach dem Rauch eines offenen Feuers und der Rosenseife, die im weichen Papier aus England nach Nakuru in den Laden des freundlichen Inders gereist war. Einmal fragte die mit der irrenden Nase nach Lilly.

»Es ist noch nicht die Zeit für Worte«, wehrte Chebeti ab. Beim Sprechen schüttelte sie den Kopf und starrte auf ihre Hände. Die waren heiß vom Zorn ihrer Brust und wollten nicht begreifen, dass die so oft gelobte, von allen respektierte Köchin vom Bwana Mbuzi nie mehr mit seinen schweren Löffeln in Töpfen rühren würde, die glänzten, wenn sie in der Sonne vor dem Haus aus Stein mit der Asche vom Kamin gescheuert wurden.

Chebeti murmelte immer dann den Satz von der falschen Zeit für die Worte, die kommen mussten, wenn Stella sich aufrecht hinsetzte, zu sprechen versuchte und fragen wollte, weshalb vier von ihren Kleidern auf der Erde lagen und wer den kleinen braunen Koffer mit den weißen Riemen aus dem Atelier ihres Vaters getragen hatte. Jedes Mal wirkte bei der letzten geseufzten Silbe eine Magie, wie sie Stella noch nie erlebt hatte. Chebetis Stimme, die wie das Raunen des warmen Winds klang, der die Blüten nur streift und die Bäume nicht um ihre Ruhe bringt, drückte sie zurück in ein tiefes, schwarzes Loch. In dem konnte sie weder die Kugel aus Njereres Gewehr treffen noch die Zunge der Flammen, die ihren Augen die Freude der Farben genommen hatten.

Es war am vierten Tag des langen Schweigens, als Chebeti in der Stunde des längsten Schattens vor der Hütte Holz spaltete. Stella war schon bei den ersten Schlägen der Axt wach geworden, doch sie bewegte noch nicht einmal den einen Arm, der von einer Ameise bedrängt wurde, um nicht die Erde in ihrem schützenden schwarzen Loch aufzuwühlen. Und doch begann mit einem Mal ein blutroter Krieg in ihrem Kopf zu wüten. Seine Schlachtbilder tränkten die Stirn mit siedendem Schweiß, blendeten die Augen mit den Pfeilen des Gedächtnisses, trommelten das Echo von angstschrillem Geschrei in die Ohren und trieben Stella aus der Gnade der Dunkelheit in ein erbarmungslos helles Licht. Es war der Moment, da sie begriff, dass ihr nur das weiße Pferd ihrer Kindheit geblieben war, um sich aus der Qual der Angst und Einsamkeit zu befreien.

Stella rief nicht nach der, die sie mit dem Zauber eines einzigen Satzes geschützt hatte. Ihre Hände zitterten nicht, als sie die Decke von ihrem Leib riss, mit den Beinen die Luft durchstieß und mit bloßen Füßen die Erde berührte. Sie setzte sich auf einen feuchten Lappen, der ihren Körper kühlte, neben den braunen Koffer, presste ihren Kopf an die Knie und füllte, ohne ein einziges Mal zu stöhnen, ihre Brust mit der Luft der Stärke. Es war die, die ihr Mungu gegeben hatte, als sie Kind gewesen war und sich das erste Mal von ihrem Vater hatte trennen müssen. Nun wusste Brians früh mutig gewordene Tochter, dass sie das Salz der Tränen auch dann nicht mehr schmecken würde, wenn Chebeti ihr sagte, weshalb nur sie bei ihr war.

Noch am Abend saßen die, die nicht mehr weinen konnte, und jene, die nie die Last des Herzens mit Tränen leichter gemacht hatte, auf der von fremden Füßen hart getretenen Erde der Hütte. Nach der Flut der Worte und Bilder, die Chebeti für Stella heraufbeschwören musste, weil die Unerbittliche jede Szene der Tragödie von ihr forderte, drängten sie sich aneinander wie zwei junge Hunde, von denen der eine nur die Wärme und den Geruch vom Fell des anderen braucht, um die Sicherheit des Lebens zu spüren. Durch die Löcher im Dach jagten ihre Augen die hellen Sterne von Karibu, die jeden Menschen willkommen hießen, und sie sprachen von der Nacht, in der diese Sterne Stella ihren Namen gegeben hatten. Als das Schweigen die Erschöpften endlich in den Schlaf drängte, legten sie sich beide unter die graue Decke. Noch roch Stella die Rosenseife, aber Chebeti schon die Erde unter dem Baum mit der vergrabenen Zigarrenkiste.

»Ich werde dich zu der Polizei in Nakuru bringen«, sagte sie am nächsten Morgen.

»Soll die wieder nach Karibu kommen und Njerere suchen?«

»Nein. Sie wird mit dir nach Nairobi fahren und die finden, die dich zu deinen Leuten bringen.«

»Meine Leute sind in Karibu.«

»Hast du den Vater von deinem Vater vergessen? Ich habe dir vor einer Woche die Tinte gebracht, damit du ihm schreiben kannst.«

»Ich weiß nicht, wo sein Haus ist.«

»Du sprichst von Tagen, die im Feuer gestorben sind, Stella. In den Tagen, die noch nicht brannten, hat der Bwana Mbuzi mir gesagt, was ich morgen machen werde. Er hat mir gesagt, sein Vater wird auf dich warten, wenn er nicht mehr auf das Essen wartet, das ich für ihn gekocht habe. Willst du, dass ich nicht das tue, was er mir gesagt hat, nur weil ich seine Stimme nicht mehr hören kann? Meine Ohren können nicht vergessen. Meine Hände haben auch nicht die Haut deiner Mutter vergessen. Meine Brust wird von deinem Mund wissen, Stella, wenn er nicht mehr in meiner Sprache redet. Wir werden nach Nakuru gehen. Der Bwana Mbuzi hat gesagt, dass ich dich zu der Polizei nach Nakuru bringen muss.«

»Keiner wird meinen Großvater finden«, sagte Stella. Sie rieb ihre Hände aneinander, als sie sich zum letzten Mal in ihrem Leben an einer Beute erfreute, die nur Kinder machen, deren Augen noch nicht in die Ferne sehen können. »Hast du mich nicht verstanden? Ich weiß nicht mehr, wo sein Haus ist. Alles, was ich von meinem Großvater wusste, ist in meinem Kopf verbrannt. Ich werde ihm nie wieder einen Brief schreiben können.«

»Ich werde dir sagen, wo er wohnt. Dein Vater hat gesagt, dass ich dich von Karibu fortbringen muss, wenn er nicht mehr hier ist. Er hat mir nicht gesagt, dass ihn seine Tochter betrügen wird, wenn sic nicht mehr den Rauch von seiner Pfeife riecht.« Chebetis Hände waren weich und sehr groß, als sie den Zorn aus Stellas Stimme und die Hoffnung aus ihrem Herzen drückten.

Sie grub das Zigarrenkästchen so sorgsam aus wie in all den Jahren, da sie den feuchten Umschlag in dem weichen Lederbeutel um ihren Hals getragen hatte. Weil ihr ein grauer Schleier die Kraft der Augen nahm, war es Stella, die Lillys Fußspuren auf der feuchten Erde entdeckte. So erfuhr sie in dem einzigen Moment, da sie nichts mehr von ihrer Courage wusste, dass Chebetis besondere Tochter von Karibu fortgelaufen war.

»Mit meinem Geld und dem Bild, das der Bwana Mbuzi von ihr gemalt hat. Du warst schon an meiner Brust klüger als sie, Stella. Du hast immer gewusst, wann du satt warst. Die andere nie. Ich sehe heute noch ihre Zähne in der Brust, aus der sie getrunken hat.«

»Sie hat mir nicht Kwaheri gesagt. Hat sie den Weg zur Hütte nicht gefunden? Hat sie vergessen, dass sie meine Schwester ist?«

»Sie ist gekommen, doch ich habe sie weggejagt. Es ist nicht gut für dich, wenn du ihre Augen auf deine Safari mitnimmst.«

Um Stellas Augen vor den blauen Blumen der Flachsfelder zu schützen, dem Brunnen am Pyrethrumshamba, an dem sie Asakis feuchtes Fell gerochen hatte, und um nicht mit dem Haus aus Stein sprechen zu müssen, das nun ohne Dach war und für Chebeti auf immer der Schmerz der Liebe sein würde, kehrten sie nicht mehr zu der Hütte am ausgetrockneten Fluss zurück. Chebeti bedeckte das Loch, das nun eins war wie viele, mit der Erde, die Lillys Füße verraten hatte, und mit dunkelgrünem Moos, in dem sich nicht einmal der Druck ihres Daumens abzeichnete. Den braunen Koffer mit den Kleidern und der Wäsche, die die Unerschrockene vor dem Feuer gerettet hatte, trug sie auf dem Kopf.

Auch wenn der Weg nicht durch Gestrüpp führte und über dicke Stämme von gestürzten Bäumen, hielt Chebeti Stellas Hand, als wären die Beine der einzigen von ihr geliebten Tochter noch zu kurz für das Leben. Erst als die weiße Mähne eines Colobusaffen aufleuchtete, von dem beide ja wussten, dass er denen auf Safari den Weg wies, befreiten sich ihre Kehlen vom Geröll der verschluckten Tränen. Da erzählte Chebeti, dass auch Kamau nicht mehr in Karibu war. Weil sie dabei auf eine besonders dunkle Stelle im Wald wies und auch später nicht sagte, wo sie ihn wieder finden würde, begriff Stella die Schwere des Schweigens. Kamau war zu seinem Bwana gegangen. Sie fragte nicht,

weshalb er sich für den Tod entschieden hatte, denn sie sah ihn mit ihrem Vater auf der grünen Bank sitzen und die Gläser gegen das letzte Sonnenlicht von Karibu halten.
Chebeti fürchtete die Augen der Neugierigen und die Messer der Feinde. Sie traute nur der Nacht. Bei Tag schliefen sie und Stella im Gebüsch und in Feldern mit schützend hohen Pflanzen. Wurden sie wach, aßen sie das Brot, das Chebeti am letzten Tag in der Hütte gebacken hatte, und tranken das Wasser von Karibu, das mit ihnen in Flaschen reiste. Die Not des Körpers war der Freund des Kopfes. Als Stella von dem Pavian in Ol' Kalau erzählte, der ihr beigebracht hatte, Schachfiguren in Bananenschalen zu wickeln, lachten sie beide und erschraken, weil sie ihre Stimmen nicht als die eigenen erkannten. Sie wollten nicht ankommen, doch sie gehorchten ihren Füßen. Schon am sechsten Tag des langen Abschieds sahen sie die ersten Häuser von Nakuru. Chebeti nahm den Koffer vom Kopf und hielt Stella den vergilbten Umschlag mit Brians Schrift hin.
»Jetzt musst du allein gehen. Ich kann nicht mit. Du kennst das Haus der Polizei.«
»Ich kann nicht, Chebeti, ich habe Angst.«
»Du hast keine Angst, Stella. Du hast meine Milch getrunken. Geh jetzt. Deine Augen dürfen mich nicht mehr suchen.«
Weil auf Karibu keiner den anderen kränken durfte und Stella das Flehen in Chebetis Stimme hörte, griff sie nach dem Koffer. Sie drehte sich kein einziges Mal um. So sah sie nicht, dass die, die sie ins Leben geholt hatte, weinend auf der Erde saß und eine kleine silberne Flasche an ihr Gesicht presste.

9

»Die Gurkensandwiches werden immer dicker«, missbilligte Priscilla Waintworth beim Fünf-Uhr-Tee im Claridge's. Sie sprach so laut wie noch schicklich, aber deutlich genug, dass der Kellner sie hören konnte, und zupfte ein wenig verärgert an der Ärmelrüsche ihrer lavendelfarbigen Bluse. Dann entschied sie sich für das letzte mit braun-weißer Schokolade überzogene Eclair.

»Wahrscheinlich haben sie eine eigene Gärtnerei und müssen ihre Ernte aufbrauchen«, lächelte Berenice Sitwell begütigend. »Mir geht es dieses Jahr nicht anders. Die Gurken sind alle so groß wie Kürbisse geworden und die Erdbeerpflanzen schon im Frühjahr verkümmert.«

»Das scheint hier auch das Problem zu sein«, seufzte Priscilla und starrte abermals den Kellner an, der immer noch unbeweglich an der Säule stand. »Ich meine mich erinnern zu können, dass gerade im Claridge's die Törtchen ordentlich belegt waren. Jetzt hat man nur noch Teig zwischen den Zähnen. Und der ist zu süß.«

»Nein«, wusste Berenice, »das muss eines dieser französischen Rezepte sein. Die haben sich im Winter einen Patissier aus Paris geholt. Ich weiß das nur, weil er Patient bei meinem Mann ist. Der arme Kerl verträgt unser Wetter nicht.«

Priscilla Waintworth, mit siebzig ungewöhnlich vital und nicht nur nach dem Dafürhalten der älteren Mitglieder ihrer Familie leider so beklagenswert unverblümt wie die Siebzehnjährigen der sechziger Jahre in ihrer ungenierten Mode, stellte ihre Tasse mit einer ausdrucksvoll unmissverständlichen Bewegung auf den Unterteller. Sie mochte es nicht, wenn Berenice ihren Mann erwähnte. Und sie hatte die langjährige Gewohnheit, sich am ersten Donnerstag des Monats mit der Jugendfreundin im Claridge's zu treffen, erst wieder aufgenommen, nachdem Malcolm James Waintworth gestorben war. Malcolms hohe Position im Foreign Office hatte seine früh entwickelte Abneigung gegen Menschen verstärkt, die sich über gesellschaftliche Tabus hinwegsetzten. Priscilla neigte da eher zu den Kompromissen, die die Nachkriegszeit erforderte, doch von Berenice Sitwell war immerhin allgemein bekannt, dass sie in dritter Ehe mit einem besonders dunkelhäutigen Arzt aus Goa verheiratet war. Obgleich der in der Harley Street praktizierte, dies mit allergrößtem Erfolg, und Berenice außer bei offiziellen Gelegenheiten den Namen ihres zweiten Gatten trug, galt sie seit ihrer dritten Hochzeit im Kreis ihrer ehemaligen Freunde nicht mehr als gesellschaftlich ganz akzeptabel.
Beim zweiten Port, auf den Priscilla schon deswegen bei den Treffen mit Berenice nicht verzichtete, weil er ihr aufs Angenehmste die letzten Hemmungen nahm, sich gegen die Maximen ihres toten Gatten zu entscheiden, fragte sie im verschwörerischen Flüsterton ihrer Jugend: »Bist du auch zu little Lord Fauntleroy geladen?« Sie wollte, als sie sich zu Berenice hinüberbeugte, keineswegs taktlos sein, doch hielt sie es durchaus für möglich, dass der in den letzten sieben Jahren so exorbitant erweiterte Bekanntenkreis

von Sir William Robert Hood neuerdings auch so eigensinnig ihre Herkunft und Erziehung leugnende Frauen wie Berenice einschloss.
Die Frage mit der auch von nur peripher Gebildeten leicht zu interpretierenden literarischen Bezüglichkeit und einem durchaus gutmütigen Spott, der absolut nicht die Grenzen des guten Geschmacks überschritt, galt dem einundzwanzigsten Geburtstag von Sir Williams faszinierender Enkelin. Ausnahmslos alle, die den alten Herrn kannten und von dem lebenslangen, nun beklagenswerter Weise nicht mehr rechtzeitig bereinigten Zwist mit seinem Erstgeborenen wussten, waren sich einig, dass Stella der späte Triumph seines Lebens und er an ihrer Seite um Jahre jünger und um Zentner umgänglicher geworden war. Er verteidigte beider Intimleben gegen die Neugierde der Aufdringlichen und gegen die Avancen ihrer eifrigen Buhler, auf die er insgeheim stolz war, mit dem Ingrimm einer britischen Bulldogge. Sein Personal, vom Stubenmädchen aus dem East End bis zum greisen Gärtner, der noch den kleinen Brian wegen eines toten Sperlings hatte weinen sehen, schwärmte für »die entzückende Kleine«, wie sie trotz ihrer einhundertundsiebzig Zentimeter Persönlichkeit im Souterrain genannt wurde. Doch auch alte Damen aus allerbester Familie sahen Stella mit einem entsprechenden Hinweis auf die Kuriositäten und Herausforderungen der sich verändernden Zeiten das bei einem so jungen Mädchen sonst doch sehr störende Selbstbewusstsein nach.
»Ich nehme an, ich habe eine der ersten Einladungen bekommen, und es werden wenigstens noch ein paar herausgehen«, sagte Priscilla Waintworth gönnerhaft kurz vor dem Aufbruch aus dem Hotel.

»An mich kaum«, mutmaßte ihre Freundin. »Dabei dürfte ich eine der wenigen sein, die die Mutter seines Augapfels auf der Bühne gesehen hat.«
»Ich kann mir nicht vorstellen, dass das in Mayfair als Pluspunkt gewertet wird. War das beklagenswerte Geschöpf auch so schön wie die Tochter heute?«
»Ich weiß es nicht«, gestand Berenice widerwillig und gegen ihre Gewohnheit von Priscillas maliziösem Unterton irritiert. »Das arme Ding spielte damals in der Weihnachtspantomime die Katze von Dick Whitington und hatte einen Schnurrbart und einen furchtbar hässlichen Schwanz. Ich bin nur auf ihren Namen aufmerksam geworden, weil ich in den Tagen, als die vielen Berichte über die Tragödie in Afrika erschienen, zufällig den Speicher aufräumte und die alten Programmhefte sortierte.«
»Typisch für die heutige Zeit, dass man selbst in einem solchen Fall auf eine Mesalliance hinweist«, seufzte Priscilla. »Das muss doch bei Sir William alte Wunden aufgerissen haben.«
Zweifellos interessierte Anfang September 1963 die geplante Feier anlässlich Stellas Mündigkeit sowohl deren präsumtiven als auch deren nicht geladene Gäste weit mehr als der Umstand, dass Kenias Unabhängigkeit nur noch eine Frage von wenigen Monaten sein könnte. Obwohl beide Ereignisse bekannterweise in allerengstem Zusammenhang zueinander standen, beschäftigte man sich in Sir Williams unmittelbarer Umgebung kaum mit dem Schicksal der ehemaligen britischen Kronkolonie. Stellas viele Bekannte, die sich mit einem genügend großen Reservoire an Illusionen für ihre engen Freunde hielten, interessierten sich sehr viel mehr für Stella als für das Land,

das sie geprägt hatte. Junge Männer, die schon der väterlichen Verbindungen wegen die besten Zukunftsaussichten und durch ihr Aussehen optimale Chancen bei Frauen hatten, waren um Stellas willen bereit, sich mit der undankbaren Rolle von gefügsamen Knappen am Hof einer provokativ eigenwilligen Prinzessin abzufinden.
Auch die Generation ihres Vaters, von dessen Leben sehr viele in Sir Williams Bekanntenkreis überhaupt erst erfuhren, als sie von Brians tragischem Tod in den Zeitungen lasen, und selbst die Veteranen des Ersten Weltkriegs waren sich einig, dass Stella Hood aus Kenia eine bemerkenswerte junge Frau weitab der genormten Vorstellungen und wohl doch auch von der Moderne überholten Idealen von britischer Weiblichkeit war.
Seit der Ankunft des elternlosen, abgemagerten, aber keineswegs verschüchterten Mädchens vor sieben Jahren am Quai von Southampton, von der sogar die »Times« in einigen wenigen Zeilen und mit einem die Gemüter aufwühlenden Foto, die übrige Presse sehr ausführlich Notiz genommen hatten, befriedigte Stella bei allen Altersklassen und Bildungsschichten das durch die Tristesse der darbenden Nachkriegszeit immens angewachsene Bedürfnis nach Romantik. Die Konservativen und erst recht der überschaubar kleine Kreis von Intellektuellen, der in Major Hoods Haus verkehren durfte, waren sich indes einig, dass die zur ehrwürdigen Tugend der emotionellen Disziplin erzogene Generation der Vorkriegszeit ein solch nostalgisches Verlangen nach einem exotischen Paradiesvogel inmitten einer Schar britischer Spatzen allenfalls seinem Personal zugebilligt hätte.
Die aus dem Nebel viktorianischen Gefühlsüberschwangs

neu belebte Sehnsucht nach seelenwärmenden Märchen, die bei aller Sentimentalität noch den Vorzug hatten, wahr und nachvollziehbar zu sein, hatte kurz nach Stellas Ankunft in London eine ob der Treffsicherheit ihrer ironischen Zunge gefürchtete Cousine von Sir William auf den Vergleich mit dem kleinen Lord Fauntleroy gebracht. Die junge Miss Hood, um derentwillen die teuere italienische Schneiderin von Priscilla Waintworth umgehend nach Mayfair einbestellt wurde und die nun unter den seidenen Bettlaken mit dem Familienwappen des pensionierten Majors schlief, war nicht nur so offenherzig und unbefangen wie der kleine Lord, jener charmante, warmherzige, vaterlose Protagonist des Buchs von Frances Hodgson Burnett, das in keinem englischen Kinderzimmer der Elite fehlte. Stella hatte keine vierundzwanzig Stunden gebraucht, um die solide Festung aus früher Menschenverachtung und Verbitterung zu stürmen, in der ihr Großvater Gemüt, Seele und Herz gefangen hielt. Obwohl er ungeübt in der Rekonstruktion von bewegenden Momenten war, weil sie nie zu den Pflichten eines mit dem Victoria Cross dekorierten Kriegshelden gehört hatten, vergaß William Robert Hood bis zu seinem Tod weder den Dialog noch die Botschaft des vom Schicksal geschriebenen Dramas.
Dessen Bühnenvorhang wurde beim ersten gemeinsamen Frühstück im Wintergarten des weißen Tudorhauses aufgezogen. Der Hausherr in seiner Morgenjacke aus moosgrünem Samt, an den Umgang mit der Jugend schon deshalb nicht gewohnt, weil er seine Söhne in keinem Lebensalter genug geschätzt hatte, um mit ihnen ohne Anlass Konversation zu machen, bemerkte ein leichtes Zittern seiner Hände, als er stirnrunzelnd vom gebratenen Speck die

zu krosse Rinde abtrennte. Das Eingeständnis fiel ihm zwar schwer, dass er sich seit dem Eintreffen des Telegramms von der Polizeibehörde in Nairobi Tag für Tag vor der persönlichen Begegnung mit seiner emsigen Brieffreundin gegrault hatte, noch mehr als mangelnde Courage verachtete er jedoch den Selbstbetrug. Stellas Blässe und die ihr unübersehbar schwer fallenden Bemühungen, sich durch das reichhaltige Frühstück zu quälen und sich dabei noch in Gegenwart des Butlers bei jedem Gang für das richtige Besteck zu entscheiden, rührten ihn mehr, als ihm angenehm war. Ihm fiel auf, dass ihn weder der Leitartikel noch die Familiennachrichten in der »Times« und schon gar nicht der kleine Scotch nach den gebratenen Würstchen goutierten, die er sich wöchentlich vom Sohn eines ehemaligen Kriegskameraden aus Cumberland liefern ließ.

»Danke, James«, sagte Sir William und war ein wenig verwundert, sich sprechen zu hören, »wir brauchen keine weitere Hilfe.«

Eine Weile erschien ihm Stellas Schweigsamkeit der diffizilen Situation trefflich angepasst; ihre Zurückhaltung entsprach seinem Naturell und, wie er sich widerwillig klarmachte, wohl auch seinem Alter. Auf die Dauer jedoch nagte die Vorstellung an seinem Empfinden für Haltung und Würde, er wäre ein allzu unaufmerksamer Gastgeber. Vor allem wertete er es als eine zu zynische Pointe seiner Biografie, dass er sich ausgerechnet in Gegenwart seiner Enkeltochter gesellschaftlich so ungeschliffen benahm wie einst sein Erstgeborener in Anwesenheit von Fremden, der dann immer besonders unangenehm herumgestottert hatte.

»Ich werde«, entschied er schließlich mit einer jener bedrohlich wirkenden Handbewegungen und der polternden Stimme, die Brian zum Albtraum seiner Kindheit verwoben hatte, »am besten heute schon damit beginnen, dir etwas von London zu zeigen. Ich denke, wir beschränken uns erst einmal auf Mayfair. Da bist du nicht gleich von dieser lausigen Stadt überfordert.«

Stella sah ihren auffallend rotwangig gewordenen Großvater mit Augen an, deren klare blaue Farbe ihn für einen sehr kurzen Moment an das Wasser vor der Küste von Menton erinnerte und irritierend länger an eine schwarzhaarige Tänzerin, die ihm seine einzige Ahnung von Weiblichkeit, Erotik und jugendlicher Virilität vermittelt und an die er seit Jahrzehnten nicht gedacht hatte.

»Ich muss ja diese lausige Stadt kennen lernen«, parierte die Furchtlose, »aber vorher habe ich noch zu tun.«

»Was? Ich dachte, Kinder müssen noch nicht stundenlang ihr Gesicht anmalen, ehe sie aus dem Haus gehen.«

»Ich bin kein Kind. Ich will nur mit mir selbst reden.«

»Donnerwetter! Tust du das oft?«

»Zu Hause nie. Ich habe auf dem Schiff damit angefangen.«

»Warum in drei Teufels Namen? Was hat dich auf die Idee gebracht? Ich hatte doch extra Anweisung erteilt, dass man sich um dich kümmert.«

»Zwei Fragen auf einmal«, rügte Stella, doch sie lachte, weil Kamau vor ihr seinen Kopf schüttelte und der Bwana Mbuzi den Tadel mit Händen auffing, die so sanft waren wie der frühe Abendwind. »In Karibu«, flüchtete sie weiter zu den Hütten mit den weißbärtigen Ziegen, die an den schwarzen Töpfen mit dem Ugali der Zufriedenen schnupperten, »haben das nur die Kinder getan, die noch nicht wussten, dass die Klugen ihre Worte zerkauen.«

»Bist du eine der Klugen«, fragte Sir William und versuchte mit einem Auge zu zwinkern, was er seit seinem ersten Urlaub von der Front im Jahr 1915 nicht mehr getan hatte, »wenn du mit dir selbst redest? Ich bitte wohlwollend anzumerken, dass ich mich mit einer einzigen dummen Frage begnügt habe.«

»Nein. Warum soll ich Worte zerkauen, die keiner hört? Ich übe sie. Ich sage erst einen Satz in Kikuyu, danach in Suaheli und dann in Englisch.«

»Ihr Treffer, Lady Stella! Das Rätsel könnte ich noch nicht einmal lösen, wenn mein Leben von der richtigen Antwort abhinge.«

»Es war kein Rätsel, Sir William. Chebeti hat gesagt, dass man mir meine Sprachen stehlen wird. Doch das wird nicht geschehen. Ich habe in Limuru gelernt, mich gegen die Diebe der Worte und Bilder zu wehren. Das war in meiner ersten Schule. Sie ist abgebrannt.«

»Ich vermute, du wirst mir nicht sagen wollen, warum du das Glück hattest, dass deine Schule abbrannte, und wer Chebeti ist?«, fragte Sir William. Er starrte in die schmelzenden Butterkugeln, die der Butler nicht mehr in die Küche hatte tragen dürfen, und war weit überraschter vom Timbre seiner Stimme als von dem zweiten Scotch in seinem Glas und am meisten von der spontanen Erkenntnis verblüfft, dass ihn die Unterhaltung mit einer Vierzehnjährigen so sehr viel mehr animierte als die Gespräche über den verblichenen Glanz des Empire in seinem Club.

Stella lachte noch einmal, diesmal mit dem Kichern des Kindes, das unter dem Affenbrotbaum die roten Ameisen von seinem Arm zurück auf die rote Erde gesetzt hatte, und mit dem Staunen eines jungen Mannes, der zum ersten

Mal auf die Jagd mitgenommen wird, sich nicht mehr an das Spannen des Bogens erinnert und doch Beute macht, denn ihr Großvater hatte sich an Chebetis Namen verschluckt und musste ihn mit Whisky die Kehle hinuntertreiben. Stella öffnete, als er ihr das Glas hinhielt und sich sofort danach an den Kopf fasste, nicht nur die Augen so weit wie in den verbrannten Tagen. »Ich habe«, sagte sie, »seit Nakuru auf jemanden gewartet, dem ich von Chebeti erzählen kann, und ich habe schon auf dem Schiff gewusst, dass du es sein wirst. Ein fliegender Fisch im Roten Meer hat mir das gesagt, als ich besonders traurig war. Chebeti war meine Mutter. Und Lilly meine Schwester.«

»Dein greiser Großvater, Stella, weiß ja noch nicht einmal, dass Fische fliegen können, ganz davon zu schweigen, dass meine Familie offenbar um einiges größer ist, als ich dachte. Wollen wir in den Garten gehen? In frischer Luft funktioniert mein Kopf besser. Weißt du, es ist für einen alten Mann nicht leicht, sich in einer fremden Welt zurechtzufinden.«

»Nicht nur für einen alten Mann«, wusste die Erfahrene.

An einem kleinen, von zwei dickleibigen Marmorputten und zwei Eichen bewachten Teich mit orangefarbenen Goldfischen erzählte Stella im begütigenden Licht der englischen Herbstsonne vom Gelächter des Lebens und dem Sterben ohne Tränen auf Karibu. Ihr Redefluss stockte noch nicht einmal, als sie das Loch beschrieb, in dem nun ihr Vater neben ihrer Mutter schlief, und dass Kamau seinen Körper dorthin getragen hatte, ehe er den Tod im Wald gesucht hatte. Stella hatte zu lange keine weit geöffneten Ohren gefunden und ihre Kehle drängte es nach Erlösung; auf der dreiwöchigen Schiffsreise, die für

sie so sehr viel länger währte als die Zeit, die hinter ihr lag, hatte sie geglaubt, die furchtbarste Safari ihres Lebens hätte auf immer die Bilder in ihrem Kopf gelöscht. Der, der sie ihr nun wiedergab, hörte schweigend zu, doch er sagte ihr mit dem Knie, das ihres berührte, dass es ihn satt und seinen Körper warm machte, wenn sie seine Augen und Ohren fütterte.
Dabei widerfuhr ihnen das älteste Lebenswunder der Welt, nur sie hielten es für neu und einmalig. Hätte Sir William Robert Hood statt einer grünen Jacke aus Samt ein rotes Kleid getragen, das der Schneider in Nakuru auf Befehl vom Bwana Mbuzi aus einem Stück der Sonne geschnitten hatte, und wäre er so klug und beredt wie Lilly gewesen und hätte gleichzeitig um die Bedeutung der Pausen zwischen den Sätzen gewusst, hätte Stella mit ihrem Großvater die Erde seines Gartens geschluckt, um Mungu in Thomson's Falls von den sprießenden Knospen ihrer Freundschaft wissen zu lassen. Und hätte die ernste, resolute Vierzehnjährige mit den Augen, die so blau wie das Meer vor der Küste von Menton waren, ihrerseits die Uniform von König Georg V. getragen und über die tödlichen Gefahren von Senfgas Bescheid gewusst und den roten Mohn auf den Gräbern von Verdun blühen gesehen, hätte der mit allen militärischen Ehren pensionierte Major Hood ihr kräftig auf die Schulter geklopft und sie ob ihrer Tapferkeit, die ihn so sehr bewegte, einen »good old chap« genannt.
In der Jugend war das seine Art gewesen, Freundschaft anzudeuten. Er war über die Elementarkenntnisse von den Bedürfnissen der Psyche nie hinausgekommen, denn er hatte zu früh töten und befehlen gelernt und wusste nichts von Menschen, denen es genügt, sich der Erkenntnis zu fügen,

dass Angst und Mut Geschwister sind. Die Liebe kannte er nicht; er kannte noch nicht einmal sich selbst. In diesem Augenblick, da er bei der Suche nach dem passenden Wort ungewohnt nachdenklich den Kometenschweif seiner Fische anstarrte, glaubte der Mann auf der falschen Fährte, Stella würde um die Unwiederbringlichkeit des Glücks trauern und er sei der zufällige Zaungast in ihrem Leben. Noch war ihm nicht bewusst, dass er und sie denselben Mann betrauerten – er den Sohn, den er im einzigen unbeherrschten Moment seines Lebens von sich gewiesen hatte, sie den Vater, der ihre Sinne mit dem Opium Afrika getränkt und ihr das schwerste und schönste Erbe der Väter hinterlassen hatte, das Gewicht seiner Liebe.

Der überzeugte Kämpfer wider Emotion und Romantik, der seine Söhne schon bei ihrer Geburt im Internat angemeldet hatte, damit sie als Zehnjährige von Fremden zu Männern gestählt wurden, die seinem Bildnis glichen, entschied sich bereits am Goldfischteich für ein Kapitel des Lebens, das er bis dahin noch nicht einmal aufgeschlagen hatte. Mit der Spontaneität der Jugend und sich der Selbstironie stellend, die ihn einen sentimentalen alten Narren schalt, beschloss er, sich die Enkeltochter nicht nehmen zu lassen, die offenbar als Einzige der Familie seine Courage zu haben schien. Allen pädagogischen Ratschlägen der wohlmeinenden Herzlosen und dem Spott der ehemals Gleichgesinnten zum Trotz meldete er vier Wochen später Stella auf einer Schule in London an. Sie verließ morgens um acht das Haus und kehrte nachmittags zu dem zurück, den sie bald »Mzee« nannte, weil sie ihn für weise und gütig hielt und die Orden in seiner Vitrine für die Auszeichnungen des Lebens.

Wenn der Mzee aus Mayfair mit Stella im Hyde Park saß, er über Pferde sprach und sie von den Hunden auf Karibu, wenn er sie in die teuren Geschäfte der Bond Street führte oder mit ihr in der Saville Row einen neuen Anzug bestellte und sie ihn bald in Stadtteile lotste, die er nie betreten hatte, vergaß er sein Alter. Er empfand die Tage als noch kürzer denn Stellas Röcke, die Gespräche alter Herren senil, die so dachten, wie er sein Leben lang gedacht hatte, und er ging nicht mehr regelmäßig in seinen Club. Dort witzelte er nur noch selten, dass ihm die Gesellschaft von Frauen missbehagte, weil sie zu sehr ihren Müttern und zu wenig den Pferden glichen, dass sie Männer mit verlorenen Handschuhen und abhanden gekommener Hoffnung langweilten, keinen Humor und im Winter immer rote Nasen hätten. Das blauäugige Reh aus Afrika konnte wie ein Mann lachen, vor allem über die Scherze ihres bärbeißigen Großvaters, über sich selbst spotten, ging im Regen ohne Schirm spazieren, verschmähte Wärmflaschen und Handschuhe, war nie erkältet und mochte es nicht fassen, dass für einen verstauchten Knöchel ein Arzt bemüht werden sollte. Dem Major, der außer Alka Selzer für ein Befinden, das er als »anständigen Männerkater« zu bezeichnen pflegte, nie ein Medikament nahm, reichte die Summe solcher ihn erstaunenden Eigenschaften für einen Zustand, den er eines Morgens vor dem Spiegel sarkastisch als Herzerweichung diagnostizierte.

An einem Novembersonntag erfuhr er zwischen Lammbraten und Brombeertörtchen von einer grünen Bank vor dem Haus aus Stein, von Kamaus Stimme, wenn er unter dem Sternenhimmel von der Zeit sprach, die nie neu war, und weshalb er eine Woche nach dem Tod von Bwana Mbuzi hatte sterben wollen; er hörte, während er noch über die Eigenart der Formulierung nachdachte, von Chebetis silberner Flasche mit dem Aufdruck »Orient Express« und erblickte den Tag, da Stella die Freundschaft mit Lilly vor dem schwarzen Gott Mungu beschworen hatte. Allerdings brauchte er sehr präzise Erklärungen, um auch nur annähernd zu verstehen, warum der weiße Teil vom Zebra nun nicht mehr der durch seinen Sohn belesen gewordenen schwarzen Hälfte des gestreiften Fabeltiers schreiben konnte. Der Überforderte grunzte Unverständnis und fixierte ein wenig widerwillig die Bilder seiner Ahnen im Goldrahmen, doch schon am Montag suchte er seinen ehemaligen Schulkameraden John Heathcote auf, obwohl er diesen für einen verkalkten Giftzwerg mit begrenztem Verstand hielt. Heathcote hatte bis zum Ende des Zweiten Weltkriegs das Ressort Ostafrika im Kolonialministerium geleitet und galt immer noch als außergewöhnlich beschlagen auf seinem Gebiet.

»Natürlich«, mokierte sich Sir William, als Stella nach Hause kam, »hatte der alte Trottel keinen blassen Schimmer. Es reicht nicht für einen Brief nach Kenia, hat er gesabbert, wenn nur der Vorname des Empfängers bekannt ist.«

»Hat er tatsächlich Empfänger gesagt? Lilly könnte das Wort noch nicht einmal aussprechen. Sie hat nur drei Zungen.«

»Und du? Wenn du mich fragst, hast du tausend.«

»Nein, vier, seitdem ich in der Schule Französisch lernen muss. Als ob ich mich je im Leben freiwillig mit Leuten unterhalten werde, die sich erst entscheiden müssen, ob ein Tisch weiblich oder männlich ist, ehe sie den Mund aufmachen.«

»Hab ich auch gedacht. Und dann bin ich an der Marne gelandet. Allerdings, ohne mich zu unterhalten.«

»Du machst wunderbare Scherze.«

»Du auch.«

Ehe das Jahr um war, tauschte der passionierte Zigarrenraucher die weltberühmten Cohibas, derentwegen er sich an jedem letzten Freitag des Monats in die Burlington Arkaden begeben hatte, und das seit einem halben Jahrhundert, gegen eine Pfeife ein, die ihn ein wenig genierte, weil er fand, sie gebe ihm das historisch überholte Flair eines Admirals im Ruhestand. Die Frau, in die er sich verliebt hatte, hatte sie ihm zum Geburtstag geschenkt und Augen, die ihn auf mysteriöse Art bezwangen, wenn sie von Afrika erzählte, während er rauchte. Dem hypnotisierten Pfeifenraucher wurde dabei nicht bewusst, dass er sich nicht nur an Stellas feucht schimmernden Augen delektierte, sondern ebenso sehr an ihren üppigen Sprachbildern. Sie fesselte ihn ausgerechnet mit jener überbordenden Phantasie, die er ihrem Vater einst als frühen Beweis von intellektuellem Hochmut und Lebensuntauglichkeit verübelt hatte.

Der nun durch unvorhergesehene Umstände im Alter zu Kompromissen neigende Großvater schnaufte zwar »grober Unfug«, doch belächelte er nicht ohne Bewegtheit die Umwege des Schicksals, als er die unerbittliche Enkelin in die National Gallery begleitete und später gar mit ihr in eine Ausstellung nach Whitechapel fahren musste, um nach Bildern von Ziegen zu suchen.

»Tut es dir nicht Leid«, fragte er, »dass kein einziges Bild von deinem Vater gerettet werden konnte?«

»Keins ist verbrannt. Ich habe sie alle in meinem Kopf mit auf Safari genommen. Und eins hat ja Lilly.«

»Ich vergaß Lilly, die Erstaunliche. Nicht wahr, manchmal vermisst du sie ein wenig?«

»Nicht manchmal und nicht ein wenig.«

Es folgte die Zeit, da er sich von Stella in die Carnaby Street locken ließ, von deren neuem Stellenwert in den »swinging sixties« er erst durch sie erfuhr. In Geschäften, die er nicht als solche erkannte, kaufte er Schallplatten mit Musik, die zu Hause seine Ohren marterte, und Miniröcke, die er für eine grobe Verschwendung seines Vermögens und außerdem für Gürtel hielt. Spätestens da hörte Sir William auf, mit seinem »gesunden englischen Menschenverstand« zu rechten, der ihn in zwei Weltkriegen und wirtschaftlicher Rezession, in seiner Ehe und bei der Erziehung seiner Söhne vor Emotionen geschützt hatte.

»Sie ist bezaubernd und der erste Mensch, der keine Angst vor mir hat«, empfand er eine hinreichende Erklärung, als er Harold Featherstone, den langjährigen Familienanwalt, in dessen Kanzlei in Pall Mall aufsuchte, um sein Testament in einem entscheidenden Punkt zu revidieren. Featherstone zuckte nicht mit einer Augenbraue, obwohl er fand, dass es sich bei seinem Klienten um den klassischen Fall von Ver- und nicht Bezauberung handelte.

Um dieser angstfreien Fee seine geistige Flexibilität zu beweisen, unterhielt sich die Beute ihres Charmes und ihrer Resolutheit so freundlich, wie ihm gegeben war, mit wohlerzogenen jungen Schülern, die er provozierend albern gekleidet, verweichlicht und so blasiert wie ihre Eltern fand und denen er als einziges Verdienst anrechnete, dass sie ebenso rasch und unauffällig seinem Gesichtskreis entschwanden, wie sie kamen. Wer Stellas Schönheit, Klugheit, Witz und vor allem ihr ihm immer wieder imponierendes Selbstbewusstsein nicht spontan und emphatisch genug bewunderte, wurde von Sir William seltener, als es die Konvention erforderte, ins Haus geladen.

Seine spitzzüngige Cousine Thelma wies er in alter misanthropischer Hochform in ihre Schranken und um ein Haar aus seinem blauen Salon, als sie ihn fragte, weshalb Stella nicht »wie andere Mädchen, mein Lieber« gleichaltrige Freundinnen hätte. Beunruhigt war er selbst erst, als ihm aufging, dass aus den Schülern, die um seine kurz berockte Enkelin buhlten, junge Männer geworden waren und dass die meisten von ihnen einen Teint hatten, dessen Färbung weder der Sonne an der Riviera noch der neumodischen Neigung zuzuschreiben war, den Sommer auf griechischen Inseln zu verbringen. Sir William verhaspelte sich bereits bei der Kardinalfrage, zu der er sich dann endlich durchrang, als Stella ihm einen glutäugigen Medizinstudenten aus Bombay vorstellte, der weder Lammbraten mit Minzsauce mochte noch von einer Praxis in der Harley Street zu träumen schien und der, wie sich im Verlaufe der folgenden Monate herausstellte, an seiner Statt nun die Ziegen in den Londoner Galerien suchen durfte.

»Hast du vergessen, dass ich aus einer schwarzen Brust getrunken habe?«, fragte Stella und verschluckte das Salz der Erinnerung, ohne sich auch nur zu räuspern. »Vielleicht gefallen mir deshalb die Menschen mit dunkler Haut besser als die anderen. Weißt du, die sehen nicht alle gleich aus. Und wenn sie von ihrer Heimat reden, werden sie zu Bäumen, denen man die Wurzel abgeschnitten hat.«

»Du lieber Himmel! Darauf wäre ich in Jahren nicht gekommen. Meinst du, dass ein wurzelloser Baum ein vernünftiges Motiv für eine Ehe mit einem Farbigen ist?«

»Wie kommst du auf heiraten, Mzee? Wie viele Kühe willst du für mich verlangen? Hat dir keiner gesagt, dass ich ein armes Waisenkind bin, das farbenblind geboren wurde? Du brauchst keine Angst zu haben. Ich glaube, ich werde nie heiraten. Hast du wirklich gedacht, ich lasse den Mann allein, der meinem Vater seinen letzten Wunsch erfüllt hat?« Um dieses einen Satzes willen beschloss der, der das Lieben gelernt hatte, so farbenblind zu werden, wie es ihm gegeben war. Einmal fragte er den jungen Inder gar nach seiner Heimat, verwechselte dabei allerdings Bombay mit New Delhi und die Hindus mit Gurus. Er schlief erst wieder schlecht, als sich das Ende von Stellas Schulzeit anbahnte und ihre ihn ängstigenden guten Noten auf die Möglichkeit eines Studiums hinwiesen. Da zergrübelte er seine Nächte, ob es sie nach Oxford oder Cambridge oder – noch schlimmer! – nach Edinburgh oder auf den Kontinent ziehen würde. Am Abend der Entscheidung entkorkte er mit einem Seufzer, den er ohne Verlegenheit und Skrupel als einen der Befreiung deutete, einen vierzehn Jahre alten Burgunder, den er für eine besondere Gelegenheit reserviert hatte, erdrückte Stella in seiner Umarmung und nannte sie, wie schon am ersten Tag der gemeinsamen Begegnung erwogen, tatsächlich »a good old chap«. Sie wollte in London Kunstgeschichte studieren. Er verzieh ihr spontan das Fach und seinem Herzen den stolpernden Takt der Erregung. Stella war sich darüber im Klaren, dass ihr Entschluss eher der wehmütigen Erinnerung an den Zauber der Farbtöpfe im Atelier im Haus aus Stein als einem Bedürfnis nach künftiger beruflicher Erfüllung entsprungen war, doch der erleichterte Glückliche ahnte nichts von Karibus zupackenden Armen. Er hatte die Liebe zu spät kennen gelernt, um dem kurzen Trost der Illusionen zu misstrauen, und verwechselte Stellas Optimismus und Stärke mit der Schicksalsgnade, die Ketten der Sehnsucht zu lösen; er wähnte die, die auf der Tower Bridge stand und den Wasserfall von Thomson's Falls rauschen hörte, in England heimisch und in London zu Hause. Von der Qual der Bilder, die sie so unerwartet überfielen wie die Heuschrecken die Shambas, konnte ein Mann nichts wissen, dem die eigenen Orden und die väterliche Pistole aus dem Burenkrieg für den Blick in die Vergangenheit genügten. Und wie sollte er dann wittern, dass auf Karibu die Ohren derer, die zu schwach für die Wahrheit waren, mit der Süße der Lüge eingerieben wurden?

Seit dem Abschied von den Dik-Diks, die sich nicht voneinander zu trennen vermochten, feierte Stella ihre Geburtstage ohne Verlangen. An jedem Geburtstag dachte sie zu intensiv an ihren bemerkenswerten zehnten, dessen eine Hälfte sie Lilly geschenkt hatte, doch mochte die freundliche Rücksichtsvolle ihrem Großvater an ihrem einundzwanzigsten nicht eine Freude vergällen, die er mit einer alten Tradition im Hause Hood begründete. Um den Kreis überschaubar klein zu halten, einigten sich beide auf je zehn Gäste. Stella fielen indes nur zwei kecke irische Zwillingsbrüder aus ihrem Seminar ein, deren unverdrossenes Bemühen um ihre Gunst ihrer Eitelkeit schmeichelte, und der junge Inder, dessen sanfte Einverständlichkeit ihr gut tat und der sie ganz im Gegensatz zu seiner zurückhaltenden Art um eine Einladung für einen Kommilitonen und seine Partnerin bat. Den Rest ihrer Einladungskarten gab sie ihrem Großvater zurück.

»Machst du das für mich, Mzee? Und sei nicht traurig, dass

ich meine Hausaufgaben nicht gemacht habe. Ich fürchte, ich werde mich mein Leben lang besser im Wald von Karibu als im Dschungel der feinen britischen Gesellschaft zurechtfinden.«

Es geschah, dass ausgerechnet die nicht standesgemäß verheiratete Berenice Sitwell, die noch beim Nachmittagstee im Claridge's keine Hoffnung gehegt hatte, je wieder von Sir William geladen zu werden, beim Aperitif im blauen Salon ganz wie in alten Zeiten mit ihrer Freundin Priscilla Waintworth parlierte. Der Kommilitone des indischen Medizinstudenten war nämlich ihr dunkelhäutiger Stiefsohn. Allerdings hatte er keine Partnerin und war nach einem mehrtägigen Intensivstudium der Einladung für zwei Personen endlich auf die rettende Idee verfallen, die Gattin seines goanesischen Vaters um ihre Begleitung zu bitten.

»Siehst du, meine Liebe«, wusste Priscilla und stellte ihr Sherryglas dezidiert auf den marmornen Sims vom Kamin, »was ich immer sage. Man kann sich heutzutage auf nichts mehr verlassen. Höchstens darauf, dass little Lord Fauntleroy ihren Großvater verhext hat. Der lässt ihr alles durchgehen. Schau dir nur den jungen Mann an, der ihr gerade das Glas bringt. Ein bisschen angedunkelt, würde ich sagen. Neulich fuhr mich ein Taxifahrer, der genauso aussah. Ich glaube, der war auch aus Indien. Oder Birma oder so etwas.«

»Er ist mein Stiefsohn«, klärte Berenice ohne ihre übliche Sanftheit auf, »und studiert Medizin.«

»Fernando«, fragte Stella in eben diesem Moment, »sind Sie denn Italiener? Ich dachte, Sie sind Inder wie Rajiv.«

»Fast. Aus Goa. Bei uns heißen alle Männer in der Familie

Fernando. Offenbar hat der erste nicht mitbekommen, dass die Portugiesen uns besetzt hatten. Ich hoffe, das ist keine allzu große Enttäuschung. Italiener sind manchmal zwar auch nicht heller als wir, in diesem Land gelten sie jedoch als interessant und wir als Farbige.«

»Ich habe nicht gelernt, Menschen nach ihrer Hautfarbe zu unterscheiden.«

»Ach!«

Es war dieses bedeutungsvolle »Ach« und wie mokant der ernste, trotz des zu weiten Smokingjacketts und der zu kurzen Hosen seines Vaters nicht unbeholfen wirkende junge Mann »dieses Land« betont hatte, die ab da Regie führten. Während noch die Willkommensdrinks gereicht wurden, verzogen sich Stella und ihr Gast in eine schützende Nische mit zwei kleinen Sesseln. Sie befreiten sich lange vor der vom Ritual der Unverbindlichkeit empfohlenen Zeit von der bewährten englischen Gepflogenheit, dem Wetter mehr Aufmerksamkeit zu widmen als dem Leben. Schon beim zweiten Glas Champagner, von dem sich beide einig waren, dass der ihnen wie Seife schmeckte, bemerkte Stella versonnen, er hätte Augen wie ein Impala. Fernando parierte mit sehr deutlicher Stimme, deren heiseres Timbre ihr auffiel, »Goa-Gazelle«, doch er flüsterte direkt in ihr Ohr, als er richtig stellte, dass er nicht von seinen, sondern von ihren Augen gesprochen hatte.

»Ich kenne mich in der Irdologie aus.«

»Du lieber Himmel. Das Wort habe ich in meinem ganzen Leben noch nicht gehört.«

»Ich auch erst gestern. Wenn ich einer schönen Frau begegne, gebe ich immer so an. Das löst den Knoten in meiner Zunge.«

»Zu Hause habe ich das Gras angespuckt. Wenn die Blasen platzen, biegt sich die Zunge.«
»Könnten wir das eventuell zusammen üben?«
»Yes, Sir. Aber zwischen hier und meinem Affenbrotbaum liegt der Indische Ozean.«
»Ich bin ein leidlicher Schwimmer und ein sehr abenteuerlustiger Mann.«
»Ich fürchte, beides reicht nicht.«
Sie saßen nebeneinander an der Festtafel – genau unter dem Mariatheresienlüster, der Stellas Kleid azurblau strahlen ließ und ihrer Haut jenen Schimmer von Porzellan gab, den ihr Vater schon versucht hatte, in seinen Bildern einzufangen. Nur Sir William bemerkte die Attacke aus dem Hinterhalt auf seine Sitzordnung. Mit einem Anflug von Männersolidarität, der ihn ebenso dupierte wie die rasche Entflammbarkeit seiner Enkelin, nickte er dem jungen Mann aus Indien zu. Ihm schwante, dass der Vorgänger kaum noch für die Ziegenjagd in die Londoner Galerien bemüht werden würde.
Noch vor dem Kaffee im Salon führte Stella den Mann mit der wundersam entknoteten Zunge erst durch den von Lampions erleuchteten Garten, dann in die dunkle Bibliothek und morgens um zwei auf der Hintertreppe in ihr Schlafzimmer. Nur bei Sir William brannte noch Licht.
»Hast du denn keine Angst«, fragte Fernando, als er die väterliche Smokinghose auf den weißen Sessel legte, »dass dies alles nur ein ganz übler Trick vom Hausgespenst ist?«
»Was ist Angst?«

10

Sie wanderten Hand in Hand auf den Pfaden des alten Menschheitstrugs, dass die Seligkeit eines irrwitzigen Moments den Liebenden ewig währe. Und weil in allen Schriften vermerkt war, dass Liebe blind macht, schlossen sie folgsam die Augen. Stellas aber hatten zu viel gesehen und blieben sehend. Fernando hatte sich zu früh für Mathematik interessiert und traute nur dem belegbaren Ergebnis und nicht der Summe der Wünsche. Wenn die Träume der Sehnsüchtigen über den Rand des Füllhorns schäumten, streckten sie dennoch ihre Hände aus, um nach dem Glück zu greifen. Im Rausch trieben sie ihre Beine zum Sprung über die Dächer der Stadt; es wuchsen ihren Schuhen auch Flügel, aber die waren zu klein und zu schwach, um die Füße vom Asphalt der Straßen zu heben. Dann lösten sich die mit Silberfäden durchsetzten Wolken im Nebeldunst auf und regneten Melancholie.

So vermochten die Herzen der Verliebten auf dem Flug in den Himmel nie das Kreuz auf der strahlenden Kathedralenkuppel von St. Paul's zu überwinden. Weil der Traum vom gemeinsamen Weg jedoch mutig der Einsicht von der Launenhaftigkeit des Liebesgotts trotzte, blieb er jugendgrün wie im Mai und schmeckte so süß wie der Apfel, um dessentwegen die ersten Menschen das Paradies verwirkt hatten. In der Zeit ihrer ersten Hoffnung wurden Stella und Fernando nicht gewahr, dass der pfeilbewaffnete Eros am Brunnen vom Piccadilly Circus kein verlässlicher Schütze war. Zwar spannte der Schalk seinen Bogen, sobald er im herbstgrauen Licht des Londoner Nieselregens Stellas blauen Mantel und Fernandos grüne Baskenmütze erblickte, aber er zielte an ihren Herzen vorbei und traf Narziss, der gerade in einer Schaufensterscheibe sein Antlitz bewunderte und sich spontan in sich selbst verliebte.

In den frühen Stunden des Weihnachtsabends standen sie vor dem riesigen Lichterbaum am Trafalgar Square und vertrauten, ein jeder für sich und in der eigenen Sprache, den gurrenden Tauben zu ihren Füßen ihr Sehnen nach der Geborgenheit der Seele an. Die Tauben indes futterten graue Brotkrusten und die Krümel von gelben Keksen. Sie hielten nicht wie die Verkünderin, die Noah hinausgeschickt hatte, einen Ölzweig im Schnabel, damit der Mann auf das Wunder nach der Sintflut vertrauen und die Frau auf das Feuer im Herd hoffen durfte. Während Fernando noch scherzte, dass er soeben von einem einzigen weißen Täuberich auf dem Platz den Geheimbefehl bekommen hätte, umgehend mit dem Nestbau zu beginnen, fixierte Stella den spitzen Hut von Lord Nelson und erinnerte sich ihrer Schulbücher. Der Admiral, der nun auf seiner Säule als Sieger in die Ferne blickte, hatte die Schlacht gewonnen und sein Leben verloren.

»Er war ein Held«, kratzte Fernando mit Stimmenschwung an ihrer Wehmut, »und sein Schiff hieß Victory.«

»Er war auf einem Auge blind«, wusste Stella. »Wenn man nur die Hälfte sieht, ist es leicht, ein Held zu sein.«

Am ersten Tag des neuen Jahres kauften sie heiße Maronen

von einem Mann mit grünen Sternen auf einem violetten Zylinder und machten sich weis, es wären nur die Hände, die sie wärmen wollten; sie hatten sich, auf der obersten Treppe der National Gallery, an eine windschützende Mauer gelehnt, die glückhafte Geburt ihrer drei Kinder ausgemalt. Es waren die kräftigsten, klügsten und schönsten Drillinge der Welt. Zwei hatten das schwarze Haar und den dunklen Teint des Vaters, alle drei die blauen Augen und die Stupsnase der Mutter. Stellas Liebling war zart gestreift und konnte auf einem Zebra reiten, bevor ihm der erste Zahn wuchs. Die drei weinten nie und verschliefen in einer von einer Sommerbrise geschaukelten Hängematte den bewegenden Augenblick, da der weltberühmte Mediziner Fernando Manta für seine Verdienste um die Kranken dieser Erde von der englischen Queen auf dem Rasen vom Buckingham Palace zum Ritter geschlagen wurde. Nur einen Monat später wurde in Anwesenheit von Prinz Philip die erste Ausstellung der jungen Malerin Stella Hood eröffnet. In einer prosperierenden Galerie in Soho, in der es nach frischem Zedernholz und Kardamom duftete.

»Kardamom riecht bitter«, wandte Fernando ein, »außerdem habe ich dich noch nie malen sehen.«

»Das war vor der Geburt der Babys. Kinder kann ich besonders gut malen. Genau wie mein Vater. Kaufst du mir eine Ziege, wenn du Examen gemacht hast? Weißt du, es gibt Dinge, die man nur einer Ziege erzählen kann. Das habe ich von Kamau gelernt.«

»Ich kaufe dir so viele Ziegen, dass dein Großvater Regent's Park anmieten muss, um sie zu ernähren. Und einen Schimmel dazu. So eine Frau wie du muss auf einem

Schimmel reiten, Lady Godiva. Du hast ein größeres Wunder vollbracht als sie. Sie hat nur Coventry vor den zu hohen Steuern ihres herzlosen Gatten gerettet. Du hast einen Mann mit der falschen Hautfarbe und ohne Oxfordakzent vor dem ewigen Ausschluss aus der feinen Gesellschaft errettet. Meine Stiefmutter hat mir erst gestern erzählt, dass sich Priscilla Waintworth nach mir erkundigt hat.«

»Einen Schimmel habe ich schon seit Ewigkeiten. Aber nicht zum Reiten.«

»Das hast du mir noch nie erzählt. Sag nur, er führt dich nachts durch einen dunklen Wald.«

»So ähnlich.«

Im Frühling sahen sie den Flieder in Kew Gardens blühen. Einmal lasen sie einander in der Dämmerung Gedichte von der Romantik des keimenden Lebens und dem Jubel der Seele vor, doch die von Stella folgte den Versen nicht in die Höhen der Seligkeit – sie waren nicht für eine junge Frau geschrieben, die ihr Herz in einer Schatulle verwahrte, seitdem Chebeti im Wald von Karibu eine kleine Zigarrenkiste ausgegraben hatte.

Ehe der Duft vom Fliederbaum in den Sommer verwehte, bauten sie doch die Luftschlösser der Liebenden und säten auch Zukunft. Das Wolkenheim von Fernando, der ein Praktiker war und sich mit Fluchtwegen und Traumhäusern nicht so gut auskannte wie Brians phantasiegeübte Tochter, hatte zwei Türme mit Fahrstuhl, einen Steingarten und ein als Forschungslabor eingerichtetes Verlies. Es lag im schottischen Hochland. Stella verkaufte es bald wieder, weil sie die Nordwinde nicht vertrug, ihr Schimmel vom Heidekraut qualvolle Koliken bekam und der Jacarandabaum im Herbst seine violetten Blüten abstieß. Mit dem kompromissfreundlichen Vater ihrer Drillinge, der fortan fügsam auf einer grünen Bank abends Pfeife rauchte, bezog sie ein Haus aus grauem Stein. Das stand auf einem sanften Hügel über einem von weißen Tropfenschleiern verhangenen Wasserfall.

Stella erwähnte nicht, dass Fernandos Pfeife gelbstielig und eine eloquente Königin war; sie sprach, weil die in einem unachtsamen Moment heraufbeschworene Szene einen Felsen aus Salz auf ihre Brust rollte, auch nicht von dem Tag, als sie mit Lilly Asakis toten Körper in das Loch gebettet hatte und ihr abends vor dem Kamin die Erkenntnis von der Vergänglichkeit des Glücks gekommen war. Als sie auf einer Bank in Kew Gardens, in die zwei Herzen eingeritzt waren, ihre Nägel in die Haut ihrer Arme drückte, um den Schmerz mit dem Schmerz zu töten, beschloss sie, den vierten Brief an James Stuart in Ol' Kalau zu schreiben. In den ersten drei, jeder im Abstand von sechs erwartungsvollen Monaten geschrieben, hatte sie ihn gebeten, sich zu erkundigen, ob Chebeti noch in Karibu wohnte, doch Stuart hatte nie geantwortet. Stellas Briefe waren jedoch auch nicht nach Mayfair zurückgekommen.

»Wer weiß, ob er überhaupt noch lebt«, murmelte sie und war bekümmert, als sie merkte, dass sie gesprochen hatte.

»Wer?«, fragte Fernando.

»Ach, ein junger Mann, den ich mal auf der Polizeistation in Nakuru kennen gelernt habe.«

»Ist der dir so wichtig? Du hast ihn nie erwähnt. Vielleicht kann man ihm schreiben.«

»Nein«, lächelte Stella. Sie drückte Fernandos Hand so fest, dass auch ihre wieder warm wurde. Bei diesem ersten Mal staunte sie noch, wie leicht es ihr wurde, den mit dem

Kopf zu betrügen, dem sie ihren Körper anvertraute. »Er ist mir gar nicht wichtig. Und nach Kenia kann man nicht schreiben.«

An den langen Sommerabenden, an deren langsames Verlöschen sie sich nach all den Jahren in England nicht gewöhnt hatte, weil es ihr immer noch in der letzten Stunde des Tages nach einem Ball aus Glut verlangte, der als eine brennende Kugel vom Himmel hinter die Berge der Geborgenheit stürzte, saß sie, der es so sehr nach einer Liebe ohne Schatten verlangte, oft mit Fernando im Hyde Park vor der liebenswürdigen Statue von Peter Pan. Der Gedanke faszinierte beide immer wieder aufs Neue, dass der begabte Rebell wider die Norm schon in seinem Kinderwagen beschlossen hatte, nie erwachsen zu werden, und dass ihm dies auch gelungen war. Sie webten weiter an der Zaubergeschichte und liehen sich derweil die Fröhlichkeit der Hunde und das Lachen der Kinder, die auf dem Rasen Ball spielten und kleine rote Holzschiffe mit weißen Segeln zum See trugen. Mit dem Ernst der Wanderer, die ohne Beistand der Götter und nur durch eigene List Ort und Zeit entkommen sind, nahmen sie sich vor, an einem goldenen Faden die Jahre bis zu ihrer Geburt zurückzuspulen. Sie kamen jedoch nie weit genug, um verschüttete Brunnen auszuheben.

Fernando kannte die Spielregeln nicht. Er seufzte zu früh, weil bei ihm der kandierte Balsam der Tagträume nur zwischen zwei Küssen am Tag und nachts in der Geisterstunde wirkte. Wenn Stella ihn seufzen hörte, stöhnte sie ein leises Echo in sein Ohr, an dessen Einverständlichkeit sich sein Bedürfnis nach Harmonie labte. Die Schweigende begriff, dass ihre Bedrücktheit im Moment der missverstandenen Zustimmung einer Trauer galt, deren Tiefe er nie orten würde. Auf den Reisen der Hoffnung, zu denen sie im aufrichtigen Bemühen um das Ziel mit ihrem geduldigen, behutsamen Geliebten aufbrach, vermochten ihre Augen kein einziges Bild zu erbeuten, ihre Ohren keinen Klang zu erjagen, die für ein ganzes Leben reichen würden.

»Ich werde dich schrecklich unglücklich machen, Fernando. Ich habe meinen Kopf nicht mit auf Safari genommen. Das hast du nicht verdient.«

»Man bekommt nie das, was man verdient. Sonst würde ich nicht hier mit dir sitzen, Lady Godiva. Mach dir keine Sorgen. Ich bin Arzt und habe gelernt, dass der Kopf ein Organ wie jedes andere ist. Als Mann reicht es mir, dass du farbenblind, zärtlich und gütig bist und dass du mich um den Verstand gebracht hast.«

Um Stellas Geburtstag zu feiern und den Tag, an dem sie sich kennen gelernt hatten, mit niemandem teilen zu müssen, fuhren sie Mitte August für drei Tage nach Brighton. Fernando der Ahnungslose legte am ersten Morgen mit altmodischer Feierlichkeit ein in zart bedrucktes gelbes Blumenpapier verpacktes Buch auf den Frühstückstisch. Sie umarmte ihn jubelnd vor den wohlwollenden Augen zweier sehr alter Herren in blauweiß karierten Jacketts aus Harristweed und mit der Zustimmung einer zart in die Hände klatschenden, weißhaarigen Dame mit Kringellöckchen und einem Pudelkopf auf ihrem silbernen Krückstock. Auf ihrem Schoß saß ein sehr lebendiger, vom bellenden Betteln heiser gewordener Skye-Terrier mit einer hellblauen Schleife auf dem Kopf. Das Buch hatte den Titel »Impressionen vom schwarzen Kontinent« und ganzseitige Farbbilder von Ostafrika. Fernando hatte es nach wochenlanger Überlegung vor dem Geburtstag und tagelangem Suchen in den Londoner Buchhandlungen bei einem Galeristen in Chelsea aufgespürt; er glaubte Stella, dass es die Tränen der Rührung waren, die auf ihre Spiegeleier tropften, als sie das Foto eines Colobusaffen anstarrte und blind wurde. Mittags spazierten sie die berühmte breite Seepromenade entlang, deren emsiges Treiben schon die junge Königin Victoria als störend beklagt hatte. Sie fütterten trotzdem inmitten der anderen Feriengäste mit Freude die Möwen, danach in einem quittegelben Strandkorb mit einem lila Dach sich selbst mit genau den richtigen Worten, um all die Erinnerungen heraufzubeschwören, die sie im Verlauf des einen Jahres zusammengetragen hatten. Das kleine Hotel, vom sparsamen Sir William empfohlen, der es noch aus der Zeit vor dem Ersten Weltkrieg kannte, hatte Zimmer mit Blick aufs Meer und einen melancholischen irischen Setter, der behauptete, Stella schon lange zu kennen, und der ihr bis zur Abfahrt überallhin folgte. Wenn er im Meer badete und Stella sich über sein feuchtes Fell beugte, duftete er wie Asaki.

»Er stinkt«, widersprach Fernando, »und zwar höllisch.«

»Hunde stinken nie. Das war das Erste, was meine Nase lernte.«

Das Zimmer mit einem Strauß aus verblichenen Strohblumen auf einem wackeligen runden Tischchen roch nach Lavendel, Mottenpulver und Möbelwachs. Es war düster trotz seiner Größe, das eiserne Bett mit einer aus bunten Wollresten gestrickten Tagesdecke schmal. An der Wand mit der grau gewordenen Tapete, auf der die blauen Vergissmeinnicht-Sträuße schon lange verwelkt waren, hingen zwei Wärmflaschen aus weißem Gummi an einem sorgsam polierten Haken und noch das Bildnis von Georg V. in Marineuniform, obwohl nun seine Enkeltochter Königin war. In der kleinen Schublade des linken Nachttisches lagen zwei verbogene Haarklammern, die vergilbte Visitenkarte eines Handlungsreisenden aus Chigwell und eine Bibel, in der ein Gast ein vierblättriges Kleeblatt gepresst und es dann vergessen hatte. Im zweiten Nachtschränkchen stand ein mit Rosen bemalter Nachttopf aus französischem Porzellan auf einem Brokattuch.

»Den hat William der Eroberer mitgebracht«, sagte Fernando.

»Der ist nicht nach Brighton gekommen. Sein Großvater hat ihm ein Hotel in Hastings empfohlen.«

»Du hättest Geschichte studieren sollen.«

»Hätte ich«, gab Stella zu, »das weiß ich schon lange.«

In der Zärtlichkeit der Nacht nach einem Abendessen mit zu viel Wein, die sich, wie die übrigen vor und nach ihr, als eine der Liebe tarnte, nannte sie Fernando »Rafiki«. Ihm schmeichelte das liebenswürdige Rätselspiel mit den hellen Silben, weil Stellas Stimme, als sie es verlangend flüsterte, ihn im Moment der Seligkeit an die Sirenen des Odysseus erinnerte und dies seine Erregung noch steigerte. Am nächsten Morgen verriet ihm jedoch die mit der Zunge, die noch nicht wach genug war, um wachsam zu sein, dass Rafiki das Suaheli-Wort für Freund war.

»Ich habe Lilly Rafiki genannt, als wir Erde geschluckt haben. Es ist ein besonderes Wort in Suaheli. Mein Vater hat es nur für Kamau gebraucht.«

Der sprachsensible Analytiker war nicht überrascht, noch nicht einmal enttäuscht oder in seinem Männerstolz gekränkt. Ihm hatte seit den ersten überscharf konturierten Traumbildern aus den Tropen geschwant, dass Stellas Sehnsucht nach Afrika immer stärker sein würde als die Liebe zu einem Mann, der sich in ihrer Gegenwart als unangenehm durchschnittlich und beschämend langweilig empfand.

Es bekümmerte Fernando im Verlauf der Zeit immer mehr, dass er allenfalls äußerlich zu seinem schönen und phantasievollen Paradiesvogel passte. Er war zu konventionell in seinem Pflichtbewusstsein, zu strebsam, zu klug und selbstkritisch, um nicht zu erkennen, dass er nach den gemeinsamen Aufbrüchen des Anfangs bei den Höhenflügen der Verliebten auf halber Strecke mit hängenden Flügeln umgekehrt war. Stets sah er nur den Pfad, den er sich schon als Kind mit dem Ehrgeiz des Außenseiters abgesteckt hatte, und er lief mit weit ausholenden Schritten ohne Umwege auf sein Ziel zu. Ihm reichte es, eines Tages von seinem erfolgreichen Vater die Arztpraxis in der Harley Street zu übernehmen und noch erfolgreicher zu werden als er.

»Was findest du bloß an mir?«, fragte er einmal in melancholischer Stimmung, am falschen Ort und zur falschen Zeit. »Für dich muss ich doch wie eine Suppe ohne Salz sein.«

»Du verwechselst wieder mal alles«, tröstete Stella und staunte, dass ihr der Gedanke nicht zuvor gekommen war. »Ich schwärme für sanfte Suppen. Salz habe ich in meinem Leben genug gegessen.«

Sie hatte lange vor ihm den Trug der Nächte durchschaut und war stark genug, sich dies einzugestehen. Für die verstörende Gewissheit, dass die einzige Liebe ihres Lebens schon Vergangenheit war, bedurfte es nur der Erinnerung ihrer Nase an den Duft von Brians Haut, an das Gespräch in der letzten Stunde vor dem Brand in Karibu und an die nie mehr auszulöschende Sekunde, da Mungu sie und ihren Vater unter einem dickstämmigen Baum auf immer in Dik-Diks verzaubert hatte, die einander brauchten, um nicht zu sterben.

»Nicht wahr, du vermisst deine Lilly sehr?«

»Nicht nur Lilly. Lass mir Zeit.«

»Wir haben alle Zeit der Welt, Stella. Heute wird nicht mehr so schnell geheiratet. Heute genügt es, dass man zusammen glücklich ist. Und wir sind es.«

Sie sagte ihm nicht, dass er von Glück nichts verstand und auch nichts von der Zeit. Wenn er ahnungslos im Voraus vom Kalender die Jahre und Jahrzehnte abriss, gestand sie ihm nicht, weshalb sie ihrer Sehnsucht jeden Gedanken an die Zukunft versagte. Kein einziges Mal erwähnte sie, dass sie ihrem Großvater versprochen hatte, ihn nicht allein zu lassen, und dass sie nicht wusste, ob sie den Tag der Entscheidung fürchtete oder willkommen heißen würde. Stella spürte nur, dass sie unruhig war. Selbst dann, wenn Fernando sie so fest in seinen Armen hielt, dass sie sich von den Gespenstern der verbrannten Tage befreit wähnte, blieb sie auf der Suche. Wenn sie die Augen um der Liebe willen schloss, sah sie einen Horizont aus rötlichen Staubwolken aufleuchten, in die Zebras hineingaloppierten.

Schon am späten Nachmittag des zweiten Tages fuhren sie nach London zurück und einer von ihnen glaubte, es wäre ein ungewöhnlich starker Landregen, der sie vor der Zeit aus Brighton vertrieben hatte.

»Lass mich allein hineingehen«, bat Stella am Gartentor,

»ich will ihn überraschen. Wir sehen uns ja morgen. Ganz lange, versprochen. Nimm dir ein Taxi. Um die Zeit kommen dauernd leere hier vorbei.«

»Ich geh ganz gern ein Stückchen zu Fuß.«

Sie sah Fernando nach und bemerkte mit einem Anflug von Schuldbewusstsein, dass er wieder breite Schultern und den federnden Gang der Erlösten hatte und dass er den Kopf höher trug als in Brighton. Trotz des Koffers in seiner Rechten dribbelte er eine verbeulte Blechdose vor sich her, wobei er sorgsam die Säulen der Straßenlaternen umrundete. Als sich ihm ein stoischer Chow-Chow mit vom leichten Wind mächtig aufgeplustertem Fell und heraushängender blauer Zunge in den Weg stellte, blieb er erschrocken stehen, holte umständlich ein Taschentuch aus seiner Hose und wischte sich die Stirn trocken.

»Vorsicht, er stinkt«, rief Stella, »und zwar höllisch.«

Sie war froh, als sie die Belustigung aus ihrer zu lauten Stimme heraushörte, dass die Diskretion der Häuser und Gärten von Mayfair nicht nur deren Bewohnern galt. Die hohen, dichten Hecken verschluckten die Laute, ehe der kurze Spott der Stimmengewaltigen aus Karibu zu einem Echo von langem Hohn werden konnte. Fernando bog um die Ecke, ohne sich umzudrehen. Noch am Goldfischteich wähnte die Erleichterte, sie wäre lediglich zum Ausgangspunkt ihrer kurzen Reise zurückgekehrt, und doch hüpfte sie nach ausgelassener Kinderart hoch über den noch nicht eingerollten Wasserschlauch und drehte beim Sprung ihren Körper. Sie gab ihrer Tasche einen leichten Tritt, ehe sie sie wieder vom Rasen aufhob, und versuchte, sie bis zum großen Blumenrondell auf dem Kopf zu balancieren. Dort beugte sie sich tief über eine üppige rote Rose und schnupperte, was sie erstaunte, in der schweren Süße die Botschaft der Vertrautheit. Als Stella fünf Minuten später auf ihren Großvater in der abgedunkelten Bibliothek zulief und dabei ihre Arme ausbreitete wie als kleines, barfüßiges Mädchen auf dem Pyrethrumshamba, da sie jubelnd den Bwana Mbuzi umarmt und ihre Nase in seinem Haar vergraben hatte, streifte sie der seit Jahren nicht mehr empfangene Duft der Heimkehr.

Stella erwischte Sir William mit kalter Pfeife im Aschenbecher und einer glühenden Cohiba in der Hand. Es bewegte sie sehr, dass der Kämpfer wider Emotion und Sentimentalität versuchte, die Zigarre so unauffällig und rasch wie ein elfjähriger Junge auszudrücken, der auf dem Schulhof raucht und den Lehrer auf sich zukommen sieht. Für diese verlegene Geste, die sie als eine der Zärtlichkeit erkannte, verliebte sie sich aufs Neue in ihren Retter aus früher Not. Für die Dauer eines Moments, der in ihren Schläfen pochte und die Jahre und Erinnerungen zu einem wilden Tanz glühender Sterne aufwirbelte, leuchtete für Stella Brians sanfte Freundlichkeit aus den Augen ihres Großvaters. Sie wollte ihn auf die Stirn küssen, doch drückte sie ihre Lippen auf seinen Mund. Einen Herzschlag lang stieß sie auf den unspaltbaren Kern ihres Lebens. Die Verbundenheit mit ihrem Vater war zu tief gewesen. Sie hatte zu früh zu feste Wurzeln geschlagen und dabei Ketten geschmiedet, die es ihr auf immer verwehren würden, einen anderen Mann noch einmal so zu lieben wie ihn.

»Warum bist du denn schon wieder da?«, brummelte Sir William. Er strahlte Zufriedenheit und Besitzerstolz aus. »Kann ein junger Bursche heutzutage noch nicht einmal drei Tage lang eine Frau fest genug halten, dass sie ihm nicht davonläuft? Das hat es zu meiner Zeit nicht gegeben.«

»Immer noch zwei Fragen auf einmal, Mzee«, sagte Stella, »wirst du denn nie lernen, dass die Menschen von Karibu nicht zählen wollen, wenn sie antworten?« Sie war beschämt, weil sie mit der Einverständlichkeit der Verschworenen lachte und mit Fernando nur zum Gelächter der zu rasch verwehenden Heiterkeit gefunden hatte, die nur die Ohren des anderen täuscht.

»In Brighton hat es fürchterlich geregnet.«

»Wohin? In dein Herz. Nein, der letzte Satz war keine Frage. Komm, Stella, setz dich zu einem alten rheumatischen Griesgram, trinke ihm seinen besten Brandy weg und beichte. Du wolltest vor dir selbst weglaufen und es ist dir nicht gelungen, denn dazu bist du nicht dumm und nicht feige genug.«

Er holte die silberne Tabakdose aus der Schublade des kleinen Rauchtisches, stopfte seine Pfeife und zwinkerte ihr zu, als hätte er sein Leben lang den Augen vor dem Mund die Rede gestattet. Stella flocht aus den herabhängenden Fäden ihres kurzen Seidenpullovers zierliche Zöpfe, verknotete die drei vorderen miteinander und lächelte der Erinnerung an kleine Finger zu, die nach dem großen Regen aus biegsamen Grashalmen winzige Körbchen für grünflügelige Käfer geflochten hatten. Der mit der qualmenden Pfeife sah nur das Lächeln und kniff abermals sein rechtes Auge zu. Sie tranken den Brandy, der tiefbraun war wie die getäfelte Zimmerdecke, und schluckten das Schweigen, das nicht nur die Kehle einschläferte. In einer hohen chinesischen Bodenvase mit goldenen Lotusblüten in azurblauen Teichen leuchteten die Sonnenblumen so gelb wie auf einem Feld. Eine Biene, die noch nichts von ihrem Irrtum wusste, summte laut und zufrieden. Stella fing die Verirrte in ihrem Brandyglas ein, öffnete das Fenster und entließ sie zärtlich zurück in das Leben.

»Danke«, sagte sie, als sie sich wieder setzte, »du bist ein Freund. Auf Suaheli heißt das Rafiki. Es ist ein besonderes Wort. Komisch, das habe ich gestern auch gesagt. Und da habe ich noch gar nicht gewusst, dass Füße in Schuhen nicht mehr zum Weglaufen taugen.«

»Ich weiß schon lange«, erwiderte er, »warum du Augenränder wie ein Matrose auf Landurlaub hast und in deinem Essen wie die Weiber herumstocherst, die sich täglich auf die Waage stellen und den Korsetts nachtrauern. Du bist nicht glücklich, Stella. Noch nicht mal zufrieden. Dieses verdammte Studium geht dir auf die Nerven. Gib es auf. Kunst ist nichts für dich. Du bist kein Träumer wie dein Vater. Du bist so realistisch wie dein Großvater.«

»Aber ich träume doch immerzu.«

»Vergangenheit, nicht Zukunft.«

Sie seufzte Bewunderung, weil schon der erste Pfeil getroffen hatte, und wieder konnte sie lachen, ohne dass ihr Gelächter eine Geschichte von Trug und Selbstbetrug erzählte. »Und dann lese ich dir jeden Morgen die ›Times‹ vor und zieh dir abends deine Pantoffeln an. Das wäre herrlich, Mzee, doch es geht nicht mehr. Ich würde uns beide fürchterlich blamieren. Frauen sind heute keine Schoßhunde mehr. Sie müssen bellen und beißen und dem Leben die Zähne zeigen. Sie brauchen einen Beruf, um zu beweisen, dass sie stark sind und alle Männer zum Teufel schicken können. Erst dann klopft man ihnen auf die Schulter.«

»Nicht in unseren Kreisen. Da sorgt immer noch die Höhe des Bankkontos für die Emanzipation. Stella, mir ist es egal, ob du zu dem vielen Geld, das du eines Tages von mir bekommst, noch ein bisschen hinzuverdienst, aber ich mache mir Sorgen, dass du sehr allein sein wirst, wenn es so weit ist. Sie liegen dir alle zu Füßen und du verschränkst deine Arme hinter dem Rücken und gibst keinem die Hand. Das macht im Alter einsam. Ich weiß, wovon ich rede.«

»Das hast du wunderschön gesagt. Mir reicht die eine Freundin, die ich hatte, für ein ganzes Leben. Ich weiß auch, wovon ich rede.«

»Heirate deinen Fernando, auch wenn du ihn nicht liebst. Er hat zwar die falsche Hautfarbe und den falschen Vater, er ist nicht auf die richtige Schule gegangen und versteht nichts von Pferden, aber er liebt dich. Mir imponiert es, dass der Bursche nicht aufgibt. Heirate ihn und komm endlich zur Ruhe. Jedes Schiff braucht einen Hafen. Sonst steuert der Kapitän auf einen Felsen zu. In deinem Alter kann man noch vergessen und den Anker auswerfen.«

»Woher weißt du? Hast du deine Spione auf mich angesetzt? So eine lange Rede hast du noch nicht einmal gehalten, als wir uns zum ersten Mal begegnet sind. Hast du, während ich mich im Exil nach dir verzehrte, dir in deinen altmodischen Kopf gesetzt, mich loszuwerden?«

»Drei Fragen auf einmal, wenn ich richtig gezählt habe. Ich brauche keine Spione. Meine Augen sind noch verdammt gut. Und außerdem kann ich mit dem Herzen sehen. Das habe ich von dir gelernt. Ich sehe dein Gesicht, wenn du aus dem Haus zu dieser vermaledeiten Kunstschule gehst, und ich sehe es, wenn du wieder kommst. Dann siehst du aus wie ein Soldat, der mitten in der Schlacht Urlaub von der Front bekommen hat.«

»Stimmt. Jedes Mal, wenn ich wiederkomme, freue ich mich auf dich, Mzee.«

»Eben. Das ist nicht genug für ein Leben.«

»Das andere auch nicht.«

»Ich war nie einer Meinung mit deinem Vater. Aber ich kann mir gut vorstellen, dass er mir heute ausnahmsweise mal Recht geben würde. Er hat dieselbe Frau geliebt wie ich.«

»Das ist nicht fair, Mzee! Und das weißt du.«

»Ich bin in der Armee gewesen. Soldaten sind nie fair. Das wäre Hochverrat.«

Weil der Brandy zu stark war und Stella glaubte, sie würde nur die wärmende Intimität der Stunde in der kühlen Bibliothek und die belebende Wahrheit der Worte von einem genießen, dessen Direktheit sie noch mehr bewunderte als sein Jagdglück, war sie überzeugt, dass jeder Satz nur ihre Ohren und kein einziger ihren Kopf erreicht hatte. Und doch wurde sie bald gewahr, dass der für seine Tapferkeit vor dem Feind hoch dekorierte Major nicht nur ein ausgezeichneter Stratege, sondern auch ein Mann war, der wie ein kluger Farmer zu säen und zu ernten wusste. Zwar hatte er nur ein winziges Saatkorn gesetzt, dieses eine jedoch genau am richtigen Tag und in fruchtbare Erde. Das Korn keimte selbst im Dunklen und trieb Stella noch vor der Zeit seiner Reife dazu, sich ihre so lange angenehm gewesene Flucht in die Illusion einzugestehen; sie hatte sich nie für Kunst interessiert, sondern immer nur für die Bilder des einen, in dessen Fußspuren sie die Fesseln ihrer Liebe getrieben hatten. In keiner Stunde ihres Studiums

aber hatte sie auch nur herausgefunden, nach welchem verborgenen Schatz sie suchte.
Hätte sie je die Angst und das Zaudern der Schwachen kennen gelernt, wäre sie in diesen Wochen von Kampf und Niederlage mutlos geworden und vom Gipfel ihrer Courage in das Tal der Verzweiflung hinabgestürzt. Doch so erkannte Stella, dass sie tatsächlich eher die Enkelin ihres Großvaters als Brians Tochter war und lieber selbst nach dem Messer griff, als auf den Schnitter zu warten. Sie straffte, wenn sie morgens in den Spiegel blickte, ihre Schultern und zerkaute, ohne dass ihre Zähne knirschten, den Schmerz. Nachts knechtete sie ihre Melancholie und sie schalt sich ein Kind, das in mondloser Nacht in den Wald gelaufen war und nach der Sonne geschrien hatte. Auf einen Schlag, dessen erster Hieb schon andere vernichtet hätte, stellte sie sich der Realität. Sie gab ihre beiden Träume verloren – den mit dünnem Faden gewebten von der Kunst und den aus dem Silber der Sterne geschmiedeten von der Heimkehr nach Karibu.
Chebetis Stimme war nicht verklungen, der Druck ihrer Hände heilte wie in den Tagen der verlassenen Hütte am ausgetrockneten Fluss und Stella hörte sie auch reden. Die Erfahrene sprach von den jungen Bäumen, die in den Tod stürzten, weil sie nicht gelernt hatten, sich im Sturm unter dem Wind zu ducken. Auch war der Glanz in den Augen der Gazelle nicht matt geworden. Lilly trug immer noch ein rotes Kleid und lief mit langen Beinen in den Kreis aus Feuer, in dem die Schwester ihrer Kindheit auf sie wartete. Weil aber der listige weißhäutige Schütze in der Bibliothek den Bwana Mbuzi erwähnt hatte, wurde Stella wieder die Tochter, die jedem Wort seiner magischen gelbstieligen

Pfeifenkönigin vertraute. Sie kam nicht mehr von der Vorstellung los, ihr Vater würde ihr den Pfad weisen und sie müsste ihn gehen, um ihm die Ruhe zu geben, die sie selbst nicht fand. So machte sie sich bereit zu der Safari in ein Leben, in dem die Jägerin auf der Suche nach Beute nichts anderes finden würde als die Beruhigung des Gewissens. Klaglos sagte Stella dem Gott auf dem Berg hinter dem Wasserfall Kwaheri. Wie Chebeti es von ihr beim Abschied verlangt hatte, nahm sie sich vor, sich beim Aufbruch nicht umzudrehen und ihre Augen für immer vor der großen Sehnsucht zu schützen, die jene blendete, die sich ihr ergaben. Genau drei Monate und zwei Tage nach der Rückkehr aus Brighton erklärte sie Fernando, sie würde ihn heiraten.

Als Stella dem großväterlichen Rat folgte und den Schlüssel zur Schatulle ihres Herzens wegwarf, saßen die beiden an der Theke einer schmuddeligen kleinen Bar am Leicester Square, in der zwei Frauen nicht von Männern zu unterscheiden waren und ein Mann eine kupferfarbene Damenperücke trug. Die hatte Fernando zu einer ausführlichen Analyse über die Veränderungen der Zeit animiert, Stella zu der knappen Bemerkung, dass der Kontrast ihrer Erinnerungen ihnen eine befriedigende Einigung über ein so schwieriges Thema wie die Zeit verwehrte. Das Gespräch über den Film, aus dem sie soeben gekommen waren und der ihnen beiden nicht gefallen hatte, führte sie wieder zusammen. Nach einem wohltuend gleichzeitigen Ausbruch von Heiterkeit und weil ein Gast die Musikbox zu laut aufgedreht hatte, waren sie jedoch sehr abrupt ins Schweigen verfallen.

Als Stella den Schicksalssatz sagte, gab sie ihrer Stimme

weder Klangfarbe noch Erregung. Wie schon die ganze Zeit, legte sie Streichhölzer in einer kleinen Bierlache zu gleichschenkeligen Dreiecken. Trotzdem wunderte sie sich, dass Fernando weder mit Staunen noch Freude reagierte. Tatsächlich hatte er sie überhaupt nicht gehört; er war gerade dabei, die ausgemusterten Streichhölzer sorgsam zu trocknen und mit seinem Taschentuch die Theke sauber zu reiben. Als er hochschaute und sah, dass Stella ihn beobachtete, lächelte er verlegen. Seine Penibilität erschien ihm unangenehm typisch für seine Person und äußerst skurril an einer Stätte, in der die Aschenbecher überquollen und mehr schmutzige Gläser als Gäste herumstanden.

»Sorry«, sagte er, »ich bin der einzige Mann, den ich kenne, der einen Putzfimmel hat.«

»Ich werde dich heiraten«, wiederholte Stella, »kannst du mich hören?«

»Ja«, nickte er und hielt sich die Ohren zu, »was das achte Weltwunder ist bei dieser lausig lauten Musik.« An der Tür setzte Stimmengewirr ein, er drehte sich nach den vier jungen, nicht mehr nüchternen Männern um, die auf den Tisch in der Ecke zusteuerten, und schüttelte verärgert den Kopf. Zwei von ihnen bedrohten einander mit Flaschen. Erst da fiel ihm auf, dass Stella lachte und dass ihre Schultern bebten und sie ihm sein feuchtes Taschentuch entrissen hatte und es nun wie eine Fahne über ihren Kopf schwenkte.

»Was in aller Welt treibst du da?«

»Ich habe dir soeben einen Heiratsantrag gemacht. Zwei, um genau zu sein, Sir.«

Er stöhnte so laut »Mein Gott, nein!« und schlug so heftig

mit beiden Händen auf die Theke, dass der Barkeeper erschrak, mit der Ginflasche ein Glas berührte, das auf den Steinboden fiel, und gellend fluchte. Aus dem Streit des angetrunkenen Quartetts wurde beifälliges Johlen. Die beiden Frauen, die wie Männer aussahen, kicherten wie Schulmädchen.

»Da siehst du, was du angerichtet hast«, rügte Stella.

»Sag das noch einmal«, flüsterte Fernando.

»Da siehst du, was du angerichtet hast«, brüllte Stella.

In diesem Augenblick, da Fernando den Mund aufmachte und wieder zu, ohne dass es ihm gelang, ein einziges Wort zu sagen, vertraute sie der Liebe zwischen Mann und Frau wie ein Ertrinkender dem rettenden Lebensring. Sie sah, dass seine Augen weder das Glück noch die Tränen halten konnten und dass er den Kopf senkte. Stella spürte aufgewühlt, dass er seinem Gott, von dem sie nichts wusste, für die Gnade dankte, die ihm widerfahren war. Als Fernando sie küsste, verbrannten seine Lippen die ihren wie in keiner der Nächte des Verlangens. In diesem einen Moment sahen ihre Augen noch nicht einmal mehr den Schatten der Dik-Diks, die im Gebüsch standen, ihre Ohren bewegten und einander erzählten, dass sie sterben würden, wenn man sie trennte.

»Lady Godiva, weißt du, was du da tust? Hast du vergessen, wer du bist? Ich werde in deinen Kreisen immer nur der hergelaufene Goanese sein.«

»Ich habe keine Kreise.«

»Und ich werde mein Lebtag nicht glauben, wozu das geführt hat. Wie um Himmels willen sollen wir es deinem Großvater beibringen?«

»Er weiß es«, lächelte Stella.

Er bestellte Champagner, über den sich wieder beide einig waren, dass er wie Seife schmeckte. Dennoch wurden sie so berauscht, dass sie wieder von der Hängematte im Tropenwind und den Drillingen sprachen, die sie nie mehr erwähnt hatten, und beim Gedanken, sie könnten sich je streiten, stritten sie, wie es nur die Verliebten in den Wolken der Seligkeit zu tun vermögen. Sie schworen, sich keinen Tag zu trennen und ihre silberne Hochzeit in der Bar am Leicester Square zu feiern, in der das Wunder geschehen war. Sie glaubten einander jedes Wort. Fernando nahm, auch wie beim ersten Mal, die Hintertreppe zu Stellas Zimmer und schlug am nächsten Morgen vor, schon im Frühjahr zu heiraten.

»Erst muss ich mit dem Studium fertig werden«, erschrak Stella, »das habe ich meinem Großvater versprochen.«

Drei Monate später bat sie ein Kommilitone aus Nigeria, ihn zu einer Ausstellung afrikanischer Kunst in der King's Road zu begleiten. Sie lehnte betreten ab und kannte den Grund. Und doch stand sie an einem Spätnachmittag vor der kleinen Galerie; davor war ein freundlicher Schwarzhäutiger, der beim Lachen alle Zähne zeigte, den gleichen Gürtel aus Büffelleder wie Mboja trug und dem sie Jambo sagte, obwohl sie das Wort vergraben hatte.

»Im linken Zimmer sind Plastik und Handwerk«, sagte er, »rechts die Bilder. Sie sind wunderschön.«

»Ich weiß«, sagte Stella.

Als der Sturm ihren Kopf spaltete und ihr Herz zerriss, hatte sie nur ein einziges Bild gesehen.

11

»Jetzt nicht«, stöhnte Stella, »jetzt nicht mehr.«

Sie öffnete die Augen, obwohl der Nebel des Schocks noch dicht war. Chebetis besorgte Stimme wurde jedoch zu laut für den Schlaf der Flüchtenden; die schwingenden, ohrenstreichelnden Kikuyulaute waren so unvermittelt wie ein Donnerschlag, der das gute Schweigen der Mittagshitze mit einer scharfen Panga zerschneidet, in die dornenharte Sprache eines kratzenden Cockneydialekts übergegangen. Als Stella wieder so klar sehen konnte, dass die Wände nicht mehr wie wütende Büffel auf sie zustürzten, hörte sie auch den dumpfen Klang der Trommeln unter dem Affenbrotbaum nicht mehr, die seit dem schreienden »Nein« ihres Entsetzens geschlagen worden waren. Die salamandergrünen und feuerrot kreisenden Sonnenpunkte lösten sich auf in einem diffusen, blassgelben Licht. Die ungehorsame Reisende, die auf der von Mungu verbotenen Safari in einen tiefen Brunnen gefallen war, weil sie sich umgedreht hatte, statt mit hoch erhobenem Kopf nur auf den Horizont zu schauen, versuchte zu lächeln.

Als Stella merkte, dass ihr Mund auf keinen Befehl reagierte, suchte sie die Hand, die ihre Augen geschützt hatte. Weil sie die nur mit Mühe fand, nahm sie sich vor, sich zunächst nur auf ihren Rücken zu konzentrieren und ihn

von der Scheibe einer breiten Glasvitrine loszubekommen, und doch hielt sie den Atem in der Brust zurück, um die entscheidende Bewegung noch hinauszuzögern, bis die Kraft ihres Kopfes imstande war, auch die Glieder zu beleben. Sie spürte, dass es nicht klug sein würde, sich vor der Zeit aus dem Schutz der Scheibe zu wagen. Es ängstigte Stella, dass ihre Lippen bereits versengt und die Gelenke steif wie ein Eisenrohr waren und dass ihre schwarzen Schuhe bis zu ihren Knien reichten. Am meisten beunruhigte es sie, dass sich ihr Kleid im feuernährenden Sturmwind wie ein Ballon aufblähte. Als sie aber am Rocksaum zog, griff sie in den festen Wollstoff eines langen grauen Mantels. Sie fing an zu zittern, als sie spürte, dass ihre Zähne aufeinander schlugen und die Zunge ihnen nicht mehr entkommen war.
»Hier, Dearie, ich habe Ihnen einen Stuhl geholt«, sagte eine ältere, rosagesichtige Frau in einem rosa Angorapullover mit winzigen rosa Perlen auf einem weißen Kragen, »setzen Sie sich, dann wird Ihnen gleich besser. Mein Gott, Sie sehen ja aus wie eine Leiche. Und ganz blaue Lippen! Ich sage ja immer, dass die hier zu viel heizen. Wahrscheinlich glaubt Big Boss, Bilder aus Afrika brauchen so eine ungesunde Affenhitze. Für den Blutdruck einer alten Frau wäre es auch besser, wenn wir Eisbären ausstellen würden. Oder wenigstens wie früher ein paar schöne Weihnachtsbilder mit Schnee und Rotkehlchen auf Zweigen von schönen Stechpalmen. So was gehört doch schließlich zu dieser Jahreszeit.«
»Mit mir ist nichts, wirklich nicht. Bitte, machen Sie sich um mich keine Sorgen. Ich glaube, ich habe heute nur zu wenig gegessen.«

»Genau wie meine Tochter. Seitdem es diese verdammten Miniröcke gibt, spielt ihr jungen Leute ja alle verrückt und hungert euch zu Tode. Jetzt hole ich Ihnen erst einmal eine schöne Tasse Tee. Da wird Ihnen gleich besser.«
»Danke«, sagte Stella, »Sie sind sehr freundlich, wirklich sehr freundlich. Ich bin es nicht gewohnt, jemandem Mühe zu machen.«
Sie wartete auf dem Stuhl, bis die bekümmerte Alte, die nach Lavendel roch und das rechte Bein nachzog, aus dem Zimmer hinkte. In einem kleinen Nebenraum mit einem Schild an der geöffneten Tür, auf dem »Private« stand, lief Wasser in einen Teekessel. Der Deckel einer Blechdose fiel zu Boden. Die Frau tadelte ihre Nachlässigkeit erst in hohen, zischenden Tönen und dann mit einem derben Fluch. Danach hörte Stella nur noch die eigenen hastigen Atemzüge. Sie stand auf und gab sich Mühe, den Stuhl mit den Metallbeinen nicht zu bewegen. Sehr langsam und so leise, als müsste sie die wunderbar erlösende Stille vor dem kleinsten Geräusch ihrer Schritte bewahren, ging sie auf die Wand mit dem Bild zu.
»Ist gleich fertig, der Tee«, rief die Frau, »ich habe auch Ingwerkekse gefunden. Ingwer kriegt selbst ein totes Pferd wieder lebendig.«
Das Ölgemälde hing auf der Breitseite des Raums zwischen der farbfrohen Darstellung einer Marktszene aus Dakar und einem großflächigen Aquarell, das lichtvolle Meeresimpressionen mit Palmen, weißem Sandstrand und einem dreimastigen arabischen Segelfahrzeug zeigte, wie sie typisch für die Gewässer der ostafrikanischen Küste sind. Stella sah nur ein einziges Bild. Es wurde von einer Stehlampe ohne Schirm beleuchtet, war höher und breiter als

die übrigen und hatte einen mit goldfarbigen Ornamenten reich herausgeputzten Rahmen aus Ebenholz, auf dem ein kleines goldenes Schild mit der Aufschrift »Junge afrikanische Frau« angebracht war.
Wie Stella in dieser ersten Nacht ohne Schlaf und ohne Ende in der mitgenommenen Broschüre nachlesen konnte, verkörperte »die rätselhafte Schöne auf beredsame Weise jenen unvergänglichen Zauber Afrikas, den wir durch die Eskalation der jüngsten politischen Entwicklung bereits für immer verloren gegeben hatten«. Der Kunstbetrachter, der in seinem Beitrag auf seine vielen Reisen nach Marokko hinwies, hatte dem Porträt der jungen afrikanischen Frau sehr viel mehr Aufmerksamkeit als den übrigen Exponaten gewidmet. Weil sie gleichzeitig den Betrachter anschaute und ihm ihre Schulter zuwendete, hatte er im letzten Absatz auf die »anrührende künstlerische Nähe« zu Vermeers Bild »Mädchen mit der Perle« hingewiesen, die er als »wenn vielleicht auch nur zufällig, dann doch als einen Beweis für den erstaunlich sicheren künstlerischen Instinkt des Schwarzen Kontinents« wertete.
Die für den Marokko-Kenner »mystische Schönheit« hatte, was ihm trotz einiger Vergleiche mit der afrikanischen Fauna nicht aufgefallen war, die Augen einer Gazelle. Ihre Haut war so hell wie die wirbelnden Lichtflecken in einem von dichten Lianen bewachsenen Wald, das Gesicht sehr schmal, die Lippen auffallend rot, der Hals schlank und lang. Es war die Farbe der nie untergegangenen Sonne von Karibu in dem zu einem Turban geknoteten Tuch gewesen, das Stella vor dem Moment ihrer Blendung wieder erkannt hatte.
»Und die Ohrringe«, murmelte sie, »schimpf noch einmal,

Chebeti. Nur deine Stimme kann mich jetzt fest genug halten.«
Die zwei großen goldenen Gardinenringe, die an einer feinen schwarzen Lederschnur von sehr zierlichen Ohren baumelten, hatte Lilly, die Kluge mit den drei Zungen, seit dem stolzen Tag getragen, da der Bwana Mbuzi in seinem Atelier mit einer weißen Hand jene Glut auf ihrer Haut entzündet hatte, die ebenso wenig zu löschen gewesen war wie die Todesflammen in dem Haus aus Stein. Stella erinnerte sich, als sie das Bild fixierte und das Salz in ihren Augen zu Eiskristallen erstarrte, zum ersten Mal seit dem Tag des Geschehens an den Zorn auf Chebetis Gesicht – die Gardinenringe waren immer im Nähkasten auf dem kleinen Teewagen im Esszimmer gewesen und Chebeti hatte sie überall gesucht, auch in der Küche und im Rosenbeet, und sie dann an Lillys Ohren entdeckt. Im Augenblick ihres Zorns hatte die gelassene Geduldige mit den zupackenden Händen, die selbst einen diebischen Hund verschonten, ihre besondere Tochter geschüttelt und sie mit einem Wort beschimpft, das Stella noch nie gehört hatte. Nun im Angesicht des Porträts, das in ihr alles auslöschte außer dem alle Sinne sprengenden Verlangen nach den Farben, dem Duft und den Klängen der zu Asche gewordenen Tage, gab sie sich große Mühe, sich an das so unvermittelt aufgetauchte Wort zu erinnern. Es erschien ihr wichtig – wie ein Wegzeichen, das aus einem Labyrinth führte. Die Anstrengung war so erschöpfend und so vergeblich, dass sie die Schweißperlen auf ihrer Stirn mit denen zu verwechseln begann, die violett auf Lillys Wangen und Nase geglänzt hatten, als Chebetis Fluch zu der Jagd auf den Glanz der goldenen Gardinenringe aufgebrochen war.

Stella empfand es als angenehm, dass sie allein in der Galerie war und dass es draußen dunkel wurde. Einen kurzen Moment schaute sie zu den weihnachtlich dekorierten Auslagen der Geschäfte auf der gegenüberliegenden Seite der Straße hin. Sie erblickte zwei große, rotnasige Rentiere vor einem mit silbernen Päckchen beladenen Schlitten in einem Schnee aus Watte und stellte erleichtert fest, dass sie nicht mehr nach dem Wort suchte, mit dem Chebeti ihre Tochter beleidigt hatte. Der liebenswürdige Schutzengel im Angorapullover hantierte immer noch im Nebenraum, rechtete ungeduldig mit dem Kessel, der sie zu lange auf das kochende Wasser für den Tee warten ließ, und zankte, allerdings sehr gutmütig und auch zärtlich, mit einer Katze, die Queenie hieß; sie warf ihr Gefräßigkeit, Faulheit und den typischen Standesdünkel der King's Road vor. Sofort danach hörte Stella, wie Milch in einen Blechteller geschüttet wurde und die Katze laut schnurrte.
»Du bist wirklich ein Snob«, sagte die Frau, »zu meiner Zeit haben Katzen noch Mäuse gefangen, wenn sie Hunger hatten.«
Vorsichtig berührte Stella den schweren schwarzen Rahmen des Bildes. Als sie mit einem Finger über den gelben Turban strich, sah sie sich ebenso rasch und schuldbewusst um wie als Fünfjährige, wenn sie in Brians Atelier ein Bild angefasst hatte, ehe die Farben getrocknet waren und er sie mit dem Fauchen von jungen Servalkatzen gescholten hatte. Sie konnte sich zu genau an Lillys Porträt erinnern, das ihr zuerst den Vater und danach die Freude und die Sicherheit des Seins gestohlen hatte, um selbst in dem verstörendsten Moment der Konfrontierung mit der Vergangenheit auch nur die Möglichkeit zu erwägen, es könnte

das Bild aus Karibu sein. Brian hatte ein junges Mädchen in einem roten Kleid aus dem Feuer der untergehenden Sonne gemalt, das auf das Leben jenseits der Kindheit lauerte.

In der Galerie in der King's Road sah Stella jedoch eine Frau, deren skeptischer Blick wissen ließ, dass sie auf eine sehr lange Safari gegangen und noch nicht am Ziel angekommen war. Sie trug eine tief ausgeschnittene weiße Bluse, die aufreizend um ihren schlanken Körper gewickelt war, und eine Kette aus farbigen dicken Holzperlen mit winzigen Muscheln dazwischen, wie sie seit kurzem in kleinen, exotischen Geschäften der Carnaby Street als der für Afrika charakteristische Schmuck angeboten wurden. Stella erinnerte sich der Ketten aus Sicherheitsnadeln, die sie und Lilly am Wellblechtank zusammengesteckt hatten.

»Jetzt«, sagte der Bwana Mbuzi, »seid ihr Frauen.«

Der halb geöffnete Mund der schönen Schweigerin wirkte zu grob im Verhältnis zur feinen Nase und dem kleinen Kinn – die Konturen der Lippen waren zu stark in einem grellen Zyklamton betont worden. Die Zähne aber glänzten noch immer in dem Weiß, das in mondlosen Nächten aufleuchtete, wenn der erste Funke aus Feuersteinen sprang, die lange aneinander gerieben worden waren. Unverändert war auch der antilopensanfte Ausdruck in den großen Augen. Sie wussten immer noch alles und staunten doch, weil alles Wissen die Sehenden stets zu neuen Ufern treibt. Obwohl die Beine unter einem langen, mit Feuerlilien bedruckten grünen Rock verborgen waren, zweifelte Stella, als sie lächelte, keinen Herzschlag lang, dass die sehr lang waren und höher springen konnten als die der Erdverbundenen, die die Gipfel der Mondberge scheuten.

Es bewegte sie, dass das Bild ihres Vaters von einem sehr stilbewussten Künstler kopiert worden war. Der hatte trotz der Veränderungen von Kleidung und Ausdruck die Stimmung des Originals erhalten. Sie versuchte, sich den Maler vorzustellen, der wie einst ihr Vater von einem heranreifenden jungen Mädchen Jahre später von der Schönheit einer hellhäutigen Kikuyufrau betäubt worden war. Sie brauchte indes nicht den sicheren Instinkt der erfahrenen Jägerin zu bemühen, um zu wissen, wer dem berauschten Unbekannten Modell gesessen und weshalb sich dieses Modell abermals aus dem Tuch der Mutter einen gelben Turban gebunden hatte. Der Schlag traf. Von einer Sekunde zur nächsten war Lilly für die, deren Wurzeln auch im Feuer nicht verbrannt waren, nicht mehr Erinnerung, Wehmut, Trauer, nicht mehr das fünfzehnjährige Mädchen, das im ersten grauen Licht aus Karibu geflohen war und ihrer Schwester nicht hatte Kwaheri sagen dürfen. Lilly war, wie die Gazellen am frühen Morgen, aus dem Schatten, der die Sicht verwehrte, lautlos ins Licht getreten und sie streckte ihre Arme aus, um Stella zurück in den Kreis zu ziehen, aus dem sie getreten war.
»Das darfst du nicht«, wehrte sich Stella, »es ist zu spät«, aber noch vor ihrer Stimme hörte sie ihr Herz trommeln. Sie senkte ihren Kopf, wie es die Ohnmacht im Moment des Geschehens den Verzweifelten befiehlt, doch sie hob ihn sofort wieder, denn sie spürte keine Last auf den Schultern. Um den Jubel willkommen zu heißen, der in ihr dröhnte, spannte sie ihre Arme zum Bogen. Noch war sie entschlossen, nicht dem Gift der Schlange zu erliegen, die den ersten Schritt vom vorgezeichneten Weg in die Zukunft zu einer jederzeit verzeihbaren Sünde verfälscht. Die

Schlange glitt mit einem Körper aus Silber zurück in das hohe Gras. Stella setzte sich zurück auf den Stuhl in der Ecke, drückte ihren Rücken an die harte Lehne, um nur noch den Körper zu spüren, und bat den Pfeifen rauchenden Hirten, dem sie als Einzigem vertraute, weil sie nur ihn lieben konnte, um Beistand in dem Nebel ihrer vernichtenden Fantasie.

»Danke sehr«, sagte die Verirrte; sie schlürfte mit kleinen Schlucken den Tee, den die Menschenfreundliche mit den rosa Perlen auf dem weißen Kragen ihr brachte. Der Dampf, der ihr aus dem dickwandigen weißen Becher mit dem Bildnis der englischen Königin in einem Kranz von roten Rosen entgegenschlug, machte sie auf eine wohltuende Weise träge. Den zu stark gesüßten Tee empfand sie wie den Balsam aus den blauen Honigblumen, die auf dem Grab ihrer Mutter gewachsen waren, obwohl sie niemand dorthin gepflanzt hatte. Sie sah, als sie die Augen schloss, einen weißen Schmetterling hochfliegen und hielt ihn für einen Schimmel mit Flügeln.

Die Katze, ein schwergewichtiges Tier mit dichtem grauen Fell und Augen aus grünem Opal, schlich herein und strich schnurrend um Stellas Beine, als hätte sie sehr lange auf eine gewartet, die in der King's Road mit fauchenden Servalkatzen Zwiesprache hielt und den Schimmel aus der Not ihrer Kindertage gesattelt hatte. Stella nahm die Zutrauliche hoch, setzte sie auf ihren Schoß und beugte sich tief zu der warmen Krallenlosen herab, um ihr Ohr an deren Hals zu legen und sie schnurren zu hören. Beide schauten zum Fenster in den dünnen Regen hinaus und erblickten, obgleich der Himmel wolkenverhangen war und nur sie ihn sehen konnten, einen Regenbogen aus Phosphorfarben.

»Ein Regenbogen verheißt allen Menschen Hoffnung«, raunte Stella der Katze zu, »das hat uns der Bwana Mbuzi erzählt.« Als ihr auffiel, dass sie Suaheli gesprochen und »uns« gesagt hatte, biss sie sich auf die Lippen, doch ihre Zähne waren stumpf und konnten nicht durch den Blitz des Schmerzes dringen.

»Die Ingwerkekse«, drängte die Frau und schüttelte die Blechdose, »es geht nichts über Ingwer, wenn die Welt auseinander fällt.«

»Woher wissen Sie?«, staunte Stella.

»In meinem Alter weiß man fast alles. Leider.«

»Ich meine, dazu muss man nicht alt werden.«

»Das habe ich auch gedacht, als ich so jung war wie Sie, aber es wird immer schlimmer. Das können Sie mir glauben. Gott sei Dank gibt es wieder anständige Ingwerkekse. Wenn ich an das Zeugs denke, das sie uns im Krieg verkauft haben, wird mir heute noch schlecht.«

Eine Zeit lang grübelte Stella, ob Lilly, die immer eifriger und mit sehr viel mehr Talent gezeichnet hatte als die weißhäutige Tochter des Bwana Mbuzi, nicht aus dem gleichen Grund Malerin geworden sein könnte, der sie selbst zur Kunst getrieben hatte. Sie verschluckte aber genau zur richtigen Zeit das Lachen der Klugen, um die weise Behüterin der Katze und Keksdose nicht zu erschrecken. Je länger sie nämlich über die Möglichkeit nachdachte, Lilly könnte eine frei schaffende Künstlerin geworden sein, desto weniger vermochte sie sich vorzustellen, dass Chebetis besondere Tochter auf die wahnwitzige Idee gekommen sein könnte, es würde einer Frau gelingen, sich in Kenia durch den Verkauf von Bildern zu ernähren. Lilly war keine Träumerin gewesen.

»Ich glaube, sie wird nach Nairobi gegangen sein«, erklärte Stella der Katze, »sie hat mal gesagt, sie wollte ganz reich werden und jeden Tag Bus fahren.«
Weil der Pfad ihrer Erinnerungen zu eng bewachsen war und die gierigen Schlingpflanzen aus den verbrannten Tagen immerzu nachwuchsen, gelang es ihr bald nicht mehr, in dem Gestrüpp noch den Mann auszumachen, dem sie in der Bar am Leicester Square auf immer ihre Treue versprochen hatte. Stella sah, als sie entmutigt den Kopf schüttelte und die falschen Sterne an einem falschen Himmel strahlten, statt Fernandos Augen lange schlanke Finger mit schwarzer Haut und eierweißen Nägeln. Die waren dabei, phantastische Figuren in die rote Erde am Rande des Pyrethrumfeldes zu drücken. Noch ehe Lilly lesen lernte, hatte sie mit dem bedeutsamsten Spiel der Regenzeit begonnen – bei Tagesanbruch pflegte sie kleine gezeichnete Botschaften zu setzen; um die Mittagszeit, wenn der Lehm getrocknet war, hatte Stella sie deuten müssen. Die verschwörerischen Mitteilungen waren auf dem ganzen Weg von Chebetis Hütte bis zu dem Gebüsch der verrückten Hühner aus Eldoret zu finden gewesen.
»Du hast auf mich gewartet und ich bin nicht gekommen«, sagte Stella, »und dann bist du weggelaufen.«
»Pardon?«, rief die Frau aus der kleinen Küche. »Ich höre nicht mehr so gut wie früher. Möchten Sie noch eine Tasse Tee?«
»Ich laufe nie weg, wenn ich warte«, widersprach Lilly. Sie war acht Regenzeiten alt und hatte noch keinen eigenen Geburtstag.
Es war dieser eine Satz vom nicht Weglaufen und die mit einem Mal so deutlich gewordene Erinnerung an die Kin-

derzeichnungen im Lehm, die Stella noch mehr beunruhigten als das Porträt an der Wand. Weil das Echo von Lillys Stimme über die Berge von Raum und Zeit gerollt war, verweilte Stella zu lange in dem Tal, in dem jenes mystische Unkraut wuchert, dessen Genuss dem Verstand untersagt ist, weil jedes Blatt die überhitzte Phantasie immer weiter zu ihrem gefährlichen Siedepunkt hetzt. Zwar schützte sie ihre Augen vor der Schweigenden im gelben Turban mit beiden Händen und ihre Ohren vor deren Stimme, doch es gelang der Besessenen nicht mehr, sich von der Einflüsterung zu befreien, dass nicht der Zufall und auch nicht ihre Sehnsucht nach Afrika sie in die Ausstellung geführt hatten, sondern der schwarze Gott Mungu aus den Bergen von Thomson's Falls. Zwar fand Stella diesen Gedanken naiv und kindisch und einer unwürdig, die aus Chebetis Brust die Milch der klugen Überlegung getrunken hatte. Und doch blieb sie überzeugt, dass Mungu ihr mit Lillys Bild endlich seine so lange zurückgehaltene Botschaft hatte zukommen lassen: Die Schwester, die sie nicht hatte vergessen können, wartete auf sie.

In den acht Jahren, die seit ihrer Vertreibung aus Karibu vergangen waren, hatte sich Stella die Vertraute ihrer Kindheit, die einzige Freundin, die sie je hatte haben wollen, nie als die früh gereifte, sich ihrer Stärke allzeit bewusste Frau vergegenwärtigen können, die sie selbst geworden war. Sie hatte oft versucht, mit Lilly den Weg in die Fremde zu gehen, die Flucht von der Farm mit ihr zu erleiden und mit ihr an der Gabelung zu stehen, die in die große Stadt und die neue Zeit führte. Doch in dem Herrenhaus in Mayfair mit den Chippendale-Möbeln im blauen Salon, dem allmorgendlich geputzten Silber auf dem Frühstückstisch, in dem Garten mit Goldfischteich und alten Bäumen und im sanften Rhythmus ihres behüteten Lebens hatte Stella die flüchtende Gazelle mit dem Bild aus Brians Atelier nie weiter kommen sehen als bis zu den Feldern mit den schützend hohen Pflanzen, in denen sie selbst mit Chebeti aus Angst vor den Augen der Neugierigen auf dem qualvollen Weg nach Nakuru geschlafen hatte.

»Du gottverdammter Idiot«, seufzte sie.

»Vorsicht, Queenie versteht jedes Wort. Die Dame ist sehr übelnehmerisch.«

»Sie hat mich beleidigt, nicht ich sie.«

»Sie sind schon eine«, lachte die Frau. »Sie gefallen mir.«

England hatte Stella nicht, wie sie noch auf dem Schiff befürchtet hatte, ihre beiden geliebten Sprachen gestohlen und schon gar nicht die Sterne von Karibu, aber das Vermögen, sich das Leben und die Menschen in der einzigen Heimat ihres Herzens vorzustellen. Weder Wunschtraum noch Realitätssinn und schon gar nicht das, was über Kenia zu lesen war, konnten ihre Fragen beantworten. Heiratete ein von der Welt der Weißen so stark gezeichnetes Kikuyumädchen wie Lilly noch einen der Ihren oder fand es eine der für Frauen üblichen dienenden Stellungen, als hätte keiner Chebetis besonderer Tochter den Zauber der Buchstaben und Farben vermacht und sie die Freiheit der eigenen Entscheidung gelehrt? Wie ging das unabhängig gewordene Kenia der Afrikaner mit denen um, die nicht die Weißen zu hassen gelernt hatten?

Auf ihren nächtlichen Safaris und auf dem schmalen Grat der frühen Melancholie war sie stets nur dem Mädchen im roten Kleid begegnet, mit dem sie palavernd unter den Dornakazien im versengten Gras gelegen hatte. Obgleich

Stellas Farben ihren Glanz nie verloren hatten, der Flamboyantbaum und der Pfeifentabak noch dufteten und das Echo von Mbojas fröhlichem Gelächter auf den Straßen Londons und selbst in den Wintern des Missvergnügens nicht verhallte, hatten weder ihr Intellekt noch ihre Phantasie ausgereicht, um die in Karibu begonnene Geschichte zu Ende zu schreiben. Noch ahnte sie nicht, dass sie es tun würde, noch wehrte sie mit energischer Hand das Verlangen ab, die Tinte für den ersten Satz der neuen Chronik auf den Tisch zu stellen, aber die Furcht vor der Tat war schon da.

»Schon sieben Uhr«, sagte die Frau, nahm die Katze von Stellas Schoß und legte die grau bepelzte Widerstrebende auf die eigene Schulter, »es tut mir Leid, aber ich muss pünktlich schließen. Schade, es war so richtig gemütlich mit uns beiden. Gar nicht wie sonst. Sonst langweile ich mich schrecklich bei diesen blöden Bildern. Es kommt ja auch kaum einer vorbei, um sich so was anzuschauen.«

»Ich komme ganz bestimmt wieder. Ich habe es Queenie versprochen.«

»Komisch, sonst macht sie sich nichts aus Fremden.«

»Wir waren uns nicht fremd. Wir haben uns wunderbar unterhalten.«

»Früher konnte ich auch mit Katzen sprechen. Wenn man alt ist, redet man nur noch mit sich selbst.«

Es hatte zu regnen aufgehört. Die Luft war tropfenschwer und roch nach Benzin und den frischen Mincepies, die eine zitronengelb beschürzte Kellnerin auf einem Silbertablett in die Teestube neben der Galerie trug. Dicht gewundene Girlanden aus künstlichen Tannenzweigen, von denen Lampions in Form von goldenen Glitzersternen und Monden mit grinsenden Gesichtern zwischen Wolken aus weißem Filz baumelten, überspannten die Straße. Sie wippten in einem leichten Ostwind, der Stellas Stirn vom Fieber der Phantastereien und den geliebten Gespenstern Afrikas befreite. Irisierende Farbflecke spiegelten sich in Pfützen und tanzten auf den Chassis der schnell vorbeifahrenden Autos in den Abend. Ein Liliputaner in einem gelben Jackett und mit zerbeulter Melone, auf der ein Union Jack aus Papier vor Nässe tropfte, spielte auf einer verstimmten Geige »God rest you, merry Gentlemen«. Elegant gekleidete Mütter mit weihnachtlich verschnürten Paketen und stadtblassen Kindern, die an rot glasierten Äpfeln auf gestreiftem Pappstiel lutschten, hasteten die King's Road entlang. Gestiefelte Teenager in Minikleidern, die nicht nur Sir William für einen Gürtel gehalten hätte, starrten mit blau gefrorenen Lippen in eine Boutique mit Damenwäsche aus Paris und kicherten so mädchenhaft wie einst die lang berockten Unschuldigen zur Zeit der Königin Victoria. Sie schwangen ihre Hüften zu der Musik, von der ihre Augen träumten.

Stella schwindelte im Trubel. Nach dem gedämpften Licht und der Katzenwärme in der Galerie ertrug sie weder die Dissonanzen des Lärms noch die plötzliche Helligkeit. Als sie ihre Beklommenheit hinunterschluckte, spürte sie den Geschmack von Ingwer und Salz auf der Zunge und einen scharfen Stich in der Brust, der sie ängstigte. Sie lief mit weit ausholenden Schritten los, doch sie stolperte beim vierten über einen Gullydeckel, musste sich an einer Laterne festhalten und schaute geniert auf ihre Schuhe. Ihr war es, als wäre ihr der Weg, nicht jedoch das Ziel angewiesen worden und sie müsste es ausmachen, ehe sie der

Nebel verschlang, dessen erste Schwaden sich tatsächlich über den Dächern und zwischen den Antennen zusammenballten.
In der Ratlosigkeit jener Verirrten, die noch mehr um ihre Sinne als um die drohende Gefahr bangen, schloss sie die Augen. Um ihre innere Balance wieder zu finden, nahm sie sich vor, sich nur mit den Details des Alltags zu beschäftigen. Sie versuchte, sich Wand für Wand den Unterrichtsraum in der Hochschule vorzustellen, die Gesichter der Kommilitonen, den Goldfischteich im Winter und ihr Schlafzimmer mit der Tagesdecke aus blauem Satin. Der feine Stoff leuchtete so verführerisch im Schein der Jugendstillampe mit der nackten Nymphe aus Bronze, dass sie sich sogar beim durchdringenden Hupen eines Lastwagens an die Vibration in Fernandos Stimme erinnerte; er nannte sie zum ersten Mal Lady Godiva und sie hörte sich von ihrem geflügelten Schimmel erzählen.
Als hätte sie nur ihr Gedächtnis prüfen wollen, ging sie entschlossen zu dem Spielzeugladen mit den zwei Rentieren, den sie von der Galerie aus gesehen hatte; mit einem Mal erschienen ihr die rotnasigen Stofftiere mit dem dümmlichen Gesichtsausdruck als die beiden Fixsterne, die sie aus dem spukenden Irrgarten herausgeleiten würden.
Auf einem Schlitten im Schnee aus Watte saß ein winziges Eichhörnchen in einem grüngelben Schottenkilt und mit roter Samtschleife um den buschigen Schwanz. Im wehmütigen Gedenken an Fernandos Luftschloss in Schottland im Mai der ersten Liebe beschloss Stella, es ihm zu Weihnachten als Talisman zu schenken. Allein die Vorstellung von Fernandos verblüfftem Gesicht am Weihnachtsmorgen stimmte sie einen Augenblick so fröhlich,

dass sie vor sich hinkicherte wie die Mädchen vor dem Wäschegeschäft. Die mit Eiskristallen und Bildern von Rotkehlchen geschmückte Ladentür war bereits von innen verriegelt. Eine Verkäuferin in einem knappen lila Röckchen mit groben schwarzen Netzstrümpfen und einer großen hummerroten Gummispinne als Haarschmuck schüttelte wasserstoffblonde Ringellocken. Sie streckte Stella abwehrend beide Hände entgegen. Die blutroten Fingernägel mit weißen Tupfen sahen aus wie die Fliegenpilze, in denen in englischen Kinderbüchern die Wichtel wohnen und Glockenblumen für die Feen läuten.

»Dann eben nicht«, zürnte Stella und blies die Schaufensterscheibe warm, »Fernando hätte das Eichhörnchen sowieso nicht komisch gefunden.«

Ihr kam die flüchtige Überlegung, dass Fernando im Gegensatz zu ihrem Großvater selten skurrile Situationen so erheiternd empfand wie sie und auch nicht glaubhaft über sich selbst zu lachen vermochte, aber sie verjagte den Anflug von grollender Skepsis noch vor dem ersten Donnerschlag aus ihren Gedanken. Ohne zu merken, wohin sie ihre Füße lenkten und ohne vor irgendeinem Laden stehen zu bleiben, lief sie die belebte Straße entlang und ertappte sich dabei, dass sie wieder nach dem Wort forschte, das Chebeti ihrer Tochter wegen der Gardinenringe am Ohr entgegengeschleudert hatte. An der windgepeitschten Abzweigung zur Bourne Street kaufte sie mit einem spontanen Mitleid, das Lilly galt, von einem zahnlosen Mann, der mutlos in einem kleinen Holzkohlenofen stocherte, eine Tüte Maronen. Der Geruch erregte in ihr eine solche Übelkeit, dass sie die dampfenden Kastanien umgehend einem Bettler schenkte, der auf einer zerlumpten Wolldecke hockte und seiner flüchtenden Gönnerin laut nachfluchte. Ein Malteserhündchen in einem weißen, mit veilchenblauen Rüschen umrandeten Henkelkorb und farblich exakt dazu passender Klemme im seidigen Kopffell erschrak und heulte heiser mit.

»Du hast ja so verdammt Recht«, murmelte Stella, »ein Hund mit einer Haarklammer! Asaki hätte mich mit allen Zähnen ausgelacht, wenn ich ihr so was vorgeschlagen hätte.« Sie nannte Asaki in den hellen Lauten der Kikuyusprache eine von Mungu auserwählte Jägerin und dachte an die Frau in der Galerie und was die über Leute gesagt hatte, die mit sich selbst redeten.

Nicht nur ihre Hände waren klamm, als sie am Sloane Square ankam. Die Häuser, von denen sie jedes einzelne kannte, weil sie ihr immer besonders eindrucksvoll, nobel und geschichtsträchtig erschienen waren, hatten fremde Fassaden, die Menschen kein Antlitz. Eine Frau verkaufte Blumen ohne Farbe. Stella spürte eine psychische Erschöpfung, die sie mit hämischen Fangarmen in eine Grube zog. Sie brauchte viel Einfallskraft, um sich zu suggerieren, sie hätte sich wahrscheinlich in den zugigen Räumen des Seminars für die Kunst des georgianischen Zeitalters erkältet und wäre deshalb so niedergedrückt. Schließlich gelang es ihr aber doch, das Reißen der Glieder mit der Aussicht auf ein heißes Bad zu besänftigen und den tosenden Strom ihrer widerstreitenden Emotionen mit der Zuversicht, dass deren Wucht sofort nachlassen würde, wenn sie erst zu Hause wäre. Allein die Gewissheit tat ihr wohl, dass ihr Großvater sie mit seiner üblichen Ungeduld erwartete und dann, wie jeden Abend, vorgeben würde, er wäre nur zufällig noch nicht ausgegangen. Als sie den Bus

kommen sah, dachte Stella gerade darüber nach, um seinetwillen endlich Canasta zu lernen.
Mit schmerzenden Füßen kletterte die Erschöpfte in den Bus und merkte erst in dem Augenblick, da sie dem Schaffner ihr Ziel nannte, dass der Bus in die falsche Richtung fuhr. Sie wappnete sich gegen die Symbolik, die sich ihr aufdrängte. Der Uniformierte tadelte sie brummig, weil sie sich hingesetzt hatte und ein alter Mann mit einer schweren Tasche neben ihr stehen musste. Stella sprang verlegen auf, entschuldigte sich umständlich, stieg im letztmöglichen Moment an der nächsten Haltestelle aus und lief langsam zum Sloane Square zurück. Als nach fünf Minuten der richtige Bus vorfuhr, winkte sie ein Taxi heran; sie wunderte sich, dass es ihr gelang, dem Fahrer, ohne zu stottern, ihre Adresse zu nennen. Der Wagen war angenehm warm nach der feuchten Nachtluft, die Polster so weich und schmerzschluckend, dass es Stella sehr viel leichter wurde, als noch im Bus befürchtet, den hellen Pfad aufzuspüren, der sie aus dem umdüsterten Irrgarten von spätem Jubel und ahnungsvoller Angst führte. Als ihre Herzschläge sie nicht mehr beunruhigten und auch nicht mehr Fernandos Augen, besann sie sich auf eine vergessen gewähnte Gewohnheit der frühesten Kindertage.
Noch vor Sonnenuntergang am ersten Ferientag hatte Lilly mit einem Fleischmesser ein Loch in die Erde am Gebüsch mit den Dik-Diks gegraben und Stella, sobald es tief genug war, mit theatralischen Seufzern und Beschwörungen die Zeit hineingelegt, die sie nicht sehen wollte, ehe sie gekommen war. Der Zauber wirkte noch. Als das Taxi die ersten Straßen von Mayfair erreichte, lag in dem frisch ausgehobenen Loch das Bild einer jungen afrikanischen Frau, die ei-

nen Turban aus sonnengelbem Stoff trug. Sie sagte wie früher laut Kwaheri und zählte danach leise die vielen unterschiedlichen Bedeutungen des guten Wortes »Kessu« auf. Kessu hieß morgen, irgendwann, vielleicht oder nie.
Sir William riss, was er zuvor nie getan hatte, die Haustür auf. Stella stand noch am Goldfischteich. Statt, wie sonst immer und wie sie sich unterwegs ausgemalt hatte, mit selbstironischem Zwinkern anzudeuten, er sei nur zufällig nicht in seinen Club gegangen, lief er auf seine Enkelin zu und geleitete sie feierlich ins Haus. Er umarmte sie vor dem bronzenen Ritter mit Schwert, der eine grüne Bodenvase verteidigte, und er tat dies mit so festem Griff, als wäre Stella tatsächlich auf einer sehr langen Safari gewesen und er hätte nicht mehr mit ihrer Heimkehr gerechnet. Der Zupackende hatte die beige Tweedjacke mit den Lederflecken am Ellbogen an, die Stella mit ihm in der Vorwoche bei Simpsons ausgesucht und die er grantig für zu teuer und zu jugendlich befunden und erst nach langem Zureden des Verkäufers gekauft hatte. Der raue Stoff kratzte die Haut an Stellas Wangen auf und zu ihrer Bestürzung auch an den Salzkörnern in ihrer Kehle. Schon bei der ersten Berührung mit der großväterlichen Jacke löste sich ein gewaltiger Felsen in ihrer Brust und explodierte. So sah Sir William Robert Hood, der emotionelle Frauen verabscheute und noch mehr ihre Tränen, seine Enkeltochter, deren männergleiche Courage er bewunderte und die er deswegen liebte, zum ersten Mal weinen.
»Aber, aber«, sagte er auf die töricht ratlose Art, die er bei Männern verabscheute, wenn sie nicht gerade einem gestürzten Pferd Mut zusprachen. Er straffte seine Schultern und wühlte in der linken Hosentasche.

»Es ist nichts«, schniefte Stella in sein Taschentuch, »ich glaube, ich habe mir nur meinen blöden Knöchel verstaucht, und dann habe ich vor Schreck fürchterliche Kopfschmerzen bekommen und bin in den falschen Bus gestiegen. Ein richtiger Volltreffer.«

Der Schweigende glaubte ihr allenfalls den falschen Bus, denn er war zu lange beglückter Zeuge gewesen, dass seine Enkelin nichts mit den Frauen gemein hatte, derentwegen er seine Nachmittage in einem ledernen Ohrensessel in einem Club verbrachte, der nur Gentlemen Zutritt gewährte. Seine Stella hatte nie Kopfschmerzen und sie verstauchte sich auch nicht ihre Knöchel, denn ihre Beine waren aus seinem Fleisch. Die irrten nicht zwischen den Wolken umher; sie waren fest mit dem Boden des Lebens verwachsen. Sir William räusperte sich noch nicht einmal, als sein neues Jackett tränenfeucht wurde, und er versagte seinen stahlgrauen Augen wie in den Zeiten seiner Jugend das Begreifen und das Mitleid. Die Hände aber, die das Feuer auf Stellas Stirn mit einer Zärtlichkeit und Behutsamkeit löschten, die ihr Herz in zwei Teile zerriss, hatten in der Liebe das Lügen verlernt. Sie zitterten nicht und waren noch immer die energischen des jungen, hoch dekorierten Majors, der jeden Griff des Lebens beherrschte. Und doch ließen diese Hände Stella wissen, dass ihr Großvater nicht nur in seiner aktiven Militärzeit die Intuition gehabt hatte, eine Bedrohung so rechtzeitig zu wittern wie die Kanarienvögel in den Schützengräben des Ersten Weltkriegs das tödliche Gas.

»Liebeskummer?«, fragte er, obwohl er auch im hohen Alter nicht einen Funken mit dem Wetterleuchten am Horizont verwechselte. »Der vergeht. Außerdem hat Fernando

gerade angerufen und nach dir gefragt. Er klang mächtig aufgekratzt, der Bursche.«
»Kein Liebeskummer, Sir«, salutierte Stella. »Keine Kopfschmerzen und kein verstauchter Knöchel. Bloß ein schwerer Anfall von Sentimentalität. So etwas kommt vor. Vergiss es.«
»Nur die Feigen können gut lügen, Stella. Und Vergessen ist eines der wenigen Dinge, die du in deinem Leben nicht gelernt hast. Genau wie Canasta.«
»Du lebst mal wieder«, lachte Stella und wunderte sich nicht, dass sie es konnte, denn sie hatte die Brücke ans andere Ufer mit den Pfählen ihrer Liebe blockiert, »hinter dem Mond. Ich habe heute beschlossen, Canasta zu lernen.«

12

Ich tauge nicht für Weihnachten«, erkannte Stella, als die Standuhr im Spielzimmer ihren ersten Schlag tat. Beim sechsten und letzten drehten sich zwei goldene Herolde im Kreis und richteten ihre Trompeten auf Atlas, der eine Weltkugel aus Lapislazuli hochhielt. Die von Löwen bewachte Uhr auf dem Kaminsims spielte »God save the King«. Es war zwischen der dritten und vierten Runde Canasta.

Gemäß der jüngsten Tradition im Hause Hood pflegte dann James mit einem Tablett zu erscheinen, das er auf einen Butlertisch aus Mahagoni stellte, um die Vorhänge mit den Rad schlagenden Pfauen zuzuziehen. Sir William aß zwei Sandwiches mit Roastbeef und Stella eines mit Ei und Kresse. Beide tranken Brandy – der Hausherr einen doppelten, um die Temperatur seines Magens der seines Herzens anzugleichen. Der Stolz seines Alters tränkte ihre Zunge, die in solchen Momenten der vollkommenen Einverständlichkeit besonders provozierend auf ihre Befreiung drängte, in einem hellgrünen Likörglas. Sie tat es nur deshalb, weil die Freude an der ihres Großvaters für sie sehr viel belebender war als der Alkohol.

»Chebeti hat immer gesagt«, erzählte sie, »eine Frau darf sich nichts wünschen, weil sie ja nicht wissen kann, was aus ihren Wünschen wird.«

»Deine Chebeti war eine verfluchte alte Puritanerin. Sie hat dich fürs Leben verkorkst.«
»Nur für Weihnachten und Geburtstage«, sagte Stella nachdenklich.
Sie hatte zu spät im Leben von der Möglichkeit erfahren, die Realisierung von Wünschen als ein ausschließlich finanzielles Problem zu betrachten. Selbst um die dafür vorgesehene Jahreszeit hatte sie weder die Unbefangenheit noch die Phantasie, um sich die entsprechenden Begehrlichkeiten der Satten und Besitzenden auszudenken. Zudem widerstrebte es ihrem Naturell, Wünsche bei einem zu äußern, dessen Augen so bewegend aufleuchteten, wenn es die ihrigen taten. Schließlich schlug sie ihrem generösen Großvater dann doch eine kleine Brosche als das genau passende Präsent für eine Frau vor, die in Afrika aufgewachsen war. Sie zeigte ihm in einem winzigen Geschäft am Ende der Carnaby Street, das Ketten aus Kaffeebohnen und Muscheln, klimpernde Armreifen aus dünnem Silber und Gewürze in kleinen Tüten verkaufte und das mit sanfter Musik aus Indien seine Ohren injurierte, einen kleinen Affen aus dunklem Holz mit einer quittegelben Banane.
»Er wird mir beim Canasta beistehen«, sagte sie, »Affen können das. Ich hab mal einen Pavian gekannt, der wirklich gut Schach spielen konnte.«
»Du brauchst keinen Beistand beim Canasta«, murrte Sir William, »du bist ein Naturtalent. Und da drinnen stinkt es wie in einer chinesischen Garküche.«
»Es duftet herrlich nach Curry. Du bist der selbstherrlichste, intoleranteste und ungerechteste Mensch, dem ich je begegnet bin.«
»Das hat mir dein Vater auch vorgeworfen. Da war er ge-

nauso alt wie du. Nur dem habe ich die Wahrheit so verdammt übel genommen, dass ich ihn nach Afrika gejagt habe. Falls es einen Gott gibt, wird er mir das nicht verzeihen.«

»Es gibt einen. Und er findet dich den wunderbarsten, liebenswertesten und verständnisvollsten Großvater der Welt.«

Sir William duldete es lächelnd, dass seine Enkelin ihm die kurze, sehr ungewohnte Attacke von Wehmut auf einer Straße wegküsste, auf der sich sonst nur Menschen in den Armen hielten, die seiner Meinung nach schon ihrer knappen Kleidung wegen die körperliche Wärme miteinander teilen mussten. Zwei Tage später kaufte er den hölzernen Affen, obwohl er ihn auch bei näherer Betrachtung als den gelungensten Beweis für einen exorbitant schlechten Geschmack empfand. Nach dem Lunch im Club ließ er sich in die New Bond Street zu Asprey fahren, wo Priscilla Waintworth seit dem Tod ihres sparsamen Gatten Stammkundin war. Mit einer Mitteilungsfreudigkeit, die für einen Gentleman seines Zuschnitts äußerst atypisch war, in seinem Alter jedoch als liebenswert skurril durchging, erzählte er der Verkäuferin von seiner afrikanischen Enkelin; er zeigte ihr sogar das ausgerechnet in den »Daily Mirror« gewickelte Äffchen. Die verständnisvolle Grauhaarige, die selbst drei erwachsene Enkeltöchter hatte, die sie ebenso undurchschaubar fand wie offenbar ihr Kunde die seine, verpackte den grinsenden Affen in einen großen silbernen Knallbonbon, der mit einer breiten roten Samtschleife gebunden war und bereits im ungefüllten Zustand zehn Pfund kostete. Danach legte sie liebevoll einen Flamingo auf ein Stück grünen Filz; der Vogel gefiel Sir William zwar auch nur eine Schattierung besser als der Affe aus der Carnaby Street, doch Größe und Preis überzeugten ihn auf Anhieb.

»So etwas Schönes habe ich in meinem ganzen Leben nicht gesehen«, staunte Stella beim Auspacken am Weihnachtsmorgen nach der überaus gelungenen Überraschung mit dem silbernen Knallbonbon, den sie wieder so sorgsam zugebunden hatte, als wäre er das Hauptgeschenk.

»Ich weiß gar nicht, was ich sagen soll. Danke ist bestimmt nicht das richtige Wort. Ab heute trage ich auf der rechten Seite meiner Jacken den Flamingo und auf der linken den Affen.«

»Besser nicht. Ich könnte mir vorstellen, dass die beiden Schwierigkeiten haben werden, gemeinsame Berührungspunkte zu finden. Ich glaube, sie entstammen zwei unterschiedlichen Gesellschaftsschichten.«

Ausnahmsweise entging Stella die Würzkraft der ironischen Pointe. Sie kannte nur die prächtigen Auslagen von Asprey, hatte sich nie für die Preise der exquisiten Stücke interessiert und konnte also auch nicht ahnen, dass die glitzernden Steine auf dem Hals und den Beinen des edlen Vogels lupenreine Diamanten waren. Seine leuchtenden Federn waren sorgsam gefasste Streifen von Smaragden, Rubinen und Saphiren, die Brosche selbst die Kopie des einst von Cartier in Paris für die Herzogin von Windsor angefertigten Schmuckstücks.

»Woher in aller Welt hast du denn gewusst«, jubelte Stella, »wie viel mir Flamingos bedeuten? Sie leben am Nakuru-See. Dort hat mein Vater sein allerserstes Bild in Kenia gemalt. Das hat er mir immer wieder erzählt. Es war am Tag, bevor er Karibu kaufte.«

»Das hast du mir immer wieder erzählt«, schwindelte Sir William, »komm, trink einen Schluck mit mir. Ich trink nicht mehr gern allein. Wahrscheinlich sind Pfeifenraucher alle labile Schwächlinge, die immer eine fremde Schulter brauchen, um sich anzulehnen.«
»Sind sie nicht. Sie gehen für die, die sie lieben, in die Carnaby Street und halten sich die Nase zu.«
Fernando war am zweiten Weihnachtstag zum Dinner geladen worden – der zwei sehr renommierten Ärzte wegen, deren Bekanntschaft laut Sir William sich für ihn bestimmt bald lohnen würde. Da er jedoch der nostalgischen Regung nicht widerstehen konnte, sich auf der Hintertreppe in Stellas Zimmer zu schleichen, erschien er schon zur Teezeit und irritierte sie noch vor der Umarmung mit der Frage, ob sie geweint hätte. Sie hatte sich von ihm ein Eichhörnchen aus einem Laden in der King's Road als Talisman gewünscht. Er hatte es ein wenig widerwillig und trotz seiner Befürchtung gekauft, dass sich ein so banales Stofftier recht infantil im Vergleich zu dem kostbaren Bildband über Hogarth ausnehmen könnte, der in der literarischen Beilage der »Times« empfohlen worden war und den er bereits im Oktober erworben hatte. Das Eichhörnchen hatte zwar den possierlich buschigen Schwanz, der Stella immer noch so gut gefiel wie hinter der verschlossenen Ladentür, doch trug es, womit sie nach ihrer detaillierten Beschreibung nicht gerechnet hatte, eine weiße Spitzenschürze und hielt einen kleinen hölzernen Küchenlöffel in den Pfoten. Auf dem Höhepunkt einer jener gemütsbelästigenden Attacken von Aberglauben, zu denen sie seit kurzem neigte, zeigte sie eine Spur von Enttäuschung, die sie spontan bedauerte.

»Ich werde ihm einen Kilt nähen«, entschied Stella und lachte dennoch, doch zu plötzlich, denn der Ausdruck von Verblüffung auf Fernandos Gesicht entsprach genau dem, den sie sich nach ihrem Besuch in der Galerie ausgemalt hatte.

»Warum in aller Welt?«

»Ein Kilt wird mich besser an dich erinnern als eine Schürze.«

»Seit wann trägt ein hergelaufener Goanese einen Kilt?«

»Hast du dein Schloss in Schottland vergessen? Das mit dem Verlies als Labor?«

»Pardon, Lady Godiva«, sagte Fernando. Er lachte nicht, denn von der ganzen Unterhaltung waren die beiden letzten Sätze die einzigen, die er zu deuten vermochte. »Ich bin so ein stinklangweiliger, von Ehrgeiz zerfressener Kerl, der nicht für drei Pennys Phantasie hat. Ich werde mein Lebtag nicht dahinterkommen, warum du mich nimmst.«

»Ich konnte deiner Liebe nicht widerstehen, Fernando.«

»Und warum sprichst du mit einem Mal in der Vergangenheit?«

»Deinem Sprachbewusstsein kann ich erst recht nicht widerstehen.«

Mungu war der Einzige, der keine Bemühungen unternahm, sich mit Stellas Wünschen zu befassen. Den Hüter der Menschengeschicke aus Karibu bat sie allnächtlich um Ohren, die sie taub machten für die Trommeln der Sirenen im Wald der schwarzweißen Colobusaffen. Sie erflehte vom Gott, der ihr selbst nach dem Tod ihres Vaters nicht Rat und Hilfe versagt hatte, ein vor Versuchung geschütztes Herz. Es sollte sie allzeit an ihre Pflicht erinnern, von dem nicht wieder fortzugehen, der zu alt geworden war, um

den Preis der Liebe zu zahlen. Mungus Blitz schlug jedoch nur in die Türme und Zinnen vom Tower of London ein; die Raben, die seit den Zeiten von William dem Eroberer die Trutzburg bewachten, übertönten mit hämischem Krächzen seine vertraute Donnerstimme. Die Bittstellerin aus Mayfair hörte immer nur Big Ben und danach ihr eigenes Herz schlagen. Ihr wurde bedrückend klar, dass sie sich nicht mehr auf die Kunst verstand, brauchbare Löcher zu graben. Das Loch, in das sie mit der Redlichkeit der Verantwortungsbewussten und der Loyalität der Gebundenen Lillys Bild gelegt hatte, war nicht tief genug gewesen.
Auch war das Loch nicht, wie einst die kleinen Gruben am Rande des Pyrethrumshambas, mit dem Eifer eines kleinen Mädchens zugeschüttet worden, das eine bedrohliche Zukunft zu vernichten wusste, ehe sie die Gegenwart mit den schwarzen Wolken der Verzweiflung überzog. Der gelbe Turban leuchtete nicht nur im Nebel der Nächte und in den Tagen, die sich so gleichmäßig aneinander reihten wie die Spatzen auf dem schmiedeeisernen Gitter. Er wurde zu einer rasch wachsenden Mauer zwischen zwei Menschen, die spürten, dass ihre Liebe nur die Körper wärmte, die sich aber noch gegen das Begreifen wehrten. Das Tuch aus der Farbe von Afrikas Sonne verhüllte die Pfeile vom goldenen Eros am Piccadilly Circus. Das Porträt der Gazelle mit den goldenen Ohrringen stellte immer dann seine Fragen, wenn Stella am festesten glaubte, ihre Willensstärke und ihr Gewissen hätten endlich den Kampf gegen ihre Besessenheit gewonnen, sich an das letzte Kapitel der unvollendeten Chronik zu machen. Noch vor der Jahreswende war sie so oft auf die Safari gegangen, gegen die sich Vernunft, Einsicht, Moral und Liebe sträubten, dass sie sich

der Schlange ergab. Die wandte ihren Körper um einen dickstämmigen Baum, den Stella nie vergessen hatte, und lockte ihr Opfer von einem Haus in der King's Road, vor dem eine graue Katze namens Queenie ihre Barthaare putzte, auf verschlungenen Pfaden nach Karibu zurück.
»Hör endlich mit diesem törichten Studium auf«, schnaufte Sir William am ersten Tag des neuen Jahres in seinen Frühstücksspeck, »ich sehe doch, dass es dich kaputtmacht.« Er hatte zwar einen Kater, der ihm gerade die Freuden der Abstinenz vorgaukelte, aber noch immer den Blick des aufmerksamen Spähers. »Du kannst deinem greisen Großvater nicht zumuten, dass er für zwei isst und den Rest der Zeit seinen Mund hält. Übrigens ist er nicht so alt, um nicht zu merken, dass er mit einer Frau Canasta spielt, die an einem Abend zweimal die Sechs mit der Neun verwechselt.«
»Ay, Ay, Sir! Ich hab schon um Urlaub von der Front gebeten, mon Général.«
»Major, zum Teufel! Wenn ich bei den Franzosen gedient hätte, würde ich im Grabmal des unbekannten Soldaten liegen. Die Burschen hatten in beiden Kriegen ja nicht den richtigen Mumm.«
Es war nicht nur Lilly, die ihre Arme nach jener Schwankenden ausstreckte, die immer nur die eine Heimat gekannt hatte. Es waren die augenbetäubenden Farben, die ohrenmarternden Klänge, der süßliche Duft der Jacarandabäume vor Sonnenuntergang und der Morgentau auf den Flachsfeldern, die die Fesseln um Stellas Hände Tag für Tag fester zusammenzogen. Vor allem war es Chebeti, von der sie nicht wusste, wohin sie gegangen war und ob sie überhaupt noch lebte, die das Fieber in den Kopf ihrer blonden Tochter trieb. Die, mit der sie durch den Wald mit

den Lianen in ihr neues Leben geflohen war, saß zwar noch im ersten Morgengrauen auf der roten Erde vor den ersten Häusern von Nakuru und trank aus einer kleinen silbernen Flasche mit der Aufschrift »Orient Express« den letzten Whisky vom Bwana Mbuzi, aber nun stand sie immer öfter auf, leckte ihre Lippen trocken und rief »Kuja« – zwei Silben nur. Sie waren ein Befehl und bedeuteten: »Komm her!«

Wann immer Stella in der Not ihrer reißenden Sicherheit Chebetis Gesicht sah, verschoben sich erst die Bilder ineinander und dann sprengten sie als ein Feuerball, dem weder Verstand noch Emotionen Einhalt zu gebieten vermochten, Zeit, Ort und Geschehen. Sie war wieder das vierzehnjährige Mädchen, das in der letzten Stunde der verbrannten Tage mit dornenverkratzter Hand den vergilbten Umschlag mit der Adresse ihres Großvaters in die Tasche ihres zerfetzten Kleids steckte und Chebeti sagen hörte: »Deine Augen dürfen mich nicht mehr suchen.« Und zu gleicher Zeit war sie die Frau, die in einen goldumrahmten Spiegel schaute und sich vorwarf, sie hätte sich um der Ruhe willen ihr Herz und ihre Seele vom Luxus abkaufen lassen.

Diese Frau aus dem Herrenhaus in Mayfair, deren Mut, Lebensklugheit, Gelassenheit und Selbstbewusstsein so viele Menschen bewunderten, ballte jedoch nicht im Zorn der Ohnmächtigen ihre Rechte zur Faust; sie ließ es auch nicht zu, dass sie die Reue derer lähmte, die nur mit der Zunge und mit Tränen zu kämpfen wissen. Sie entblößte, ohne von der Wand zu wanken, die dem Rücken Halt gab, die Brust für die Pfeile des Zweifels. Die trafen so gut wie jene Kugel aus Njereres Gewehr, die Karibu das Echo von

Mbojas Gelächter gestohlen hatte. Stella sah sich am Kaminfeuer in ihrem eleganten Zimmer sitzen und im besänftigenden Schein der kostbaren Jugendstillampe mit der verführerischen nackten Nymphe Briefe auf feines Büttenpapier schreiben. Doch sie sah sich nur den Kopf schütteln, weil die Briefe ohne Antwort blieben, sie sah keine Beine, die es danach drängten, über Gräben zu springen, keine Hand die Petroleumlampe entzünden, die den Pfad durch den Wald erhellen sollte.

Weil Chebeti ihr befohlen hatte, sich nicht umzudrehen, waren Stella im Schutz ihres behüteten Lebens die Sehnsucht nach Karibus Sternen, das Verlangen nach seinen Menschen und die Trauer um das Verlorene genug gewesen. Erst Lillys Bild hatte in ihr die Rage derer entfacht, die ihre Stärke für die Leichtigkeit des Seins hergegeben haben. Wenn die Gespenster sie umzingelten, begegnete die Beschämte dem Geparden vom bewaldeten Hügel hinter dem Affenbrotbaum. Er hetzte eine Antilope durch die Nacht. Die erreichte das rettende Gebüsch, doch sie wagte sich auch am nächsten Morgen nicht mehr heraus, obwohl der Gepard auf seinen Hügel zurückgekehrt war und auf einem Ast schlief. Stella war es, als hätte auch sie sich in ein Gebüsch verkrochen.

»Die Tochter vom Bwana Mbuzi kriecht nicht in Büsche«, erklärte sie dem hölzernen Äffchen aus der Carnaby Street. Sie erzählte ihm vom Fluch des Bildes und dem des Gedächtnisses. Das verständnisvolle Tier schwenkte augenzwinkernd seine Banane und phantasierte in der weichen Sprache der Kikuyu von Zebras, die am Horizont in Wolken aus rotem Staub galoppierten, und von jungen Frauen, die weiche Lederstiefel aus der Regent Street gegen Schuhe mit dicken Sohlen von »Marks & Spencer« eintauschten. Das Eichhörnchen in der Küchenschürze demaskierte sich indes als überängstliche Professorin für Betriebswirtschaft mit einem puritanischen Naturell. Sie riet, zunächst sorgfältig die Bilanz der Zukunft zu erstellen und erst dann mit dem Kopf auf Safari zu gehen, und schon gar nicht, sich für Moskitonetze zu interessieren oder voreilig langärmelige Khakiblusen und Chinin zu kaufen. Stella nickte Zustimmung, obwohl sie den Vorschlag als einer unwürdig empfand, die, ohne auch einen einzigen Laut zu geben, als Fünfjährige mit bloßen Füßen über spitze Steine gelaufen war und rote Ameisen geschluckt hatte.

Die Kompromissbereite war dabei, einen Ehering und die fröhliche Kinderschar von immer zufriedenen und sehr wohlhabenden Eltern auf die Habenseite der noch verhangenen Tage einzutragen, als sie abermals der Fluch eines Bildes traf. Die Entsetzte hatte am Fest ihrer Silberhochzeit Fernando im Arztkittel mit einer Axt auf Wurzeln einschlagen sehen, die bei jedem Hieb tiefer in die Erde wuchsen. Wie in der Galerie drohten die Wände auf Stella einzustürzen. Nadeln bohrten sich in ihre Stirn. Abermals schützte sie ihre Augen mit der Hand und hörte sich »Nein« schreien – und wieder wusste sie nicht, weshalb sie schrie. In dieser Nacht schalt sie sich zum letzten Mal die Schwache, die sie nie hatte sein wollen, und die Blinde, die zu spät die Brüchigkeit jener Sicherheit durchschaut hatte, für die sie sich in der Bar am Leicester Square entschieden hatte. Schon am nächsten Morgen wagte sie den ersten Schritt ab vom Weg der Knechte, die vor den noch nicht ausgetretenen Pfaden wie Maultiere vor einem reißenden Fluss zurückscheuen. Es wurde, weil sie sich nicht gegen

die neue, belebende Lust ihrer Wolkenflüge wehrte, täglich ein langer Schritt mehr.
Als Stella weit genug gelaufen und kühn über die ersten gefährlich hohen Felsen gesprungen war, warf sie auch die Schere fort, mit der sie jahrelang die Flügel ihrer Sehnsucht gestutzt hatte. Ab dann war es ein scharfer Winterwind, der von der Nordsee nach Mayfair herüberwehte, der einem heißen Herzen einflüsterte, dass eine Reise von London nach Kenia Mitte der sechziger Jahre keine Safari und sehr viel kürzer geworden war als zu der Zeit von Stellas Ankunft in Southampton. Es gelang ihr gar, sich als eine komfortabel reisende Touristin zu sehen und sich einen Aufenthalt von nur wenigen Wochen im New Stanley Hotel in Nairobi mit gelegentlichen Ausflügen ins Hochland auszumalen. Ihr Gewissen lieferte ihr stets genau an der passenden Stelle ihrer Exkursionen die praktische Vokabel von einer nicht zukunftsbindenden Entscheidung. Ihr gefiel das Wort, das sie an einem Montag gleich zweimal im Leitartikel des »Manchester Guardian« gelesen und umgehend in ihrem Taschenkalender eingetragen hatte, und erst recht gefiel ihr die Vorstellung.
Mit der Courage, die ihr Großvater gerade in letzter Zeit wieder zu konstatieren pflegte, und der störrischen Bewegung der klarsichtigen Esel, die auf Karibu zu prall gefüllte Säcke schon bei deren Anblick verweigert hatten, warf sie die Hälfte vom Ballast ab, der ihre Schultern so lange beschwert hatte. In diesem Moment der energischen Selbstbefreiung nahm sie sich vor, so bald und so undramatisch wie möglich Fernando von ihren Reiseplänen zu erzählen. In dem animierend zeitgemäßen Dialog hatte sie tatsächlich vor, das Wort »Reisepläne« zu gebrauchen. Kaum hatte

sie es ausgesprochen, war sie sicher, Fernando würde sich selbstlos zeigen. Sie hörte ihn verständnisvoll antworten.
»Schade, dass ich ausgerechnet jetzt mitten im Examen stehe und nicht mitkommen kann«, würde der seufzen, der von nichts wusste und auch nichts ahnte, »du musst mir jeden Tag eine Karte schreiben und dann ganz fest an mich denken, wenn du zum Briefkasten gehst.«
»Das ist doch selbstverständlich«, versprach Stella. Es bewegte sie sehr, dass er nicht wusste, dass es auf Karibu keine Briefkästen gab. »Und noch nicht einmal Papier«, sagte sie laut, schlug sich auf den Mund und bemerkte beim Erwachen wieder die leichte Übelkeit, die sie neuerdings so häufig belästigte.
Sobald sie den Druck von Fernandos Lippen nicht mehr spürte und nicht die Wärme seiner Liebe, probte sie mit dem Eifer der neuen Resoluten die selbstbewussten Dialoge ihrer Generation von der Emanzipation der Frau, der Notwendigkeit der Selbstfindung und den Gefahren einer zu frühen Bindung vor der unerlässlichen Eigenverwirklichung so überzeugend, dass sie von den Skrupeln der gewissensbelasteten Grübler verschont blieb. Ihre Zunge war wieder so geschmeidig wie in den Tagen der gezähmten Träume und gewöhnte sich sehr viel rascher, als Stella befürchtet hatte, an den säuerlichen Nachgeschmack der Lebenslüge. Bei jedem ihrer imaginären Aufbrüche sprach sich die Davonziehende aufs Neue von der Schuld der Leichtfertigen und Wankelmütigen frei, denn sie wusste nichts mehr von den Hoffnungen und Illusionen, die sie bei Fernando schürte, nichts von seiner Zärtlichkeit, der Glut seiner Leidenschaft und der Empfindsamkeit seiner Seele. Wenn Fernando nicht bei ihr war, vergaß Stella, wie sehr

ihr seine Klugheit und Beharrlichkeit imponierten, dass sie seine Behutsamkeit und Geduld bewegten und dass sie der Wehmut in seinen Augen nicht widerstehen konnte. Nur dass sie als Kind gelernt hatte, nie einem Menschen den Stolz zu nehmen, dessen Hautfarbe ihm auf immer die Seite der Verlierer zuwies, konnte sie nicht vergessen. So fand sie auch nicht das Wort, das sie aus den Wolken der Wunschträume zum Boden der Tat geleitet hätte.
»Ich liebe dich, Lady Godiva«, sagte der Ahnungslose, den sie nun Nacht für Nacht betrog. Er flüsterte von Amors Magie, wenn seine Hände ihre Haut berührten, er sie von der Kunstschule abholte, sie ihn beim Abschied zum Gartentor begleitete, wenn sie zusammen aus dem Kino kamen, ins Theater gingen und von der London Bridge in die Themse schauten und immer noch von Zukunft sprachen. Fernando war nicht der kleinliche Zweifler, der eine Frau nur deshalb von dem Schimmel holte, auf den er sie selbst gesetzt hatte, weil er in den Nächten des Verlangens ihr Herz nicht mehr schlagen hörte.
»Ich liebe dich auch«, erkannte Stella vor der kleinen Kirche St. Martin-in-the-Fields am Trafalgar Square, doch sie zog ihre Hand aus seiner Manteltasche, rieb sich die Augen und beklagte den Taubendreck.
Mit ihrem Großvater indes führte sie das entscheidende Gespräch noch nicht einmal in jenen wenigen Stunden der Gnade, da ihr Gewissen ihr bindend die lebenslange Absolution von der Sünde des Schweigens zusicherte. Selbst bei der Hauptprobe des Stücks mit den raffinierten Dialogen und den listig konstruierten Szenen von Liebe, Lust und dem Leid des Abschieds kam die beherzte Mimin nie weiter als bis zum Kernsatz des ersten Akts. In dem Augen-

blick nämlich, da Sir William seiner mutigen Enkeltochter verständnisinnig auf die Schulter klopfte und sie »a good old chap« nannte, weil sie selbst vor ihm keine Angst hatte und er doch ein Kinder fressendes Monster war, verlor sein Gesicht die Farbe des Lebens. Er stützte sich, was er noch nie getan hatte, auf einen Stock und fragte mit der heiseren Stimme eines Greises: »Warum willst du fort?« und »Wann kommst du zurück?«.

»Zwei Fragen auf einmal, Mzee«, tadelte Stella, doch er erwiderte ihr Lachen nicht.

Der nervenstärkende Balsam, dass ihr ironischer, widerstandsfähiger, so wunderbar unsentimentaler Großvater vital war wie ein Sechzigjähriger und so unerschütterlich wie als Soldat im Schützengraben und gewiss nicht gleich eine Trennung von einigen Wochen mit einem lebenslangen Abschied verwechseln würde, wirkte immer nur bis zu jenem Moment, in dem Stella sich das tatsächliche Alter von Sir William vergegenwärtigte. Er war über achtzig und hatte im vergangenen, besonders heißen Sommer unter seinem Jackett immer eine Strickjacke getragen. In der Burlington Arcade mokierte er sich auf dem Weg zum Tabakgeschäft nicht mehr im Vorbeigehen über die Kaschmirpullover mit den eingestrickten Hunden, Kätzchen und Pferdeköpfen. Er blieb vor dem Laden stehen, rieb sich das linke Bein und den Schweiß von der Stirn. Auch unterhielt er seine Gäste nicht mehr mit der Anekdote von seinem Cousin Graham, der so viele Pillen schluckte, dass sein Butler Buch führen musste und ausgerechnet beim Geburtstagsempfang im Dorchester die Schlaftabletten mit den die Hirndurchblutung fördernden Medikamenten verwechselt hatte. Die Seite mit den Todesanzeigen in der »Times«

wurde nur noch selten als Erste gelesen und nie mehr mit dem schadenfreudigen Kommentar, der ihn selbst am meisten amüsiert hatte: »Schon wieder einen der alten Knacker überlebt, die sich für unsterblich hielten.«
Stella wusste zu viel vom Leben und hatte zu früh vom Sterben erfahren, um der Gnade der Zeit und dem Segen der Götter zu vertrauen, die den Egoisten trügerisches Obdach in den Wolken der Illusion gewähren. Sie verfluchte in allen drei ihrer Sprachen das Schicksal, das um beider Herzen ein Band aus Stahl geschmiedet hatte. Mit dem eruptiven Zorn der Redlichen, die sich vor ihrer Nachgiebigkeit schützen wollen und nicht wissen, wie, verdammte sie eine Liebe, die sie nicht freigab von der Pflicht der Sorge und ihrem gegebenen Wort. Sie ballte dabei ihre Faust so fest, dass die Knöchel spitz und weiß wurden. Die Stimme war die von Moschi, dem stolzen Stier. Der Fluch rollte jedoch nicht mit dem Echo von den Bergen hinab, das den Mächtigen schmeichelt. Er kehrte zurück in Stellas Kehle und erstarrte dort zu Salz.
Je leichter es ihr wurde, Stück um Stück an der Kette zu sägen, die sie und Fernando zusammenhielt, je mehr bedrückte sie die Vorstellung, ihr Großvater könnte sterben, während sie in Kenia nach den Ihrigen suchte. In den Klauen der Angst sah sie ihn auch in der Einsamkeit, die er nicht mehr gewohnt war, den gleichen Weg gehen wie Kamau nach Brians Tod im Wald von Karibu. Es gelang ihr nie länger als in der Gnadenfrist zwischen zwei Seufzern, sich der Liebe zu entwöhnen. Sie entdeckte am Frühstückstisch bei dem, der sie aufmerksam und, wie Stella seit kurzem zu ihrer Beunruhigung feststellte, ungewöhnlich forschend anschaute, auf Sir Williams Gesicht die Züge ihres Vaters.

Berührte Stella zufällig seine Hand beim Canasta, verbrannten seine Finger ihre Haut. Sie würgte Beklemmung, wenn sie morgens vor dem Spiegel stand und ihren Großvater die Treppe herunterkommen hörte, und sie grübelte, obwohl er es nie getan hatte, weshalb er keine fröhliche Melodie pfiff. Jeden neu aufgelesenen Stein fügte sie in das Mosaik ihrer Erfahrungen und bald erkannte sie, weshalb ihr Körper bebte, sobald sie den Kopf auf die Safari nach Hause ließ. Es war nie Stella gewesen, die hatte Abschied nehmen müssen. Stets waren jene, die sie liebte, ihr genommen worden. Doch hatte ihr Mungu die Pein erspart, Kwaheri zu sagen und dabei die Last des Wanderers zu schultern, der sich zum Aufbruch entschließt und an die Heimkehr nicht denkt. Sie war nie über die letzte Brücke gelaufen.
Weil Stella zum ersten Mal in ihrem Leben an ihrer Kraft zweifelte und dem Sturmwind nicht ihre Stirn in Trotz und der Zuversicht der Starken bot, sondern sich duckte, brauchte sie lange, ehe sie die Empfindlichkeit des Gewissens als die Bürde der Selbstlosigkeit akzeptierte und endgültig ihren afrikanischen Traum begrub. Ab diesem Tag schloss sie ihre Augen so fest, dass die Dik-Diks in das Gestrüpp unter der Dornakazie liefen und nicht mehr herauskamen; sie verstopfte ihre Ohren mit dem Wachs, das Odysseus sicher zwischen Skylla und Charybdis hindurchgeleitet hatte. Die Stimmen der balgenden Paviane, das Heulen der Hyänen und das Fauchen der Servalkatzen verstummten. Kamau schlug nicht mehr mit seinem Stock gegen den Tank aus Wellblech, das Gelächter unter dem Sternenhimmel von Karibu war nur noch ein Raunen. Der Duft der verschneiten Kiefer, die in Sir Williams Garten den

Winterschlaf von zwei marmornen Putten behütete, war stärker als die Verlockung, die den Blüten des Flamboyantbaums entströmte.

Dieses Mal war das Loch tief genug. Schon, als es Stella grub, wusste sie, dass sie bis zum Tode ihres Großvaters in London bleiben wollte, um mit ihm den Weg zu gehen, den ihr Vater mit dem fiebernden Lumbwahirten Chepoi gegangen war. Es war nicht mehr entscheidend, dass Chebetis Milch ein blondes Kind mit weißer Haut so lebensklug und gelassen wie eine Kikuyufrau und so stark wie jene von Mungus Händen gepflanzten Zedern gemacht hatte, denen entfesselte Regenfluten selbst im ersten Jahr die Wurzeln nicht entreißen konnten. Denn der sanfte Bwana Mbuzi hatte der Tochter, die er am meisten liebte, zu früh den Instinkt genommen, im Moment der Bedrohung zu flüchten und nur auf die eigenen Füße zu schauen. Lilly war durch das Feuer gerannt, um ihr Bild zu holen, und dann von der Farm weggelaufen, ohne in die von den Jägern der Zufriedenheit gelegten Fallen zu stolpern. Sie hatte sich nicht nach denen umgedreht, die nach ihr riefen.

Stella aber hatte ihres Vaters Weichheit und seine Güte und – genau wie er – nie einen einzigen Dorn aus dem Gebüsch geschlagen, um mit Stacheln ihr Herz zu härten, damit es der Liebe widerstand. Dieses Herz erinnerte sie allzeit, dass jene Starken besonders schwach und verwundbar waren, die die Liebe zu spät kennen gelernt hatten. Und doch wusste Stella nicht genug von dem Mann, dem sie mit ihrer Liebe und Rücksicht die Qual der Trennung ersparen wollte. Er war tapfer, verschlagen und klug, argwöhnisch wie ein treuer Wachhund, der weit voraus schauende Stratege und wachsam wie ein Schutzengel; er hatte als Soldat gelernt, nie die Schuhe auszuziehen, stets eine feste Schnur, ein scharfes Messer und ein Stück Brot in der Tasche zu haben und in den Gefechtspausen nur ein Auge zu schließen. Dieser Soldat verschlief auch im Alter nicht den Beginn einer Schlacht. Er achtete darauf, dass abends seine Schuhe mit entknoteten Riemen vor dem Bett standen. Zwar hatte er im Verlauf der veränderten Zeiten die Scheibe Brot durch ein Scheckbuch von der National Westminster Bank ersetzt, doch er ging noch immer nicht ohne Taschenmesser und ein Stück Schnur aus dem Haus. In Einbahnstraßen schaute er nach beiden Seiten, ehe er loslief, und er vermied Sackgassen, weil sie ihn unangenehm an Attacken aus dem Hinterhalt erinnerten.

Es war kurz vor Mitternacht am letzten Februartag, als Sir William in einem Schlafrock aus grauem Velours so energisch an Stellas Tür klopfte, als wäre er das Hausgespenst, von dessen regelmäßigem Erscheinen in Gestalt seines Großonkels Nathaniel seine Dienstboten zu berichten wussten, und ihm wäre zu spät Einlass gewährt worden. Er bat Stella, in ihrem Zimmer nach einem seiner Bücher zu suchen, und es war weder ein Beweis von Altersverwirrung noch englischem Humor, dass er sie ausgerechnet nach einem Buch fragte. Er war sich absolut über den Umstand im Klaren, wie genau seine Enkelin wusste, dass ihr Großvater keine Bücher las, doch er war schon 1913 ein Verfechter des Angriffskriegs gewesen und hatte seitdem seine Meinung nicht revidiert.

»Dein Fernando«, sagte der Taktiker, wobei er so dreist war, sich noch nicht einmal verlegen zu räuspern, »wird geschwätzig. Ausgerechnet deinen unerfahrenen Großvater hat er gefragt, weshalb du ihn wohl nicht schon längst gebeten hast, mit dir in irgendeine Ausstellung zu gehen. Kannst du mir sagen, was ein Mann davon zu halten hat, wenn ein anderer Mann zu viel redet?«

»Nein, Sir, ich bin kein Mann.«

»Leider. Ich habe sowieso nicht verstanden, um was es ging und wo die Ausstellung war.«

»In der King's Road«, sagte Stella befangen. Der Unverfrorene nickte befriedigt.

»Seit wann interessiert ihr jungen Leute euch für Antiquitäten? Habe ich da vielleicht etwas durcheinander gebracht? Oder ist auch die King's Road nicht mehr das, was sie sein sollte? Gibt's da vielleicht gar keine Antiquitätengeschäfte mehr? Und warum regt sich so ein intelligenter Bursche auf, wenn er nicht in einem Museum verdurstet?«

»Ist schon gut, Mzee«, lachte Stella und drückte ihn in den Sessel. »Ich habe verstanden. Und du bringst nie etwas durcheinander. Das weißt du verdammt gut. Du stellst nur zu viele Fragen auf einmal und die alle zur falschen Zeit. Sag Fernando, wenn er dich das nächste Mal als Boten benutzt, dass ich dreimal in der Ausstellung war. Kunst aus Afrika. Deshalb wollte ich allein hingehen. Ich hatte noch eine Rechnung offen. Und irgendwann erzählst du mir, weshalb dir der ganze Quatsch mitten in der Nacht einfällt.«

Er sah sie an und sie erwartete, er würde sein Gesicht aus dem Schein der Lampe nehmen, weil seine Augen ihn verrieten. Als er jedoch aufstand und ihr das Haar aus der Stirn strich und ihren Körper an seinen zog, verrieten sie die ihrigen. Seine Stimme war ebenso fest wie der Griff seiner Hände. »Lass uns wie Männer miteinander reden, Stella«, sagte der Kluge. »Nicht nur Fernando ist ein guter Beobachter. Glaubst du, mir ist die ganze Zeit nichts aufgefallen? Ich habe gefühlt, dass du deine Buschtrommeln hörst.«

»Nicht mehr. Das musst du mir glauben.«

»Du kannst nicht lügen. Dein Vater konnte es auch nicht. Er hat jedoch nie begriffen, dass die Wahrheit nur den Dummen und Feigen wehtut und dass ich weder das eine noch das andere bin.«

Sie schwiegen sehr lange, und weil sie zusammen schweigen konnten, ohne dass der eine den anderen mit dem Schmerz des Ahnens bedrängte und sie sich dabei anschauten und den Kopf nicht senkten, vermochten sie auch miteinander ohne die Furcht der Kleinmütigen zu reden, schon ein unbedachtes Wort könnte kränken. Stella erzählte ihrem achtzigjährigen Geliebten im Schlafrock von dem, was ihr widerfahren war, ehe sie sich um seinetwillen zur Blindheit und Taubheit verurteilt hatte. Sie redete in seiner Sprache – mit der ironischen Distanz, die Herzwunden verschließt, mit dem Humor derer, die über sich selbst zu spotten wissen, und mit der Courage, die dem ob seiner außergewöhnlichen Tapferkeit mit dem Victoria Cross dekorierten Major schon am ersten Tag aufgefallen war. Er sah sich mit Stella am Goldfischteich sitzen und verliebte sich aufs Neue, als er ihr zum zweiten Mal in dem kurzen Zeitraum von acht Jahren abermals sein Taschentuch leihen musste. Sir Williams Enkelin sprach ohne die Befangenheit, die ihm den Weg zu seinem Sohn versperrt hatte, und ohne die Emotionalität, die er als den einzigen unbesiegbaren Feind in seinem Leben fürchtete. Und doch wagte er erst im Morgengrauen seine Frage.

»Liebst du Fernando?«

»Ich glaube, ich habe nur zwei Männer geliebt.«
»Und ich nur eine einzige Frau«, lächelte der Bekenner. »Doch die so sehr, dass es mir nicht mehr gelingt, nur mich selbst zu lieben. Fahr, Stella, fahr nach Afrika. Ich meine, so ein amerikanischer Hitzkopf hat die Sklaverei abgeschafft.«
»Ich weiß nicht, was ich sagen soll. Ich kann nicht von dir fort.«
»Du musst. Wir haben alle Zeit der Welt. Meine Mutter starb mit siebenundneunzig, mein Vater allerdings schon mit achtundachtzig. Aber das zählt nicht. Seine Geliebte ist mit seiner Münzensammlung und einem italienischen Barkeeper durchgebrannt und er hat einen Schlag bekommen. Die Gefahr ist bei mir gering. Ich habe mich nie für Münzen interessiert.«
»Das werde ich dir nie vergessen, Mzee.«
»Sag mir nur noch eins, Stella. Dann können wir endlich frühstücken. Bist du schwanger?«
»Wie in aller Welt kommst du auf diese Idee?«
»Glaubst du, ein Mann, der viermal eine schwangere Frau unter seinem Dach hat ertragen müssen, kann je im Leben diese verdammte Würgerei am Morgen vergessen?«

13

Bereits vier Tage nach Sir Williams nächtlichem Überraschungsangriff erfuhr Fernando von Stellas Reise – früher als sie vorgesehen hatte, auf das verkehrte Stichwort hin und, was sie am meisten bedauerte, auch am falschen Ort. In den drei vorangegangenen Tagen hatte der Empfindsame selbst am Telefon einige sehr unvermittelte und sehr verlegene Gesprächspausen registriert und bei der quälendsten noch sensibler als sonst auf die Höhe der zwischen ihm und Stella gewachsenen Mauer geschlossen. Zur Zeit ihrer Grundsteinlegung und auch noch Wochen danach hatte er den Wall allein aus medizinischer Sicht zu werten versucht und ihn durchaus erfolgreich als eine Folge seiner im Examensstress überreizten Nerven abgetan. Noch zwei Stunden, ehe er diese, sein Selbstbewusstsein lange stärkende Diagnose revidieren musste, war Fernando bemüht gewesen, die Mauer stückweise, mit Geduld und verständnisvoller Berücksichtigung der Ermüdbarkeit von Liebe und Leidenschaft abzutragen.

Dabei erschienen ihm gerade die banalen Traditionen von Alltag und Vergangenheit als unverzichtbar. So hatte er nach dem Mittagessen in einem neuen, bei der Jugend sehr beliebten chinesischen Lokal in Soho, zu dem er Stella überreden musste und wo sie zu seiner Konsternation schweigend die Wasserkastanien aus dem Hühnerfleisch selektierte und dann doch kaum einen Bissen aß, mit einer für ihn atypischen Hartnäckigkeit und einem äußerst besorgten Hinweis auf ihre Blässe und Appetitlosigkeit zu dem üblichen Sonntagsspaziergang im Hyde Park gedrängt.

»Bei der Kälte jagen nur männliche Ungeheuer, die Medizin studieren, eine wehrlose Frau vor die Tür«, sagte Stella und schauderte tatsächlich, als ihr bewusst wurde, wie albern ihr Scherz und wie verkrampft ihre Sprache war. Sie plante da noch eine zeitgemäß unkomplizierte Form der Trennung, wollte in den nächsten Tagen mit Fernando in die King's Road gehen, ein wenig ironisch, aber doch bedeutungsschwer auf sein Gespräch mit ihrem Großvater zurückkommen und dann – ohne Theatralik und sehr souverän – vor Lillys Bild ihren Aufbruch als eine jener Entscheidungen deklarieren, denen gerade Frauen in ihrem Alter um ihrer künftigen Entwicklung willen nachgeben sollten. Weiter als bis zu diesem Satz, den sie als nicht überzeugend genug empfand, zu bombastisch und auf keinen Fall den Höhepunkten einer Liebe würdig, die sie ebenso wenig ihrem Herzen würde entreißen können wie ihre übrigen Erinnerungen, war sie allerdings nie gekommen.

»Seit wann fürchtet sich eine Frau vor Kälte, die nackt auf Pferden reitet, Lady Godiva?«

»Du hast ja keinen blassen Schimmer, wovor sich Lady Godiva alles fürchtet.«

»Bist du da ganz sicher?«

»Ganz sicher«, erwiderte Stella. Sie holte die Flasche mit der Soja-Sauce, deren Geruch die plötzliche Ursache ihrer vehementen Appetitlosigkeit gewesen war, verschämt aus dem Versteck zwischen der Serviette hervor, stellte sie zurück zu den übrigen Gewürzen und zog ihren Mantel an. Beim Hinausgehen kreuzte sie in der Tasche zwei Finger, obwohl sie seit Jahren wusste, dass der alte Kinderzauber bei denen nicht wirkte, die nicht früh genug zu lügen gelernt hatten.

Es war ein Wintertag mit einem wolkenlosen blauen Winterhimmel, einer windgepeitschten klaren Luft, stimmgewaltigen Raben, zukunftsberauschten Amseln und Mäusen in immergrünen Büschen, die sich in der Jahreszeit verrechnet hatten und der hellen Sonne vertrauten. Zwei rote Luftballons sahen auf eine weggewehte beigeschwarze Karomütze und einen vereinsamten blauen Kinderhandschuh herab. Sie flogen über die Kronen der Bäume und trennten sich, weil sie sich über ihr Ziel nicht einigen konnten. Selbst betagte Hunde mit grau gewordener Schnauze wälzten sich laut bellend und frühlingsfroh wie Fohlen auf dem Rasen. Zwei furchtlose kleine Mädchen in rostroten Mänteln mit weißen Schals sprangen kreischend über die wedelnde Rute eines ausgelassenen irischen Setters, pflückten zwischen seinen dicken Pfoten Gänseblümchen und zerdrückten die kümmerlichen kleinen Sträuße, ehe sie die Blumen ihrer lächelnden, einen braunen Strumpf strickenden Großmutter überreichten, die ihnen beim Dankeskuss Hustenbonbons in den Mund stopfte, die Wollschals fester um ihren Hals zog und sie mit dem grünen Bonbonpapier zu den Abfallbehältern schickte.

Junge Mädchen, die sich zu früh von ihrem Mantel getrennt hatten, kicherten sich warm. Verliebte küssten sich unter Bäumen und wussten noch nichts von verwelkenden Blüten, ein altes Ehepaar lief Hand in Hand. Radfahrer fuhren freihändig und pfiffen Fröhlichkeit. Die Redner vom Speaker's Corner hatten rote Gesichter und aufgehört, die Welt aus den Fugen zu heben. Ein Kämpfer für die Befreiung von der Schulpflicht teilte mit einem, der für den nächsten Sonntag den Heiland angekündigt hatte, die Flasche. Die ersten Narzissen blühten.

Fernando erinnerte sich, als er ihre Köpfe wippen sah, an ein Gedicht von Wordsworth, das er in der achten Klasse hatte lernen müssen. Er sagte stirnrunzelnd und mit aufgefrischtem Schülergroll, er habe das Gedicht nie verstanden, der Lehrer sei ein sentimentaler Schwärmer gewesen. Stella nickte rasch Zustimmung und genierte sich ihrer Illoyalität, ohne dass er ihre Scham bemerkte. Sie hatte die romantische, bildhafte Lyrik von Wordsworth, die ihr Vater oft im Atelier rezitierte, wenn er in der Stunde der langen Schatten die Pinsel auswusch, schon beeindruckt, als in ihren Schulbüchern kaum ein Satz länger als eine Druckzeile gewesen war. Da Narzissen nicht in Karibu wuchsen, hatte sie der Bwana Mbuzi für seine beiden Töchter in einer azurblauen Vase gemalt, auf deren Bauch wohlgenährte Halbmonde Pfeifen aus Maiskolben rauchten.

Weil Stella zu lange dem Klang von Brians sanfter Stimme nachlauschte und zu deutlich die butterfarbigen Monde mit dem freundlich breiten Mund sah, fiel ihr zu spät auf, dass sie und Fernando von der gewohnten Route abgekommen waren. Nun standen sie, von der Ironie des Schicksals dahingeschoben, ausgerechnet vor der kleinen Statue von Peter Pan. Zu Füßen des mutwilligen Knaben hatten sie im ersten Sommer ihrer Liebe beschlossen, an einem goldenen Faden die Zeit bis zu ihrer Geburt zurückzuspulen und wieder Kinder zu werden.

Stella setzte sich, als Fernando es vorschlug. Genau wie im Juli des Zukunftsehnens trugen schildbemützte kleine Jungen rote Holzschiffe mit weißen Segeln zum See – und ebenso wie beim ersten Mal kannte sich Fernando nicht mit den Spielregeln für Menschen aus, die dabei waren, ihrer Kindheit entgegenzulaufen. Er seufzte wieder, ehe er sein Ziel erreichte. Nur war es beim zweiten Mal nicht mehr das Aufstöhnen eines Ahnungslosen.

»Weißt du noch«, sagte er und wusste schon vor seinem ersten Wort, weshalb er fragte, »wie wir hier zum ersten Mal über die Geburt unserer Drillinge gesprochen haben?«

»Ja«, sagte Stella. Weil sie seinen gespannten Blick sah, den zögernden Griff nach ihrer Hand und erst recht den Stich des Unbehagens in ihrer Brust bei der Erwähnung von gemeinsamen Kindern genau richtig deutete und schon der Gedanke an die Erlösung durch die Wahrheit sie zu unvermittelt aus ihrer Erstarrung holte, erzählte sie ihm von ihrer Reise. Sie fixierte beim Sprechen nur die Nase von Peter Pan und war unendlich dankbar, dass Fernando, ganz anders als ihr Großvater, nie zwei Fragen auf einmal stellte. Da er es auch nie getan hatte, unterbrach er kein einziges Mal ihren überhasteten Vortrag. Er konnte gar lächeln, denn seine Liebe war noch immer eine der Hoffnung. In der Schule hatte er außer der Geschichte des britischen Empire und dem Gedicht von Wordsworth auch gelernt, dass englische Männer ihre Emotionen nicht in der Öffentlichkeit und möglichst auch sonst nicht zeigten, und er begehrte sehr, ein englischer Gentleman zu sein. Nur, als Stella in ihrer Handtasche wühlte und er sie nicht anschauen musste, biss er so kräftig seine Zähne aufeinander, dass ihn das Knirschen erschreckte.

So konnte es geschehen, dass ausgerechnet der unwahrscheinlichste und törichste von Stellas Wunschträumen ein winziges Stück Wirklichkeit wurde. Schon eine Stunde später sprach Fernando tatsächlich, wie sie es sich ausgemalt hatte, von seinem Bedauern, nicht mit ihr reisen zu können. Er redete viel von seinem Examen und bat um »so viele Postkarten wie möglich«. Der Mutige bezeichnete die zwar als »Lebenszeichen«, verschluckte jedoch in der rücksichtsvollen Art, die Stella schon bei der ersten Begegnung als wohltuend und äußerst ungewöhnlich empfunden hatte, den Hinweis auf einen Erdteil, aus dem Post nicht ein üblicher Austausch von Grüßen, sondern der willkommene Beweis war, dass der Absender noch lebte. Fernando sagte auch, wie Stella kühn phantasiert hatte, »und immer, wenn du zum Briefkasten gehst, musst du ganz fest an mich denken«. Nur nahm er sie dabei nicht in die Arme. Seine Hände bohrten Löcher in die Taschen seines teuren Ledermantels. Er hatte ihn im Herbst gekauft und sie ihn im Geschäft einen Adonis genannt. Seine beredten Augen waren noch wehmütiger als sonst, doch nicht so groß wie in der Bar am Leicester Square, in der er als Jubelnder beschlossen hatte, seine Silberhochzeit mit den Drillingen und seinen wohlhabenden Patienten aus der Harley Street zu feiern.

Bis zu ihrer Abfahrt nannte Fernando sie auch nicht mehr Lady Godiva. Ihm war bewusst, dass Stella lange Zeit nicht mehr auf einem Schimmel für einen Hoffnungsträger reiten würde, dessen Hautfarbe für die Spitzen der Gesellschaft eine Schattierung zu dunkel war; er verließ drei Tage vor ihr London und fuhr nach Newcastle, um einer Cousine seines Vaters zum siebzigsten Geburtstag zu gratulieren, die er vorher nie erwähnt hatte. Durch Fernandos überstürzte Abreise, die ein Lebewohl am Telefon erforderte, das kühler als beabsichtigt ausfiel, kam Stella gar nicht erst in die Versuchung, ihm zu erzählen, dass ihr gegen morgendliches Würgen allergischer Großvater mit seiner Vermutung Recht gehabt hatte. Auf keinen Fall musste sie ihm also erklären, dass sie sich auf ein Kind freute; sie hatte selbst noch keine befriedigende Antwort auf diese komplexe Frage gefunden und wusste nur, wie viel es ihr bedeutete, ein Kind in Afrika und nicht in England zur Welt zu bringen. Zu diesem Zeitpunkt hätte die werdende Mutter es ohnehin nicht vermocht, die Verwirrung ihrer Gefühle in Worte zu fassen und dabei Fernandos Augen zu sehen.

»Mit mir wirst du nicht so leichtes Spiel haben wie mit deinem familienbewussten Galan«, drohte Sir William, der den Schneid gehabt hatte, sein rechtes Ohr gegen die Tür zu drücken und das finale Telefongespräch zu belauschen. »Ich habe mich nämlich mein Lebtag nicht vor dem letzten Wort gefürchtet. Mir ist selbst im Schützengraben mein gesunder Appetit nicht vergangen, als ich vom Tod des jungen Bailey erfuhr. Und der ging mir wirklich nahe.«

»Ich bin nicht der junge Bailey, wer immer das war, und wir sind nicht im Schützengraben. Ich ziehe noch nicht mal in den Krieg, aber ich habe Angst vor Abschieden. Bitte, Mzee, sag mir hier auf Wiedersehen und geh vor mir aus dem Haus. Geh in deinen Club wie an jedem anderen Tag. Das ist besser für mich. Man bricht nicht mit nassen Augen zu einer Safari auf. Das hat mir Chebeti beigebracht, als ich zum ersten Mal zur Schule musste.«

»Was bin ich froh, wenn ich nichts mehr von dieser altklugen, besserwisserischen Person höre«, attackierte Sir Wil-

liam sein Sandwich. »Hätte sie dir lieber beigebracht, wie man anständig Karten mischt. Ich wette, sie ist auch nicht in den Club gegangen, als du von Afrika fort bist.«
»Nein, sie hat auf der Erde gesessen und Whisky getrunken.«
»Donnerwetter! Das erste Vernünftige, was ich von ihr höre.«
Selbstverständlich begleitete der verdrießliche Unverdrossene Stella zum Flugplatz. Er ließ ein Taxi kommen, was für sie ein bedrückend unmissverständlicher Hinweis war, dass er auf dem Rückweg allein sein und seinen Fahrer nicht in die Versuchung von mitteilungsfreudigem Personal bringen wollte, das beim Abendessen im Souterrain über den Gemütszustand seiner Herrschaft Auskunft gibt. Sie saßen so dicht beieinander im Wagen, wie es Menschen tun, die sich im Wald verirrt haben, sich in einer kalten Nacht den Mantel teilen müssen und wähnen, ihnen verlange es nur nach körperlicher Wärme. Stella zupfte erst am Hemdkragen ihres Großvaters und dann am Lederflicken seiner Tweedjacke; er hustete Widerwillen und sagte, genau das wäre der Grund, weshalb er Frauen nicht ausstehen könnte. Sie würden immerzu ihre Ehemänner mit ihren Schoßhunden verwechseln und an ihnen herumfummeln.
Es war ein sonniger Frühlingstag, in seiner Milde dem einen unvergesslichen Morgen im Herbst nicht unähnlich, als sich ein stolzer, unnahbarer, lebensenttäuschter alter Mann in ein junges Mädchen verliebte, das die Courage gehabt hatte, sich nicht vor ihm zu fürchten. Die Bäume grünten mit berstenden Knospen, die Forsythien blühten noch und in den Vorgärten trotzten gelbe und rosa Tulpenkelche dem Märzwind. Beider Gedanken kreisten um die

gleiche Szene. In dem Moment nämlich, da Stella bedauerte, dass sie im Sommer den Goldfischteich nicht in seiner Pracht erleben würde, hatte Sir William gerade erwogen, vor dem nächsten Frühjahr eben diesen Goldfischteich gegen ein nicht von Erinnerungen beschwertes Rondell mit weißen Lilien auszutauschen. Als ihm einfiel, dass weiße Lilien die Blumen der Gräber sind, zündete er seine Pfeife an. Sie überlegte, ob er sich schon auf dem Rückweg Zigarren kaufen würde oder erst am Donnerstag, biss sich zum Schutz gegen die Torheit der verräterischen Worte auf die Unterlippe, sprach aber doch.

»Ich wusste nicht, dass es so sein würde. Es dauert so lange.«

»Und wenn du es gewusst hättest, Stella, hättest du dich da anders entschieden?«

»Ich glaube nicht.«

»Gott sei Dank. Ich könnte es nicht ertragen, wenn ich all die Jahre die falsche Frau verehrt hätte und du doch ein mieser kleiner Feigling wärst.«

Die Stewardess am Check-in blickte mit der Routine ihres Berufs auf den eleganten Koffer aus weißem Leder, sehr viel länger und aufmerksamer auf das Rubinauge der Flamingobrosche aus der Bond Street und lächelte Sir William so kokett an wie sonst nur junge südländische Charmeure. Sie sagte, es sei ideales Flugwetter, die Crew nach Nairobi besonders nett und dass sie auch gern mal nach Afrika fliegen würde. Beim zweiten Blick auf die Brosche drehte sie ihren Ring mit einem großen Stein aus lila gefärbtem Glas nach innen und nannte Stella »Madam«. Noch ehe sie den Flugschein aus der Hülle nahm, zeigte sie auf die Lounge mit der Aufschrift »Private« am Ende des Ganges.

»Die Passagiere der ersten Klasse werden dort aufgerufen. Sie haben jede Menge Zeit für einen schönen Abschiedsdrink.«

»Sag nur, du hast mir ein Erste-Klasse-Ticket gekauft! Auf die Idee wäre ich im Traum nicht gekommen. Das war doch wirklich nicht nötig, du Verschwender.«

»Du redest wie die Frau eines Lokomotivführers aus Liverpool, die Weihnachten einen roten Flanellpyjama auspackt. Sag nur, Madam, du hast noch immer nicht begriffen, dass du eine reiche Frau bist. Wenn ich einmal sterbe, wirst du dich ganz schön wundern. Falls du dann endlich intelligent und habgierig genug bist, dich für mein Geld zu interessieren.«

»Geh jetzt, Mzee. Um Himmels willen geh endlich in deinen Club! Sonst merkst du noch in allerletzter Minute, dass ich tatsächlich ein mieser kleiner Feigling bin.«

Sir William schnaubte mit kräftiger Lunge Widerspruch. Er holte mit einer Umständlichkeit, die allein schon Stellas Kehle zuschnürte, ein flaches Päckchen aus der Innentasche seines Jacketts und wickelte es aus vergilbtem Seidenpapier. Es war der eineiige Zwilling jener traditionsschweren silbernen Flasche aus Brians Atelier, die Chebeti noch vor den Seidenkissen und Stellas drei Kleidern aus dem brennenden Haus gerettet hatte. Die Aufschrift »Orient Express« fehlte nicht und auch nicht das dünne Kettchen am Verschluss. Der Romantiker aus Mayfair, der Romantik noch mehr verabscheute als Sentimentalität, lachte herzhaft, doch ohne Spott, als Stella die kühlende Erinnerung an die heiße Haut ihrer Backe drückte. Er überhörte den Seufzer, übersah die Trauer in den blauen Augen, die ihn genau wie bei der ersten Begegnung an das Wasser vor der

Küste von Menton denken ließen, und fasste sich befangen an den Hals. Ihn genierte seine Heiserkeit. Er sagte, er sei froh, die alte Flasche endlich loszuwerden, und er hätte sie, weil er ein debiler Narr sei, mit seinem besten Brandy gefüllt; Stella möge ihn bitte nicht schon unterwegs austrinken.

»Hoffentlich hast du bei mir wenigstens gelernt, dass man einen alten Brandy nicht säuft, um den Durst zu löschen.«

Ausgerechnet der Schlag traf. Im Würgegriff einer Panik, die so unvermittelt in Stellas Körper fuhr wie in der Nacht ihrer Geburt der Blitz in den Affenbrotbaum, wusste sie nichts mehr von der Botschaft in den Augen der Gazelle und dem Glanz der Sterne von Karibu. Es verlangte der Reisenden im Aufbruch nicht mehr nach den Wurzeln, die sie so lange in der roten Erde gewähnt hatte. Weil der Schleier vor ihren Augen sich in Sekundenschnelle in ein schwarzes Tuch verwandelte, gelang es Stella auch nicht, Chebetis Hände zu sehen, die Fernandos Kind nach seinem ersten Schrei an die Sonne Afrikas tragen sollten. In diesem Moment, der länger währte als jede Nacht vor Sir Williams nächtlichem Besuch im Zimmer seiner Enkelin und doch nicht lang genug war, um die Schwankende auf Dauer zur Flüchterin zu machen, zerschmetterte die Wahrheit Stellas Mut. Sie erkannte, dass sie sich nicht von ihrem Großvater würde trennen können, ohne auf immer am gleichen schmerzhaften Schnitt zu leiden, der seit dem Tod ihres Vaters nicht mehr verheilt war. Es verlangte der zweifelnden Verzweifelten so sehr danach, endlich schwach zu werden, an der Kreuzung umzudrehen und den Pfad zurückzulaufen, den sie gekommen war, dass sie ihre Arme ausstreckte. Stella bat ihren Mzee, den sie so nannte, weil sich das Wort aussprechen ließ, ohne dass die Stimme mit dem Gewicht der Liebe beschwert wurde, sie nach Hause zu bringen und mit der unterbrochenen Partie Canasta zu beginnen. Da jedoch die Zunge von Chebetis blonder Tochter nicht mehr so flexibel wie die der Chamäleons war und Stella zudem in der Sprache der Kikuyu um Geleit auf dem Weg zurück in den blauen Salon gebeten hatte, verstand Sir William jene nicht, die dabei war, ihm die Kraft und die Ruhe des Alters zu nehmen. Er steckte die kleine silberne Flasche in Stellas Manteltasche.

»Den letzten Schluck trinken wir, wenn wir uns wiedersehen. Warum schaust du mich so erstaunt an? Hast du am Ende gedacht, du kommst nie mehr zurück? Sorry, schon wieder zwei Fragen auf einmal. Man hat mir verbindlich zugesichert, dass die Flugzeuge in beide Richtungen fliegen.«

»Das ist nicht fair, Mzee. Und das weißt du auch. Jetzt fängt die alte Geschichte wieder ganz von vorn an.«

»Alle Geschichten fangen immer wieder ganz von vorn an, Stella. Weiß der Teufel, welcher verdammte Trottel sich das ausgedacht hat.«

»Mungu«, erkannte Stella. Zum Herrn von Karibu betete sie in allen ihren drei Sprachen, ihr Großvater möge ihr beim Abschied nur auf die Schulter schlagen, ihr »Goodbye, old chap« sagen und sich beim Weggehen nicht nach ihr umdrehen. Er tat es nicht. Der pensionierte Major, der seinem Sohn, dem er Stella und das Wunder der Liebe verdankte, zum Abschied das versöhnende Wort verweigert hatte, presste seine Enkelin so fest an seinen Körper, dass sich die Pfeife in seiner Tasche als Amors Pfeil in ihre Brust bohrte. Seine buschigen Augenbrauen streiften ihre Stirn. Ein Atemhauch mit der leichten Honigsüße vom feinsten Tabak, der sie im Moment der neu belebten Sehnsucht an Asakis Fell am Morgen nach der Regennacht erinnerte, erreichte ihre Nase. Zwar hatte sie da schon mit der Stärke von Afrikas Frauen ihren Augen die Salzkörner von Not und Tränen verboten, doch wusste sie nicht, als ihr Großvater sie küsste, ob er es war, der weinte, oder sie.

Stella steckte, als sie in der Maschine den Mantel auszog, die Brosche an das Revers ihrer Jacke und streichelte zärtlich das Anteil nehmende Auge des Flamingos. Das Glas Champagner, das ihr die Stewardess hinhielt, leerte sie auf einen Zug und konnte das Lächeln erwidern, weil sie beim ersten Schluck schon einen leichten Seifengeschmack bemerkt hatte, doch wagte sie sich erst hinzusetzen, als die grelle Deckenbeleuchtung die Glut auf Fernandos dunkler Haut löschte. Die Schnalle des Sicherheitsgurts verschloss sie so geschickt, als wäre die Safari zu dem gelben Turban nicht ihr erster Flug. Die leise Musik wurde abgedreht. Stella hörte eine Stimme aus dem Lautsprecher und die Motoren vibrieren. Sie hielt die silberne Flasche mit beiden Händen fest, damit sie zu zittern aufhörten. »Warum?«, murmelte sie.

Beim Start sah sie noch die Türme, Kirchen, Kuppeln, die Brücken und Häuser von London, sah Schornsteine ohne Rauch und die Baumkronen im Hyde Park, die Themse sich schlängeln und zu einem lichtlosen Streifen werden, Schiffe und Boote verschwinden, die Rasenflächen ineinander fließen, doch die Konturen tauchten in einen grauen Fluss ohne Strömung und Leben ein; Stella wähnte, es wären Nebelschwaden, die ihr die Sicht verwehrten.

Erst als das Flugzeug durch die Wolken stieß und die Sonne so hell erstrahlte wie mittags die in Karibu und der Kapitän, der sich als Robert McDonald vorstellte und mit dem rollenden schottischen Akzent des Herrn vom Schach spielenden Pavian die Passagiere willkommen hieß, brach sie in Tränen aus. So sehr sie auch ihre Augen zurück in die Höhlen und ihre Zähne aufeinander drückte, vermochte sie nicht mehr, dem Sturm der Vernichtung zu entkommen. Zum Sterben wollte sie sich auf die Erde legen, wie es die Kühe und Ziegen taten, wenn ihre Zeit gekommen war, doch die Stewardess ließ es nicht zu. Sie hielt Stellas Schultern fest und presste ihren Rücken gegen die Lehne. Die wachsame Hirtin öffnete den Sicherheitsgurt, zog der Schluchzenden die Jacke aus, knöpfte die Bluse auf, schob ihr ein Kissen unter den Kopf und lief lautlos zurück in den grauen Dunst. Sie war sofort wieder da, brachte auf einer Untertasse zwei Tabletten, drückte ein Glas mit lauem Wasser an Stellas Lippen, befahl ihr zu schlucken und wickelte ihren Körper, obwohl er doch bereits in der Abflughalle verbrannt war, in eine Decke ein. Die hatte die Farbe von Lillys Beinen, wenn die Gazelle im Morgengrauen über die Shambas lief.

»Das werden wir gleich haben«, versprach die Freundliche, deren Hände nach Flieder dufteten und die eine so kleine Nase und einen so großen Mund hatte, dass sie der Bwana Mbuzi bestimmt nicht gemalt hätte. »Aspirin und eine Runde gesunder Schlaf sind das beste Mittel gegen Schüttelfrost. Das hat schon meine Großmutter gesagt.«

»Ich hab in meinem ganzen Leben keinen Schüttelfrost gehabt«, klärte Stella die Fliederduftende auf. »Mein Großvater hätte mich auf der Stelle herausgeschmissen, wenn so etwas passiert wäre. Er hasst erkältete Frauen. Außerdem schlafe ich mittags nie.«

»Keine Angst, ich wecke Sie rechtzeitig. Man darf sich nämlich was wünschen, wenn man zum ersten Mal den Äquator überquert.«

»Es ist nicht das erste Mal«, sagte Stella. »Jedes Mal, wenn ich mit meinem Vater nach Nakuru in die Schule gefahren bin, haben wir den Äquator überquert. Er ist mitten durch meine Beine gelaufen.«

»Sehen Sie, Sie können schon wieder Scherze machen. Das gefällt mir. Ich mag Menschen mit Humor. Meine Großmutter hatte ganz Recht. Täglich einen Apfel und einmal lachen. Da braucht man keinen Arzt.«

»Ich esse nicht gerne Äpfel und brauche trotzdem nie einen Arzt.«

Als Stella erwachte, schien immer noch die Sonne, der Himmel war so blau wie in Afrika. Eine Zeit lang genügte es ihr, sich nicht zu bewegen und nur in den dicht gewebten weißen Wolkenteppich zu starren und sich vorzustellen, auf der größten Wolke würde Gott sitzen und ein Schaf stricken. Sie erinnerte sich an das Buch, in dem sie das Bild von dem göttlichen Stricker gesehen und dass es lange Zeit unter der Lampe mit der Nymphe gelegen hatte, konnte aber das Rätsel nicht lösen, weshalb sie ausgerechnet auf dem ersten Flug ihres Lebens von einem roten Flanellpyjama geträumt hatte.

Um zurück in die Gegenwart zu finden, fixierte sie die breiten, mit einem beigen Tuch abgedeckten Lehnen der Sitze, danach ihre Schuhe auf dem Boden, die neben ihrer Handtasche standen. Sie fühlte sich auf eine wohltuende Art träge, geborgen und allen Gefahren entrückt. Der alte

Brunnen ohne Wasser am Rande des Pyrethrumfelds kam ihr in den Sinn. Er hatte vor Hitze, zu grellem Licht, Wind und Regen geschützt, war jedoch nicht so tief gewesen, dass die Hände nicht an den Rand greifen konnten, um den Körper zurück ins Leben zu ziehen. Die, die nach Jahren erstmals wieder in dem Brunnen ihrer Kindheit saß, hatte nun trockene Augen und eine kühle Stirn. Ihre Nase erjagte das Aroma von Kaffee und Pfefferminzsauce, einmal auch das von Vanille und Rum und – einen Moment auf der falschen Fährte – den Geruch von Pfeifentabak. Sie hörte das Klappern von Geschirr, Gläser klirren und bald danach zwei Männer miteinander reden. Gleichermaßen belebt von deren Stimmen, die sie als vertraut und angenehm fröhlich empfand, wie von ihrer eigenen Neugierde, setzte sich Stella aufrecht hin und schaute sich um, wobei sie feststellte, dass die beiden Männer ihre einzigen Mitreisenden waren.

Wann immer sich der am Gang sitzende Mann bewegte, schien es ihr, als würde sie einen kräftigen, schwarzhäutigen Arm aus einem kurzärmeligen weißen Hemd herausragen sehen, und jedes Mal schüttelte sie verärgert den Kopf, weil jener, der die Wanderer auf Safari zu behüten hatte, es zuließ, dass ihre Augen zu schnell reisten und vor den Füßen am Ziel ankamen. Sie lehnte sich zurück und streckte ihre Beine aus. Da sah sie, dass die Männer dunkelblaue Hosen mit scharfen Bügelfalten trugen. Noch mehr beschäftigten Stella ihre Schuhe. Die glänzten wie Ebenholz und waren kaum getragen. Sie sah es an den hellen Sohlen und war gerade dabei, sich zu überlegen, weshalb die Männer ausgerechnet marineblaue Hosen aus einem so warmen Stoff und neue Schuhe gekauft hatten, um

nach Afrika zu reisen, als die beiden wieder zu reden begannen.
Sie hatten Stimmen, die schnell wie Adler fliegen konnten und die dennoch nicht nach der Zeit des Schweigens, von deren Bedeutung sie zu wissen schienen, die Stille mit einem zu scharfen Messer zerschnitten. Die Palavernden wurden immer heiterer. Sie klopften sich einmal auf die Schenkel und erzählten einander wundersame Shauris, wobei sie sanfte dunkle Laute und Worte aus der Tiefe zauberten, die Stella lange nicht mehr gehört hatte und die sie zu ihrem Erstaunen doch alle noch kannte. Der eine Mann sprach erst vom ungewöhnlich starken Regen in Nanyuki und dann von der Straße, die von Nairobi nach Nakuru führte, der in dem kurzärmeligen Hemd redete sehr lange von einem neuen Hotel, von dem aus die Leute morgens die Elefanten im Fluss baden sehen und mittags den Krokodilen ihre Eier stehlen konnten.
»Die Safaris der neuen Zeit sind gut für uns«, lachte er.
»Die Safaris der neuen Zeit sind gut für uns«, wiederholte der Zweite. »In den Tagen, die nicht mehr sind, hat der reiche Bwana unsere Tiere mit seinem Gewehr erschossen und das Fell an die Wand genagelt. Und sein Boy musste den Hammer halten und ihm die Nägel holen. Leuten, die mit der Kamera jagen, kann man die Tiere immer wieder verkaufen. Das wird uns reich machen.«
Stella fiel zunächst nur auf, dass das Wort Boy nicht zu den übrigen passte und dass der Mann beim Sprechen seine Stimme so verändert hatte, als hätte er den einen kurzen Laut ausspucken müssen wie die Schlange ihr Gift. Auch die ausgedehnte Pause, die der Wiederholung des ersten Satzes vorangegangen war, machte sie sehr nachdenklich,

noch mehr der Umstand, dass die Zunge des Mannes, der nun wie eine satte Hyäne lachte, nicht über das zähnenschwere Wort Bwana gestolpert war.
»Bwana«, flüsterte Stella ahnungsvoll. Sie murmelte das Wort so oft und so zärtlich vor sich hin, bis sie schließlich doch an das Wunder zu glauben wagte, das ihr im Moment ihres Erwachens widerfahren war. Nur für die Dauer eines einzigen erregten Herzschlags wähnte sie noch, das Gelächter der Heiteren, jene die Ohren und das Gemüt verwöhnenden Wiederholungen und die den raschen Redefluss unterbrechende Pause könnten eine Täuschung der Sinne gewesen sein, ein ebenso abstruser Traum wie der rote Flanellpyjama in den weißen Wolken. Dann erkannte sie die weiche, schwingende, klangheitere Sprache der Kikuyu, die die Jahre ihr nicht hatten rauben können. Noch mit Englands Klängen im Ohr und dem Duft von Sir Williams Pfeife in der Nase war Stella die geliebte Sprache ihrer Kindheit so vertraut gewesen, dass es ihr noch nicht einmal aufgefallen war, mit welcher Selbstverständlichkeit sie jedes Wort der Unterhaltung verstanden hatte.
Dies war der Moment von Stellas Heimkehr. Der Jubel war gewaltig. Die Seligkeit zerriss ihren Körper, der Rausch spaltete Kopf und Seele, machte aus ihrem Blut einen kochenden Strom, der durch die Adern drängte und sie endlich auf den Pfad zurückführte, den sie am Flughafen nicht mehr hatte finden können, weil der Schmerz des Abschieds zu gewaltig gewesen war. Die vom Glück Betäubte hörte heftige Atemstöße und erkannte sie nicht als die eigenen. Sie drückte ihre Hände gegen die Kehle und konnte trotzdem den Felsen nicht herauswürgen, der ihr das Schlucken verwehrte. Ihr Körper erstarrte. Es gelang

ihr nicht mehr, die Augen vor dem Salz der Schwachen zu schützen, denn es war das Salz der Freude, die die Lider tränkte und die sie seit den verbrannten Tagen nie mehr empfunden hatte. Jedes einzelne Salzkorn wurde ihr ein Zeichen von Mungu, seine so lange erflehte Botschaft vor dem Aufbruch zu der Schwester, die ihr nicht hatte Kwaheri sagen dürfen.

»Karibu«, rief Stella; sie schlug sich auf den Mund, als sie merkte, dass sie das Schweigen derer verlernt hatte, die nur staunend den Kopf senkten, um dem weisen Schweigenden zu danken.

Sie hörte ihre Stimme auf dem Berg donnern und streckte beide Arme aus, um das Echo aufzuhalten, ehe es über die Felsen ins Tal rollte und für immer verstummte. Als sich der weiße Schleier des Wasserfalls öffnete, sah Stella die Männer langsam aufstehen. Sie schauten sich kurz um und dann lange jene an, die in der Freude der Heimkehr ertrunken war – verwundert der eine, ein wenig erschrocken der andere. Ihre Gesichter waren rund und satt von der Freundlichkeit der Gelassenen, die Nase flach wie die der Unvergessenen an den Feuerstellen vor den Hütten, die Lippen voll, die Zähne beim Lachen so strahlend, wie es nur die Zähne von Menschen sind, die die Kraft des Lebens aus den Wurzeln junger Bäume herausbeißen.

»Karibu«, sagte der Ältere. Er legte seine Hand ans Ohr, wie einer, der nicht sicher ist, ob er ein leises Klopfen an der Tür oder zu heftig brennendes Holz knistern gehört hat.

»Karibu heißt willkommen«, erklärte der Jüngere verlegen, als die Stewardess herbeieilte und ihn fragte, ob er nach ihr gerufen hätte.

»Karibu heißt willkommen«, wiederholte Stella leise. Sie

schaute, scheu wie ein Kind, das zur Begrüßung eines Gastes gedrängt wird und dem das befohlene Erlösungswort nicht mehr einfällt, auf ihre Hände und schüttelte den Kopf. Noch wagte sie nicht, in der Sprache derer zu reden, die der Pein ihrer Liebe die glühenden Nadeln entrissen hatten. Die Magie von Afrika gebot Schweigen. Stella erkannte den alten Zauber an der Art, in der sie die beiden Männer anschauten. Deren Augen ließen sie wissen, dass sie soeben eine ungewöhnliche Spur gefunden hatten. Die Reisenden in den Hosen mit den scharfen Bügelfalten und neuen Schuhen waren so empfindsam für das, was dem Menschen widerfährt, wie ihre barfüßigen Väter in der alten Zeit. Sie sahen eine junge blonde Frau, deren Kleidung der jeder anderen Touristin glich, und doch spürten sie mit dem Instinkt der Wachen, dass diese eine nicht der Verlockung von farbigen Prospekten mit Giraffen und Zebras an einem rot glühenden Horizont erlegen war, sondern von einer langen Safari nach Hause zurückkehrte.
»In zehn Minuten werden wir den Äquator überqueren«, meldete die Stimme des Kapitäns aus dem Lautsprecher, »wir haben als kleine Erinnerung an Ihren Flug für jeden Gast eine Urkunde ausstellen lassen.«
Das phantasievolle Dokument mit königsblauer Blockschrift auf gelbem Papier zeigte auf der rechten oberen Seite den blauweißroten britischen Union Jack, auf der linken die Flagge des jungen Kenia in Schwarz, Rot, Grün und Weiß mit einem Massaischild und gekreuzten Speeren. Den drei Passagieren der ersten Klasse servierte die Stewardess Kanapees mit russischem Kaviar und Rehmedaillons, Wachtelbrüstchen und Champagner. Stella bestaunte die kenianische Flagge, die sie zum ersten Mal sah, und noch mehr

die skurrile Pointe, dass sie den Kaviar mit Appetit aß, obwohl sie Kaviar verabscheute, und zwei Gläser Champagner mit Vergnügen trank und bei keinem einzigen Schluck den Eindruck hatte, dass Champagner nach Seife schmeckte.

Sie stand bei dem fröhlichen Umtrunk zwischen dem Chefsteward und dem jüngeren der beiden Afrikaner, der sie nach der kleinen silbernen Flasche fragte, mit der sie ins Flugzeug gekommen war. Zwischen Kaviar und Käse erfuhr Stella, dass ihre Mitreisenden im Auftrag des Ministeriums für Touristik regelmäßig nach London reisten, um den in Kenia neu erblühten Fremdenverkehr zu intensivieren. Im Übrigen stammte der eine aus Gilgil und der Jüngere aus Njoro. Beide waren ein wenig erstaunt und sehr erfreut, als Stella sie nach ihrem Geburtsort fragte.

»Jambo, Mama!«, sagte der Liebenswürdige aus Njoro und schlug sein Glas gegen ihres.

»Jambo«, erwiderte Stella. Sie zog ihren Bauch nur ein, weil die Gewohnheit der letzten beiden Wochen mit ihr gereist war, doch er deutete die Bewegung richtig.

»Wir nennen alle Frauen Mama«, erklärte er.

»Das finde ich schön, Papa.«

Sie lachten beide so laut, dass ihre hinteren Backenzähne zu sehen waren – er, weil ihn schöne Frauen noch fröhlicher stimmten, als er ohnehin an den Tagen war, da ihm bewusst wurde, dass der dritte Sohn eines Shambaboys und einer Mutter von acht Kindern, die beide weder Lesen noch Schreiben konnten, nun auf der obersten Sprosse der Leiter stand, die Mungu für seine Auserwählten bereit hielt. Stella lachte, weil sie sich das Gesicht dieses Stolzen ausmalte, wenn die weißhäutige Mama aus dem Flugzeug

stieg, auf der untersten Stufe der Treppe ihren Rock raffte und ehrfürchtig die Erde küsste.
Sie tat es nicht. Die schwere Schwüle von Nairobi in der letzten Stunde vor Sonnenuntergang umhüllte den Körper so fest wie in der Stunde der Not die Decke der besorgten Stewardess, dass Stella nur zu den schleichenden Schritten der Zaudernden fähig war. Der Blitz der Erinnerung blendete sie, als sie einen Mann mit Mbojas blauer Strickmütze das Gepäck aus der Maschine holen sah. Ihre Ohren ertaubten bei den ersten Suaheli-Lauten in der Halle. Die Nase versagte, als vor der Tür der Duft eines Jacarandabaums zu ihr herüberwehte. Am Taxistand musste Stella ihre Papiere suchen, weil ihr das Hotel nicht einfiel, das in London gebucht worden war.
»New Stanley«, sagte die Erschöpfte leise zum Fahrer im T-Shirt, auf dem ein Löwe lachte.
»Jambo, Mama«, brüllte der gut Gelaunte. Stöhnend warf er den leichten Koffer auf die Hintersitze. Beim Anfahren rief er dem Kollegen im Nachbarwagen zu: »Ich habe einen großen, dummen Fisch gefangen. Mit dem fährt Raban erst nach Ngong.«
»Das wird Raban nicht tun«, lachte Stella, »dein großer, dummer Fisch will sofort ins New Stanley und eine Panga holen, um einem Betrüger die Zunge abzuschneiden.« Es waren ihre ersten Worte in der Sprache der Kikuyu.

14

Mein geliebter Mzee«, teilte Stella dem Brieffreund ihrer Kindertage mit, »falls ich noch bis zehn zählen kann, so ist dies der neunte Brief, den ich dir in den vier Tagen seit meiner Ankunft schreibe. Die ersten acht wirst du zum Glück nie erhalten. Sie waren Furcht erregend sentimental und wurden von einer recht weinerlichen und sehr unleidlichen Person mit dem Fingernagel in ein Stück Seife geritzt, weil man ihr den Füller gestohlen hatte. Du hättest auf die Idee kommen können, sie wäre schwanger, hätte Heimweh, Durst, jeden Morgen Appetit auf Cumberland-Würstchen, nie ein Quäntchen Mut gehabt und sowohl ihren Sinn für Humor als auch ihren Verstand verloren. Tatsächlich stimmt von all dem nur, was Gott sei Dank nicht mehr durch morgendliche Unpässlichkeit bewiesen wird, die Schwangerschaft. Auf der Verlustseite stehen hingegen mein Kamm, eine Haarbürste, die allerdings ihr Schicksal einem hierzulande schnell zur Unmoral verführenden vergoldeten Stiel zu verdanken hat, zwei Päckchen Kaugummi und ein rosa Nachthemd, das ohnehin für Nairobis Nächte nicht geeignet war. Wirklich getroffen hat mich aus oben genannten Gründen nur das Abhandenkommen des für die Enkelin von Sir William Robert Hood sehr unstandesgemäßen Kulis, den ich noch am letzten Tag bei Woolworth kaufte, weil er mir genau richtig für ein Land erschien, dessen Volk in den Zeitungen des ehemaligen Mutterlands als arm und beklagenswert verwildert beschrieben wird.

Um es mit dem versöhnlichen Charme der hiesigen Landessprache auszudrücken: Diese Schätze meines Reichtums wollten weglaufen und ließen sich leider durch niemanden davon abhalten. Sie wurden mir gestohlen, als ich nach der ersten Nacht (übrigens eine ziemlich schlaflose, weil ich Moskitonetze nicht mehr gewöhnt bin und sehr beunruhigend träumte) meine Flamingobrosche und die silberne Flasche in den Hotelsafe brachte. Dort brauchte ich eine vorher nicht einkalkulierte und nach den Vorstellungen eines gewissen Inselvolks wohl übertrieben lange Zeit, um den Portier zu überzeugen, dass ich mit der Frage nach einem abschließbaren Behälter keineswegs seine Mutter, seinen verehrten Lehrer, sein Volk und sein Ehrgefühl verletzen, sondern nur den strikten Befehl meines überängstlichen und äußerst misstrauischen Großvaters befolgen wollte.

Schon als ich bei der Eintragung ins Hotelregister nach einem Safe fragte, hatte mir der Portier (ein junger Kikuyu, der ein so reines Oxford-Englisch spricht, dass ich es noch immer nicht fassen kann) nämlich äußerst glaubhaft versichert, im New Stanley wäre seit seiner Gründung den Gästen noch nicht einmal eine Sicherheitsnadel abhanden gekommen – seitdem stecken meine sämtlichen Sicherheitsnadeln am Innenbund meiner Jeans. Dafür hat mir heute der zweite Portier, der ja schon meiner beschämten Verschwiegenheit wegen von dem Verlust und meinen vergeblichen Bemühungen um neues Schreibgerät in buchstäb-

lich jedem dafür in Frage kommenden Geschäft nichts wissen konnte, vor dem Frühstück mit verschwörerischer Miene einen Kugelschreiber überreicht.
Mein unverhoffter Retter war so entzückend erstaunt über das Trinkgeld und nahm es so zögerlich entgegen, dass ich mit meinen Dankesbezeugungen ganz von vorn anfangen musste. Weil er mich in seiner Verlegenheit nicht verstand und immer wieder seine Unschuld beteuerte, klärte ich die Missverständnisse in seiner Sprache auf. Das war vor drei Stunden. Seitdem spricht mich das Personal in regelmäßigen Abständen unter den nichtigsten Vorwänden an, um auszuprobieren, ob ich wirklich Kikuyu spreche, um mir dann nach bestandener Prüfung zu versichern, dergleichen hätte es noch nie erlebt. Seit meiner Kindheit scheint sich da nicht viel geändert zu haben. Schon meine standesbewussten Mitschülerinnen pflegten sich in ihren Gesprächen mit den Menschen hier auf das Wort Jambo zu beschränken. Übrigens ist es heute der erste Tag, an dem ich nicht das Gefühl habe, ich hätte Hunger und wüsste nicht, auf was. Ich hätte viel eher meinem Instinkt folgen sollen, der mich schon im Flugzeug dazu drängte, dir zu schreiben, wie sehr ich an dich denke, doch ich kam mir wie eine heimwehkranke Schülerin vor, die neu im Internat ist und sich zum Vergnügen aller die Augen ausheult.«
Stella saß, als sie diesen Brief schrieb, der im Verlauf des Tages auf zwölf Seiten anwachsen sollte, in der Mittagszeit im berühmten Thorn Tree Café vor dem Hotel auf der Kenyatta Avenue. Die Heiterkeit ihrer Schilderungen hätte nur den beirren können, der nicht wusste, dass sie sich selten in den Schutz der Ironie begab. Sie vermisste nicht nur ihren Großvater, seine Bissigkeit, die temperamentvolle

Angriffslust und seine in Sarkasmus verbrämte Liebe, sondern auch die gewohnte Ordnung der Tage mit den banalen Zäsuren der Zeit; am meisten vermisste sie den Fixstern, der so lange der verlässliche Kompass ihrer Träume gewesen war. Unmittelbar nach der ersten Seligkeit der Heimkehr war Stella nämlich klar geworden, dass sie nie weiter als bis zum Aufbruch und stets nur an die überschaubar kleine Welt von Karibu gedacht hatte. Nairobi hatte sie bedrückend schnell ernüchtert. Schon beim ersten Blick aus dem Hotelzimmer im zweiten Stock auf die belebte Hauptstraße mit dem starken Verkehr und den vielen Menschen hatte sie begriffen, dass Mungus machtvoller Arm nicht bis Nairobi reichen würde und dass es sehr schlecht um das Wunder bestellt war, Lilly zufällig um die nächste Ecke biegen zu sehen. So gründlich und optimistisch Stella danach ihre unmittelbare Zukunft plante, am Ende ihrer Überlegungen lief sie immer in dieselbe Sackgasse. Sie konnte sich nicht mehr vorstellen, wie sie eine junge Frau finden sollte, die sie zwar präziser beschreiben konnte als ihr eigenes Gesicht, von der sie jedoch lediglich den Vornamen und den Geburtsort kannte und nur vermutete, dass sie in Nairobi lebte.

»Nein, ich will heute nicht auf Safari gehen«, klärte Stella den Portier auf, der seit dem morgendlichen Trinkgeld und dem sprachlichen Coup seines Gastes statt des Kellners jede ihrer Bestellungen ausführte. Er hatte ein Namensschild auf das Revers seiner Jacke gesteckt, hieß Samuel und legte zur dritten Tasse Tee ein Informationsblatt mit den hoteleigenen Ausflugsmöglichkeiten zwischen die Zuckertütchen auf einen Glasteller. »Ich will nicht«, wiederholte Stella in Suaheli, um in einem für sie sehr unge-

wöhnlichen Anflug von Stolz den frappierten Samuel auch von ihrer zweiten Herzenssprache wissen zu lassen, »in den National Park fahren.«
»Alle fahren in den National Park, Mama. Alle fahren schon am ersten Tag.«
»Mama fährt nicht. Sie will nicht mit fremden Leuten in einem Auto sitzen und Giraffen fotografieren und Affen mit Bananen füttern.«
»Warum willst du das nicht? Unsere Gäste wollen nur die Tiere sehen. Nie die Menschen. Sie suchen alle einen großen, dicken Löwen.«
»Ich nicht. Ich suche eine junge Frau.«
»Und wirst du sie finden?«
»Ich bleibe hier sitzen, bis ich sie gefunden habe.«
»Du gefällst mir, Mama. Du bist kein weißer Affe.«
»Du gefällst mir auch, Samuel. Du bist auch kein weißer Affe.«
»Hast du nicht gewusst, dass Menschen mit schwarzer Haut nicht weiße Affen werden können?«
»Das habe ich gewusst. Deswegen bin ich hier.«
Das Thorn Tree Café hatte mit dem Trotz und Charme, die den wirklich dauerhaften Legenden zu Eigen sind, sich nicht von der Zeit umpflügen lassen. Einst der Treffpunkt für die Farmer aus dem Hochland, für reiche Globetrotter, Abenteurer und Großwildjäger, vermittelte das Straßencafé im Stadtzentrum nun Touristen den Eindruck, es wäre noch ein Teil der entschwundenen Welt. Sie schrieben unter Sonnenschirmen Postkarten nach Hause, bemängelten das warme Bier und den langsamen Fluss des afrikanischen Lebens und trauten sich selten in die elegante Bar, die noch mehr als das Café ein Relikt der kolonialen Vergangenheit

war und die Getränke zum doppelten Preis anbot. Stella hatte dort zwei trinkfeste, betagte Amerikaner, die dank ihrer Bärte wenigstens noch wie Hemingway aussahen, von ihren Jagderlebnissen schwadronieren gehört. Weil sie den ganzen Tag mit niemandem gesprochen hatte, war sie der Versuchung erlegen, sich in ihr Gespräch zu drängen.

»Drei Löwen an einem Tag in Sarova«, schwärmte der Hemingway-Epigone. »In Kampi ya Samaki oder so ähnlich soll es auch Tiger geben.«

»Tiger gibt es nicht in Afrika und Samaki heißt Fisch.«

»Sie kennen sich gut aus, Lady. Wollen wir nicht einen Whisky zusammen trinken?«

»Kessu«, versprach Stella, »kessu heißt morgen.«

»Bestimmt?«

»Bestimmt ist hier nichts. Kessu heißt auch vielleicht.«

Die meisten Touristen und einige wenige Afrikaner saßen nach dem Abendessen in der luxuriösen Hotelhalle. Die jungen afrikanischen Männer sahen erfolgreich aus; sie sprachen auch untereinander Englisch, waren teuer gekleidet, wobei ihre Garderobe ganz augenscheinlich nicht aus Kenia stammte, und trugen selbst bei Kerzenlicht Sonnenbrille, ihre schweigsamen, stark geschminkten Begleiterinnen entweder sehr knappe Miniröcke aus Leder oder lange Gewänder in traditionellen afrikanischen Mustern, die wie die Saris der indischen Frauen aussahen. Da die sonnenverbrannten Touristen aus Europa und Amerika kein Kikuyu verstanden und die höhnischen Bemerkungen der gut gelaunten Landeskinder, manchmal unmittelbar an sie gerichtet, gerührt für Bekundungen von Afrikas sprichwörtlicher Freundlichkeit hielten, begnügten sie sich auch abends mit Shorts und Sandalen. Nach Stellas Mutmaßungen erstürmten die Touristen unmittelbar nach ihrer Ankunft die zahlreichen Souvenirgeschäfte, um sich T-Shirts in der falschen Größe zu kaufen, auf denen entweder »Jambo Kenya!« oder »Harambee« in farbigen Lettern gestickt war – ein Wort, das sie noch nie gehört hatte und das der erste Staatspräsident, Jomo Kenyatta, als Motto für sein Land gewählt hatte. Es bedeutete: »Lasst uns zusammenarbeiten!«

Dem verehrten Kämpfer für die Freiheit Kenias, dessen Bild über Stellas Bett hing und der, worüber ein kleines Schild in der Halle aufklärte, von allen »Mzee« genannt wurde, verdankte auch die breite, baumbewachsene Hauptstraße ihren neuen Namen. Die Kenyatta Avenue, bis zur Unabhängigkeit nach dem Gründer der Kolonie, Lord Delamare, benannt, war weniger elegant als einst, dafür absolut nicht mehr behäbig, sondern großstädtisch unruhig geworden. Zwischen den solide gebauten Häusern der kolonialen Anfänge fielen die neuen Gebäude durch ihr Bemühen um Anschluss an die Moderne und durch ihre Höhe auf, die vielen Autos in ihrer Mehrzahl durch Alter und Rost, der Siegeszug von Coca Cola durch die vielen Reklameschilder, die selbst an Schneidereien, Fahrradreparaturwerkstätten, Reisebüros, Souvenirläden und über Türen angebracht waren, die in verfallene Häuser führten. Am auffallendsten für Stella waren indes der Schmutz und die kümmerlichen Behausungen in den düsteren Nebenstraßen, das überall sichtbare Elend der Menschen. Selbst auf der Kenyatta Avenue waren Scharen von Bettlern – leprakranke Greise, aggressive junge Männer mit tief ins Gesicht heruntergezogenen Hüten, zahnlose alte Frauen in zerlumpter Kleidung und unterernährte Kinder mit Geschwüren an den Beinen und eiterverkrusteten Augen. Sie baten nicht, wie Stella von ihrem einzigen Aufenthalt in Nairobi noch sehr anschaulich in Erinnerung hatte, mit offener Hand und sanfter Stimme um Almosen; sie waren ständig in Bewegung, jammerten laut und scheuten auch nicht einen zupackenden Griff, um Touristen am Ärmel festzuhalten, während sie mit der anderen Hand versuchten, in deren Taschen zu wühlen oder ihr Uhrenarmband zu lösen. Allerdings hatten diese beherzten Piraten noch immer Afrikas Phantasie und dreisten Witz. In der eigenen bildhaften Sprache verfluchten sie ihre zappelnde Beute und erzählten ihr danach in gebrochenem Englisch die unwahrscheinlichsten Geschichten von Leid, Krankheit und Tod.

Der Aufmarsch dieser resoluten Gestrandeten erschien Stella ein noch beredterer Ausdruck von Kenias Verwandlung als die mit gezackten Keulen bewehrten, grimmig aussehenden Männer, die die Eingangstüren der Banken bewachten, die vielen Safari-Angebote in den Reisebüros und die überall angebrachten Plakate mit der Aufforderung an die Bevölkerung, Stolz zu zeigen und sich nicht wie die Tiere von den Touristen fotografieren zu lassen.

»Auf Karibu«, schrieb Stella ihrem Großvater, »hat kein Mensch je Hunger gehabt. Ich kenne in keiner meiner beiden afrikanischen Sprachen überhaupt das Wort für betteln. Ich weiß nur, dass ich so schnell wie möglich aus Nairobi fort und Afrika wieder finden will.«

Bis zu dem Moment seiner Niederschrift war der vage Gedanke an eine mögliche Weiterreise nur der allnächtliche Wunsch einer Vereinsamten gewesen, die es nicht gewohnt war, mit keinem über die Erlebnisse des Tages zu

reden. Der Wunsch begann sich zu konkretisieren, als Stella bei Anbruch der Nacht in ihrem Zimmer saß und ihren Brief aus der Distanz der objektiven Beobachterin überlas. Dann, beim Abendessen, belauschte sie das Gespräch einer Reisegruppe aus Manchester am Nachbartisch. Ein Mann berichtete von einer Tour mit einem Mietwagen und Fahrer in den Tsavo National Park, zwei ältere Frauen schwärmten von dem »süßen kleinen Kerl«, der den Wagen immer an der genau richtigen Stelle angehalten und so »wundervolle Geschichten über die Tiere« erzählt hätte. Als Stella dies hörte, ertränkte sie ihren Widerwillen in der lauen Hühnersuppe, doch der Gedanke an einen Mietwagen ließ sie nicht mehr los. Schon beim Hauptgang sah sie sich selbst in einem solchen Auto sitzen, freilich ohne Reisegruppe und mit einem Fahrer, der um die Bedeutung des Schweigens wusste und nicht erwartete, dass eine, die aus Chebetis Brust getrunken hatte, jeden Elefanten am Wegesrand oder überhaupt ein Tier fotografieren wollte.
Ausgerechnet am Dessertbuffet beim Anblick eines in einen Eisblock geschnittenen Büffels, dessen Hörner auf einen Kuchen mit gelbem Zuckerguss tropften, fasste Stella dann den ersten Entschluss seit ihrer Landung in Kenia. Sollte es ihr binnen einer Woche nicht gelingen, eine Spur von Lilly zu finden, würde sie zunächst aus Nairobi ab- und vielleicht ins Hochland, wenigstens bis nach Nakuru fahren, wo sie gewiss mehr über das Schicksal von Karibu und seiner Menschen erfahren könnte als in Nairobi. Auf einen Schlag fühlte sie sich sehr viel wohler als seit Tagen und endlich befreit von der einengenden Logik einer Welt, der sie trotz der Freude ihrer Heimkehr nicht hatte entkom-

men können und die in Afrika das Gemüt besonders beschwerte.

»Ich habe gewusst, dass du morgen den Affen Bananen bringen wirst«, grinste Samuel, als Stella ihn nach dem Prospekt für Ausflüge und Mietautos fragte. »Heute hast du ihnen einen sehr langen Brief geschrieben. Mit deinem neuen Kugelschreiber.«

»Sie haben schon geantwortet. Mit meinem alten Kugelschreiber.«

»Ich habe keinen Affen im Hotel gesehen.«

»Weißt du denn nicht mehr, dass du mir einen Brief gebracht hast?«

»Sorry, Madam. Samuel vergisst immer die Briefe von Affen, die er den Gästen bringt. Sie sind so klein.«

»Aber Samuel wird nicht vergessen, was ich ihm jetzt sage. Ich suche einen klugen und ehrlichen Mann, der mit mir nach Nakuru fährt.«

»So etwas vergisst Samuel nie. Ein kluger und ehrlicher Mann ist kein Affe. Er ist sehr viel größer als ein kleiner Brief. Was willst du in Nakuru machen, Mama?«

»Das werden mir die Affen in Nakuru sagen.«

Noch im Bett war Stella animiert von der Unterhaltung mit Samuel. Obwohl die Mischung von absurdem Witz und realen Bezügen typisch für die weitschweifige Phantasie Afrikas gewesen war, hatte sie dabei einmal an das Gespräch mit der Frau von der Galerie in der King's Road gedacht. Nun, unter dem Moskitonetz und während der Vollmond ihr Zimmer erhellte, sah sie auch die rosagesichtige Frau sehr deutlich, die rosa Perlen auf dem weißen Kragen und die altmodische Teekanne. Sie konnte auch die Ingwerkekse riechen und das dichte Fell der grauen Katze fühlen. Noch während sie nach dem Namen der Katze forschte, tauchten die Hütten von Karibu auf und unmittelbar danach jene besonders hinterhältigen Gespenster, von denen Stella seit dem Abschied von London nicht mehr wusste, welchem Erdteil sie entstammten.

Es war fast Mitternacht, als der Schlaflosen der Einfall kam, wieder aufzustehen und einen Schluck Brandy zu trinken. Schon die sentimentale Regung, das Kuvert mit dem Brief an ihren Großvater wieder aufzureißen und ihm ausführlich zu schildern, wann und in welcher Stimmung sie das erste Mal auf sein Wohl getrunken hat, besänftigte ihre aufgepeitschten Nerven. Das ursprünglich nur schwache Verlangen nach Brandy steigerte sich indes in Minutenschnelle zu einem körperlichen Bedürfnis, als Stella die silberne Flasche zu suchen begann und sie nirgends fand. Als sie sich endlich erinnerte, dass das Fläschchen im Safe lag, war dieses Bedürfnis bereits zu einer Gier angeschwollen, die sie laut schimpfend als die Laune einer Schwangeren verfluchte. Trotzdem zog sie sich wieder an und ging hinunter in die Halle. Die Reisegruppe aus Manchester spielte Karten. Ein Afrikaner in weißen Hosen schnarchte auf einem Sofa. Samuel saß nicht mehr in seiner Portiersloge. Hinter dem Tresen stand einer der jungen Kellner aus dem Speisesaal, reinigte seine Fingernägel mit einem hölzernen Brieföffner, auf dem ein Geier saß, und behauptete, das Hotel hätte keine Safes.

»Dann gehe ich in die Bar«, seufzte Stella.

»Samuel ist nie in der Bar. Das weiß ich.«

»Aber Brandy ist immer in der Bar. Das weiß ich.«

»Brandy gibt es auch in der Halle. Warum hast du mir nicht gesagt, dass du Brandy trinken willst? Ich stehe die ganze

Nacht hier und warte auf Frauen, die Brandy trinken wollen.«

Die Bar hatte hohe schwarze Ledersessel aus der alten und runde Tische aus der neuen Zeit; Glasplatten waren auf geschnitzte Elefantenbeine aus Ebenholz montiert worden. Über der Theke war zwischen einem in Leder gerahmten Bild von Kenyatta und der Fahne Kenias ein ausgestopfter Löwenkopf mit weit aufgerissenem Maul angebracht. Für das übrige Lokalkolorit sorgten der Barkeeper mit dem weit aufgeknöpften schwarzweißen Hemd im Zebramuster, der einen Löwenzahn an einer Kette mit Muscheln um den Hals trug, gekreuzte Massai-Speere an den Wänden, mit Kuhfell bezogene Trommeln in den Ecken, flackernde Petroleumlampen auf den Tischen und eine Musik mit Anklängen an Jazz und Suaheli-Texten. Trotz der schummerigen Beleuchtung entdeckte Stella sofort die beiden Amerikaner, die sie ein paar Tage zuvor zum Whisky eingeladen hatten. Sie saßen mit tomatenroten Gesichtern an dem einzigen großen Tisch des Raums. Der mit Hemingways Bart hatte nun auch dessen Augen nach durchzechter Nacht. Er winkte Stella zu und rief kumpelhaft: »Jambo«, sein Freund sprang auf, schwenkte eine Flasche Bourbon und brüllte: »Skol, Miss Nairobi.« Sie winkte zurück, blieb jedoch, weil sie bereits ihren Entschluss bedauerte, so spät noch in die Bar gegangen zu sein, an der Tür stehen und schaute sich verlegen um.

Ihr fiel das Paar auf, das an der Theke saß, weil der breitschultrige Mann weißblondes Haar hatte und seine Begleiterin eine sehr schlanke Afrikanerin war. Stella konnte ihr Gesicht nicht sehen, nur ihren Rücken in einem prall ansitzenden weißen Pullover und ihre bloßen Arme. Sie hatte ungewöhnlich helle Haut, sehr lange Beine und trug genau die roten, hochhackigen Schuhe, die Lilly einen Tag vor dem Brand auf Karibu aus einem Magazin ausgeschnitten und auf ein Stück weiße Pappe geklebt hatte. Stella tauchte so tief in ihre Erinnerungen ein, dass sie sogar die kleine goldene Schere aus dem Nähkorb ihrer Mutter sah. So merkte sie erst, dass die beiden sich stritten, als der Mann mit einer Hand fest auf die Theke schlug. Die Gläser klirrten, der Barkeeper grinste und deutete auf den ausgestopften Löwen und die Speere. Die Frau schüttelte den Kopf, machte zunächst eine Bewegung mit ihrer Hand, als wollte sie ihren Begleiter besänftigen, sprang dann jedoch unvermittelt auf, stieß dabei den Barhocker um und musste sich kurz an der Theke festhalten. »You fucking nigger«, brüllte der Mann. Er pöbelte weiter und so laut, dass Stella dachte, die Frau wäre so erschrocken wie sie selbst und würde sich nicht trauen, sich zu wehren. Sie hörte sie erst antworten, als der blonde Hüne den rechten Arm hob und zum Schlag ausholte. Die Bedrohte wich keinen Schritt zurück; sie skandierte jede Silbe, als sie das Gift der Schlange ausspuckte. Und sie hatte die nie vergessene Stimme jener, deren Zunge im Schock einer Kränkung immer an die Zähne gestoßen war.

»Lilly«, flüsterte Stella, doch schon beim zweiten Mal schrie sie so gellend, dass alle anderen Geräusche erstickten und nur noch das eine Wort zu hören war.

Sie kam nicht mehr dazu, ihren Mund zu schließen und ihren Augen die Ruhe der Erfahrenen zu befehlen, die den Göttern misstrauen und gelernt haben, sich vor dem Trug der Bilder zu schützen. Stella öffnete ihre Arme nicht, um das Wunder willkommen zu heißen. Ihre Füße waren zu schwer, dem Jubel entgegenzugehen, jedes Gelenk steif geworden. Die Gazelle aus Karibu aber konnte immer noch schneller rennen als ein jagender Gepard und sie war noch immer die Jägerin, die keine Zeit verlor, um die Beute zu sichern. Noch vor dem letzten Schritt holte sie ihre Schwester in den Kreis aus Feuer, der nie erloschen war, und wartete schweigend, bis die Flammen zu Asche wurden. Dann erst nannte sie Stellas Namen und zog die Betäubte zur Tür hinaus.

Der Mond strahlte nicht mehr in das Zimmer 214. Zur Erinnerung, dass das seltsamste Wunder, das Mungu je vollbracht hatte, einem entschwundenen silbernen Fläschchen und einem kurzen Ausfall eines sonst exzellenten Gedächtnisses zu verdanken waren, stand der Schrank offen. Die Schubladen waren durchwühlt. Stellas Schlafanzug lag auf dem Fensterbrett, die Handtasche im Waschbassin, der Kamm auf dem Brief nach Mayfair. Lilly hielt ihn gegen das Licht und schüttelte den Kopf. Sie buchstabierte die Anschrift mit der Stimme des Kindes, das sie gewesen war, als sie Brian Tinte und Federhalter ins Atelier gebracht und zugesehen hatte, wie er das Kuvert für den Zug nach Thomson's Falls beschriftete.

»Ich kannte nur noch seinen Namen«, murmelte sie, »die Adresse ist im Feuer meines Kopfes verbrannt, als ich von Karibu fort bin. Du weißt nicht, wie das ist.«

»Doch, ich weiß es. Das Feuer hat nicht nur in deinem Kopf gebrannt.«

»Ich wollte dir so gern schreiben. Jeden Tag, jeden Monat, jedes Jahr. Ich habe ja gewusst, wo du bist.«

»Ich kannte noch nicht einmal deinen Namen«, sagte Stella, »für Nairobi war Lilly nicht genug.«

»Für Nairobi ist nichts genug. Ist er reich, dein Großvater?«
»Sehr reich und sehr klug. Ich liebe ihn sehr, meinen Mzee.«
Nur die Stehlampe zwischen den beiden kleinen Sesseln war eingeschaltet. Sie hatte eine einzige Glühbirne und einen dunkelgrünen Leinenschirm, der das Licht erträglich machte für Augen, die dem Veitstanz der Bilder nicht zu folgen vermochten. Der tickende Wecker lag unter dem Kopfkissen. Tote Fliegen klebten an der Fensterscheibe. Es roch nach Insektenspray, der faulenden Mango in der Obstschale und nach einer Rosenseife, deren Duft die eine seit Jahren nicht mehr als einen besonderen Reiz der Nase empfand und den die andere sofort wiedererkannte.
Lilly und Stella saßen schweigend auf dem Bett und so dicht nebeneinander wie als Kinder in der Mittagsglut von Karibu, als sie sich den zu kleinen Schatten der Dornakazie auf dem Hügel hatten teilen müssen und dabei auf Kamaus ersten Schlag gegen den Wellblechtank lauschten. Nun hörten sie nichts als die Schläge ihrer Herzen; sie sahen die Pyrethrumshambas, die Colobusaffen im Wald und im Gebüsch auch die zierlichen Dik-Diks, von denen keiner ohne den anderen leben konnte, aber sie fanden nicht zum Wort. Keine wollte vor der Zeit die Panga schärfen und die Stille zerschneiden, denn noch hatte Mungu sie nicht wissen lassen, ob sie Dik-Diks geblieben waren. Ihre Kehlen waren verdorrt; die Lippen lächelten die Beschämtheit von Verlegenen, die sich nicht mehr erinnern, dass sie zusammen die Erde der Freundschaft geschluckt haben. Mit gesenktem Kopf und unruhigen Augenlidern

suchten sie nach der Brücke zu den Tagen, ehe die Türen und Fenster im Haus aus Stein verbrannt waren.
Der Knoten des hastig zusammengeschlungenen Moskitonetzes über dem Bett löste sich. In dem kurzen Augenblick, da der durchsichtige weiße Schleier über Lillys Stirn fiel, sah sie wieder wie das kokette kleine Mädchen aus, das sich die Serviette vom Frühstückstablett vor das Gesicht hielt und phantasievolle Shauris von den verrückten Hühnern aus Eldoret erzählte, doch das erinnerungssüße Bild verlor die Konturen, ehe Stella nach ihnen greifen konnte. Aus dem kurzen, dichten Haar, dem die Hände vom Bwana Mbuzi nicht hatten widerstehen können und das nun lang genug war, um den Bund des zu engen Pullovers zu berühren, waren die Locken herausgekämmt worden und mit ihnen jener Teil Afrikas, der die Frauen schön, genügsam, geduldig und unverwechselbar macht.
Lilly deutete Stellas Blick und seufzte so leise, dass nur sie es hörte. Sie presste ihre violett geschminkten Lippen fest zusammen und zupfte an einer Kette aus braunen Holzkugeln, von denen grob geschnitzte Zebras und weiße Nashörner baumelten. Ihre Nägel waren lang wie die Krallen einer fauchenden Katze und blutrot lackiert. Sie wirkte erschöpft und nervös, bat ein wenig geniert um eine Tablette gegen Kopfschmerzen und wurde noch verlegener, als Stella erwiderte, sie würde immer ohne Medikamente auf Reisen gehen. Das einst runde Gesicht war schmal geworden, das Kinn ließ wissen, dass die Ohren nichts vom Beifall der Freunde wussten. Lillys große Augen hatten noch immer die bezwingende Sanftheit ihrer Kindheit, doch aus ihnen leuchtete nicht mehr jener Hunger nach Wissen, der sie so früh zu Chebetis besonderer Tochter mit den drei

Zungen hatte werden lassen. Sie griff sehr zögernd nach Stellas Hand – nicht wie eine, die klug und stolz gewesen war und sich am Neid jener erfreut hatte, denen die Welt der Buchstaben, Zahlen und Farben verschlossen gewesen war.

»Warum bist du zurückgekommen?«, fragte sie.

»Weil du vergessen hast, mir Kwaheri zu sagen«, antwortete Stella. »Weißt du das nicht mehr? Dann weißt du auch nicht mehr, dass ich deine Sprache spreche.«

»Ich habe nichts vergessen. Ich bin nicht nur mit seinem Bild auf Safari gegangen.«

Dies war in der Nacht des reißenden Stroms, der selbst die dürren Zweige, die stets mit dem Wasser reisen, zurück an das vertraute Ufer spülte, der letzte in Englisch gesprochene Satz. Seit dem kurzen eifersüchtigen Streit, wer zuerst die Kette aus Sicherheitsnadeln tragen durfte, die der Bwana Mbuzi zusammengesteckt hatte, war es dann das erste Mal, dass sie zu gleicher Zeit weinten. Kaum hatte Stella nämlich ihren Vater und die Kette erwähnt, fand Lilly den ersten Stein, um die Brücke zwischen den verbrannten Tagen und den acht Jahren von Einsamkeit und Schmerz zu bauen, da das Salz in ihren Augen erstarrt war. Kurz darauf erzählte sie, dass sie das Porträt von dem Mädchen mit dem sonnengelben Turban jeden Morgen beim Schlafengehen unter ihrer Matratze hervorholte. Obwohl sie beim Sprechen an den Mann dachte, dessen Liebe so groß gewesen war, dass sie nie mehr die Liebe eines Mannes begehrt hatte, trieb sie Härte in ihre Stimme und Abwehr in die Hände.

»Ich habe gesagt: Jeden Morgen, wenn ich schlafen gehe.«

»Ich habe dich auch beim ersten Mal verstanden. Deine Zunge«, lächelte Stella, »kann eine sehr lange Shauri erzählen, ohne trocken zu werden. Lillys Zunge macht aus einer Schlange einen Wurm, hat mein Vater immer gesagt.« Ihr war endlich das Wort eingefallen, nach dem sie seit ihrem ersten Besuch in der Galerie gesucht hatte. Obwohl das Wort nicht gut war für eine junge Frau, die lesen und schreiben konnte und die gleichen Träume gehabt hatte wie sie selbst, war sie weder empört, wie Lilly befürchtet hatte, noch befangen. Die blauen Augen waren klar und ohne den Vorwurf der rasch Richtenden.

»Malaya?«, fragte sie trotzdem.

»Du bist immer noch klug«, erkannte Lilly, »und so gut, wie er gewesen ist. Er hat nie gefragt und immer alles gewusst.« Eine Malaya hatte Chebeti ihre eitle Tochter an dem Tag genannt, an dem sie die goldenen Gardinenringe in ihre Ohren steckte. Auf Karibu war Malaya die Bezeichnung für ein Schloss gewesen, in das jeder Schlüssel passte, für eine Schraube, die jeder Zange willig war, und für einen verfressenen Hund, der sich von einem Dieb füttern ließ und seinen Herrn nicht herbeibellte. Auch eine heiße Hündin, die sich ins Gras legte, sobald ein Rüde nur mit dem Schwanz wedelte, wurde als eine Malaya bezeichnet. In der Stadt aber war eine Malaya eine junge Kikuyufrau, die teure, rote, hochhackige Schuhe trug, die in keinem Geschäft in Nairobi zu kaufen waren, und die sich nachts an der Bar vom New Stanley von blonden Männern beleidigen ließ, ohne ihnen ins Gesicht zu schlagen – eine Frau, die ihren Körper, ihren Stolz und die Ehrbarkeit ihres Volkes verkaufte.

»Warum ist das so, Lilly?«

»Das fragt nur eine sehr junge Frau, die noch nicht vom Leben gebissen worden ist.«

»Du hast schon wieder vergessen, dass du nur eine Regenzeit älter bist als ich.«
»Ich zähle die Regenzeiten nicht mehr. Ich schau in den Spiegel. Der sagt mir, wie alt ich bin. Nur Geld macht eine Frau jung, schön und stolz. So eine muss ihr Geld nicht zählen, wenn sie Hunger hat. Sie weiß auch nicht, wie viele Kleider und Schuhe sie hat. Du hast es nie gewusst, wenn ich dich fragte, denn du hattest immer Geld. Du bist zur Schule gegangen und ich nicht. Aber ich konnte immer besser zählen als du. Du hast die kleinen Zahlen gestreichelt und die großen getreten.«
»Ich kann immer noch nicht so gut zählen wie du«, lachte Stella. »Deswegen trage ich ein Kind in meinem Bauch und du wirst auch in sechs Monaten noch eine Gazelle sein.«
»Warum gehst du mit einem Kind im Bauch ohne deinen Mann auf Safari, um eine Schwester zu suchen, die nicht deine Haut hat?«
»Ich bin nicht verheiratet. Der Vater des Kindes hat auch nicht meine Haut. Sie ist schön und dunkel. Mein Kind wird das Zebra sein, das wir immer werden wollten, Lilly.«
Es war das erste gemeinsame, schallende, befreiende Gelächter der neuen Zeit. Der Blitz, der ausgerechnet in dem Augenblick aufgeleuchtet war, da Stella bei ihrer Schwester den Neid witterte, den keine von beiden je gekannt hatte, blendete weder die Augen noch verschmorte er die Herzen. Der Sturm der Nacht wurde zu einem Wind, der die Stirn kühlte und das Fieber im Kopf löschte. Die Erinnerungen stiegen nicht mehr aus der Asche von Karibu auf. Sie tanzten wieder unter dem Affenbrotbaum. Die Mädchen, die dort aus langen Gräsern kleine Körbe für Käfer

geflochten hatten, die sie sofort wieder freiließen, waren in einen leeren Brunnen hinabgestiegen und hatten den Schatz gehoben. Sie konnten wieder mit den Augen sprechen, denn sie liefen gemeinsam auf dem schmalen Pfad, der den Weg von den Hütten zum Haus aus Stein abkürzte, und sie hielten sich an den Händen, um einander nicht noch einmal zu verlieren. Es war drei Uhr morgens, als die Erschöpften widerstrebend die Müdigkeit des Körpers zuließen und berauscht die neue, entfachte Glut ihrer Freundschaft. Sie zogen ihre Kleider aus, wuschen sich mit der Rosenseife und schliefen ein auf einem Bett, das nur eine Decke und ein Kissen hatte. Wann immer sie erwachten, hielten sie die Sterne am Himmel für die von Karibu.

»Ich gehe jetzt«, seufzte Lilly und bedrohte den ersten grauen Streifen des Morgenlichts mit ihrer Faust.

»Kessu«, widersprach Stella, »oder ist das Wort Kessu gestorben, während ich dich gesucht habe?«

»Es ist nicht gut, wenn man mich in deinem Zimmer findet. Keine Malaya schläft die ganze Nacht in einem Hotel.«

»Der Kellner, der uns das Frühstück bringen wird, ist blind und taub und stumm.«

»Er sieht besser als du. Und er redet mehr. Du fährst wieder weg zu dem Vater von dem Kind vom Zebra. Doch ich werde in Nairobi arbeiten, wie ich immer gearbeitet habe.«

»Ich bin nicht gekommen, um allein auf Safari zu gehen. Habe ich vergessen, dir das zu sagen?«

»Du hast es gesagt. Dreimal. Aber ich bin so taub wie der Kellner, der dir das Frühstück bringt.«

Der große Park mit sauberen Bänken, dichtem grünen Rasen und geharkten Wegen wusste wenig vom Elend der Bettler und der Dreistigkeit der Diebe. Die Sträucher der

Bougainvillea mit den winzigen weißen Blüten, rosa, roten und lila Blättern und den tiefblauen Schmetterlingen waren baumhoch. Fächerte der warme Wind die Palmen, schaukelten auch die fingerlangen orangefarbenen Blüten an den üppigen Begoniengewächsen. Ein roter Vogel mit gelbem Schnabel flog vom Tulpenbaum in einen Himmel, den Stella oft an einem Goldfischteich gesucht hatte und nun über der Krone eines tropischen Baumriesen fand. In seinem Schatten warfen sich zwei barfüßige Mädchen in zitronengelben Kleidern einen Ball zu, der aus einem rotweiß gepunkteten Lumpen gewickelt war. Obwohl sich Stella wehrte, sah sie grau behoste kleine Jungen mit Holzschiffchen im Hyde Park; unter einem Fliederbaum mit Maienduft hörte sie Fernando von der Liebe reden. Ihr Ohr gab seine Stimme erst frei, als sie ihm anvertraute, dass auch Afrika denen die Gnade des traumlosen Schlafs versagt, die ihr Gedächtnis mit auf die Reise nehmen.

»Ich kaufe heute eine Postkarte«, entschied sie.

»Seitdem ich von Karibu weg bin, habe ich nur noch meinen Namen geschrieben.«

»Ich weiß noch immer nicht, wie du heißt.«

»Kessu«, sagte Lilly leise, »kessu.«

Sie sah nicht mehr aus wie die Frau in der Bar, deren Zunge im Moment ihrer Erniedrigung an die Zähne gestoßen war. Sie glich nun wieder dem Bild in der Ausstellung, war Jägerin und nicht mehr Gejagte. Die Lippen waren kaum geschminkt, die Haut leuchtete in der Sonne. Lillys Hände verkrallten sich auch nicht im Pullover, als sie erzählte, sie hätte ihre Mutter nie mehr gesehen. Sie grub nur die hohen Absätze tief in die Erde, als Stella sagte: »Wir werden sie suchen. Sie wartet auf mich.«

»Auf mich hat sie nie gewartet«, schluckte Lilly und doch ging sie da schon mit den Augen auf Safari.
Es dauerte drei Tage und einen großen Teil der Nächte, ehe Lilly nachgab. Dann war sie nicht nur zur Reise bereit. Es lockte sie, obwohl sie das Wort in ihre Kehle sperrte, auch das Ziel. Als sie sich endlich überzeugen ließ, dass ihre reiche Schwester nie ein eigenes Auto gehabt und noch nicht einmal fahren gelernt hatte, war sie nur noch Chebetis resolute und praktische Tochter. Sie führte Stella in eine Agentur für Mietwagen in die Banda Street. Die gehörte einem älteren indischen Kaufmann, den Lilly als den einzigen zuverlässigen Mann in Nairobi bezeichnete. Er hatte ihr in der Hitze einer Nacht ein Geschenk versprochen und war von einem Besuch bei seiner Frau in Bombay mit roten Schuhen heimgekehrt. Der Vertrauenswürdige erkannte Lilly sofort und behandelte sie, was sie als weiteren Beweis seines tadellosen Charakters wertete, ebenso freundlich wie Stella. Die äußerte nur einen Wunsch.
»Wir möchten einen Fahrer, der kein Kikuyu ist.«
»Warum? Kikuyu sind besonders gute und sehr erfahrene Fahrer, Madam.«
»Wir wollen einen«, klärte Lilly den Mann auf, der ihr schließlich die Begierde seines Fleisches anvertraut hatte, ohne dass es zu einer einzigen Frage gekommen war, »der nicht unsere Sprache spricht.«
Drei Stunden später schleppte sie einen Karton mit ihren Kleidern und das Bild, das sie aus dem Feuer getragen hatte, ins Hotel. Im Morgengrauen des nächsten Tags setzten sie und Stella sich in einen frisch gewaschenen Ford. Der Fahrer, ein grauhaariger Mann aus dem Stamm der Luo, wunderte sich sehr, dass das seltsame Paar nicht, wie

andere Touristen, zum berühmten Blue Post Hotel und den Wasserfällen von Thika wollte. Noch mehr staunte er, als die blonde Engländerin mit ihm das Suaheli des Hochlands sprach.
»Wir fahren nach Thomson's Falls«, lachte Stella.

15

»Der Koch hat gestern alle Bananen aufgegessen, Mama«, bedauerte Samuel. Er starrte betrübt auf den opulenten Abschiedsgruß vom Hotel – ein großer Korb mit Obst, Lunchpaketen in hellblauen Servietten und einem Strauß kurzstieliger roter Nelken. Seufzend arrangierte er das schöne Stillleben so wirkungsvoll auf dem Beifahrersitz, dass der Wagen wie der einer abreisenden Diva aussah. Die Blumen waren mit einer breiten weißen Schleife zusammengebunden und steckten in einer kleinen Vase, der die Orangen, Papayas und Mangos auf der Fahrt nicht genug Halt geben würden. Noch herzzerreißender ächzend denn zuvor holte der Mime die Vase aus dem Korb und klemmte sie zwischen die Wasserflaschen in der Kiste auf dem Boden. Die überraschten Mienen seiner Gäste spornten ihn an. Er ließ auch die Heiserkeit der Trauernden in seine Stimme.

»Der Koch«, räusperte sich der Bewegte, »wollte nur die ganz kleinen Bananen essen, aber ich habe ihm gesagt, die schöne Mama, die unsere Sprache spricht, bringt den Affen nie Bananen. Die will, dass unsere Affen hungrig sind, wenn sie ihre Briefe lesen.«

»Die Mama will den Mann lachen hören«, erwiderte Stella, »der so schöne Shauris erzählt, dass er sie selber glaubt.«

Obwohl Lilly ihre Hand festzuhalten versuchte und leise zischte, steckte sie Samuel zum zweiten Mal innerhalb von fünf Minuten ein Trinkgeld zu, das er – genau wie das erste – als zu gering für einen Mann mit verantwortungsvollen Aufgaben und drei sehr schwer zu sättigenden Söhnen empfand. Der heitere Freund von Stellas einsamen Tagen kicherte auffallend kurz und rannte auffallend schnell zurück in die Halle. Er schätzte nun mal die abfahrenden Gäste, die sich immer nur um ihre Koffer und Taschen sorgten und deren Kopf schon vor ihrem Körper weitergereist war, sehr viel weniger als die neu ankommenden. Nur Gäste, die aus einem Taxi vom Flughafen stiegen, hatten noch so gut gefüllte Brustbeutel und so hohe Erwartungen an Afrika, dass sie einen Portier selbst für das vom Hotelmanager befohlene Lächeln großzügig entlohnten.
»In Thomson's Falls essen die Affen keine Bananen, du stinkender Kikuyusohn einer lahmen Hündin«, brüllte der Fahrer, als von Samuel nur noch ein Bein zu sehen war. Er kurbelte das Fenster hoch und dann wieder hinunter. Ehe er den Motor anließ, sagte er zweimal sehr deutlich: »Wir fahren nach Thomson's Falls.«
Es machte ihm noch mehr Mühe als erwartet, die beiden zungenspaltenden Worte auszusprechen, die seiner Meinung nach zu Recht mit den alten Zeiten gestorben waren. Danach musste er sich allerdings das Lächeln der Wissenden mit fest aufeinander gebissenen Zähnen versagen. Mit keiner Bewegung seiner Lippen ließ der ahnungsvolle Analytiker der sehr ungewöhnlichen Umstände merken, dass ihm seine Ohren schon weit mehr über seine beiden Fahrgäste verraten hatten als seine Augen. Für ihn galt es jetzt nur noch, das Verhältnis der blonden Frau, die als Herrin

der roten Geldbörse zweifellos auch auf das Vorrecht ihrer Zunge bestehen würde, zu Uhren und Kalendern zu prüfen. Er hörte sie, was seine erste Vermutung in Bezug auf die Safari ihres Lebens in genau die richtige Richtung trieb, mit der schönen Schwarzhäutigen in der Sprache der Kikuyu reden.

»Werden wir heute in Thomson's Fall sein oder morgen oder in einer Woche?«, fragte der Kluge, der auch dann nicht seine Neugierde zeigte, wenn sie seine Kehle wundkratzte.

»Wir werden die Tage nicht zählen«, sagte Stella, »heute nicht und morgen nicht. Auch in einer Woche werden wir die Tage nicht zählen.«

Der bedächtige Grauhaarige aus dem Stamm der Luo, der noch nie mit Touristen auf Safari gegangen war, deren wolkenweiße Stirn und bloße Arme nicht rot wie das Hinterteil eines alten männlichen Pavians geleuchtet hatten, zupfte zufrieden an dem kleinen, hölzernen Elefanten, der am Rückspiegel befestigt war.

»Das ist sehr gut«, befand er; er sprach das Wort »misuri« so lobend aus, dass jedem der drei Silben Flügel wuchsen. »Menschen, die die Tage nicht zählen, haben einen Kopf, der so leicht wie die Feder eines neugeborenen Huhns ist. Menschen mit einem leichten Kopf machen nie den Rücken ihrer Fahrer krumm.«

»Dein Rücken wird so gerade bleiben wie ein Stock, der lange in der Sonne gelegen hat«, versprach Stella.

Seitdem der begabte Philosoph als junger Mann nach Nairobi gekommen war, wo er im Lauf der Jahre so gut verdiente, dass er von allen außer seiner Mutter beneidet wurde, hatte er seinen Rücken nicht mehr beugen müssen, um abends seinen Bauch gut zu füllen. Er hatte zunächst als Handlanger bei einem Fahrradhändler gearbeitet und danach in drei Autowerkstätten. In der dritten hatte er nicht nur Autos reparieren, sondern sie auch fahren gelernt und danach an einer Schulung für Reiseführer teilgenommen, die in den Zeiten des rasch anwachsenden Fremdenverkehrs auch den Männern aus dem Stamm der Luo angeboten wurden. Seit zwei Jahren übernahm er nun Safari-Touren in die Serengeti und ins Hochland. Er nannte sich Joseph. Der Name bereitete den Reisenden aus Europa und Amerika nicht so enorme Schwierigkeiten wie jener, den ihm sein Vater gegeben hatte. Zudem war nach der Unabhängigkeit des Staates die Sprache der Engländer so beliebt bei den Menschen in Kenia, die gute Schuhe, saubere Hemden und schöne Mützen auf hoch erhobenen Köpfen tragen wollten, wie sie es in den Zeiten der Kolonie nie gewesen war.

Wäre er gefragt worden, was nie geschah, hätte Joseph viel von seinem biblischen Namensvetter erzählen können, denn er hatte auf einer Missionsschule lesen und schreiben gelernt. Sein Interesse für Träume und fette Kühe und eine bunt gestreifte Jacke erinnerten ihn oft an die schönen Geschichten seiner Kindheit. Die Jacke streichelte seinen Stolz ebenso sehr wie das ordentliche Gehalt, das ihm sein Arbeitgeber zahlte. Zählte der zweite Joseph, wie er sich nannte, wenn er seiner Neigung nachgab, mit sich selbst zu reden, morgens auch nur widerstrebend die Tage, die eine Safari dauern sollte, so doch mit großem Behagen abends sein Geld.

Er war noch im Alter sparsam und ehrgeizig; er hätte eher einen seiner fünf jüngeren Brüder verkauft, als sich ein

Trinkgeld entgehen zu lassen. Die Touristen mit den Fotoapparaten und Ferngläsern bedachten ihn reichlich auf ihren Safaris. Er sah noch die schwächste Spur eines Löwen; die Spitze eines Schwanzes reichte ihm, um auf einem Baum mit dichtem Blattwerk einen schlafenden Leoparden zu entdecken. Der tüchtige Jäger mit den Augen hatte indes nicht nur eine feine Witterung für Tiere. Sein Gespür für Menschen war ebenso scharf ausgeprägt. So wurde ihm schon auf den ersten Meilen der Reise klar, dass die Safari mit den zwei Frauen, die sehr viel länger schwiegen, als sie redeten, absolut nicht wie die anderen sein würde. Jeder Blick in den Rückspiegel bestätigte dem nachdenklichen Menschenkenner, dass die Blonde und die Schwarze den Weg kannten und das Ziel fürchteten. Er schnitt erst ein Loch in die Stille – und das mit sehr ruhiger Stimme –, als die frisch geweißten Häuser und üppigen Gärten von Naivasha auftauchten.

»Mein jüngster Bruder arbeitet in dem größten Hotel von Naivasha. Das Essen ist dort sehr gut. Und immer sehr billig für schöne junge Frauen, die mit Joseph auf Safari gehen.«

»Das Essen in unserem Korb ist noch besser und noch billiger«, wusste Lilly. Für einen Moment, der ihre Haut feucht machte, lieh sie sich die Stimme ihrer Mutter, wenn der Bwana Mbuzi zu volle Teller zurück in die Küche schickte.

»Du wirst«, verstand Stella, »deinem Bruder Jambo sagen und uns zum See fahren.«

Es war das erste Mal, dass Joseph lachte, und er tat dies mit einer Heiterkeit, die seine Ohren so warm machte wie die Windschutzscheibe. Er drückte rasch auf die Bremse und drehte sich langsam um. »Du hast nur meine Haare gesehen und nicht meine Augen. Woher weißt du, dass ich wieder komme, um zwei Frauen abzuholen?«

»Weil ich weiß, dass die Luo sehr klug sind, Joseph. Wenn du uns nicht vom See abholst, werden wir erst unser Brot, das Huhn und das Obst vom Hotel essen, aber dann unser Geld.«

»Und vorher gehen unsere Stimmen auf Safari«, drohte Lilly. »Die werden bis zu dem großen Chef von dem kleinen Bruder reisen, dem du Jambo gesagt hast. Und wenn seine Ohren voll sind, klopfen unsere Stimmen an der Tür von der Polizei in Naivasha. Dort arbeitet mein Bruder.«

Sie trug den Korb mit den Lunchpaketen, zwei Flaschen Wasser und die Vase mit den Blumen unter einen Baum, der nie den Durst Afrikas erlitten hatte und der sich jeden Mittag an der feuchten Luft von Kenias schönstem See betrank. Als der Wagen in einer roten Staubwolke verschwand, die beide als eine bestimmte erkannten, obwohl sie noch ohne galoppierende Zebras war, steckte Lilly eine Nelke hinter ihr Ohr. Sie erfuhr von Carmen, die mit der Glut ihrer Augen den Männern die Klugheit und die Ruhe geraubt hatte. Die rote Nelke roch stark nach Zimt und die schwarze Carmen schon ein wenig nach einer Wanderin, die sich sehr lange im Wald verirrt und schließlich doch noch den einzigen Pfad erspäht hat, der sie zur eigenen Feuerstelle führt. In ihren Augen war wieder die Sanftheit einer jungen Gazelle, die noch nicht gelernt hat, den Feinden zu entfliehen, nicht mehr die Müdigkeit einer Frau, die als verzweifeltes junges Mädchen ihren Stolz gegen eine Mahlzeit und ein Dach aus Wellblech eingetauscht hatte. Als Lilly die Wasserflaschen in den kühlenden Schatten der Pflanzen am Seeufer trug, sprang sie auf dem Rückweg mit jener Geschmeidigkeit über eine hervorstehende Wurzel, um die sie alle Kinder ihres Jahrgangs beneidet hatten. Mit gekreuzten Beinen setzte sie sich ins Gras, zog ihre Schuhe aus, hielt sie lachend über den Kopf und warf sie hoch in die Luft. Gebieterisch öffnete die Königin den Bund der zu eng gewordenen Hose ihrer Dienerin, denn sie wusste nun wieder, dass sie eine Regenzeit älter und deshalb klüger als ihre Schwester war, die aus der Kälte kam und sich nicht mehr erinnerte, dass die Haut in den Momenten von noch nie empfundener Zufriedenheit mit der Sonne reden wollte.

»Auch deine Schuhe sind zu lange an deinen Füßen gewesen«, rügte sie. »Du hast immer vergessen, die Schuhe auszuziehen, wenn du fliegen wolltest.«

Sie konnten beide noch mit den Zehen junge Grashalme pflücken und mit ihnen das Kinn kitzeln. Die hohen Bäume und das dichte Gebüsch mit kleinen, rotschnäbeligen Vögeln und großen gelben Schmetterlingen warfen nur noch lichte Schatten auf die dampfende Erde. Es war in dieser glühenden, schwerelosen, von einem wolkenlosen Himmel rieselnden Stunde, da Stellas Gewissen zur Ruhe kam. Sie begriff, weshalb ihr afrikanischer Traum sie stets fester umschlungen hatte als Fernandos Arme. Obwohl sie den Naivasha-See nie gesehen und er sie in keinem einzigen ihrer nächtlichen Safaris vom Goldfischteich weggelockt hatte, kehrte sie an seinem Ufer heim in das Land, dessen Farben, Duft, Stille und Melancholie die Menschen zu den wehrlosen Gefolgsleuten einer lebenslangen Sehnsucht machten. Als ein Kormoran auf dem Wasser tänzelte, konnten Stellas Augen das Wasser nicht mehr halten.

»Ich weine nicht«, schluckte sie.
»Du hast schon immer mit nassen Augen gelogen.«
Der See mit dem in einer warmen Brise wehenden, zarten Papyrus glänzte als spiegelnde Scheibe im Olivgrün der unberührten Natur. Mit weit gespreizten Zehen liefen die langbeinigen rotbraunen Blatthühnchen über schaukelnde Seerosenblätter. Sie hatten eine blaue Stirn und einen weißen Nacken. Am Ufer stolzierten majestätische Reiher auf schwarzen Beinen, im Stechschritt zwei Marabus mit schwerem fleischfarbenen Kehlkopf. Schwerfällig erhoben sich mächtige Pelikane zum Flug. Ein Schreiseeadler mit Flügeln, so schwarz wie eine mondlose Nacht, stürzte vom Himmel herunter und fing einen Fisch. Die Eisvögel mit dem strahlenden Gefieder der Gekrönten wippten auf blattsatten Zweigen von Ästen, die tief herunterhingen.
Als sie die Papayas gegessen hatten und die Mangos aufschnitten, schauten sich Stella und Lilly im gleichen Moment an und zogen mit den folgsamen Blicken der artigen kleinen Mädchen, die sie gewesen waren, die Blusen aus – Chebeti hatte es ihnen befohlen, um das rote Kleid aus dem Feuer der Sonne und das himmelblaue vor den Flecken zu schützen, gegen die selbst die teure Seife aus Nakuru machtlos war. Sie gruben, kichernd wie damals, ihre Zähne in das feste Fruchtfleisch und sie schmeckten nichts mehr als die Süße eines Lebens ohne Not und ohne Gebot. Der dickflüssige orangene Saft tropfte vom Kinn herab und traf auf Stellas Brust den Kopf einer Fliege mit grün glänzenden Flügeln. Auf der Haut der Arme und Stirn wurde der Schweiß in dem blendenden Mittagslicht zu winzigen bunten Perlen. Während Lilly die Kerne und Schalen der Mangos und Papayas in die Erde grub, bra-

chen ihre blutrot lackierten Nägel ab, doch sie lachte mit allen ihren Zähnen, als sie die Erdbrocken von ihren Händen schüttelte. Das Loch für die Obstreste und Hühnerknochen war nämlich so tief, dass mit den Würmern und Fliegen auch die Angst vor den Tagen erstickte, die noch nicht gekommen waren. Lillys Fröhlichkeit hatte die Kraft eines Buschfeuers. Das blonde, blauäugige Kind, das nun ein Kind im Leib trug, spuckte – wie unter der Dornakazie am Waldrand von Karibu – ins hohe Gras und wartete, bis die winzigen Blasen zerplatzten. Ehe sie vergingen, schillerten sie in den Farben jenes einen Regenbogens, den Noah in seiner Arche erblickt hatte.

»Ich habe bis heute Wasser nur in Eimern, Schüsseln und Flaschen gesehen«, staunte Lilly und berührte zärtlich die Nelke in ihrem Haar, »so viel Wasser war immer nur auf den Bildern, die mir der Bwana Mbuzi am Ende vom Monat gegeben hat und die ich unter dem Bett verstecken musste, damit sie meine Schwestern nicht mit ihren dreckigen Händen anfassten. In Nairobi«, rief sie laut und hörte zum ersten Mal seit Jahren wieder das Echo ihrer Stimme, »werden meine Augen nie mehr Hunger haben.«

»Wir haben Nairobi vergessen, Lilly. Mungu hat das Wasser vom Nakuru-See über die Straße nach Nairobi geschüttet. Heute werden wir in Nakuru schlafen. Ich habe den See dort immer nur von dem kleinen Fenster meiner Schule gesehen. Wenn ich auf meinem weißen Pferd in den Himmel geritten bin, konnte ich ihn riechen. Ich will endlich einen Flamingo treffen.«

Sie kannte das Wort für Flamingo weder auf Suaheli noch auf Kikuyu. Eine Zeit lang blieben die Zungen beim Englisch. Sie waren nun rastlos wie die fetten weißen Ameisen, die ihre Last über einen Teppich aus Moos zu einer Burg aus roter Erde schleppten. In der Sprache, die sie im Atelier vom Bwana Mbuzi gelernt hatte, verlor Lilly ihre Scheu, die nie verheilten Wunden aufzureißen. Während sie seine sanfte Stimme hörte und seine weichen Hände fühlte, holte sie Erinnerungen zurück, von denen sie nicht mehr gewusst hatte, dass sie von einer Gazelle mit dem Mut einer kämpfenden Löwin aus dem brennenden Haus getragen worden waren. Stella erzählte von der kostbaren Flamingobrosche in ihrem Koffer und danach sehr lange von dem Mann, der ihr zum Abschied ein silbernes Fläschchen in die Manteltasche gesteckt hatte.

»Hast du deinem Großvater auch etwas geschenkt?«

»Ich habe ihm immer nur mein Herz geschenkt. Das ist am Flughafen zum zweiten Mal verbrannt. Du hast es gut, Lilly, dass du nicht hast lieben müssen.«

»Du hast deinen Vater vergessen, Stella. Nur weil er in Karibu geblieben ist, habe ich mich in das Auto von dem Luo gesetzt, der immer alles weiß und nichts sagt. Er wird gleich hier sein. Ich habe schon die Reifen gerochen.«

Als Joseph eine halbe Stunde später hinter einer Herde von buckeligen Kühen und weißbärtigen Ziegen auf die breite Straße nach Nakuru einbog, sprach er zum ersten Mal seit der Abfahrt vom See. Ohne sich umzudrehen und im trägen Tonfall derer, die weder ihre Augen noch ihre Ohren mit dem Gewicht der Neugierde belasten, wenn dies ihnen nicht die Vorsicht gebietet, fragte er: »Wo ist Karibu?«

»Wer hat mit dir von Karibu gesprochen?«

»Deine Stimme«, erinnerte der überlegene Schweigsame die Argwöhnische mit der Nelke hinter dem Ohr und dem Zorn in jedem Wort ihrer Frage, »kann doch vom See bis zu dem großen Chef von meinem kleinen Bruder reisen. Das hast du mir gesagt. Und ich habe dich schon reden gehört, als ich noch das Fleisch im Mund hatte, das mein Bruder für mich gekocht hat.«

»Du hast«, sagte Lilly wütend, »am See hinter einem Baum gestanden und aus deinen Ohren eine Falle gemacht, um die Beute von fremden Jägern wegzutragen. Das machen nur Diebe.«

»Karibu«, beschwichtigte Stella, »war gestern eine Farm in Thomson's Falls. Wir wollen sie morgen wieder finden.«

»Und wo ist Thomson's Falls, Mama?«

»Hast du vergessen, was ich in Nairobi gesagt habe? Ich habe gesagt, wir fahren nach Thomson's Falls. Und da hast du nicht gefragt, wo Thomson's Falls ist. Du hast auch nicht gesagt ›Welche Straße soll ich fahren?‹.«

»Wenn ich Hunger habe«, sagte Joseph, »ist meine Zunge immer sehr müde. Als heute die Sonne aufging, hatte ich Hunger. Jetzt bin ich satt.«

Er antwortete danach auf keine einzige Frage mehr. Er machte seinen Rücken breit und schlug immer wieder nach einer dicken Fliege, die sich stets nur ein paar Minuten von seinem Kopf vertreiben ließ. Es war kein gutes Schweigen im Wagen. Von Zeit zu Zeit hupte Joseph so anhaltend, dass die am Rand der Straße grasenden Ziegen verschreckt in kleine Gräben sprangen und die Hüter, die um ihre Viehherden fürchteten, ihm mit erhobener Hand nachfluchten. Durch Gilgil fuhr der plötzlich Verwandelte so schnell, dass die solide gebauten, hellgelben Häuser aus der Kolonialzeit und die neuen kleinen Läden in kümmerlichen Wellblechbuden, die Obststände unter den zerlöcherten schwarzen Regenschirmen, die alten Frauen, die davor auf zerlump-

ten Decken saßen, die spielenden Kinder und abgemagerten Hunde alle wie graue Schatten wirkten.
Erst als die Spitze des Menengai zu sehen war und Stellas Nase sich schon beim ersten Blick auf den abweisenden Riesen an den stechenden Geruch vom Salzsee in Nakuru erinnerte, hielt Joseph – scharf bremsend und mit einem kräftigen Schlag auf das Armaturenbrett – den Wagen an. Er knöpfte seine gestreifte Jacke zu, zupfte an seinem Hemdkragen und kämmte sich so gründlich, dass ein Zacken aus dem lila Kamm fiel; umständlich wühlte er im Handschuhfach, schüttelte einige Male den Kopf und redete derweil die ganze Zeit, als hätte er nie Suaheli gelernt und wisse nichts vom Segen zufriedener Ohren, nur in seiner Stammessprache. Schließlich zog der schwarze Bruder der Sphinx unter dem Kasten mit den Wasserflaschen eine zerfledderte Karte hervor, auf der in gelben Blockbuchstaben »Rift Valley« stand. Er stieg aus, reckte sich wie ein Hund nach langem Schlaf und lief trotzdem mit den Beinen einer hinkenden Hyäne um den Wagen herum. An der Seite, an der Stella saß, riss er die Tür auf, entfaltete seufzend die Karte und hielt sie ihr hin.
»Du kannst«, sagte er überraschend freundlich, »besser lesen als ich. Du musst mir Thomson's Falls zeigen.«
Als Stella mit brennenden Augen zu der Safari der unmittelbaren Zukunft aufbrach und mit einem Finger, der nicht ruhig genug war, dem Gewirr der großen Straßen und der vielen Nebenwege zu folgen, fand sie jeden Ort auf der Karte wieder, dessen Name allein schon ihr Herz zu schnell schlagen ließ. Sie entdeckte die Straße, die von Nakuru über Nyeri nach Nanyuki führte, sie fand Njoro und verirrte sich sogar bis nach Eldoret, der Geburtsstadt der ver-

rückten Hühner. Nur Thomson's Falls war nicht auf der Karte verzeichnet. In dem kurzen Moment von Zweifel und Schock sah sich Stella, wie in den Albträumen vor ihrem Aufbruch, wieder ratlos am Kreuzweg stehen und dann den Pfad zurückschleichen, den sie gekommen war. Auch diesmal senkte sie wieder den Kopf. Als sie aber hochschaute, sah sie Joseph mit der Befriedigung derer grinsen, die ihr Leben lang klüger als die anderen gewesen sind. Da wusste Stella, weshalb der Grauhaarige sich so lange gekämmt und warum er seine Jacke zugeknöpft hatte. Sie kannte sich noch gut mit den wundersam hinterhältigen Komödien aus, in denen Afrikas Witz und Schadenfreude die Hauptrolle spielten. Schon als Joseph mit dem Zorn eines schnaubenden Stiers durch Gilgil gerast war, hatte er sich auf den Auftritt des listigen Kriegers vorbereitet, der mit dem ersten Pfeil den Zweikampf unter Gleichen entscheidet. So ein Auserwählter trat beim Spannen des Bogens nicht mit offener Jacke und vom Wind zerzaustem Haar an.

Mit der Übung von Jahren verschluckte Stella den Seufzer, der ihre Erleichterung hätte anzeigen können, doch sie schloss das rechte Auge und schaute Joseph nur mit dem linken an. So ließ sie den kecken Bogenschützen wissen, dass sie nicht eine Ahnungslose war, die sich nicht mit den Rätseln des Lebens auskannte. Sie zählte nicht zu den Furchtsamen, die sich von der Waffe des Feindes blenden ließen.

»Wir sind drei«, sagte Stella. Um das Spiel nicht vor der Zeit zu beenden, flüsterte sie, wie es die Demütigen und Schwachen in der Stunde ihrer Niederlage tun. »Aber nur einer von uns wird die Spuren finden, die wir alle suchen.«

»Willst du den Wasserfall in Nyahururu sehen?«, fragte Joseph. Seine Stimme war so weich wie das Moos am See.
»Warum fragst du, ob ich den Wasserfall in Nyahururu sehen will?«
»Die anderen wollen immer den Wasserfall in Nyahururu sehen, nachdem sie den hungrigen Affen Bananen gebracht haben.« Kaum hatte der jubelnde Sieger der Besiegten bewiesen, dass er sogar noch von den Affen wusste, von denen er doch erst am Morgen erfahren hatte, konnte er das Gelächter nicht mehr zwischen seinen Zähnen halten. »Thomson's Falls hat einen neuen Namen und heißt schon lange Nyahururu«, trompetete er mit der Stimme eines Elefanten. Er rieb die Erheiterung in seinen Augen mit dem Lappen für die Wagenfenster trocken.
»Das habe ich nicht gewusst.«
»Nein, das hast du nicht gewusst. Aber ich habe schon in Nairobi gewusst, warum du mit der Zunge der Kikuyu sprichst. Du bist nicht in England geboren, Mama. Dort haben die Menschen nicht Hände, die nach Händen mit schwarzer Haut greifen. Ihre Zungen streicheln auch nicht unseren Stolz mit unserer Sprache. Das hast du in Nyahururu gelernt.«
»Du bist sehr klug«, lobte Stella. »Du brauchst keine Bücher, um zu lesen.«
Sie lachten alle zu gleicher Zeit, als sie klatschte. Weil das gemeinsame Gelächter von drei Menschen, die sich fremd sind, als die beste Beute jener Genügsamen gilt, die nur auf ohrenwärmende Worte Jagd machen, befreite sich Joseph auf einen Schlag aus den scharfen Krallen des Misstrauens, das einen Mann mürrisch und schweigsam macht. Ab diesem Moment vergaß er, dass er ein erfahrener Safarifahrer

war, der schlafende Leoparden auf Bäumen und Löwen auf Felsen ansteuerte und sich abends an mehr Trinkgeld erfreute als die mit den faulen Augen. Wie einer, der im Leben nur das Lächeln von Freunden als Dank für seine Mühen begehrt, bewunderte der vom dreifachen Gelächter verzauberte Joseph die Blume an Lillys Ohr; er erzählte ihr, dass er drei Töchter mit langen Beinen hätte, wobei er die ihrigen mit den hungrigen Blicken des jungen Mannes betrachtete, der er einst gewesen war.

Stella nannte der phantasiebegabte Schmeichler erst eine schwarze Engländerin, dann eine weiße Afrikanerin und nach nur kurzer Überlegung eine Frau, deren Hände ihm schon in Nairobi mitgeteilt hätten, dass sie deshalb so schön und kräftig seien, weil sie nie zu lange das Trinkgeld festhalten müssten, das einen alten Mann satt machte. Damit sich keiner der Vergnügten aus dem Kreis der neuen Vertrautheit ausgeschlossen fühlte, sprachen die beglückten Empfängerinnen der selbst für Afrika ungewöhnlichen Komplimente nur noch Suaheli. Sie willigten auch sofort ein, als Joseph ihnen vorschlug, in einer Lodge am See zu übernachten. Er sagte, sie sei im ganzen Land berühmt. Nur sehr dumme Menschen und ganz schlaue Moskitos würden sterben, ohne sie gesehen zu haben.

»Mein Bruder arbeitet dort«, lockte der Zungengeschmeidige. »Das Essen ist sehr gut. Und immer sehr billig für schöne junge Frauen, die mit Joseph auf Safari gehen.«

»Wie viele Brüder hast du, Joseph?«

»So viele, wie ein Safari-Fahrer braucht«, gestand der schwarzhäutige Nachfahre des Merkur, der einst vom Gott der Wanderer, Hirten und Herden zu dem der Kaufleute avanciert war.

Die Lodge hatte grün gestrichene Fenster und aus glänzendem schwarzen Holz geschnitzte Löwenköpfe an den Türen. Die ockerfarbenen Mauern waren bis zu dem Dach aus lehmroten Ziegeln mit purpurnen Bougainvillea bewachsen. Hohe Jacarandabäume beschützten einen riesigen Garten mit runden weißen Tischen, Korbsesseln und überdachten Schaukeln. Auf deren rosa Kissen waren mit Goldfaden Flamingos aufgestickt. Drei junge Warzenschweine hetzten einander um ein Rondell mit Feuerlilien. Nachdem das Wettrennen entschieden war, krochen sie grunzend unter üppige Hecken wilder Rosen. Olivgrüne Meerkatzen klopften fordernd an die Fensterscheiben der Gästequartiere. Auf dem Rasenteppich badeten metallblau schimmernde Glanzstare in einem sprudelnden Brunnen mit einer Antilope aus Bronze in der Mitte, die einen breitrandigen Strohhut auf den Hörnern trug. Zwei Pfauen buhlten mit blaugrün irisierenden Rädern um die Zuneigung einer nackten Frau aus weißem Marmor. Die schwarzweißroten Köpfe der Kronenkraniche waren mit goldenen Federkronen geschmückt, die im Burgunderstrahl der untergehenden Sonne leuchteten.
Stella und Lilly waren so müde, dass sie sich angezogen auf das breite Bett legten, ihre Erregung in die Kissen vergruben, den Mann nicht mehr wahrnahmen, der das Holz im Kamin anzündete und das Abendessen verschliefen. Um Mitternacht wachten sie auf, hockten auf dem breiten Fensterbrett und zählten mit der singenden Stimme der Mzee von Karibu die Sterne. In einem Moment von Beklommenheit und Zweifel wünschte sich Stella, sie könnte für immer in der Lodge der gedämpften Laute und sanften Farben bleiben und brauchte nie mehr dem Drängen

ihrer Sehnsucht zu folgen. Im Morgengrauen grübelten beide, wie sie die Farm unterhalb des Wasserfalls je finden sollten, denn sie sahen immer nur den Flamboyantbaum und nicht den Weg zum Haus aus Stein. Lilly wagte die Wahrheit.

»Chebeti wird nicht mehr in Karibu sein.«

»Sie hat gesagt, sie wird auf mich warten.«

»Und ein Wort ist dir genug, um auf Safari zu den toten Tagen zu gehen? Du bist ein Kind geblieben, Stella. Nur die Reichen haben Träume.«

»Das Wort war mir immer genug. Nur wer keine Träume hat, ist arm. Deshalb hat mir mein Vater ein weißes Pferd geschenkt, als ich das erste Mal von Karibu fortmusste.«

Sie frühstückten kurz nach Sonnenaufgang auf der Terrasse mit Aussicht auf den See. Im weißen Licht erschienen graue Berge. Die Luft war noch nachtkühl, die Warzenschweine schon wach. Die Rosen erwarteten die Bienen im Perlenglanz vom Morgentau. Eine schwarzgesichtige Meerkatze tauschte einen Blick aus hellen Augen gegen ein Beutelchen Zucker. Es roch nach Jasmin aus dem Garten, Honig vom Buffet und dem Salz vom See. Lilly sah als Erste die Giraffen und eine Gruppe von Zebras vorbeiziehen, Stella entdeckte vor ihr die Hörner eines Wasserbocks. Sie hielten sich an den Händen, weil sie nun die Ungeduld der Beine spürten und die sie wissen ließ, dass sie nichts vergessen hatten von dem, was gewesen war.

»Wenn ich erst in Nyahururu bin, finde ich auch die Straße wieder«, ahnte Stella.

»Thomson's Falls«, rief Joseph und tauchte hinter einem Busch mit roten Beeren auf. »Du brauchst heute das Wort der alten Zeit, Mama.« Er hielt einen Korb aus fein ge-

flochtenem Bambus hoch über dem Kopf. »Der ist von meinem Bruder für die Safari.«
Weil er nun mit Freunden reiste und nicht mit Fremden, für die ein Mann eine gestreifte Jacke brauchte, damit sie ihn überhaupt sahen, trug Joseph ein weißes Hemd. Er bestand darauf, das Gepäck selbst aus dem Zimmer zu holen, zählte vor einem zornigen Zimmermädchen die Koffer und Taschen in zwei Sprachen und verstaute sie im Wagen, den er noch am Abend gewaschen hatte. Aus dem Blumenbeet vor dem Empfang pflückte er eine rote Nelke, fasste sich ans Ohr und überreichte sie Lilly. Auf dem Weg zum See sang er das alte Lied von dem Leoparden, der einen Schuh gestohlen hat und durch das Geschrei seiner Beute als Dieb entlarvt wird. Lilly kannte noch die Melodie und Stella den Text.
Akazien mit gelber Rinde und mächtige Kandelabereuphorbien umgaben den See. Möwen schaukelten auf dem Wasser, und während die Geier in den Bäumen auf Beute lauerten, wurden die Pelikane satt. Die Flamingos mit rotem Schnabel standen bewegungslos auf ihren rötlichen Stelzbeinen und bildeten ein langes, breites Band in allen Schattierungen von Rosa. Der See schimmerte in einem blassen Blau und wurde, als die Sonne sich vor die Wolkenfetzen schob, zu jener gleißenden Silberpracht, die zu dem Traum von einem Paradies geführt hatte, in dem kein Mensch den anderen kränken durfte. Stella erzählte Joseph, weil seine Fragen die eines Freundes waren, von ihrem Vater und dass er sein erstes Bild in Afrika am Nakuru-See gemalt und dort beschlossen hatte, nie wieder nach England zurückzukehren. Lilly erklärte dem, dessen Augen immerzu mehr wissen wollten, als seine Ohren halten konnten, wes-

halb die Menschen auf Karibu diesen Mann Bwana Mbuzi genannt hatten. Sie beschrieb das Atelier mit den Farbtöpfen, die Bilder von den Ziegen und einmal, ohne dass sie es merkte, die Lieblingsziege ihres Vaters. Später sprachen beide von dem Tag, als ihre Kindheit verbrannt war. Sie löschten die Flammen mit einem Schweigen, das bis zur Glutstunde der kurzen Schatten währte. Joseph holte nur für sich Essen aus dem Korb.

»Es ist nicht gut«, tadelte er, »mit einem leeren Bauch zu den Tagen zurückzureisen, die nicht mehr sind.«

Stella musste kräftig den Kopf schütteln, um die Dornen der Erinnerungen loszuwerden, denn für einen Moment hatte Joseph so besorgt ausgesehen wie in den letzten Wochen ihr Großvater am Frühstückstisch. Sie hörte Sir William missgelaunt fragen, weshalb er überhaupt noch die guten Würstchen aus Cumberland kommen ließ, und unterdrückte ein Würgen, das nur sehr allmählich in Wehmut überging.

Das graulockige Gespenst aus Mayfair klopfte provozierend auf seinen gefüllten Bauch, ging mit den Beinen eines alten Mannes bis zum Rand des Sees und klatschte dort mit den Händen eines jungen Kriegers. Die verstörten Flamingos flogen hoch. »Das muss ich immer für die machen, die mit ihren Kameras auf Safari gehen«, rief er, ohne sich umzudrehen, »die wollen, dass auf ihren Bildern die Vögel fliegen.« Er kehrte erst zurück, als die geflügelte Wolke vom Himmel ins Wasser schwebte, blinzelte in die Sonne, schaute auf seine Uhr, eilte mit dem Korb zum Auto und fing an, die Windschutzscheibe zu putzen. Beim Einsteigen schlug er vor, in der Lodge in Thomson's Falls zu übernachten und seinen Bruder um Rat zu fragen.

»Heute nicht«, widersprach Stella, »heute brauchst du keinen Bruder.«
»Aber der ist«, schwor Joseph mit erhobener Rechter, »mein richtiger Bruder. Wir haben zusammen nur einen Vater und eine Mutter. Ich brauche ihn nicht. Du brauchst ihn. Er arbeitet schon sehr lange in der Lodge und kennt die Leute, die auf den alten Farmen leben. Mein Bruder wird dir sagen, ob sie ihre Messer und Knüppel holen, wenn ihre Gäste weiße Haut und helles Haar haben. Und wenn du keine Angst hast, wird er uns den Weg zeigen.«
»Ich habe keine Angst. Und mir sind meine Augen genug. Ich muss mir nicht die von deinem Bruder borgen. Ich muss nur einen Baum finden, der meinen Rücken noch kennt.«
»Ein Baum ist wie der andere, Mama.«
»Der nicht.«
Das verrostete Schild mit der Abzweigung nach Nyahururu war an einen Baum genagelt und von herabhängenden Ästen bedeckt, die Straße nach wenigen Kilometern nicht mehr gepflastert, die Kurven eng und der Wald bald so dicht, dass er Licht und Laut schluckte. Die Lianen um die Baumgiganten wehrten sich gegen einen unruhigen Wind, dessen Stimme Stella noch vor dem schroffen Bergkamm erkannte. Es war ein Wind, der sich vor der Zeit die Kraft der Nacht holte, und er riss seinen Schlund so weit auf wie das entfesselte Ungeheuer, das einst eine hellgraue Federwolke in das schwarze Feuer des Todes verwandelt hatte. Als die Erregung ihren Körper lähmte, konnte Stella nicht mehr sehen und nichts mehr riechen. Sie erinnerte sich nur, dass ihr dies schon einmal widerfahren war. Sie kannte noch den Tag und die Stunde. Es war die, in der die Her-

zen von zwei Menschen zusammengewachsen waren, die Mungu in Dik-Diks verzaubert hatte. Der Vater versprach seiner Tochter einen Thron aus Gold und Edelsteinen. Er nannte sie Prinzessin und wusste alles vom Leben, nur nicht, als er lachte, dass das Kind mit der Krone von der Zukunft sprach.

»Ich hab ihm gesagt, ich werde nie mehr einen Mann so lieben wie ihn«, sagte Stella. »Halt an, Joseph. Du fährst zu schnell. Mein Kopf verliert die Bilder.«

»Ist das dein Baum?«

»Ein Baum ist wie der andere.«

Es war ein ebenso Wurzelstarker mit verkrusteter Rinde, an den Stella ihren Rücken presste, wie der Unvergessene vom letzten Tag ihrer Kindheit. Nur war es diesmal Lilly, deren Körper ihr die Wärme der Vertrautheit gab. Mit geschlossenen Augen warteten beide, bis die Flammen erloschen und die Herzschläge die Ohren nicht mehr mit der Angst derer quälten, die sich auf einer Safari den Gespenstern anvertrauen. Schon beim nächsten Halt – nach nur wenigen Kilometern – öffnete sich das Tal mit dem wogenden Blumenteppich aus Türkis und Amethyst. Die Feuerlilien am weiß verschleierten Wasserfall erhoben ihre Köpfe, wie es in Karibu noch vor den Zeiten vom Bwana Mbuzi Brauch gewesen war, um den Fremden willkommen zu heißen. Nur wuchs kein blau leuchtender Flachs mehr auf den Feldern. Gestrüpp bedeckte auch die großen Pyrethrumshambas. Keiner aber hatte die Mauern vom Haus aus Stein abgetragen. Davor glühte scharlachrot der Flamboyantbaum. Die Sonne bestrahlte die grasbedeckten Dächer der Hütten und die kleinen Wellblechhäuser auf dem Hügel.

»Wir müssen uns beeilen«, sagte Stella leise und gab Lilly

ihre Hand zurück, »ich höre deinen Vater schon an den Wellblechtank schlagen.«
»Ich höre nur einen Hund bellen«, erwiderte die Praktische.
»Wo soll ich jetzt hinfahren?«, fragte Joseph.
»Zu den Menschen, die in den Hütten wohnen.«
»Sie werden denken, du willst dein Land wiederhaben. Es ist Zeit, die Angst in deinen Kopf zu holen. Nur die Dummen haben keine Angst, Mama.«
»Ich habe in Karibu nie Angst gehabt. Fahr den Berg runter, Joseph.«
Die Erde zwischen den Steinbrocken auf dem schmalen Weg zur Farm war hart und rissig. Immer wieder musste Joseph die Ziegen und Schafe mit brüllender Hupe vertreiben. Die Hunde jaulten, Kinder liefen aus den Hütten, warfen ihre Arme in die Luft, johlten Jambo und winkten. Sie rannten dem Auto entgegen und klammerten sich an die Türen, während es noch fuhr.
»Fahr nicht weiter, Joseph. Ich werde allein zu den Hütten laufen und dort nach Chebeti fragen.«
»Ich werde hinter dir sein«, sagte Lilly.
Mit den Händen in der Tasche und gebeugtem Rücken lief Stella langsam durch das hohe Gras. Sie zählte ihre Schritte; wenn sie hochblickte, sah sie, dass sich immer mehr Menschen unter einer Schirmakazie versammelten. Junge Frauen in wehenden Röcken mit großen Blumenmustern, einige mit Kindern auf dem Rücken und den breiten schwarzen Schüsseln für das Abendessen in der Hand, zahnlose Alte mit geschwollenen Beinen und Männer mit zerlöcherten Filzhüten und Schatten im Gesicht standen dicht beieinander – ein schweigender Wall von Neugierde, Misstrauen, Ablehnung und Feindseligkeit. Stella wagte

keine Bewegung, als ihre Lippen verdorrten und der Traum zersplitterte, Chebeti wieder zu finden. Erst am Ziel hatte sie ihn als den Traum eines Kindes erkannt. Und doch sah sie ein Kopftuch aus der Farbe der Sonne aufleuchten und öffnete ihre Arme. In dem Lärm, der gewaltiger aufbrandete als jeder Donner, der je auf Karibu herabgestürzt war, hatte sie die Stimme der einen gehört, die ihre Ohren nie freigegeben hatten. Stella schämte sich sehr, dass sie schrie, als sie den Druck von Chebetis Händen fühlte und ihren Atem roch. Erst als die Hände aus glühendem Eisen sie losließen, begriff die Heimgekehrte, wessen Stimme den Jubel des Herzens nicht hatte halten können.
»Das ist meine Tochter«, rief Chebeti den Verstummten unter dem Baum zu. »Kommt her und fasst sie an. Sie ist immer eine von uns gewesen. Ich weiß das, weil ich sie ins Leben geholt habe. Sie hat aus meiner Brust getrunken. Meine Stella ist mit ihrem Kind zu mir zurückgekommen.«
»Und mit der Tochter, die immer klüger als die anderen war«, sagte Stella. Diesmal war sie es, die Lilly in den Kreis aus goldenem Feuer zog.
Chebeti streckte Lilly nicht die Hand entgegen, weil ihre Arme schon wieder Stella festhielten, doch endlich sah Lilly in den Augen ihrer Mutter das Licht, das sie als Kind immer gesucht und nie gefunden hatte.
»Wir werden vier Ziegen schlachten«, rief Chebeti. Sie wartete, bis die lachenden Frauen, Männer und Kinder unter der Schirmakazie zu klatschen aufhörten. »Meine besondere Tochter«, sagte die mit dem guten Gedächtnis, um das sie noch immer alle beneideten, »isst lieber das Fleisch von Ziegen als das von Kühen.«

Stefanie Zweig

Der Traum vom Paradies

Roman

Band 14873

Alfred, ein jüdischer Kinderarzt, verliebt sich in die schöne Studentin Andrea. Beide glauben, dass ihre Liebe stärker ist als die Probleme, die Tradition und die Schatten der Vergangenheit. Für ihren Traum vom Paradies stemmen sie sich gegen jede Konvention.

Einfühlsam erzählt die Bestsellerautorin Stefanie Zweig die Geschichte zweier mutiger junger Menschen im Deutschland von heute.

Fischer Taschenbuch Verlag

fi 14873 / 1

Stefanie Zweig

Die Spur des Löwen

Roman

Band 15231

»Arm ist nur, wer keine Träume hat.«

Stefanie Zweig

Die Afrikareise, die der dreizehnjährige Mark mit seinen Eltern machen muss, ist anfangs gar nicht so schrecklich, wie er befürchtet hatte. Zu Ende ist sie aber für ihn noch lange nicht. Denn Mark wird entführt und lebt viele Monate beim Stamm der Nandi in der kenianischen Steppe. Allmählich lernt er deren Sprache und freundet sich schließlich mit dem Häuptlingssohn Morani an. Durch ihn öffnet sich Mark die fremde Welt immer mehr, sodass es ihm schwer fällt, eines Tages die Entscheidung darüber zu treffen, zu welcher Welt er gehört ...

Fischer Taschenbuch Verlag

fi 15231 / 1